平氏

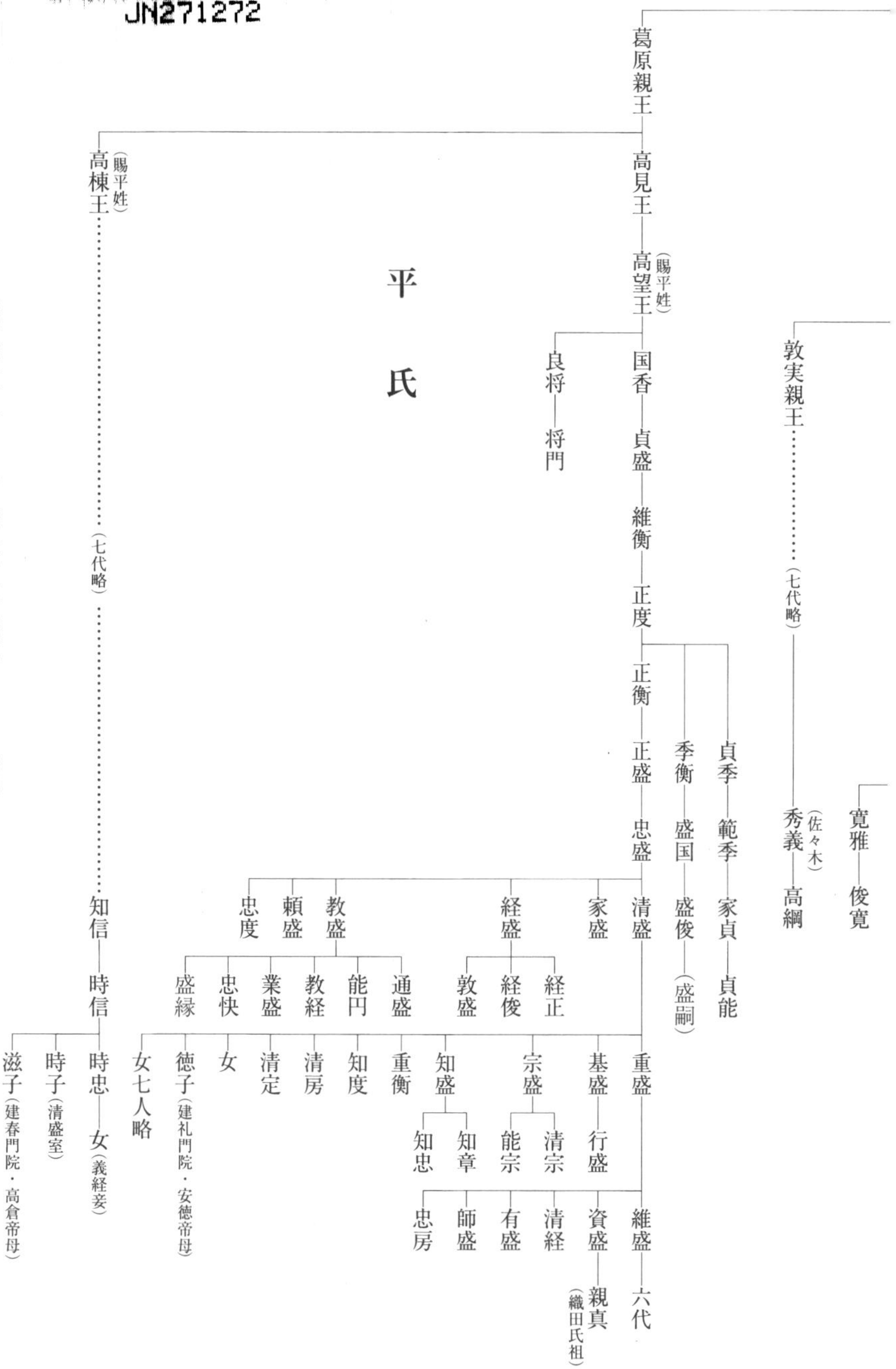

（絵で読む古典シリーズ『平家物語』学研、をもとに作成）

平家物語
ハンドブック

小林保治【編】

三省堂

はじめに

　わが国には「語り物」という芸能の流れがある。その源流に位置しているのが『平家物語』である。室町時代（十四世紀）以降、能や文楽や歌舞伎が「語り」という表現によって人々の心をとらえてきた。それら諸芸能の源泉が「平家」なのである。和歌や漢詩が吟詠されることによって享受されていた音楽的伝統が、「平家」を語る音楽的口頭伝承の誕生の呼び水になったかも知れない。

　琵琶という楽器の伴奏によって盲目の琵琶法師が語ったのは、平忠盛から清盛、重盛、維盛、六代へと流れた平家六十余年の興亡の歴史であったが、その中心をなすのは約二十五年にわたった平家の栄華と滅亡の哀史であった。目に文字を持たない多くの民衆はもちろんのこと、教養ゆたかな貴族たちまでもが、好んで人間無常の「平家」の物語に、わが事のように身につまされて耳を傾けた。そうして『平家物語』は国民的叙事詩となり、絵巻物にも仕立てられて、その後の芸能や文学や絵画に多彩な題材を提供し続けてきたのである。

　本書は平家一門または源平の盛衰史とも呼ぶべき『平家物語』のすべてを、できるだけわかりやすく案内するために編まれた。『新潮日本古典集成　平家物語』を底本にした全巻におよぶ「平家」の梗概（ダイジェスト）を柱に、多角的な側面から解説を加え、図版を多用して理解を助ける工夫もした。本書によって一人でも多くのかたが、「平家」開眼を果たしていただけるなら、これほど嬉しいことはない。

二〇〇七年一月

小林保治

目次

第五部　『平家物語』の残したもの……235

◆編集

小林《こばやし》　保治《やすはる》（早稲田大学名誉教授）

昭和十三年（一九三八）青森市に生まれる。早稲田大学大学院修了。中世文学専攻。主な著書に『説話集の方法』『能・狂言図典』『能楽ハンドブック』（編著）『日本文学研究資料叢書・平家物語』（共編）など。

◆執筆（執筆順）

大津　雄一（早稲田大学教授）
第一部　『平家物語』の成立と作者
　『平家物語』の構成と内容
第三部　物語の登場人物

鈴木　孝庸（新潟大学教授）
第一部　『平家物語』と語り
第三部　物語の登場人物

野中　哲照（鹿児島国際大学教授）
第一部　『平家物語』の諸本
第三部　物語の登場人物
第四部　武具と装束

小林　保治
第二部　物語の鑑賞
第三部　物語の登場人物
第五部　『平家物語』と能
『平家物語』と絵画

松林　靖明（甲南女子大学教授）
第二部　物語の鑑賞

大森　北義（元名古屋女子大学教授）
第三部　物語の登場人物
第四部　軍記物語の系譜

志村　有弘（相模女子大学名誉教授）
第三部　物語の登場人物
第四部　『平家物語』の舞台

関口　忠男（大東文化大学名誉教授）
第三部　物語の登場人物
第四部　『平家物語』の思想

三田　明弘（日本女子大学教授）
第三部　物語の登場人物
第五部　『平家物語』と浄瑠璃・歌舞伎　平家落人伝説と史跡

武田　昌憲（尚絅大学教授）
第三部　物語の登場人物
『平家物語』関係書一覧

高津希和子（早稲田大学大学院）
コラム　『平家物語』関係書一覧

◆図版・写真協力

林原美術館（『平家物語絵巻』）
亀田邦平（能写真）
ケン・ヤマシタ（写真）
志村有弘（写真）
山村賢治（写真）
須貝稔（イラスト）
根岸いさお（平曲系譜）

第一部『平家物語』への招待

『平家物語』の成立と作者

回顧の時代

承久《じょうきゅう》三年（一二二一）五月、後鳥羽院は、自分の意のままにならない鎌倉幕府の執権北条義時を追討するために兵を挙げた。承久の乱の勃発である。これに対して幕府は、東国御家人を動員し、東海・東山・北陸の三道から十九万余騎という大軍を発した。院方を圧倒した幕府軍は六月には入京し、七月、仲恭《ちゅうきょう》天皇は廃され、後鳥羽院は隠岐《おき》へ、順徳院は佐渡へ流され、閏《うるう》十月には土御門《つちみかど》院が土佐へ流された。また、乱に関与した多くの貴族や武士が処刑された。合戦自体は、あっけなく終わったと言っていいだろう。幕府の大軍の前に院方はなすすべがなかった。しかし、王たる者が臣下に敗れ流罪に処せられるという結果は、人々に強い衝撃を与えたはずだ。それは、この国には起こり得ないはずのことであった。歴史の大きな節目を、人々は感じとったに違いない。

慈円《じえん》という僧がいた。関白藤原忠通《ただみち》の子で、同母兄に関白九条兼実《かねざね》がいる。天台座主《てんだいざす》となり、後鳥羽院の護持僧を務めた、いわば時の宗教界の重鎮である。その慈円が、後鳥羽院の無謀な計画に驚き、これを未然に防ごうと、承久二年（同三年、元仁元年〈一二二四〉追記）に著したのが『愚管抄《ぐかんしょう》』である。そこにおいて、慈円は、いまある政治体制は歴史的必然としてあるのであって、仏法の守護と摂関家と将軍家との補佐とにより政治をとり行なうことこそが最善の策であると説いて、危機の回避を訴える。慈円は、後鳥羽院が計画を実行したならば、王統が途絶えるかもしれないと恐怖した。この計画の予想される結末への衝撃が、日本最初の史論書を書かせたのである。

慈円の努力も空しく計画は実行に移され、予想通り悲惨な結果に終わった。その乱の直後、貞応二年（一二二三）

から同三年に、ある貴族が執筆したのが『六代勝事記《ろくだいしょうしき》』である。「六代」とは高倉・安徳・後鳥羽・土御門・順徳・後堀河の六代の天皇を指し、「勝事」とは珍しいことの意味であり、保元の乱以降、治承・寿永の内乱と承久の乱を中心に記す。この書は、『保元物語』や『平家物語』『承久記《じょうきゅうき》』など、多くの軍記物語に影響を与えることになるが、その末部に、「我が国はもとより神国也。人王の位をつぐ、すでに天照大神の皇孫也。何によりてか三帝一時に遠流《おんる》のはぢある」と記される通り、神国である日本で、天照大神の子孫である三人の天皇が遠流という恥辱を受けたことの衝撃と、なぜにそのような事態に至ったのかという不審が、その執筆の動機である。その答えは、後鳥羽上皇が「悪王」であり、こびへつらう臣を重用し賢臣を遠ざけたためであるということになるのだが、それを説明するために、彼は歴史的回顧をする必要に迫られたのである。疑うこともない自明のものであった王朝の政治体制が大きく揺らいだ時、その理由が納得できなければ、王朝の一員である自己のアイデンティティーが崩壊してしまう。自分を救うためにも書かざるを得なかったはずだ。

人は、不可解な出来事に遭遇した時、説明を求める。不可解なものは不気味で不快だからである。自爆的としか思えない無謀な王の謀反《むほん》計画、そして王の敗北という不可解な出来事を納得し安心するために、「歴史」が語りだされたのである。「歴史」の季節が到来したのである。

『六代勝事記』は、その説明のために、保元の乱にさかのぼる。『愚管抄』も、「保元元年七月二日、鳥羽院ウセサセ給テ後、日本国ノ乱逆ト云コトハヲコリテ後、ムサノ世ニナリニケルナリ」と、保元の乱を、「ムサ（武者）ノ世」の到来の画期としてとらえる。保元元年（一一五六）に起こった保元の乱は、後白河天皇とその兄の崇徳院との帝位をめぐる争いであったが、この時初めて都において源平の武士たちが大量に動員され、事は武力によって決せられた。都の人たちは武士の戦いを目撃し、その圧倒的な力を認識せざるを得なかった。『増鏡《ますかがみ》』のいう「無下《むげ》の民」である北条義時という武士に王が敗れるという不可解な出来事を諒解するためには、武士の政治的舞台への登場の契機となった保元の乱から語り始めなければならなかった。

鎌倉時代に成立した軍記物語として、『保元物語』『平治物語』『平家物語』『承久記』がある。私たちは、争乱の起きた順番に順次これらの物語が成立したと思い込みがちだが、実はこれらは一二三〇年代にほぼ同時に書かれたであろうことが、近年の研究で明らかになっている。その歴史的回顧において、結果的に鎌倉幕府という東国の王権の成立を促し朝廷の力の相対的な低下をもたらした治承・寿永の内乱つまり源平の争乱は、中でも重い意味を持つはずである。『平家物語』は、この回顧の時代の産物として登場するのである。

『平家物語』の成立

『平家物語』の存在を伝える歴史的資料としては、『兵範記《へいはんき》』の紙背文書《しはいもんじょ》がある。これは、藤原定家が『兵範記』という貴族の日記を書写する時に、手元にあった手紙の裏を使用したのだが、その中に仁治《にんじ》元年（一二四〇）に園城寺《おんじょうじ》の僧頼瞬《らいしゅん》から定家に宛てたと思われる手紙があり、そこに「治承《じしょう》物語六局《(巻)》平家と号す、此の間書写候也」とある。仁治元年に「治承物語」という六巻の書があり、それが「平家」とも称されていたことがわかる。これ以前に、平家の物語の存在を伝えるものはない。「治承」は、一一七七年八月から一一八一年七月に至る間の年号である。治承元年（安元二年）六月には平氏打倒の陰謀事件である鹿《し》の谷《たに》事件があり、治承五年閏二月には平清盛が没している。清盛の死は、十二巻本『平家物語』の巻六に記されるが、かといって「治承物語」がどのような内容であったのかは、それが現存しない以上むろんわからない。また、この紙背文書には、「保元以後□□治承記六《(録)》の事、一帋《(紙)》一局《(巻)》と雖《いえど》も、必ず拝見を免さるべく候也」という手紙もあり、当時が歴史的回顧の時代であったことをうかがわせる。

さらに、醍醐寺《だいごじ》の僧深賢《じんけん》が正元《しょうげん》元年（一二五九）に書いた書状がある。そこには、「仰せを蒙《こうむ》り候平家物語、合はせて八帖本六帖、後二帖献借候、後書に候事は散々なる様にて人の御覧ずべき体の者にも候はず」とある。深賢のもとにあった八冊の平家物語がある人のところに貸し出されたが、その「後二帖」はしっかりとしたものではなかったことがわかる。「治承物語」とこの「八帖本平家物語」を直結させてよいものかは、判断しかねるが、少なくとも、一二四〇年ごろには平家についての物語が成立し、それは、まだ流動的な状態ではあったものの、貸し借りが行なわれるほどに人々の興味を引いていたことがわかる。

また、後堀河天皇（在位一二二一～三二）とその子の四条天皇（在位一二三二～四二）の時代は比較的に安定した時期であり、平家の女性たち、あるいは彼女たちを介して平家の血を引いた人々や縁者が政治的舞台に復活したと言われる。そのような状況を受けて『平家物語』は誕生したのではないかという考えもある（日下力『平家物語の誕生』岩波書店）。

もちろん、これ以前、平家が滅んだ直後から、この大きな出来事にかかわるさまざまな話が語りだされ書き記されて伝えられていたに違いない。それらが、集められ、今我々が知るような「平家の滅びの物語」、我々が歴史物語と称するに値する形に整えられたのが、一二三〇年代ではないかということである。

では、どのような場所で誰がということになる。『徒然草』二百二十六段は、それを伝えるものとして著名である。そこには、次のように記される。

後鳥羽院の時に、信濃前司《しなののぜんじ》行長《ゆきなが》という人物がいた。この行長は学者として知られていた。ある時、宮中で『白氏文《はくしもん》集《じゅう》』の「新楽府《しんがふ》」についての論議が行なわれ、行長も参加したものの失敗をして、嘲弄《ちょうろう》されてしまう。それをきっかけとして行長は遁世《とんせい》したが、慈円が、一芸に秀でた者は身分卑しいものまでも召し置いて生活の面倒を見てやっていたので、この行長入道も庇護を受けた。この行長入道が平家の物語を作って、生仏《しょうぶつ》という盲僧に教えて語らせた。それで、延暦寺のことは特に立派に書いた（慈円は天台座主を務めていた）。義経のことは詳しく知っていて書き載せたが、兄の範頼《のりより》のことはよく知らなかったのか多くのことを書き漏らしている。武士のことや武芸については、生仏が東国の出身であったので、武士に尋ね聞いて書かせた。生仏の生まれつきの声を今の琵琶法師は学んだのである。

しかし、このような成立の過程を記すのは『徒然草』だけであり、ほかに検証のしようがないこと、またその成立は鎌倉最末期、あるいは南北朝時代に入ってからと考えられ、『平家物語』が成立したと思われる一二三〇年代からほぼ百年が経っていて伝承の域を出ないことなどから、全幅の信頼を置くことはできないとされる。ただ、「信濃前司行長」という人物については下野前司藤原行長《しもつけのぜんじふじわらゆきなが》のことであろうと推定されている。彼の父は行隆といい、平清盛に取り立てられた人物で、『平家物語』で好意的に語られている。彼の父方のおばは平時忠の妻で安徳天皇の乳母であり、もう一人のおばは建春門院平滋子《しげこ》に仕える女房であったという。自身は文治二年（一一八六）に慈円の兄である九条兼実の家司《けいし》（家政の事務をつかさどった職）となり、文人として知られていたという。また、彼の家系は「葉室家《はむろけ》」というが、この家系には、平家作者との伝承を持つ人物が多いなど、『平家物語』の作者としてふさわしい人物であるとされている。

その行長が慈円に召し置かれていた場所が、大懺法院《だいせんぼういん》ではないかとされる。大懺法院は、慈円が元久元年（一二〇四）に三条白河に建立し、翌年東山吉水《よしみず》に移された寺院である。この寺の目的の一つとして、保元の乱以来の怨霊たちの鎮魂があり、供僧《ぐそう》として、平時子が清盛の供養のために西八条に建てた光明心院の僧や、平教盛《のりもり》の子で清盛の甥にあたる忠快《ちゅうかい》を招いているところからして、平家の鎮魂をも目的としていることがわかる。しかも、そこには、有能な僧侶や遁世者あるいは声明《しょうみょう》や音曲に堪能《たんのう》な者たちが集められており、行長と生仏の出会いの場としての可能性が考えられるのである。また、当時の人々には、死者の物語を語ることが、死者の魂を鎮めることになるという思いがあり、とするならば、大懺法院は物語の成立の場としてまことにふさわしいということになるのだが、大懺法院で『平家物語』が書かれたという記録はいっさい存在せず、これも一つの仮説の域を出ない。

もちろん、現存する『平家物語』を読む限り、この物語のすべてが鎮魂のためのものであるとはとうてい思えない。一の谷や壇の浦やその後の平家の人々の死の物語に鎮魂の思いを読みとることは可能だが、勇壮な合戦話や朝廷の儀式や先例に関する記述などが鎮魂につながるとは思えない。鎮魂の思いを強く感じさせるのは、覚一本《かくいちぼん》系の諸本のみが最後の巻として持つ、「灌頂巻《かんじょうのまき》」である。そこには、建礼門院の出家と、安徳天皇と平家一門の菩提を弔う修行の日々と、その往生が記される。むろん、覚一本は、明石覚一によって編集され、応安四年（一三七一）に著された本ではあるが、それを、『平家物語』が本来的に内包している鎮魂への思いが顕現した結果と考えることもできる。あるいは、『平家物語』としてまとめられる以前の個別的な物語には、鎮魂を目的として語りだされたものも数多くあったと推測することは許されよう。

歴史への欲望の傍《かたわ》らに鎮魂への思いを随伴させるべきかもしれない。考えれば、歴史も鎮魂も生きている者たちを安心させる装置である。

『平家物語』の作者

『平家物語』の作者については誰もが知りたかったのであろう。『徒然草』もその内に入るかもしれないが、南北朝期以降、『平家物語』は人気の古典であったから、これこそが作者だという伝承は数多い。中には、平家の侍大将で能や浄瑠璃で有名な悪七兵衛《あくしちびょうえ》景清《かげきよ》をあげるなど（『臥雲《がうん》日件録《にっけんろく》』文明二年〈一四七〇〉正月四日条）、首を傾げたくなるような名前もある。

現在の研究は作者の固有名を探り当てることに重きを置いていない。『平家物語』が生成されてきたであろう「場」を解明することに力を注いでいる。たとえば、高野山を中心とした宗教圏の関与、比叡山延暦寺やこれに属する安居《あぐ》院《い》に代表される唱導家（説教・法談など行なう僧）の関与は早くから解き明かされてきたし、「八帖本平家物語」を所持していた醍醐寺の深賢を中心とする人的ネットワークや、後白河院の持仏堂であらゆる人々の亡魂の回向《えこう》をした長講堂を中心とする院の近辺に、その「場」を求める研究もある。あるいは、軍語《いくさがた》り・合戦話が語り継がれていた「場」も問題になるだろう。それらの「場」が複層的に交錯して『平家物語』が成立しているのである。

たとえば、仮に、信濃前司行長という人物が「治承物語」を執筆したとして、彼の前には記録などとともにいくつもの小さな平家にかかわる物語が素材として用意されていたはずだ。その物語たちの作者とは誰なのか。「治承物語」以降に成立していったさまざまな『平家物語』に関与した人々は作者ではないのか。彼らは『平家物語』の作者という名誉の配分にあずかる資格はないのだろうか。むしろ、特定の作者を指名し得ないところにこそこの物語の特質があるはずなのだ。

『平家物語』の構成と内容

その構成

『平家物語』は、平家の亡びを描いた物語である。もちろん、源頼朝や義経や義仲などの源氏も登場するが、あくまでも主役は平家であり、しかも、物語るのはその興隆ではなく亡びである。

著名な「祇園精舎《ぎおんしょうじゃ》」から始まる巻一は、清盛の父忠盛の昇殿から清盛の出世、そして一門の栄華にいたるまでを、巻のわずか五分の一程度の紙数で、きわめて簡潔に記すだけである。それ以降は、ひたすら平家の滅亡に向かって物語がつづられることになる。

滅亡の原因を作るのが驕《おご》り高ぶった清盛の悪行だが、その初めとして、清盛が孫の資盛《すけもり》を侮辱されたことに対して関白藤原基房《もとふさ》に報復する「殿下乗合《てんがのりあい》」の話が記される（巻一）。次いで平家の権力の独占に反発した後白河院の近臣たちによる平家打倒の陰謀事件である鹿の谷《ししのたに》事件が、比叡山延暦寺と後白河院との対立とも絡めつつ語られる（巻一～二）。この陰謀事件は密告により未遂に終わり、多くの近臣が処罰され、清盛と院との対立は深刻さをますが、清盛の嫡男で人格者であった重盛の、父への必死の諫言《かんげん》により、どうにか平穏が保たれる。しかし、その重盛が平家の将来を憂いつつ病没すると、もはや清盛には歯止めが効かなくなり、治承三年（一一七九）、清盛は朝廷内の反平家勢力を粛清し、後白河院を幽閉して院政を止め（巻三）、自分の孫に当る安徳天皇をわずか三歳で即位させる（巻四）。平家への反感はますます高まり、ついに翌年五月、以仁王《もちひとおう》と源頼政が兵を挙げる（巻四）。この挙兵は失敗に終わり、二人は命を落とすが、以仁王が生前に発給した清盛追討の令旨《りょうじ》は諸国の源氏のもとへと届き、伊豆に流されていた源頼朝や木曾の山中に育った源義仲らが相次いで兵を挙げることになる。清盛は、大軍を関東へと向かわせるが、富士川の合戦で、平家の軍勢は水鳥の羽音に驚いて戦わずして敗走してしまう（巻五）。清盛は、態勢を立て直すため、以仁王の事件後、福原に移していた都を京に戻し、奈良の寺々を焼き打ちする（巻五）。しかし、翌年閏《うるう》二月、激しい熱病に罹《かか》り、もだえ苦しんで世を去ることになる。

清盛の死は巻六に記されるが、ここまでがいわば物語の前半であり、後半は平家の亡びへの道程が加速度を増して語られることになる。

倶利伽羅《くりから》峠の合戦で平家に大勝した木曾義仲は、一気に都へと迫り、寿永《じゅえい》二年（一一八三）七月、平家は安徳天皇と三種の神器を携えて都落ちをし、福原から船に乗って西を目指す（巻七）。義仲が都に入れ替わるが、その粗野な振る舞いは都人に疎《うと》まれた。その後の平家追討に失敗したり、武士たちの統制に失敗して都を混乱させたりもしたので、後白河院の信頼を得られずに対立し、ついに後白河院の御所法住寺殿《ほうじゅうじどの》を襲って院を捕らえてしまう（巻八）。鎌倉で様子を窺《うかが》っていた頼朝は、これをきっかけとして弟の範頼《のりより》と義経に大軍をつけて都へと進ませ、寿永三年正月、義仲を近江の粟津《あわづ》の松原に敗死させる（巻九）。この間に、平家は一の谷まで進出して都を目指しており、源氏の軍勢はただちに一の谷の攻撃に向かう。二月、義経の坂落としの奇襲を受けて平家は大敗し、多くの公達《きんだち》が討ち取られる（巻九）。元暦《げんりゃく》二年（一一八五）二月、義経は、平家の根拠地であった讃岐《さぬき》の屋島をわずかの手勢で攻めて平家を追い落とし、長門国へと追い詰め、三月、壇の浦での最後の決戦となる。裏切り者が出たことから平家は敗れ、平時子に抱かれて安徳天皇は波間に消え、一門の人々も手を取り合って海に沈む（巻十一）。

これ以降、巻十二では、その後の人々の運命が語られる。一の谷で生け捕りにされた平重衡《しげひら》、壇の浦で生け捕りにされた平宗盛の最期が語られ、兄頼朝と対立した義経の都落ちも語られる。また、壇の浦で死ぬことのできなかった建礼門院の大原での祈りの暮らしとその往生が語られる。そして、平重盛の孫で平家嫡流の血を引く六代御前の処刑を、「それよりしてぞ、平家の子孫は絶えにけり」（百二十句本）と記して、この滅亡の物語は語り終えられる。

叙述の方法

以上、紹介したように、物語は、原則として年を追って、編年的に事件の展開を語る。しかし、『平家物語』は、正確な歴史を残そうとしたものではない。事実の誤認はさておき、この物語には、意図的に歴史的事実を改変したところが多い。

たとえば、以仁王と源頼政が挙兵した際、その追討のために清盛の子の平知盛や清盛の弟の平忠度らが、大将軍として二万余騎を率いて宇治へ駆けつけたとするが、事実は平家の公達が率いることはなく、家人《けにん》で検非違使《けびいし》を務めていた武士が三百余騎で攻め寄せたに過ぎない。以仁王側も、物語では一千人とするが、事実は五十人あまりであったという。おそらく、源平の最初の武力衝突である合戦を華々しいものとするためになされた虚構であろう。

「殿下乗合」に施された虚構は、より意図的である。清盛の孫で、重盛の子供である平資盛が関白藤原基房の行列と出会うが下馬の礼をせず、このために基房の従者たちが資盛を馬から引き落として恥辱を与えた。これに怒った清盛が、後日基房の行列を襲って報復をするという話である。この時、重盛はたいへんに驚き恐縮して関係者を処罰し、資盛を伊勢の国へ追い下したと物語は語る。しかし、歴史的事実は、報復をしたのは重盛であって、清盛はなんら関与していない。清盛の悪行と重盛の人格者ぶりを印象づけるために行なわれた改変であろう。このような操作は『平家物語』の中に多く認められる。

『平家物語』は、あくまでも平家の亡びを語るお話、物語である。基本的に、物語はわかりやすいことが肝要である。原因と結果が明確に示されていなくてはいけない。平家がなぜ亡んだかがわかりやすく説明されていなければならないのである。そのためには歴史的事実の改変をも辞さない。しかも、『平家物語』は、語り物として広く享受された物語である。複雑な構成やストーリー展開はかえって理解の妨《さまた》げになる。

わかりやすいこと、これが大事なのである。そのために、登場人物たちの個性も明快である。たとえば、激情的で我意の趣くままに振る舞う清盛と冷静で思慮深く倫理的な重盛、そして思慮浅く愚鈍《ぐどん》な弟の宗盛。このような設定によって、この理想的人格者重盛が死んだために清盛の暴走が止められなくなり、その上跡継ぎの宗盛には一門の棟梁としての器量がなかったために平家は亡んだのだという、ひとつの明瞭な因果関係が描き出せる。後半になれば、愚鈍な宗盛と知的な弟知盛とが対比的に語られ、壇の浦の敗因は、阿波民部《あわのみんぶ》成能《しげよし》の裏切りを察知し、これを斬り捨てるべきだとの知盛の意見を宗盛が聞き入れなかったことによるとする。宗盛は、平家の人々のいわば負の中心として設定されているのである。このほかにも、壇の浦で惨めに生け捕られた宗盛と壮絶に戦って敵二人を道連れに海に没した能登守平教経《のりつね》とが対比的に語られたり、捕えられて頼朝と対面する場面では、命を助かりたいと頼朝に思わず卑屈な態度をとって非難される宗盛と、頼朝の前でもへつらうことなく死を願い感嘆される弟の重衡とが対比的に語られたりもする。このほかにも、義経・義仲といった源氏の武将、新大納言成親《なりちか》・西光法師・文覚《もんがく》等々、明快な個性が、物語の構造を支えているのである。

物語の世界

平家滅亡のストーリー構造は単純であるが、その構造に従って配置されるそれぞれの記事や話の質は多様である。まったくの記録的記事や文書、中国の古典や経典の故事、宗教や和歌や芸能や人物や合戦に関するさまざまなタイプの説話や伝承などが入り混じっている。思想的にも仏教・儒教・神祇信仰などが複雑に絡み合っている。

　たとえば物語を華々しく彩る軍語《いくさがた》りにしても、佐々木高綱《たかつな》と梶原景季《かげすえ》の宇治川の先陣争い（巻九）や那須与一の扇の的（巻十一）のような華々しく陰のない功名譚《たん》があるかと思えば、平敦盛の最期譚のように合戦の残酷さを告発するような話（巻九）もある。木曾義仲と乳母子《めのとご》今井兼平《かねひら》との（巻九）、あるいは源義経と佐藤嗣信《つぐのぶ》との（巻十一）確かな主従の絆を語るものもあれば、窮地に陥った主人の平重衡を見捨てて一目散に逃げてしまった乳母子後藤盛長《もりなが》の話（巻九）もある。

　また、一方には哀れな女性話が物語られる。祇王《ぎおう》・仏《ほとけ》御前という遊女の話（巻一）、王朝的な美しい小督《こごう》の物語（巻六）、ひたすらに激しい愛を貫き入水《じゅすい》自殺する小宰相《こざいしょう》の哀話（巻九）もある。中には巴《ともえ》のような女武者の話すらある。

これらのさまざまな記事や話、時には相反する価値観を持つ話をも鷹揚《おうよう》に抱え込んで、それでも『平家物語』は、平家の亡びへ向かって自然に物語を展開して行くのである。その技量は見事である。我々は歴史という大きなドラマの中で、時代に翻弄《ほんろう》され、あるいは死を目の前にした人々の、さまざまな、小さくはあるけれども感動的なドラマを追体験し、時には深く考え込まされることになるのである。

たとえば、宗盛である。平家を滅亡へと導いた凡庸《ぼんよう》なこの平家の棟梁に対して、物語は基本的には好意的ではない。宗盛は、頼朝と対面した後、都へ帰る途中、近江の篠原で子供の清宗《きよむね》とともに斬首される。かつては壇の浦で生け捕られて生きたまま都大路を渡され、今度は首がまた都大路を渡される。それを、物語は、「生きての恥、死しての恥、いづれかさて劣るべき」と、厳しく断罪する（巻十二）。武門の棟梁としては確かにその通りである。けれども物語は、別に父親としての宗盛をも描き出すのである。宗盛は子供への愛情が特に深い人物として造形される。

宗盛には清宗のほかに副将（能宗《よしむね》）という八歳の男の子がいた。母親は副将を出産後に亡くなり、宗盛が手元から放さず、乳母に預けることもなく育て上げた子供であった。鎌倉へ下る前に宗盛は最後の対面をと願い、義経はそれを許すが、清宗を含めた三人の対面の様《さま》、そして宗盛の子への思いが細やかに語られて胸を打つ（巻十一）。壇の浦の海を思わず泳ぎ回ってしまったのも、いっしょに海に落ちた清宗と生死をともにしようとしたためであった。それは武士としては惨めだが、親としては自然な姿である。篠原で首を切られる直前、「右衛門督《えもんのかみ》も今はすでにかうか（我が子も今ははや斬られたか）」と声を発したという。このような宗盛の子を思う言葉は私たちに痛切に響く。そして、そのような宗盛の愛を物語は決して非難したりはしない。私たちは、宗盛を否定ではなく肯定したいとどこかで思うはずである。そのわずかな揺れが、私たちを、戦争とは、人間とは、という問いに誘うはずである。『平家物語』には、このような問いかけが随所に散りばめられており、それがこの物語の世界をより豊かなものにしているのである。

『平家物語』は、明快で、多彩で面白く、感動的で考えさせられる物語世界を創り出しているのである。

『平家物語』と語り――平家琵琶と琵琶法師

　平家物語を伝承・演誦《えんしょう》して来たのは、盲目の職業人「琵琶法師」である。彼らは、公的な権威の庇護《ひご》下に入り、集団を結成し「当道座《とうどうざ》」と称した。ただし、盲人のすべてが、当道座に所属したのではない。別の盲人集団（「盲僧」と呼ばれている）もあった。共通するのは、宗教的な儀式を行なうとともに芸能的な演誦によっても広く民衆と接していたことである。平家物語は、当道座専有の演目だったと考えられている。また、平家物語の伝誦には、江戸時代になって晴眼の演奏家・愛好家も加わるようになった。

　以下、琵琶法師の活動を中心に取り上げながら、平家物語が大勢の聴衆に受け入れられた様子を概観する。なお、琵琶法師は平家物語の誕生と同時に誕生した職業人ではないので、その前史から始める。

平家物語以前の琵琶法師

　初期の琵琶法師は、抒情的な「歌」を演目としながら、すでに長編の叙事的な「物語」をも扱うようになっていた、というのがこれまでの理解である。楽器は、雅楽《ががく》の琵琶を用いたのであろう。雅楽琵琶には「声」を伴う音楽がないので、もともとは楽器演奏が主であったと推測される。声楽を伴うようになる段階または声楽が主で琵琶が従的あるいは基盤的な位置になるのは、後代的なものであっただろう。

　「琵琶法師」を伝える資料で最も古いものは、十世紀末の平兼盛《かねもり》（?～九九〇）の詠歌および『花鳥余情《かちょうよせい》』（『源氏物語』の室町時代の注釈書）に引用されて残った『小右記《しょうゆうき》』寛和《かんな》元年（九八五）七月十八日の記事である。このころまでに、専業の芸能人としての琵琶法師が出現したことは間違いない。その芸態は、「おもふ心をしらべつつ」（兼盛の歌）とされ、抒情的な歌を聴かせたのであるが、あきらかに歌を歌った記録は『無名抄《むみょうしょう》』に記された琵琶法師ぐらいで、そのほかの記録（『散木奇歌集《さんぼくきかしゅう》』『殿暦《でんりゃく》』）をみると、器楽の演奏が主であったと考えられる。

琵琶法師が「物語」を語ったことを伝える資料は、十一世紀中期の文人・藤原明衡《あきひら》の作品『新猿楽記《しんさるがくき》』の記述である。この作品の冒頭に、そのころ都で流行の様々な芸能を列挙し紹介した部分がある。この芸能づくしの中に「琵琶法師之《の》物語」がある。また、同じ著者の作品『雲州消《うんしゅうしょう》息《そこ》』の中に、「琵琶禅師之琵琶」と記されるのも、「琵琶禅（法）師」の演奏する「琵琶（による物語）」のことかと、考えられてきた。しかし、もとの文章をよくみると、その解釈には再考すべきものがある。

①『雲州消息』の当該箇所の前後は、対句の形でいろいろな芸能を並べているのだが、その並べ方をみると、「横笛は、内藤太（という名の人物）の横笛（の演奏）」とあり、これを承《う》けて「琵琶は、禅師（という名の人物）の琵琶（の演奏）」とある。そして「黒長丸（という名の人物）が傀儡《くぐつ》（を演じ）」「白藤太（という名の人物）が猿楽（を演じた）」と表現している。このように前後の書き方をみると、「琵琶禅師之琵琶」というのは琵琶の楽器演奏を言うのであり、演奏者の「物語」を伴うものではないことが分かる。

②『新猿楽記』の場合も、前後が同じような芸能づくしになっているので、その関係を注意して読むと、滑稽《こっけい》なしぐさをしてみせることで観客の笑いを誘うようなものを並べていることがわかる。「琵琶法師之物語」だけでは何が滑稽なのかは分からないが、おそらく何かそのような要素があったのだろう。これまでは、すぐあとに続く「千秋萬歳之酒禱」とのつながりで、寿祝の徒としての琵琶法師像が指摘されてきた。少なくとも琵琶法師の「物語」することが、新奇なものであったか、あるいは珍奇なものであったのかもしれない。いずれにしても、この時代の琵琶法師は、「歌」にはつながりがあっても、『平家物語』から想像されるような「物語」には縁遠いものだった。

『平家物語』と琵琶法師

鎌倉時代

平家琵琶の誕生　『平家物語』は、遅くとも延応《えんおう》二年（一二四〇）までには、原形らしきものが出来ていたと推定されている。『平家物語』と琵琶法師の関係について、推定成立年時に近い資料はない。鎌倉時代末の『徒然草《つれづれぐさ》』の伝えによれば、信濃前司行長《しなののぜんじゆきなが》が、天台座主慈鎮《ざすじちん》（慈円《じえん》）の庇護のもとで『平家物語』を著述し、東国出身の盲目「生《しょう》仏《ぶつ》」に教えて語らせたという。

これとは別に、『当道要抄《とうどうようしょう》』などに記された琵琶法師の間の伝承では、延暦寺の「性仏」僧正が、にわかに盲目となったために、もろもろの盲目はどのようにして生活すべきかということを、「山王権現《さんのうごんげん》」に祈ったところ、平家物語を歌えよとの託宣が下ったとある。いずれの伝承にしても、「しょうぶつ」が最初に平家物語を語った人物だと伝えている。また、著述済みの『平家物語』を、口誦芸能用のものとして利用したのだと伝えている。

また、どのような音楽として始まったのかといえば、楽器は雅楽の琵琶を転用し、語る音楽は「講式《こうしき》」という仏教音楽を用いたのだという。伝統的な楽器・音楽と新作の長編物語とが融合して、「平家琵琶」（平曲《へいきょく》）が誕生した。

初期の琵琶法師の芸能は「物語」ではなく、器楽あるいは歌であったのだとみるならば、この時代になって『平家物語』と結びついたことは、素材・演誦様式を想像しても、一大飛躍を遂げたことになる。『平家物語』が琵琶法師の演目であったことを伝える最古の記録は、『普通唱導集《ふつうしょうどうしゅう》』（永仁五年＝一二九七）である。『普通唱導集』は、死者を弔う時に、仏者がどのような言葉を捧げたらいいのかという、仏事の模範文例集（虎の巻）である。いろいろな職種の人に対する文例が載っていて、「琵琶法師」という職業人に対するものもある。この時代の一般的な受け止め方が窺《うかが》われる。それには、『平治物語』『保元物語』『平家物語』の三つの軍記ものを丸暗記していて、すらすらと語ることができ、声もよく、語る姿も格好よく、まことに面白かった、などという褒《ほ》めことばが書かれている。

琵琶法師の技法は「皆暗《そら》んじて」とあるからには、確かなテキストを暗誦したのであり、ことばを即興的に創り出し組み合わせて語る oral composition（口頭的構成法）ではなかった。

また『平家物語』以外の軍記ものも演目だったことは、鎌倉時代末の『花園院宸記《はなぞのいんしんき》』にも『平治物語』のことが記されている。『保元物語』『平治物語』の語りの伝統が今日まで残されていないことは残念と言うほかない。

　平家琵琶の演誦は、物語の一章段一章段（芸能的には「章段」を「句《く》」と呼んでいる。話のひとまとまり・コマの意味である）を、適宜取り出して組み合わせ、語るものであった。しかし、『平家物語』の全巻全章段を何日もかけて語り通す「一部《いちぶ》平家（「一部」とは現代でいう全体・全部の意）」も行なわれるようになった。これについての最古の記録は、延慶《えんぎょう》二年（一三〇九）の『大乗院具注《だいじょういんぐちゅう》暦日記《れきにっき》』五月六日である。これによれば、「大進房《だいしんぼう》」という「盲目」が「一部」の「平家」を開始したとある。「一部平家」が演誦可能だった大進房は、当然『平家物語』全巻を「暗誦」していたことになる。

琵琶法師の名前　鎌倉時代の琵琶法師の名前は、伝説的な「しょうぶつ」を除けば、知られるものは少ない。前項の「大進房」と、『花園院宸記』に記録された「唯心《ゆいしん》」は例外である。元亨《げんこう》元年（一三二一）四月十六日、花園院は、盲目の唯心を召して、琵琶の演奏・演誦を聴いた。この日はまず「語り」なしで、楽器だけの演奏だったらしく、箏《そう》のように琵琶を弾いたという。器楽のほかに演誦もあって、『平治物語』や『平家物語』を時々交えて語ったという。琵琶法師の名前「唯心」は特異で、「当道」加入の琵琶法師の名前は「〇一《いち》」とか「城《じょう》〇」と付けることに決まっていた。「大進房」もこの「唯心」も、そのいずれでもない。「当道」がまだ確立される前だったのか、または、別の系統だったのかとも推測されている。

室町時代

盲人の組織「当道」の「座」がいつ出来たのかは、不明だが、『中院一品記《なかのいんいっぽんき》』（村上源氏・中院通冬《みちふゆ》の日記）の暦《りゃく》応《おう》三年（一三四〇）九月八日の記事が最古である。この日、仁和寺《にんなじ》真光院で、盲人の芸能があったことが記され、「座」に所属の盲人十人（名前はない）に、「座」に所属しない「真性《しんせい》」が参加し、それぞれが芸（これも具体的に書かれていない）を披露《ひろう》した。

　南北朝時代の琵琶法師覚一《かくいち》（？〜一三七一。七十歳代で没か）は、優れた技能の持ち主であったと伝えられているが、琵琶法師の歴史の上でも『平家物語』の歴史の上でも、重要な業績を残した。

社寺に芸能を奉仕する集団として結成された盲人の組織「当道座」は、当初は比叡山の守護神・山王神社の下にあったが、やがて中院家の支配を受けるようになったと考えられている。この組織は、「検校《けんぎょう》、勾当《こうとう》、座頭《ざとう》」の三階級で構成され、「一方《いちかた》」「八坂《やさか》」の二つの系統に分かれていた。階級に応じた経済的配当があり、平家琵琶を主たる芸とする集団であった。この座の全体を統括する役を「総検校《そうけんぎょう》」（または「職《しょく》」）と称していて、代々の総検校の記録『職代記《だいき》』には、最初の人物を「中興開山《ちゅうこうかいざん》覚一総検校」と記している。また『古式目《こしきもく》』には、覚一よりも前に如一《じょいち》、城玄《じょうげん》という琵琶法師がいたことを記しながら、「中興開山覚一惣《そう》検校」と記す。覚一の功績が大きかったことを窺《うかが》わせるものである。

『平家物語』の口述筆記　覚一は、師匠から代々伝えられ暗誦していた『平家物語』を死の直前に口述筆記させた。そのことを奥書《おくがき》にしている『平家物語』の伝本（その時の本そのものではなく写しであるが）が今日残されている。

　時に応安四年辛亥《かのとい》三月十五日
平家物語一部《いちぶ》十二巻付けたり灌頂《かんじょう》
當流の師説伝受の秘決《ひけつ》
一字も闕《か》かさず口筆をもって書写せしめ
定一検校《じょういちけんぎょう》に譲与し訖《おわ》んぬ
抑《そもそも》愚質は余算既《すで》に七旬《じゅん》を過ぎ浮命後年を期《ご》し難し
而《しか》るに一期《いちご》の後弟子等《ら》の中
一句《いっく》たりと雖《いえど》も若《も》し廃忘する輩《やから》あらば
定めて諍論《そうろん》に及ばんか
仍《よ》って後の証《あかし》に備《そな》へんがため之《これ》を書写せしむる所なり
此《こ》の本努々《ゆめゆめ》他所に出《い》だすべからず
又他人の披見に及ぶべからず
附属の弟子の外《ほか》は同朋并《なら》びに弟子たりと雖も
更にこれを書取らしむること莫《な》かれ
凡《およ》そ此《これ》等の条々《じょうじょう》炳誡《へいかい》に背《そむ》く者は
仏神三宝《さんぽう》の冥罰《みょうばつ》を厥《そ》の躬《み》に蒙《こうむ》るべきのみ
　沙門《しゃもん》（仏門に入った人、僧侶）覚一

私・覚一は、『平家物語』全十二巻に灌頂巻を付けて、師匠から教わったものをすべて、口述筆記させて、定一検校に譲り終えた。私は、この時七十歳を過ぎており、いつ死ぬか分からぬ状態である。しかし、もし私が死んだあと、弟子たちの間で、『平家物語』のことばを少しでも忘れるものが出てくると、それを指導判断できる師匠なきあとは、きっとああでもないこうでもないと言って争いになるだろう。そこで、のちのちの証明のために、この本を書かせたのである。この本は、めったなところに持ち出して見せてはいけない。自分の弟子であっても、確かにあとを継いでくれると思われる弟子には見せていいが、ただ仲間だとか弟子だとかいう関係だけでは、見せて書き取らせてはいけない。この戒めに背いた場合は、仏神の罰が当たることになる――というようなことが書かれている。

　この奥書が付された本は、琵琶法師と『平家物語』の本文との関係を記した本としては最も古く、琵琶法師の間での物語の伝承の様子を知ることのできる貴重な史料である。またこの本は、「〇一《いち》」という名前を受け継ぐ「一方系」の琵琶法師の語りのテキストのうち、源流的な位置にあるものとして尊重され、近代の『平家物語』享受においても最重要視する伝統がある。

琵琶法師の演誦形態　覚一以降の琵琶法師の活躍は、貴族や僧侶の日録類に記されて、大いに愛好されていたことが窺《うかが》われる。貴顕《きけん》の邸宅に招かれて、一～二句から時には五～六句ぐらいを演誦している。現在の平曲演誦に要する時間で計ると、平均して一句三十分であろうが、それから想像すると五～六句となれば、かなりの時間を要することになる。それでも飽《あ》きられることがないどころか、人々は感激して聴いたと記されている。

　彼らは、個人的な招きに応じての演誦のほかに、社寺を会場とする「勧進《かんじん》平家」も行なった。また都での活動のほかに地方にも出かけることがあり、階級を上げるための資金を貯えていたものらしい。

　当時どれほどの琵琶法師がいたのかについては、『碧山《へきざん》日録《にちろく》』の寛正《かんしょう》三年（一四六二）三月三十日の記事に、「……盲者の城中（京都の中）にありて、平氏の曲（平家の琵琶語り）を唱ふる者、五六百員」とある。このころ、京にあって平家物語を語る琵琶法師が五百人から六百人という数だったというのだが、たくさんの専業の語り手がいたということであろう。

　伏見宮貞成親王《ふしみのみやさだふさ》の日記『看聞御記《かんもんぎょき》』は、数多くの芸能関係記事を記してあり、琵琶法師関係でも貴重なものが多い。

応永《おうえい》三十年（一四二三）六月五日と二十九日をみると、城竹《じょうちく》検校が「一部平家」を始めたことが記されている。六月五日には、「祇園精舎《ぎおんしょうじゃ》」から始めて物語の順に語り、「仏御前」（現在の「妓王《ぎおう》（祇王）」）までの六句を語っている。覚一本《かくいちぼん》の章段（句）名で言えば、①祇園精舎、②殿《てん》上《じょう》の闇討《やみうち》、③鱸《すずき》、④禿童《かぶろ》、⑤我身栄花《わがみのえいが》、⑥祇王の順で「六句」になる。二十九日には、巻第一の残りすべてを一挙に語ったらしい。かなりのスピードである。そして、これから順を追って語って「一部」の平家語りを行なうことを申し出ている。惜しいことには、『看聞御記』には、この続きに関する記事はない。

　しかし、さらに注目すべきは、城竹検校が「勧進《かんじん》」を経験済みだと記されていることである。「勧進」は、寺社の造営修理や社会的な活動（たとえば架橋）に関連して、その資金集めのために芸能が加担することで、平家語りも勧進に参加することがあった。その「勧進平家」は、「一部平家」によって行なわれるのが基本であった。したがって「勧進平家」を興行できる琵琶法師とは、平家物語の全部（「一部《いちぶ》」）を語ることの出来る人（要するに免許皆伝）でなければならなかったのである。この城竹検校は、そのような資格も経験もある人物であったことが分かる。

「つれ平家」　平家物語の演誦形態（語り）の基本は「一人語り」であったが、その展開形態として、一句を複数の語り手で分担する「同時分担語り」が出現した。『太平記』に記されている真性と覚一検校との「つれ平家」は、まさにその同時分担語りである。しかし、同時分担語りが可能になるためには、複数の琵琶法師による同一テキストの完全な暗誦が前提となる。これは至難のわざと言うべきであった。江戸時代初期に成立した平家琵琶演誦に関する指南書『西海余滴集《さいかいよてきしゅう》』には、「一部平家」と「つれ平家」の作法が記されているが、「同音は稀《まれ》なり、先《まず》は一人たり」とある。一句を複数で分担するのは稀なことであるのだ、まずは一人で一句を語るものなのだというのである。

　室町時代の曲調については、永享《えいきょう》二年（一四三〇）の『申楽談儀《さるがくだんぎ》』に記された平曲の節付《ふしづ》けに対する世阿弥《ぜあみ》の批評が参考になる。

　世阿弥の批評は、二か所に対するものである。一つは、「知章《ともあきら》最期」で知盛《とももり》の愛馬が主を慕っていなくところを

「三重」（最高音域を使う曲節）にしていること、もう一つは「大原御幸《おはらごこう》」の「ころは卯月《うづき》…」で始まる詞章をやはり「三重」にしていること、に対する批判である。その節付けは現存の譜本と異なるもので、貴重な証言である。また、平家語りと能の謡いとが、近いものとして受け止められていたことを示す証言とも言えるだろう。

「四部合戦状《しぶのかっせんじょう》」は、『保元物語』『平治物語』『平家物語』『承久記《じょうきゅうき》』の四作品を一くくりにしての呼称である。鎌倉・室町時代を通じて、この呼び名が通用していたのだろう。しかし、「四部合戦状」のことを伝える史料は、非常に少ない。『蔗軒日録《しょけん》』の文明十七年（一四八五）二月七日の記事に「……宝元（保元物語のこと）四巻・平治（平治物語）六巻・平家（平家物語）六巻・承久（承久記）、これを四部合戦書といふなり」とあることと、『平家勘文《かんもん》録《ろく》』の中に出てくるだけである。『平家勘文録』は、琵琶法師の仲間での言い伝えを記したもので、「四部合戦状」とは、まずは「語り」と関係のあるものを一くくりにしての呼称だったのではなかろうか。

江戸時代

江戸時代の出版文化の隆盛に伴い、『平家物語』が数多く出版された。その『平家物語』の刊記に、琵琶法師との関わりがあったと記すものが多い。

「城一本《じょういちぼん》」と呼ばれている古活字本は、寛永三年春のころに藤田検校城慶《じょうけい》という人が、加賀国で、筑紫方の検校城一の使った本だという平家物語を取得し、その本を刊行したのだという。また江戸時代に最も多く出版された整板本は、一方流の検校たちが、平家物語のことばを吟味したのち、刊行したものだという。江戸時代に作成されるようになった平曲の譜本は、これらの本と近い本文をもつ。琵琶法師は、文字テキストの世界にも深く働きかけていた。また、『平家物語』を出版する上で、琵琶法師との連携を記すことが、「本」としての格付けに必要だったのであろう。

平家語りの流派の消長　平家語りの流派は、一方流と八坂流の二つであった。しかし、八坂流は、室町時代の終わりごろまでで絶えたと言われる。一方流は、江戸時代になって、さらに前田流と波多野流に分かれた。前田流は江戸を中心に、波多野流は京都を中心に伝承されたという。それぞれの流派は、それぞれの譜本を生みだした。譜記を考案し本文も微細な箇所で異なる。また、指南書も残されている。指南書や当道の資料によれば、流派の違いは本文の違いにあるのではなく、微細な節回しの扱い方にあるという。

もともとの八坂・一方の語りは、本文の違いがあったと考えられている。特に、八坂は江戸時代になっては、巻第五のうちの一句「訪月《つきみ》」だけに「八坂流」を冠して、あとは絶えたのだと言われ、その「訪月」の本文は、一方関係の本文（たとえば整板本）と異なる詞章になっている。そしてそのような「訪月」の本文を共有するような平家物語を八坂系とみなしてきた。流派の違いは、まず本文にある、という考え方は、室町時代の本文を考える時の常識でもあった。しかし、江戸時代初期の成立と考えられる『当道《とうどう》要抄《ようしょう》』には、

……此時八坂方一方と両流に相分る。正に一派を汲《くみ》て両翼をならふといへとも、文章の義理音曲の躰は別条なし。

などと記されている。

また、八坂流は江戸時代には既に絶えたと言われながらも、盲人資料の『当道大記録』（寛政六年ごろ成立か）には、

……職え久我《こが》殿より案内有而《ありて》、平家御所望之《の》時は、一方より壱人《いちにん》八坂方より壱人両人式掌《しきしょう》の装束に而《て》轅《ながえ》に乗出仕…

などとあり、存続しているようにも見受けられる。

盲人と平家語りと当道座　平家語りは、当道座との結びつきで伝承されてきた。しかし、江戸時代になるとその関係が変化した。盲人の生計の基本に変化が生じたからである。盲人は、鍼《はり》、按摩《あんま》といった医療行為、または金融業などで身を立てるものが増えていった。これによって、平家語りの伝承は、当道座との結びつきが弱くなり、特別な才能のある者に受け継がれるようになった。平曲の技能の最高位に位置する「宗匠《そうしょう》」が、当道座内の階級では最高位ではない「勾当《こうとう》」であることもあった。

江戸時代になると、晴眼者（特に武士）で平家語りを伝習しようとする者が出てきた。「譜本（楽譜）」の作成は、そのような晴眼者の平家愛好熱と関連がある。中世の語りの伝承は、江戸時代になって、語りの技法に関する指南の書や、語りそのものを記した譜本などを生みだした。「伝

誦」の秘密が「記号・文字化」されたのである。

平曲の譜本は、平家物語の本文に、いろいろな曲節の指示と、ことばの抑揚の指示、一音一音の細かな技巧の指示を記号（墨譜《はかせ》）で示している。現存するもので最も古いのは、貞享《じょうきょう》四年（一六八七）の奥書のある譜本だが、この譜本は、「火燧《ひうち》合戦」「忠度 都落《ただのりのみやこおち》」「青山《せいざん》」「福原落《ふくはらおち》」「宇佐行幸《うさぎょうこう》」の五句だけであるのが惜しい。

墨譜は、流派あるいは譜本ごとに工夫改良され、それぞれ特色のある譜本が作られた。平家物語全巻全句に譜のついたものが、幾通りか残されている。制作年代が分かるものとしては、元文《げんぶん》二年（一七三七）に岡村玄川《げんせん》が豊田検校と連携して作成したという『平家吟譜《ぎんぷ》』があり、安永五年（一七七六）には、荻野知一《おぎのちいち》検校が尾張藩の武士の協力を得て『平家正節《まぶし》』という譜本を作成した。

晴眼者による平曲愛好は、山田宗徧《そうへん》などの茶人、島津藩主、津軽藩主などの大名とその側近などが挙げられる。特に、幕臣岡正武は、譜本の筆写校合を数多く行い、京都の星野検校から得たこまやかな教授を『平曲問答書』として残すなど、大きな働きがあった。

明治以降

平家琵琶伝承の近代の歴史において、最も重大な事件は、江戸時代まで公的に保護されてきた「当道座」が、明治四年（一八七一）に廃止されたことである。当道座の組織と平家琵琶伝承との関係は、江戸期に離れて来ていたとはいえ、影響は大きかった。困難な時代の到来にもかかわらず、名古屋では箏曲家を中心に「国風音楽会」が設立され、日本音楽の基本として盲人による「平曲」の伝授が守られた。一方、津軽藩に伝えられた晴眼者による平曲は、楠美《くすみ》家がその伝承の中核であったが、楠美家出身の館山漸之進《たてやまぜんのしん》は、伝承の途絶えることを憂慮し、様々な活動を行なった。なかでも彼が明治四十三年（一九一〇）に刊行した『平家音楽史』は、現在にいたるまでその輝きを失わない。

明治以降、昭和の敗戦に至るまで、京都や東京など各地に平家琵琶の伝承はあったようだが、現在は絶えてしまった。わずかに残っているのは、名古屋に保存された平曲を伝える今井勉《つとむ》検校（なお名古屋の検校は当道座廃止後、新たに国風音楽会が発行して来た称号である）、館山漸之進の子息館山甲午《こうご》の教えを受け継ぐ橋本敏江などである。

『平家物語』の諸本

語り本系と読み本系

『平家物語』の原本は現存しないが、鎌倉中期の一二三〇年ごろから約十年の間（ほぼ四条天皇の時代）にその原型ができあがったと推定されている。その初期の段階から複数の人物が関与して生成されたとみられ、かつ数次にわたって改作や加筆が行なわれ、今日に伝わっている。そのような生成の事情を反映して、『平家物語』には膨大な諸本が存在する。その要因については、かつては琵琶法師の語りによってテクストが変容し、流動したと考えるのが一般的であった。しかし近年の研究では、必ずしも琵琶法師の語りのみによるものではなく、書承《しょしょう》によっても多様なヴァリエーションの派生することが指摘されている。そして、後次的に生まれた異本同士の間でも影響関係があり、さらなる異本が生まれた。

『平家物語』の諸本は、大きく語り本系と読み本系とに分けられる。

語り本系とは、今日もっとも一般的に読まれているテクストで、琵琶法師が平曲を語るために用いたテクスト（およびこれに準ずるもの）である（語りによって形成されたのか、逆に語りの台本として成立したのか、定説をみていない）。比較的記述量が少なく、十二巻、ないしは「灌《かん》頂《じょうのまき》巻」を別巻として十三巻とする伝本群である。または、琵琶法師の座の呼称である「当道《とうどう》」から、当道系とも、その記述量の少なさゆえに略本系とも呼ぶ。この系統の代表が、覚一本《かくいちぼん》、流布《るふ》本である。

読み本系とは、寺院の僧侶や知識階級の読み物として流布したと考えられている系統の本で、語り本系諸本に比べて概して記述量が多い。非当道系とも、あるいは広本《こうほん》系とも呼ぶ（かつては増補系とも呼ばれた）。代表的なものに、延慶本《えんぎょう》、長門本《ながと》、源平盛衰記《じょうすい》がある。

両系の隔たりは、記述量の多寡《たか》だけでなく、章段の配列・構成や事実認定の相違にまで及ぶ。たとえば、横笛という女性の死を、語り本系では病死とするのに対して、読み本系では入水《じゅすい》とする、などである。

語り本系を増補したのが読み本系なのか、逆に、読み本系を簡略化したのが語り本系なのか、その経緯は明確になっていないが、現存本をみるかぎりは、少なくとも一方からもう一方への単純な移行ではなく、数次にわたる相互の交渉があったと考えられている。また、研究が進捗《しんちょく》すればするほど、系統相互、伝本相互の交渉や影響関係が明らかになってきており、以前ほどには両系統の区分は意識されなくなりつつある。

諸本の概要

一　語り本系（略本系、当道系）

平曲の語りの詞章として作られ、語られることによって流布し、変容を遂げた系列の伝本。琵琶法師が興行のために寺社を拠点として結成した、当道座が管理していた系統の本が中心である。南北朝〜江戸期の平曲の二大流派に一《いち》方流《かた》と八坂流《やさか》があったため、それぞれの系統に属する伝本をまず区分する（両流が対峙《たいじ》的な関係であったのかどうか疑問視する見解もある）。二大流派の名をとって、一方系諸本、八坂系諸本という。

一方系諸本は「灌頂巻」を特に立て、八坂系諸本は立てない。「灌頂巻」とは、巻十二の後に付された別巻で、高倉天皇の中宮であり安徳天皇の母である建礼門院（平清盛の娘徳子《とくこ》）が安徳天皇をはじめ、滅んだ平家一門の菩提《ぼだい》を弔うという内容。一方、「灌頂巻」を立てていない後者の系統は、建礼門院の物語を巻十一〜十二の中に編年的に取り入れ、物語を、平家一門の嫡流である六代の斬首で結ぶ（断絶平家型と呼ばれる）。つまり、「灌頂巻」の有無は、形態上の相違にとどまらず、平家一門を鎮魂する物語を志向するか、平家が断絶してしまったという厳粛な歴史的事実で締めくくろうとするかという、物語の構想と関わるものである。

Ａ　一方系諸本〔十二巻＋灌頂巻〕

平曲の一方流に属する伝本群。この系統の琵琶法師は、如一《じょいち》、覚一《かくいち》、定一《じょういち》などと「一」の字を継承したことから、こう呼ばれた。一方流は、十五世紀中頃、妙観派・師堂派・源照派・戸嶋派に分かれ、江戸期に入って師堂派が優勢となった。そして、師堂派が前田流と波多野流とに分かれ、前田流から『平家正節《へいけまぶし》』を完成させた荻野知一検校《おぎのちいちけんぎょう》が出るなど、前田流のほうが平曲界の主流となっていった。一方系諸本は、「灌頂巻」を特に立てるのが特徴。編年的な記事配列を改めて場面構成を重視し、人物像を明瞭にし、叙情的な表現を多く加えた。代表的な伝本としては、覚一本、葉子《ようし》十行《じゅうぎょう》本、流布本などが挙げられる。

覚一本　応安四年（一三七一）、琵琶法師の明石検校覚一が、自分の死後に弟子たちの間で論争が起きないようにするために証本として作らせた本。ただし、覚一が口述し弟子有阿《ゆうあ》に筆記させた原本は現存せず、写本が残るのみである。その写本に、高野本・龍谷大学本・寂光院《じゃっこういん》本・龍門文庫本・高良《こうら》神社本などがある。『平家物語』の正統であるかのような権威化が進み、現在ではもっとも読まれる本となった。語り本系の古態の要素を残すとされる屋代《やしろ》本と比べてみると、巻一・二については大差なく、巻三・五・六・八（巻四欠）についても校合可能な範囲であるのに対して、巻七・十・十一・十二（巻九欠）と後半に進むほど異同の幅が大きくなる。屋代本が最後まで編年性・叙事性を守るのに対して、覚一本は後半、人物に焦点を当て、場面展開に趣向を凝《こ》らし、叙情性を得てゆく、その差である。覚一本は、滅びゆくものの多い後半部分で、その真骨頂を披瀝《ひれき》したのである。

覚一本系統のその後（葉子本・下村本）　先行する覚一本系統の本を統合したものに、葉子本がある。葉子本をもとにして、そこから「邦綱沙汰《くにつなのさた》」「宗論《しゅうろん》」「剣」「鏡」および巻十二の行家《ゆきいえ》・義憲《よしのり》の最後、平家残党狩りを削ってできたのが下村本（下村時房刊本）である。この下村本に続くかたちで流布本が登場した。すなわち、葉子本と下村本は、覚一本から流布本への過渡的な位置にある本といえる。

流布本　江戸時代に版本として流布した本。古活字本では、元和《げんな》年間に刊行された十一行平仮名交じり本、寛永年間に刊行された十二行平仮名交じり本、同じく寛永年間に出された付訓十二行片仮名交じり本の三種が知られている。整版本では、元和七年刊の片仮名交じり本、同九年刊の片仮名交じり本が古いものとして知られ、その後、片仮名本では寛永三年・七年・万治二年、平仮名本では寛永三年・正保三年・明暦二年絵入・寛文十二年絵入・延宝五年絵入など、多く版を重ねた。章段の欠落は、前掲の下村本と同じ。

B　八坂系諸本〔十二巻〕

平曲の流派である八坂流に属する伝本群。京都の祇園社から清水寺にかけての一帯を八坂といい、八坂流平曲はその周辺の琵琶法師たちとの関わりを持つ（この流派は、城玄《じょうげん》を始祖として、城意《じょうい》、城存《じょうそん》と「城」の字を継承したので城方《しろかた》流とも言う）。一方流と同様、八坂流も妙聞《みょうもん》派・大山派と分派していったが、江戸期には「訪月《つきみ》」の一章段を伝えるのみとなり、やがて一方流に先んじて廃絶した。

この八坂流平曲の台本が八坂系諸本で、一方系諸本に対して「灌頂巻」を立てずに、平家嫡流の断絶をもって閉じるのが特徴である（断絶平家型）。室町期以降は一方流に押され、傍系の一派となってゆくが、古態の屋代本（後述）が断絶平家型であるように、系譜上は、むしろ八坂系のほうが保守本流であった。革新的な一方系が、劇的な構成や叙情性の加味を志向したのに対して、八坂系はその方針にのることなく、事件の推移を淡々と編年的に追うので、平板であると言われる。ただし、八坂系もその末流になってくると、一方系の伝本から章句を取り込んだり、多様な伝承や修辞を取り込むなど新機軸をみせるものも出てくる。

一方系の諸本については、ある程度系統を追うことができるのに対して、八坂系の諸本は自由な改変の幅が広いため、系統をなしていない。そのため、八坂系諸本については、章段の有無や配列による分類のみが行なわれている。その分類の際のおもな指標とされるのが、「鬼界が島流人《るにん》譚《たん》」の位置（屋代本などは巻二の「成親流罪《なりちかるざい》」の後であるのに対して、八坂系では巻三の「山門滅亡」の後）、「吉野《よしの》軍《いくさ》」（頼朝・義経兄弟の確執が表面化し、頼朝の派遣した刺客を逃れて義経一行が吉野に逃れ、さらに平泉の藤原秀《ひで》衡《ひら》を頼って下るまでの内容）を有するか否か、一方系への近接をみせるかどうかである。これによって、次のように分類される（山下宏明説）。

第一類本「鬼界が島流人譚」を巻三に置き、巻十二の「吉野軍」を欠く諸本。文禄本（巻一〜四・六

〜八・十二）など。

第二類本「鬼界が島流人譚」を巻三に置き、巻十二に「吉野軍」を有する本。城方本（国民文庫本・八坂本）など。

第三類本　第一類本を元にしつつ、一方流への接近をみせる諸本。加藤家本（巻一・三・四・八）など。

第四類本　第二類本と一方流本との混態本。建礼門院関係の記事を巻十二にまとめ、巻一に「堂供養《どうくよう》」を置く諸本。如白本《じょはくぼん》など。

第五類本「吉野軍」を有し、建礼門院関係記事を一括して「灌頂巻」と名づける本。城一本《じょういちぼん》。

第三・四・五類本は一方系の影響を受けている混態本・取り合わせ本なので、八坂系の本流は第一・二類本である（近年では、とりわけ第二類本を八坂系の代表伝本とみる見解が有力）。一方系では覚一本が権威化し、諸本の流動が抑えられたとみられるのに対して、八坂系では自由な改変・増補が許容されたとみられ、本文異同の幅が広い。概して、（一方系の韻文的・抒情的に対して）散文的・叙事的であると言われる。

二　読み本系（広本系、非当道系）

語り本系に対して、寺院の僧侶などの知識階級の識字層が読むためにつくられた系統の本。ただし、この系統の本も、語られることと無縁ではなかったと言われている。読み本系全般に通じる特徴として、語り本系に比べて記事の増補が多く、頼朝挙兵の経緯を詳述し、寺院関係の資料や地方の合戦譚を大量に取り込む傾向が強い。延慶本、長門本、南都異本、源平盛衰記がこれに属す。

延慶本〔六巻十二冊〕　もっとも古い要素を色濃く残しているとされている本。正確には「応永書写延慶本」と呼ばれ、応永二十六〜二十七年（一四一九〜二〇）に書写された本で、その元になった本は延慶二年（一三〇九）夏から三年正月の頃に和歌山の大伝法院（新義真言宗本山根来寺《ねごろじ》）の別院で書写されたもの。「灌頂巻」を立てない。寺社縁起、神仏に関わる説話、院宣《いんぜん》・宣旨《せんじ》、記録類を多く取り込み、漢詩や漢文の摂取も目立つ。また、日吉《ひえ》山王神道、安居院《あぐい》流、根来寺伝法院方など唱導の影響が濃厚である。それら依拠資料の文体をそのまま反映しているため、全体としては文体の較差が甚だしく、そのゆえに古態性が強いとされている。資料・出典を明記し、由来譚・後日譚などについて考証する傾向が強い。頼朝関係の記事が多く、武家政権の到来を正当化する姿勢を見せている。その末尾も、六代処刑でとどめず、後白河院の崩御、頼朝寿祝までを述べる。第一次＝承元二年（一二〇八）～天福元年（一二三三）、第二次＝仁治《にんじ》三年（一二四二）～建長四年（一二五二）の少なくとも二回は整理校訂され、応永書写段階近くまで覚一本的本文による補入が行なわれたらしい。

長門本〔二十巻〕長門国赤間関（下関市）の阿弥陀寺《あみだじ》に所蔵されている本が有名であったため、長門本、赤間本、阿弥陀寺本などと呼ばれた。巻二十の末に「灌頂巻」を付す。内容は延慶本に近似しており、延慶本と長門本で記事が共通する部分を「旧延慶本」とみる向きもある。ただし、延慶本と肩を並べるような兄弟関係ではなく、長門本のほうが、かなり時代的に下り、書承・編集の紆余《うよ》曲折を経ているとされる。内容・表現の点において、室町物語と共通する要素のあることが指摘される一方で、延慶本よりも古態を残す部分もあるとされる。超自然的・神秘的な話材を多く取り込み、取り込んだ故事などを空間的・時間的に位置づけようとする意識が希薄である。平氏の栄華が異常なものであることを示す怪異譚や霊験譚（巻一）、成親・成《なり》経《つね》父子の配流《はいる》や帰還の途次での地方説話や縁起譚（巻三～五）、頼朝挙兵と関東での合戦記事（巻十）、北国での木曽義仲の合戦記事（巻十三～十四）などが特徴的な記事として注目されている。版本はないが、江戸期には写本としてよく流布し、延慶本よりも長門本のほうが読まれていた。なお、南都異本は、長門本に近似している。

源平盛衰記〔四十八巻〕『平家物語』諸本の中では最長編で、読み本系の集大成と言われる。巻四十八は「灌頂巻」に相当する。記事内容が豊富で、巷説《こうせつ》などの摂取に特徴がある。「異本云《いほんにいう》」「或本云《あるほんにいう》」などの形式で異説を引用することが多く、『平家物語』の異本を参照しつつ編集されたとみられる。劇的な構成法を好む、詳細な描写を繰り返す、異説を並べ立てる、文書類を多く収載する、事物の由来を解説する、暴露的記事を好む、猥雑《わいざつ》ないしは荒唐無稽《こうとうむけい》な逸話を導入する、教訓めいた結論を引き出したがるなどの特徴が指摘されている。全体としては、物語の本筋からそれてゆく拡散性が顕著だが、近年、『平家物語』とは異質な、独自の世界を指向した側面も指摘され、『平家物語』の読み本系の末という位置づけから解放すべきだとも言われている。末尾で、観音の申し子としての文覚《もんがく》の生い立ちが語られ、文覚が六代の助命を成功させ、その死を描かずに長谷観音の霊験譚で結ぶという点が特異である。江戸期に入って水戸藩が『平家物語』の代表的な伝本を調査し、『参考源平盛衰記』を編纂《へんさん》したように、江戸期には『平家物語』諸本の中でもっとも信頼され読まれたと言われている。ただし、その享受は、歴史書としてのものであったようだ。

3　中間系

中間系としてここに挙げる諸本のうち、文字どおり語り本系・読み本系の中間的形態とみられるのは、南都本だけである。屋代本と百二十句本は、従来、語り本系（古本）に入れられていたし、源平闘諍録《とうじょうろく》と四部合戦状本は読み本系に属していた。研究の進展により、読み本系・語り本系双方からの影響のあることが知られるようになり、位置づけが留保されているという意味合いも含めての中間系である。

屋代本（十二巻（巻四・九欠）＋剣巻《つるぎのまき》＋抽書《ぬきがき》）古態を残す語り本系の本であることは確かだが、八坂系の古本なのか、一方・八坂両系に分かれる以前の本なのか、一方系の覚一本の前段階として位置づけられる本なのか、その位置については定説をみていない。しかも、延慶本など読み本系からの影響も指摘されるようになった。「灌頂巻」を立てていない。覚一本に比べて十章段ほど少なく、加えて章段の中の小さな記事でも二十か条以上少ない。編年体を軸に事件を配列していて、覚一本にみられるような再構成は行なわれておらず、唱導的要素も薄い。このような理由から、覚一本以前の古い形をとどめていると考えるのがかつては一般的であった。しかし、近年、後白河院像が抽象化されたり、頼朝関係の記事が削除されたりするなど、八坂系の本（第二類本）よりも後次的な要素が指摘されるようになり、叙事性から離れ、語り物へと変容していく過程の姿かとの見直しがなされている。

屋代本の周辺（平松家本・鎌倉本・竹柏園《ちくはくえん》本）屋代本・

物語本文・注釈書・現代語訳

高木市之助ほか『平家物語』上・下<日本古典文学大系>岩波書店　1960
佐々木八郎『平家物語評講』上・下　明治書院　1963
市古貞次『平家物語』一・二<日本古典文学全集>小学館　1975
杉本圭三郎『平家物語（全訳注）』一〜十二<講談社学術文庫>　1979〜91
梶原正昭・山下宏明『平家物語』上・下<新日本古典文学大系>岩波書店　1991・93
梶尾正昭・山下宏明『平家物語』一〜四<岩波文庫>　1999
市古貞次『平家物語』一・二<新編日本古典文学全集>小学館　1994
冨倉徳次郎『平家物語全注釈』上・中・下一・下二　角川書店　1966〜68
佐伯真一『平家物語』上・下<三弥井古典文庫>三弥井書店　1993・2000
高橋貞一『平家物語』上・下<講談社文庫>　1972
佐藤謙三『平家物語』上・下<角川文庫>　1979
北原保雄・小川栄一『延慶本平家物語　本文篇』上・下　勉試出版　1990
麻原美子ほか『長門本平家物語の総合研究』一・二　勉試出版　1998・99
松尾葦江ほか『源平盛衰記』一〜四・六<中世の文学>三弥井書店　1991〜
水原一『新定源平盛衰記』一〜六　新人物往来社　1988〜91
麻原美子・春田宣・松尾葦江『屋代本　高野本対照　平家物語』一〜三　新典社　1990〜93
水原一『平家物語』上・中・下<新潮古典文学集成>新潮社　1979〜91
服部幸造・福田豊彦『源平闘諍録』上・下<講談社学術文庫>　1999・2000
高山利弘『訓読　四部合戦状本　平家物語』有精堂　1995

平松家本・鎌倉本は、同様の漢文体目録を持つ。屋代本に「但《ただ》し別紙に在り」とある抜き書き八か条のうち、平松家本では四か条、鎌倉本では八か条すべてが本文に組み込まれていることを根拠として、屋代本から、平松家本・鎌倉本を経て覚一本に至ったとの系統がかつて示された。しかし、屋代本と覚一本の混態が平松家本・鎌倉本であるとの異論も出されている。竹柏園本は屋代本の後継本とされるが、「灌頂巻」の立巻に繋がるような胎動《たいどう》をみせている。屋代本は、古態を残すとはいえ覚一本からの影響が指摘されている。つまり、原屋代本を想定する必要があるということである。また、南都本との近似性もある。

百二十句本〔十二巻〕　各巻十句、十二巻で百二十句になることによる命名。「灌頂巻」を立てない。この本の位置については、屋代本の末にあたるもので、時代的には下るものながら、八坂系の古本の面影を残すものと言われている。ただし、その場合でも八坂系の中には入れず、別扱いとするのが一般的である。屋代本と同じく、編年性を重視する傾向が強い。難語・難句や詩的韻律文を避ける傾向が強く、平明で庶民受けする詞章である。本書『平家物語ハンドブック』が依拠した「新潮日本古典集成」は、この百二十句本を底本としている。

源平闘諍録〔巻数不明〕　古態を残す本。巻一上・一下・五・八上・八下の五冊のみ現存。原態の巻数を十巻とする説もある。真名《まな》文体（擬似漢文体）で書かれている。概し

『平家物語』主要伝本一覧

大分類	中分類	小分類	伝本通称	底本
語り本系	一方系	覚一本系	龍谷大学本	龍谷大学本
語り本系	一方系	覚一本系	高野本（覚一別本）	東京大学国語研究室本
語り本系	一方系	覚一本系	高野本（覚一別本）	東京大学国語研究室本
語り本系	一方系	覚一本系	高野本（覚一別本）	東京大学国語研究室本
語り本系	一方系	覚一本系	高野本（覚一別本）	東京大学国語研究室本
語り本系	一方系	覚一本系	高野本（覚一別本）	東京大学国語研究室本
語り本系	一方系	覚一本系	高野本（覚一別本）	東京大学国語研究室本
語り本系	一方系	葉子本系	葉子十行本（葉子本）	市立米沢図書館（林泉文庫旧蔵）本
語り本系	一方系	過渡本系	京師本	国会図書館本
語り本系	一方系	流布本系	整版本	元和九年刊片仮名交り附訓十二行整版本
語り本系	一方系	流布本系	整版本	寛文十二年刊平仮名整版本
読み本系		延慶本系	応永書写延慶本（応永本）	大東急記念文庫本
読み本系		長門本系	長門本	国会図書館貴重書本
読み本系		源平盛衰記系	古活字本源平盛衰記	内閣文庫蔵慶長古活字本
読み本系		源平盛衰記系	参考本源平盛衰記	明治十七年刊和本史籍集覧本
中間系		屋代本系	屋代本	国学院大学図書館本＋京都府立総合資料館本
中間系		百二十句系	百二十句本	国会図書館本
中間系		源平闘諍録	源平闘諍録	内閣文庫本
中間系		四部本系	四部本（四部合戦状本）	慶応義塾大学図書館本＋野村宗朔筆写本

て記述量は少なく、簡潔である。千葉氏や千葉氏の信仰していた妙見宮《みょうけんぐう》関係の記事が多く取り込まれ、佐々木氏・熊谷氏・梶原氏などの板東七平氏に関わる記事も含んでいるため、千葉氏を中心とした東国文化圏で成長を遂げたものと考えられている。構想の点からみても、東国にもたらされた『平家物語』を東国の源氏の視点から捉えなおして成立したものと言われており、将門の乱の延長線上に治承《じしょう》四年の頼朝挙兵を位置づけるという独特の歴史観も、これと通じている。真名本『曾我物語』との関係が指摘されている。

四部合戦状本（十二巻（巻二・八欠））各巻頭に「四部合戦状第三番闘諍」と記すことによる命名。「第三番」というのは、『平家勘文禄《かんもんろく》』で、『保元物語』『平治物語』『平家物語』『承久記《じょうきゅうき》』を「四部の合戦状」と呼んでいることと符合する。「灌頂巻」を持つ。真名文体で書かれていて、記述が簡略であるため、かつては諸本中最古態本ではないかと考えられていた。しかし、真名文体については、その原拠に仮名本の存在のあったことが指摘され、記述の簡略さについても、延慶本のような先行本を省略したらしい痕跡が指摘されるに至った。さらに、屋代本的な詞章を取り入れていることや、室町物語や謡曲に近い表現の存することも指摘されている。しかし今なお、『平家物語』の古態性を探るうえでは示唆に富んだ本である。おもな特色は、編年的記事が正確であること、傍系の説話の摂取が少なく簡略であること、院宣・訴状・願文《がんもん》などの文書類や宮中関係記事の豊富なことである。分類上、かつての研究史では、読み本系に入れられていたが、「灌頂巻」を別に立てていたり、覚一本系統の詞章の影響を受けていることが指摘されたりして、近年では中間系に位置づけられるようになった。京都近辺の地名や人名にも誤写が目立つことから、あまり正確な知識を持ち合わせていない地方人（東国）が製作に関与していたとみられている。真名本『曾我物語』や『神道集』に通じる表記が指摘され、成立に箱根の唱導僧の関与を想定する説もある。

南都本〔十二巻（巻二・三・四・五欠）〕　語り本・読み本の両方の要素を持つとされ、巻一・七・十二は語り本系に近く、巻六・八・九〜十一は読み本系に近い。その流動の方向性としては、読み本系にあるような頼朝挙兵関係記事を削除して語り本系に近接させてゆくようなものと考えられている。巻の分け方に特色がある。たとえば、明雲座主《めいうんざす》流罪の記事を、十二巻本の諸本が巻二の冒頭に置くのに対して、南都本は巻一の末尾に含めて、山門対院近臣の対立の区切れまでを収める。また、諸本では大庭早馬《おおばのはやうま》の記事を巻五に置くのに対して、南都本は、巻六の冒頭に位置づけ、巻六を頼朝挙兵譚でまとめようとする。このようなことから、巻の仕立てと内容上の切れ目とを対応させようとする意識が顕著である（相対的に紙数の多寡《たか》は軽視する）。「灌頂巻」を立てない。因果関係を重視して、平家の滅亡を必然とみる集約化された構想を持つ。四部本・屋代本・平松家本・鎌倉本・覚一本などと類似の詞章の多いことが指摘されている。

天草本〔四巻〕『平家物語』のポルトガル式ローマ字による抄訳本。文禄元年（一五九二）、耶蘇《やそ》会（イエズス会）の天草学林で印行されたため、天草本と呼ばれる。原名は「日本の言葉と歴史を習ひ知らんと欲する人のために世話に和らげたる平家の物語」。つまり、日本で布教活動を行なうポルトガル人などの外国人宣教師のための日本語教科書・歴史教科書として編纂されたもので、『平家物語』そのものとは大きく異なり、口語体の対話形式が採られている。天草本の原拠としては、巻一が一方系の西教寺本・龍門文庫本に、巻三末と巻四初は平松家本・竹柏園本に、それ以外は百二十句本に近いと言われている。

第二部　物語の鑑賞

平家物語年表

【凡例】

本年表は、『新潮日本古典集成 平家物語』に基づき、『平家物語』の記事と歴史的事実を対照させたものである。主要事項は、月日、平家物語の記事の順。

※印は、歴史的事実を意味している。

年号	天皇	主要事項
1131（天承元）	崇徳	【巻一】天承元年三月～安元三年四月
		3・13 得長寿院落成供養。平忠盛、造進の功績で内裏への昇殿を許される（※史実では翌年）。
		11・23 豊明の節会の夜、忠盛、殿上の闇討計画を防ぐ。
1153（仁平三）	近衛	1・15 忠盛没。清盛、平家の家督を継ぐ。
1156（保元元）	後白河	7 ※保元の乱
1159		12 ※平治の乱

巻第一

第一句 殿上《てんじょう》の闇討《やみうち》

祇園精舎《ぎおんしょうじゃ》 「祇園精舎の鐘のこゑ、諸行無常《しょぎょうむじょう》のひびきあり。沙羅双樹《しゃらそうじゅ》の花の色、盛者必衰《じょうしゃひっすい》のことわりをあらはす。おごれる者もひさしからず、ただ春の夜の夢のごとし。たけき者もつひにはほろびぬ、ひとへに風のまへのちりに同じ。」あまりにも有名な『平家物語』の序章である。祇園精舎の無常堂の四隅の玻璃《はり》の鐘は万物の無常を説き、沙羅双樹《さらそうじゅ》の花は釈迦入滅の時に色を失ない、盛者必滅の道理を示した。このようにいかなる権力者も英雄豪傑もその道理の支配を免れることはできない。皇帝を倒して天下を取った異国の謀叛《むほん》人たちも、将門や純友らわが国の反乱者たちも例外ではなかったが、近年の平清盛はけた外れの様相を見せた。その先祖は、桓武天皇の皇子葛原《かつらはら》親王に始まるが、祖父正盛までは昇殿を許されていなかった。

忠盛昇殿《ただもりしょうでん》 清盛の父の忠盛は、備前守の時、鳥羽院のために得長寿院《とくちょうじゅいん》や三十三間堂を造進した功績で昇殿を許されるが、殿上人《てんじょうびと》たちはそれをねたみ、十一月の豊明《とよのあかり》の節会《せちえ》の夜、忠盛の闇討ち（袋叩き）を計画した。それを聞いた忠盛は、

（平治元）	二条	
1160（永暦元）	二条	1・26 ※太皇太后藤原多子、二代の后として入内。 3 ※頼朝、伊豆蛭島に流される。
1165（永万元）	六条	6・25 二条天皇譲位、六条天皇即位。 7・27 二条上皇崩御。その夜、延暦寺・興福寺の衆徒、額打論をなす。 7・29 山門の衆徒、都に乱入し、清水寺を焼く。
1167（仁安二）	六条	2・11 ※清盛、太政大臣従一位となる。
1168（仁安三）	高倉	2・20 高倉天皇即位。 11・11 清盛、病のため出家。法名・浄海。
1169（嘉応元）	高倉	7・16 後白河上皇出家。
1170（嘉応二）	高倉	10・16 平資盛、非礼を働き、基房の従者に辱められる。 10・21 清盛、武士を遣わし

鞘巻《さやまき》（腰刀）を携帯して灯のそばでわざと抜いて見せて殿上人たちの肝を冷やさせた。殿上の小庭に武装をした家来家貞《いえさだ》の姿もあって、闇討ちは中止された。殿上人たちは腹いせに、忠盛が舞を舞うと、「伊勢へいじ（平氏・瓶子）はすがめ（眇・酢甕）なりけり」と囃《はや》してうっぷんを晴らした。宴はてて殿上人らは、宮中の宴に剣を携え、家来を伴って出席した罪科を訴えて忠盛の罷免《ひめん》を申し立てたが、剣は木刀であり、家来の警護は武士の習いと認められ、お咎《とが》めはなかった。忠盛の子供たちは六衛府《えふ》の次官として昇殿する。また、忠盛は歌をよくし、『金葉集』にも入集《にっしゅう》し、忠度を生む上皇の御所の女房とも歌で結ばれるなど風雅な人物でもあった。

第二句　三台上禄《さんだいじょうろく》

清盛の昇進　刑《ぎょう》部《ぶ》卿《きょう》になって逝去した忠盛の後継者となった嫡男の清盛は、保元・平治の乱での勲功によって正三位《しょうさんみ》に叙せられ、ついには左右の大臣を経ずに、内大臣から太政大臣・従《じゅ》一位に昇り、摂政関白並みの待遇が許されるまでになる。

鱸《すずき》　平家の繁昌は、熊野権現の御《ご》利《り》生《しょう》によるものであった。清盛が安芸守《あきのかみ》であった頃、伊勢の安濃津《あのつ》から熊野参詣に向かう船中に、大きな鱸が飛び込んできた。瑞祥《ずいしょう》だからと案内者らに勧められて、家の子・郎党にまで食わせたことが、

		て基房の行列を襲い、暴行を加える（※史実では重盛の指示による）。
1171（承安元）	高倉	1・5　高倉天皇元服。 12・14　※清盛の娘徳子（後の建礼門院）入内。
1173（承安三）		5・16　※文覚、伊豆に流される。
1176（安元二）		7　※建春門院崩御。
		8・12　白山三社八院の衆徒、師高・師経の流罪を奏上のため、坂本に押し寄せる。
1177（安元三）		4・28　京都大火により大極殿など焼亡（白山騒動）。

その後の子孫繁栄のきっかけとなった。仁安《にんあん》三年十一月、清盛は病を得て出家入道し、浄海と名のったが、そのせいかたちまちに平癒《へいゆ》した。六波羅《ろくはら》一帯に居を構えた清盛一門はいよいよ栄え、平時忠などは「この一門にあらざらん者は人にあらず」とまで公言した。

禿《かぶろ》　清盛は我が一門に対する誹謗《ひぼう》・批判を封じるために、十四、五、六の童《わらわ》三百人を集めて、髪を禿（おかっぱ髪）に切りそろえ、お揃いの赤い直垂《ひたたれ》を着せて京中を見回らせ、誹謗者を摘発させた。かれらは平家をそしる者がいると大挙してその者の家に押しかけ、家財を押収して、六波羅に連行したので、都では平家批判は禁句とされた。

平家の栄華　清盛の一門は、嫡子重盛が内大臣左大将、二男宗盛が中納言右大将に昇ったのをはじめ、公卿《くぎょう》が十六人、殿上人が三十余人、諸国の受領《ずりょう》、衛府・諸司の官人が六十余人という未曾有《みぞう》の繁栄ぶりであった。兄弟で左右の近衛大将を独占した先例は、これまでに四回のみ、しかも任じられたのは摂政関白の子息らのみであった。清盛の八人の娘らも、皇子（安徳天皇）を生んだ后《きさき》や摂政・関白の北の方など、みな権門に嫁した。日本六十六か国のうち、平家の知行地はじつに三十余国、天皇・上皇さえも及ばないものであった。

第三句　二代《にだい》の后《きさき》

市中を見回る禿たち『平家物語絵巻』巻一「禿童事」

鳥羽院の崩御の後、後白河院と二条天皇父子の仲は険悪になった。二条天皇は院の仰せにつねに反発した。先帝・故近衛天皇の后多子《たし》は天下第一の美人との評判が高かった。二条天皇はその多子に艶書《えんしょ》を送って無視されると、父の右大臣公《きん》能《よし》に娘の多子を后として入内《じゅだい》させよとの宣旨《せんじ》を下し、本朝には先例がないとの公卿一同の反対を押し切って強引に后に迎えた。多子は泣く泣く入内し、麗景殿《れいけいでん》にお住みになった。

第四句　額打論《がくうちろん》

二条院崩御《ほうぎょ》　永万《えいまん》元年の春より二条天皇の病状が重く、六月二十五日、にわかに二歳になる二宮に親王宣下《せんげ》があり、その夜譲位が行なわれ、新帝六条が誕生した。七月二十七日、二条院は崩御。御年二十三歳であった。先に近衛天皇に死別した多子は今度は二条院に先立たれ、ただちに出家して近衛河原の御所へ移った。

額打論　二条院葬送の夜、墓所のまわりに寺々の額を打ち掛ける儀式に、東大寺、次に興福寺、興福寺の向かいに延暦寺、次に園城寺《おんじょうじ》の順序で掛けるはずのところを、延暦寺の僧たちが興福寺より先に延暦寺の額を掛けた。それを怒った興福寺の二人の僧が延暦寺の額を切り落とし、さんざんに打ち割って囃《はや》し立てたが、延暦寺の僧たちは手出しをせずに退去した。

清水《きよみず》炎上　七月二十九日、比叡山の僧たちが大挙して山を下った。これは後白河

延暦寺の額を切り落とす興福寺の僧『平家物語絵巻』巻一「額打論の事」

法皇による平家追討のための動員だとの噂が広がったので、平家の一門はみな六波羅に集結した。法皇も急いで六波羅に御幸《ごこう》した。山門（比叡山）の大衆《だいしゅ》（僧たち）は、興福寺の末寺である清水寺へ押し寄せ、仏閣・僧坊をことごとく焼き払って引きあげ、法皇も六波羅から帰った。だが、清盛はその日の噂から法皇への疑心を強める。一方、法皇の近臣の西光《さいこう》は、あの噂は天の声だと平家を難じた。仁安《にんあん》元年十月、後白河院の一宮（高倉）が春宮《とうぐう》に立った。春宮は六歳で天皇の叔父、天皇は三歳で春宮の甥である。その天皇が五歳で譲位し、八歳の高倉天皇が誕生した。新帝の伯父にあたる平時忠《ときただ》は権勢を誇る臣となり、時の人は「平関《へいかん》白《ぱく》」と呼んだ。

第五句　義王《ぎおう》

天下を掌握した清盛には、わがままな振る舞いが目立つようになった。たとえば水干《すいかん》装束で舞う「白拍子《しらびょうし》」の名手として知られていた義王・義女《ぎにょ》という姉妹の姉の義王を寵愛し、母のとぢも一緒に家を建てて住まわせ、毎月米百石・銭百貫を与えて厚遇していた。この三年後に京で評判をとった加賀の仏《ほとけ》という若い白拍子が、清盛のもとに呼ばれもしないのに参上した。追い返されかけた仏が義王の取りなしで呼び戻されて今様《いまよう》と舞を披露すると、清盛はすっかり魅了されてしまい、仏を邸にとどめ、非情にも義王をその場で追い出した。義王は「もえいづ

祇（義）王に暇を出す清盛、仏御前（右）涙にくれる祇王（左）『平家物語絵巻』巻一「妓王事」

る枯るるもおなじ野べの草いづれか秋にあはではつべき」とふすまに書き残して退去した。その後は月々の百石・百貫の手当も止められた。翌年の春の頃、清盛から仏御前をなぐさめに来いとの呼び出しを受けた。義王は躊躇《ちゅうちょ》したが、母とぢに訓《さと》されて妹たちを伴い、しぶしぶ参上するが、清盛邸では以前とは違って格段に低い扱いであった。義王が我が身と仏御前を引き比べる思いを込めて、「仏もむかしは凡夫なり、われらもつひには仏なり、いづれも仏性具せる身を、へだつるのみこそかなしけれ」という今様を泣く泣く歌い上げると、居合わせた人々はみな感涙にむせんだ。

第六句　義《ぎ》王《おう》出《しゅっ》家《け》

清盛邸での屈辱的な扱いに、義王はいったんは身投げをしようと考えたが、妹の義女と母のとぢの嘆きを聞いて思いとどまり、二十一歳で尼となり、嵯峨野《さがの》の奥の庵室に籠もった。やがて十九歳の義女、四十五歳の母とぢも髪を下ろして同じ庵《いおり》で念仏一途の生活に入る。その翌年の秋の夜、念仏を唱えていた親子三人の庵の竹の編み戸をほとほとと叩く者がいる。出てみると、そこには仏御前が立っていた。彼女は義王の身のなりゆきを遠からぬ我が身のことと考え、「娑婆《しゃば》の栄華は夢のうちの夢」と思いとり、清盛の館から抜け出してきたのであった。すでに尼となって我が身の罪を詫《わ》びる仏御前を、義王はこころよく受け入れる。その後、この四人の尼は同じ庵で念仏して、それぞれに往生を遂げたという。

第七句　殿下乗合《てんがのりあい》

嘉応《かおう》元年七月十六日、後白河院は出家したが、法皇としての院政は続き、権勢は強く、院に仕える公卿・殿上人《てんじょうびと》・北面の武士にいたるまで、身に余る俸禄を受けていた。しかし、彼らは清盛一門の権勢をうらやみ、法皇も清盛の専横をうとみ、王法《おうぼう》の衰退を嘆いていた。嘉応二年十月十六日、重盛の次男で当時十三歳（じつは十歳）の資盛《すけもり》が、若侍らと鷹狩の帰り、摂政基房《もとふさ》の行列に出くわすが、下馬の礼をせずに駆け過ぎようとして、馬から引き落とされ、懲《こ》らしめられた。報《しら》せを受けた祖父の清盛は憤激し、重盛の諫《いさ》めるのも聞かず、報復を命じる。十月二十一日、翌年の高倉新帝の元服の相談に参内《さんだい》しようとした基房の行列を三百騎の六波羅の侍が襲撃、先駆けの武者らを馬から引き落とし、一人一人のもとどりを切った。摂政はほうほうの体《てい》で引き返した。世に「これぞ平家悪行《あくぎょう》のはじめ」と言う。事件を聞いた重盛は、襲撃に加わった侍どもを残らず追放し、資盛を礼儀もわきまえぬ不孝者と訓戒し、伊勢の国へ追いやって謹慎させた。

第八句　成親大将謀叛《なりちかだいしょうむほん》

嘉応《かおう》三年正月五日、高倉天皇は元服し、十三日の法皇・女院への行幸には女御《にょうご》として入内《じゅだい》した清盛の娘徳子《とくこ》も同行した。その頃（じつは六年前のこと）、藤原師長《もろなが》が辞した後の左大将の空席を大納言実定《さねさだ》と新大納言成親とが競い合った。ことに成親は、石清水《いわしみず》の末社や上賀茂社《かみがもしゃ》などに祈願して左大将に執着した。ところが、当時の叙位・除目《じもく》（官職に任ずること）は、ただ平家の意のままで、実定・成親は左大将になれず、右大将であった重盛が昇格、右大将には中納言の宗盛が数人の上位の者を飛び越えて就任した。成親はかつて平治の乱で信頼《のぶより》に加担した時、舅《しゅうと》の重盛の弁護で救われた恩も忘れ、「必ず平家を滅ぼす」と息まいた。

鹿《しし》の谷《たに》　東山の麓の鹿の谷という所に、俊寛僧都《しゅんかんそうず》の別荘があった。成親らはいつもそこに寄り合って平家討滅の密議をこらしていた。ある時、法皇が静憲《じょうけん》法印を伴って訪れた。酒宴となって法皇から平家打倒の話をもちかけられた静憲は、「人の耳があります」と押しとどめようとしたが、成親は立ち上がって法皇の前に並んだ瓶子《へいじ》（徳利）を狩衣《かりぎぬ》の袖でなぎ倒し、「瓶子（平氏）すでに倒れぬ」とはしゃいだ。法皇が「猿楽をせよ」と命じると、康頼《やすより》が「あまりの瓶子（平氏）の多さに目が回る」と言い、俊寛が「さて、どうしたものか」と言うと、西光《さいこう》法師は「首を取るのが一番」と言って瓶子の首をもぎ取った。その謀叛に加わっていたのは、成雅《なりまさ》、俊寛、基兼《もとかね》、章綱《まさつな》、康頼、信房《のぶふさ》、資行《すけゆき》、それに多田行綱《ただのゆきつな》など北面の武士たちであった。成親は行綱に白布五十反を贈って協力を請うた。俊寛の猛々しさは、短気であった祖父の大納言雅俊《まさとし》の血を引いていた。

鵜川《うかわ》の戦《いくさ》　安元《あんげん》三年三月五日、師長《もろなが》は太政大臣になり、師長のあとの内大臣に重盛が昇進した。北面は白河院の時に初めて置かれたものだが、近年は、こうした謀叛に加わるほどにおごっていた。信西《しんぜい》入道に仕えた師光《もろみつ》（左衛門《さえもん》入道西光）も北面の武士であった。安元元年十二月に加賀守となった師高と翌年の夏に目代《もくだい》（国司の代理者）となった師経《もろつね》兄弟は、その西光の子であった。目代として加賀に赴任した師経は、国府の近くの鵜川という山寺で入浴中の寺僧に乱暴狼藉《ろうぜき》を働いて反発を招き、斬り合いとなっていったん退いた後、数千人の兵を集めて再び押し寄せ、寺の坊舎を焼き払った。

　鵜川寺は白山《はくさん》の末寺であったから、さっそく本寺に目代の暴挙を注進した。白山の三社八院の法師二千余人が決起して師経のもとに押し寄せてみると、みな逃げ落ちて城はもぬけの殻《から》、ならばと白山の神輿《みこし》を振り上げて進み、本寺である比叡山延暦寺の東坂本に到達した。比叡山の高僧らは、「国司師高の流罪《るざい》と目代師経の禁獄」を朝廷に何度も要求するが、なかなか裁許が下りない。かつて白河院も「賀茂川の水、双六の賽《さい》、山法師、これぞわが心にかなはぬ」と比叡山の僧の強訴《ごうそ》には手を焼いたものであった。

第九句　北《きた》の政所《まんどころ》誓願《せいがん》

願立《がんだて》　嘉保《かほう》二年三月、美濃守源義綱《よしつな》に延暦寺の僧が殺害され、それを朝廷に訴え

延暦寺根本中堂

出た日吉《ひよし》の社司、延暦寺の寺官ら三十余人が、関白師通《もろみち》の命により源頼治《よりはる》の郎党に殺傷された。これによって比叡山の法師たちは山王七社の神輿を根本中堂に振りあげて、仲胤法印《ちゅういんほういん》が導師となって関白を呪詛《じゅそ》する。翌日の夜から関白は病床に伏した。師通の母（師実《もろざね》の北政所《きたのまんどころ》）は身をやつして日吉社に七日七夜参籠《さんろう》して、心中に三つの願《がん》を立てた。山王のご託宣は、「立願のごとく八王子権現の社前で毎日法華経の問答講《もんどうこう》を行なうならば、三年は延命する」というものであった。北政所は、関白の荘園の一つを永代供養料として八王子社へ寄進したところ、いったんは師通の病は快癒《かいゆ》したが、三年後の永長《えいちょう》二年六月二十七日に三十八歳で逝去した。

第十句　神輿《みこし》振《ふ》り

国司師高と目代師経の処罰を求めた山門の度々の奏聞《そうもん》にもかかわらず、依然として裁許が下りないことに業《ごう》を煮やした比叡山の法師たちは、安元三年四月十三日、日吉の祭礼を中止して、十禅師《じゅうぜんじ》・客人《まろうど》・八王子三社の神輿を振りたてて、内裏《だいり》の門へ向かった。源平両家の指揮官に宮門守護の命令が下り、平重盛は大宮通りに面した陽明《ようめい》・待賢《たいけん》・郁芳《いくほう》の三門、宗盛・知盛らは西、南の門、源頼政は北中央の朔平《さくへい》門（縫殿《ぬいどの》の陣）をかためた。

法師たちが頼政の守備を手薄と見て、縫殿の陣から神輿を入れようとするのを察した頼政は渡辺長七唱《ちょうじつとなう》を遣わして、法師たちに「開けて通せば、宣旨にそむき、防いで通さなければ、信教する山門に弓を引くことになる」と苦衷《くちゅう》を訴え、警備の手強《てごわ》い重盛の陣から入ることを勧めた。老僧の豪雲が納得して、大勢の中を駆け破ってこそ神輿訴訟の名誉ありと待賢門から入れることになったが、激しい乱闘となり、神輿にはあまたの矢が射立てられ、神人《じにん》・法師も大勢殺傷されて、衆徒《しゅと》らは神輿を放置して本山へ引きあげた。

内裏炎上　四月二十五日、公卿たちの僉議《せんぎ》があって放置された神輿は祇園《ぎおん》社へ移された。日吉社の神輿が宮門まで振り立てられたのは六度目だが、神輿に矢が射立てられたのは、今回が初めてで、人々は神霊のたたりを恐れ合った。延暦寺の法師たちは憤激し、全山の堂宇を焼き払って山林に籠《こも》ろうと、三千の衆徒たちが議論した。しかし、やがて平時忠が山門へ遣わされ、法師たちから制裁を受けようとした時、懐中から取り出した一枚の紙に「衆徒の濫悪《らんあく》（乱暴）をいたすは魔《ま》縁《えん》の所行、明王《みようおう》（明君・法皇）の制止を加ふるは善逝《ぜんせい》（薬師如来）の加護」と書き示して、見事に法師たちの憤りを鎮めた。四月二十日、国司師高は流罪、師経は入獄と決まった。また、重盛の命により神輿を射た武士六人が投獄された。

　同じ四月の二十八日、樋口富小路《ひぐちとみのこうじ》から出た火が強風にあおられて燃え広がり、名所三十四か所、公卿の家十六か所をはじめ、数々の人家、ついには内裏《だいり》の諸門、大極殿《だいごくでん》、豊楽院《ぶらくいん》に至るまでがたちまちに灰燼《かいじん》に帰し、これこそ「山王の御とがめ」との噂も立った。これ以後、大極殿がふたたび建立《こんりゅう》されることはなかった。

1177（安元三・治承元）	高倉	【巻二】安元三年五月～治承二年一月 5・23　延暦寺の僧徒、粟津で伊豆国に流される明雲を奪い返す。 5・25　源行綱、清盛に鹿の谷の謀議を密告（鹿の谷事件）。 6・1　清盛、成親・俊寛・康頼・西光らを捕らえる。 6・2　成親を備前に流す。 6　成経・俊寛・康頼を鬼界が島に流す。 8・17　成親、吉備中山で殺される。

巻第二

第十一句　明雲座主流罪《めいうんざするざい》

治承《じしょう》元年五月五日、天台座主明雲大僧正は護持《ごじ》僧として宮中の法会《ほうえ》に参加することが停止され、神輿《みこし》を内裏《だいり》へ運び込んだ衆徒《しゅと》の張本人として召し出された。「加賀の国にある明雲の御坊領《ごぼうりょう》を国司の師高が廃絶したことに怒った山門の大衆《だいしゅ》の訴訟が大事件になったのだ」という西光《さいこう》法師の虚偽の訴えがそのきっかけになっていた。十一日には覚快法親王《かくかいほっしんのう》が新天台座主に任ぜられ、翌日明雲は免職となった。十三日、還俗《げんぞく》のうえ遠流《おんる》と決まり、藤井の松枝《まつえだ》の名が与えられた。二十二日、配所は伊豆国と決定し、比叡山では僧たちが決起して根本中堂で西光父子への呪詛《じゅそ》がなされた。

二十三日、明雲は配所へ出立した。祇園《ぎおん》の別当であった澄憲法印《ちょうけんほういん》があまりの名残惜しさに粟津《あわづ》まで見送った。その志に感じた明雲は、天台の一心三観《さんがん》（空観・仮観《けかん》・中観を同時に想う観法）の相伝《そうでん》を澄憲に授けて別れた。

第十二句　明雲帰山《めいうんきざん》

山門では大衆《だいしゅ》が、これまで天台座主流罪の前例はなかったと憤激し、東坂本に下り十禅師権現の前で集会を開いていると、「わが山の貫主《かんじゅ》を他国へ移してはならぬ」との託宣《たくせん》があったので、大衆は「それならば」と雲霞《うんか》のごとく粟津へ押し寄せた。あまりの勢いに恐れをなした護送の役人らは、明雲を国分寺に放置して逃げ去った。だが、明雲は駆けつけた衆徒の盲動をいましめ、流人《るにん》なのだからと、大衆の用意した迎えの御輿《みこし》に乗るのをためらった。その時、身の丈《たけ》七尺もある西《さい》塔《とう》の阿闍梨《あじゃり》祐慶《ゆうけい》が大衆を押し分け、明雲を一喝《いっかつ》し、有無《うむ》を言わせず輿《こし》に乗せ、みずからも輿を担ぎあげて、大講堂の庭に据え、「このたびの一切の責めは自分が負う」と語って大衆を安心させた。明雲は、東塔の南谷《みなみだに》妙光坊に入った。

一行《いちぎょう》阿闍梨《あじゃり》の沙汰《さた》　無実の高僧が流罪となった先例がある。唐の玄宗皇帝の護持僧であった一行阿闍梨は、楊貴妃と密通したとの噂が立ち、その嫌疑によって果羅国《からこく》へ配流となった。その国へは皇帝の御幸《ごこう》の道・一般人の通る道・重科の者の通る闇穴道《あんけつどう》という三路があった。一行は闇穴道を通らされたが、天道《てんどう》が一行の無実を気の毒に思い、九曜《くよう》星となって一行を守護した。その時、一行は右手の指を噛み切って、その血で九曜の曼荼羅《まんだら》を左袖に描きとどめたという。

捕らえられた西光（右側）西光を譴責する清盛（左側）『平家物語絵巻』巻二「西光が斬られの事」

第十三句　多田《ただ》の蔵人返《くろうどかえ》り忠《ちゅう》

明雲が山門に奪い取られたと聞いて憤激する法皇に、西光《さいこう》はこのような不法を黙認しては世の中の秩序が保たれないと進言したが、山門への咎《とが》めはなく、明雲も許された。

多田の蔵人返り忠　多田行綱《ゆきつな》は大納言の成親《なりちか》からもっとも頼りにされていたが、平家の繁昌ぶりをみて謀叛《むほん》失敗後のわが身の破滅を想像して怖くなり、五月二十五日の夜更け、ひそかに西八条へ赴き、清盛に鹿《しし》の谷《たに》での平家打倒の謀議とその加担者たちの名を残らず密告した。六波羅には、ただちに宗盛、知盛、行盛をはじめとする、一門の武士六、七千騎が弓矢甲冑《かっちゅう》を帯して集結した。

西光法師斬られ　翌六月一日、院の御所へ検非違使《けびいし》資成《すけなり》を遣わして法皇関与の確信を得た清盛は、成親を手はじめに俊寛僧都《しゅんかんそうず》、判官康頼《ほうがんやすより》らをつぎつぎに捕らえさせた。院の御所へ向かう途中から連行されてきた西光法師は、清盛の譴責《けんせき》にひるむことなく、逆に清盛を成り上がり者と嘲笑《ちょうしょう》したので、清盛を激怒させ、さまざまに拷問《ごうもん》され、白状させられた後に口を裂かれ、見せしめとして街中の五条西朱雀《にしのしゅしゃか》で斬首された。西光の子息の師高《もろたか》・師経《もろつね》・師平《もろひら》らもそれぞれ首を刎《は》ねられた。西八条の一間に押し込められていた成親のもとへ現われた清盛は、忘恩の振る舞いを非難し、謀叛への関与を否定する成親に憎いやつと西光の白状を読み聞かせ、それを顔に投げつけた上で、庭へ引き出し、さらに折檻を加えさせた。

第十四句　小教訓《こきようくん》

小松殿（重盛）は、かなり時間が経ってから維盛《これもり》を伴って西八条へ参上して成《なり》親《ちか》に会った。成親はよろこび、「地獄で地蔵」の面持ちであった。重盛は「お命は必ずお守りする」と約束して、清盛の前に出て、死罪を思いとどめて洛外へ追放すべきことを、過去における讒言《ざんげん》による無実の罪科の数多くの事例や、天皇二十五代の間絶えていた死罪を復活した信西《しんぜい》が自分の身にその報いを受けた近年の例、さらに「積善《しやくぜん》の家には余慶《よけい》あり、積悪《しやくあく》の門《かど》には余殃《よえい》とどまる（善行を積む家には子孫にまで福徳が及び、悪行を積む家には子孫にまで災禍が及ぶ）」という格言のあることなどをさまざまに説いて清盛に教訓し、納得させた。その上で重盛は、侍どもにも暴走をきつく戒めた。

第十五句　平宰相《へいざいしよう》、少将《しようしよう》乞《こ》ひ請《う》くる事《こと》

追捕《ついぶ》の武士たちが来るというので、成親《なりちか》の北の方は姫君・若君を連れて雲林院《うんりんいん》へ避難した。丹波の少将成経《なりつね》は、院の御所法住寺殿《ほうじゆうじどの》に宿直《とのい》してまだ退出せずにいたところへ、舅《しゆうと》の宰相平教盛《のりもり》から至急西八条へ同行せよとの命が下ったと、

使者が伝えた。法皇は成経を召して別れを惜しんだ。いったん教盛の家に立ち寄って、懐妊《かいにん》していた妻や乳母の六条に別れを告げた成経は、西八条からの矢の催促に教盛とともに西八条へ向かったが、教盛と離ればなれにされ、侍の宿所にとどめ置かれた。はじめは成経を断罪するつもりでいた清盛は、婿《むこ》の成経の身柄を自分に預からせてほしいとの教盛の申し出を当初は拒否するが、それならば出家するという教盛の思いがけない抵抗にあって、やむなく許した。

第十六句　大教訓《だいきょうくん》

入道相国《しょうこく》（清盛）は、「後白河法皇に思い知らせてやらねば」との憤懣《ふんまん》がなお納まらず、腹巻を着け、小長刀《こなぎなた》を手に中門の廊に出て、老臣筑後守貞能《ちくごのかみさだよし》を召し、保元・平治の乱に多大の犠牲を払い、君のために身命を賭《と》して奉公したにもかかわらず、法皇は自ら平家打倒を画策してもおり、平家追討の院宣《いんぜん》も出しそうだ、この際、鳥羽の北殿か、この西八条の館へ法皇を押し込めたいがどうだ、と尋ねた。主馬判官《しゅめのはんがん》盛国から急を聞いた重盛は、ただちに西八条へ車で乗りつけ、びっしりと居並び、今にも出発しそうな気配の、武装している一門の人々を前に、父の入道に向かって、烏帽子《えぼうし》直衣《のうし》に指貫《さしぬき》姿の重盛は、太政大臣でしかも出家者である清盛が甲冑《かっちゅう》を着する非礼を指摘し、朝廷の恩の重さを諄々《じゅんじゅん》と説き、侍どもには「院参は重盛の首が落ちてからにせよ」と足止めした。

西八条邸へ着いた重盛（右側）清盛に意見する重盛（左側）『平家物語絵巻』巻二「教訓の事」

小松殿《こまつどの》兵《つわもの》揃《ぞろ》い　重盛は盛国を召して、「天下の大事を聞きつけた。重盛を信ずる者は参集せよ」と触れさせた。それを聞いた諸所の武士たちや、西八条に集まっていた武士たちもが一人残らず小松殿のもとに駆けつけた。清盛は重盛が自分を討つために兵を集めているのではないかと疑い、空念仏《からねんぶつ》を唱えて戦々恐々《せんせんきょうきょう》としていた。重盛は参集した武士たちに対して、周の幽王《ゆうおう》と褒似《ほうじ》にまつわる、敵軍が攻めても来ないのに兵を招集した「烽火《ほうか》の故事」を語り、今回はそれに似た招集だが、これに懲《こ》りず重盛の招集には今後も応じよと念を押し、天下の一大事という話は誤りであったと詫《わ》びて兵を解散させた。

君には忠、父には孝ある思慮深い重盛の処置を聞いた法皇は、「仇《あだ》を恩で報いられた」と恥入り、人々は「国に諫《いさ》むる臣あれば、その国かならずやすし、家に諫《いさ》むる子あれば、その家かならず正し」として、重盛を讃《たた》え合った。

第十七句　成親《なりちか》流罪《るざい》　少将《しょうしょう》流罪《るざい》

治承《じしょう》元年六月二日、公卿の間（寝殿の対にある客間）で大納言成親に配所へ送る前の、いわば最後の食事が供されたが、成親は見向きもしなかった。車で出立して鳥羽から舟に乗り換え、その日は大物《だいもつ》の浦に泊まった。付き添いの武士は難波経遠《なんばのつねとお》である。翌三日、京から「備前の児島へ流せ」との使者が来た。重盛から「助命のことはご懸念《けねん》なく」との添え状があった。やがて配流の地に着いた成親は、粗末な柴の庵に入れられる。そのほかの鹿《しし》の谷《たに》の謀議の関係者たちも、筑前、出雲、隠岐《おき》、土佐、美作《みまさか》の国へとつぎつぎに流された。

福原にいた清盛は、弟の宰相教盛《のりもり》に、少将成経《なりつね》を即刻福原へ遣わすよう使者を立て、翌六月二十二日、鳥羽に着いた成経はそのまま瀬尾兼康《せのおのかねやす》の護送で、備中《びっちゅう》の瀬尾へ送られた。一方、成親は難波のはからいで備前と備中の境にあたる有木《ありき》の別所に移された。そこは成経のいる備中の瀬尾からはわずかに一里あまりしか離れていなかったが、成経に「いかほどあるか」と問われた瀬尾は、「片道十二、三日」と答える。それを聞いた成経は、「備前・備中・備後《びんご》もむかしは一国であった。筑紫《つくし》の大宰府から都への使者が上るのでも歩行で十五日と決まっている。十二、三日といえば九州へ下向《げこう》するほどの日数。備前・備中の境が遠いといっても、二、三日にすぎまい。これは父大納言の居場所を自分に知らせまいという思惑だ」と推察して、その後はそのことを二度と口にしなかった。

第十八句　三人《さんにん》鬼界《きかい》が島《しま》に流《なが》さるる事《こと》

ほどもなく俊寛僧都《しゅんかんそうず》・平康頼《やすより》・少将成経《なりつね》の三人は、一緒に薩摩《さつま》の国の鬼界が島へ流された。そこは容易には舟も人も通わず、住む人もまれな不便な島で、土地の人は色が黒く、牛のようで、体には毛が多く、言葉も通じない。かれらは着衣も身にまとわず、漁猟に生きて耕作をしないので米穀もなく、養蚕《ようさん》をしないので絹綿《けんめん》もない。山頂には噴煙が立ち昇り続けていて、硫黄《いおう》というものが島に満ちていることから、硫黄が島とも呼ばれている。しかし幸いなことに、少将成経の舅《しゅうと》の教盛《のりもり》の所領が肥前《ひぜん》の国にあり、そこから衣食を送ってもらって、俊寛も康頼も生きのびていた。

熊野勧請《くまのかんじょう》　少将と判官入道康頼の二人は熊野信仰の人であったので、「島の内に熊野三所権現を勧請して、帰洛のことを祈ってはどうか」と俊寛にもちかけたが、俊寛はその話に乗ろうともしなかった。しかし二人は島をめぐって、滝の落ちている所には「那智の御山《おやま》」、そのほか本宮・新宮・この王子・かの王子などとそこここに名前をつけ、康頼が先達《せんだち》となって熊野詣でを行なって京へ早く帰れるようにと祈願した。ある夜、権現の前で通夜をしていた二人は、那智権現の本地仏である千手観音《せんじゅかんのん》を夢に見る。

康頼祝言《やすよりのっと》　康頼は御幣《ごへい》の紙もないので、いつも野の花を供えては、「成経、性照《しょう》（康頼の法名）、遠島配流《おんとうはいる》の苦しみに打ち勝ち、旧城花洛《からく》の故郷に帰らせたまえ」などという長い祝言（神にささげる祈りの言葉）をささげていた。ある時、沖からの風に乗って熊野三山の名木椰《なぎ》の葉が二人それぞれの袖に入った。その葉には虫食いの文字で「ちはやぶる神に祈りのしげければ、などか都へ帰さざるべき」という託宣《たくせん》の和歌が刻まれていた。

卒塔婆流《そとばながし》　康頼は都恋しさのあまり、都の知る人に届けとの思いを込めて千本の卒塔婆に「阿《あ》」の梵字《ぼんじ》（梵語の文字）と年号・月日・仮名・実名と二首の歌を書いて浦の海に流した。そのうちの一首は「さつまがた沖の小島にわれありと親にはつげよ八重《やへ》のしほ風」というものであった。康頼の流した卒塔婆のうちの一本が安芸《あき》の厳島《いつくしま》明神の前の渚に打ちあげられた時、康頼の旧知の僧が卒塔婆をみつけ、彫り込まれた文字から康頼入道のものとみて都に持ち帰り、康頼の老母や妻子に手渡した。それが法皇や重盛、さらには清盛の目にも触れるところとなり、やがて卒塔婆の歌は「鬼界が島の流人《るにん》の歌」として都の人々に口ずさまれた。

蘇武《そぶ》　むかし漢の武帝が胡国《ここく》を攻めた時、大将軍の李陵《りりよう》以下千余人が生け捕られた。胡はその中から六十人を選んで巌窟《がんくつ》に監禁し、三年後に外へ出して片足を切って追放した。その一人に将軍の蘇武がいた。蘇武は自分を見慣れて逃げない田の雁《かり》をつかまえ、そのつばさに故郷への便りを結びつけて放した。たまたま漢の昭帝《しようてい》が狩りに来た時に、一羽の雁が落としていった文に「たとえ死骸は胡国にちりぢりになっても魂は故国へ帰ってふたたび君にお仕えしよう」とあるのを見て、蘇武の生存を知り、李広《りこう》将軍らに百万騎の大軍を与えて胡と戦って勝利し、蘇武は十九年ぶりにようやく帰郷することができたという。この蘇武と康頼の望郷の思いには、国はへだたり、時代も異なっているが、通い合うものがある。

第十九句　成親死去《なりちかしきよ》

大納言入道成親は、子息の成経《なりつね》が鬼界が島に流されたと聞いて落胆、出家した。

厳島神社の広舞台へ参籠した実定と神人たち『平家物語絵巻』巻二「徳大寺厳島詣での事」

雲林院《うんりんいん》に住む北の方を見舞い続けている、幼少から成親に仕えてきた信俊《のぶとし》という侍に、北の方は成親への文を託す。「幼い子供たちもしきりに父を恋しがっている」との文に成親は涙にかきくれる。四、五日後、信俊は大納言の返事を携えて都へ帰った。成親の返事の文に差し挟《はさ》まれていた黒髪を手にした北の方は、「形見こそなかなか今はあたなれ（この形見こそ今はかえって物思いのたねになるばかり）」と言って泣き伏した。

八月十七日、吉備《きび》の中山という所で成親はついに殺された。毒入りの酒が効かなかったので、崖の下に木や竹の先をするどく切りそいだ菱《ひし》を植え、そこへ上から突き落とされたのであった。風のうわさにそれを伝え聞いた北の方は、雲林院内の菩提講寺で尼になった。こうしてこの年は暮れて、治承《じしょう》も二年になった。

第二十句　徳大寺殿《とくだいじどの》厳島《いつくしま》参詣《さんけい》

徳大寺の大納言実定《さねさだ》は、宗盛に大将を先んじられ、落胆のあまり、大納言を辞して籠居《ろうきょ》していた。そこへ見舞いにやってきた蔵人重藤《くろうどのしげふじ》は、実定に秘策を語った。それは、「入道相国《しょうこく》の崇敬している厳島神社へ参詣して参籠し、社の妓女《ぎじょ》（遊女）・内侍《ないし》（巫女《みこ》）たちには大将就任の祈念と触れ込み、帰洛の際に接待してくれた内侍たちを都まで引き連れてきて、彼女たちを自然に西八条へ向かわせる。そうすればおそらく清盛は内侍たちに上京したわけを尋ねるにちがいない。彼女

六波羅と法住寺周辺の図(山田邦和の原図をもとに作図)

たちはあなたが大将祈願のために厳島へ参詣したことを話すにきまっている。それを聞けば、感激屋の清盛のことゆえ、しかるべく計らってくれるはずだ」というものであった。実定は喜び、さっそく重藤の献策を実行した。はたして清盛は実定の参詣に動かされ、重盛を辞任させて実定を左大将に任命した。成親《なりちか》とは大違いのまことに賢明な策略であった。

1178（治承二）	1179（治承三）
高倉	
【巻三】治承二年一月～治承三年十二月 7　中宮徳子御産祈願による大赦。成経・康頼赦免の使者出発。 11・12　徳子、皇子（後の安徳天皇）出産。	3　成経・康頼、鬼界が島より都に帰京。 5・12　都に辻風（※史実では翌年四月）。 8・1　重盛没。 11・16　※太政大臣師長以下三十九人の官職を停止。 11・20　清盛、後白河法皇を鳥羽殿に幽閉。 11・23　前天台座主明雲大僧正、帰山する。

巻第三

第二十一句　伝法灌頂《でんぽうかんじょう》

治承《じしょう》二年の正月、法皇が三井寺の公顕僧正《こうげんそうじょう》のもとで伝法灌頂（受戒や修道昇進のしるしに頭に香水《こうずい》をそそぐ儀式）を受けられるという噂に、比叡山の大衆は、「前例がない。もし強行すれば三井寺を焼き払う」といきり立ったので、取りやめになった。法皇はやむなく公顕を連れて四天王寺へ赴き、そこで伝法灌頂を遂げた。

比叡山の大衆と学生《がくしょう》（延暦寺で長年止観・真言の修学に従っている僧）とが、合戦を企てて物議の種になる堂衆《どうじゅ》（僧兵化していた雑役法師たち）をこの際退治しようと朝廷に奏上したので、清盛は院宣《いんぜん》によって湯浅宗重《ゆあさむねしげ》を大将として畿内の兵二千の官軍を差し向けて大衆に加勢させたが、国中の悪党（窃盗《せっとう》、強盗、山賊、海賊など）を味方に引き入れて戦った堂衆軍に大敗する。これによって僧の離山もすすみ、山門（比叡山）はいよいよ荒廃していくことになった。末代に至って、天竺《てんじく》の仏跡は虎狼《ころう》のすみかとなり、中国の天台山、五台山、白馬寺なども今は住む僧もないかのようだといい、わが国も東大、興福両寺のほかはさびれ果てて残る堂舎もないありさまである。

第二十二句　大赦《たいしや》

高倉天皇の中宮徳子《とくこ》が懐妊と分かって清盛をはじめ平家の人々は喜びあい、高僧、貴僧に命じて大法、秘法を修せしめて皇子誕生を祈った。六月一日、御《ご》着帯の儀式があり、仁和寺《にんなじ》の守覚法親王《しゆかくほつしんのう》、天台座主覚快法親王《かくかいほつしんのう》が参内《さんだい》して秘法を行なった。ところが月が重なるにつれて中宮は物の怪《け》どもに悩まされ始めた。それらが讃岐院《さぬきのいん》、左大臣頼長《よりなが》、大納言成親《なりちか》、西光《さいこう》、鬼界が島の流人《るにん》などの悪霊《あくりよう》、死《し》霊《りよう》、生霊《いきりよう》などであることが分かったので、清盛はかれらをなだめるために追号《ついごう》、贈位増官を実施した。成経の舅《しゆうと》教盛《のりもり》は重盛邸へ駆けつけて、鬼界が島の三人の流人の赦免《しやめん》を訴えた。清盛もそれに同意したが、俊寛《しゆんかん》だけはどうしても許そうとしなかった。

足摺《あしずり》　七月下旬に都を発った赦免使の丹波基康《たんばのもとやす》は、九月二十日頃に鬼界が島に到着した。康頼《やすより》・成経《なりつね》の二人は島に設けた熊野神社への参詣に行っていて、ちょうど留守であった。赦免状を開いて見た俊寛は自分の名がないのに驚く。帰ってきた二人が見てもやはり俊寛の名はなかった。俊寛は「われら三人は罪もおなじ罪、配所もおなじ所」なのに、これは何かの間違いだと嘆き、成経の袂《たもと》にすがりついて、「せめて九州まで連れて行け」と頼むが基康はにべもなく拒む。やがて出よ

船にとりつき（右）渚で足摺をし（中）船に叫び続ける俊寛（左）『平家物語絵巻』巻三「足摺の事」

うとする船に俊寛はとりついてなおも哀願するが、基康に引き離される。しかたなく俊寛は渚にあがって足摺《あしずり》（足をこすり合わせてむずかること）をしながら泣き叫び続けるが、船は俊寛を残して遠ざかって行った。成経と康頼は肥前の国梓《かせ》の荘《しょう》に着いて、そこで年を越した。

第二十三句　御産《ごさん》の巻《まき》

十一月十二日の寅《とら》の刻（午前四時頃）から、中宮にお産の気があるというので、御産所《ごさんじょ》である六波羅の頼盛《よりもり》邸には、法皇、関白以下の公卿その他官途に望みをかけている大勢の人々がつめかけた。神社二十余か所、寺院十六か所に安産祈願の使者が派遣され、ありとあらゆる秘法が修せられたが、中宮は陣痛があるばかりで、なかなか出産できない。清盛と妻の二位殿《にいどの》がはらはら気をもんでいるそばで、法皇はみずから千手経《せんじゅきょう》をお読みになった。そこへ中宮亮重衡《ちゅうぐうのすけしげひら》が「皇子誕生」を告げると、清盛はうれしさの余り声をあげて泣いた。重盛は金銭九十九文を皇子の枕元に置き、寿福の言葉を唱えながら桑の弓、蓬《よもぎ》の矢で天地四方を射た。乳母は平時忠の北の方と決まった。今度の中宮の御産にのぞんで、皇子誕生を祈る場合には御殿の棟から甑《こしき》（米や豆などを蒸す土器）を南へ落とし、皇女誕生を祈る場合には北へ落とすのが恒例であるのを、どうした手違いでか北へ落とした。急いで南へ落とし直したが、まことに縁起の悪い話であった。

厳島神社

公卿揃い《くぎょうぞろ》　ところで、今度のお産に際して六波羅へ参集した人々は、関白基房《もとふさ》、太政大臣師長《もろなが》、左大臣経宗《つねむね》、右大臣兼実《かねざね》、内大臣重盛、左大将実定《さねさだ》、大納言は定房《さだふさ》以下四人、中納言は資賢《すけかた》以下七人、そのほか参議をあわせて三十三人、当日は不参で後日に参上した人々は十四人ということであった。それにしても今度の皇子誕生は、清盛の厳島《いつくしま》神社への月詣でのご利益《りやく》であった。

第二十四句　大塔修理《だいとうしゅうり》

清盛の厳島《いつくしま》信仰には、次のようないきさつがあった。安芸守《あきのかみ》であった清盛が、鳥羽院の命令で高野山の大塔を七年がかりで修理し終えて奥の院へ参拝した時、得体の知れぬ老僧に出会い、「このついでに荒れ果てている厳島を修理すれば、官位の昇進はほかに並ぶものもないほどになりましょう」と勧められた。その老僧を尾行させてみると、たちまちに姿が消え、どうやら弘法大師の化身《けしん》のように思われた。このとき清盛は今生の思い出にと、みずから筆をとって高野山の金堂に東曼荼羅《とうまんだら》を描き、中尊《ちゅうぞん》の宝冠を自分の頭の血で描いた。この後、鳥羽院の同意を得て厳島神社を修復して百八十間の回廊を作りあげた。修復を終えて厳島で通夜をした清盛は、厳島明神の使いの天童から銀の蛭巻《ひるまき》をした小長刀《こなぎなた》を賜《たまわ》った夢を見る。目覚めてみると、それが枕上に立てかけられてあった。大明神からは、「弘法大師の口をかりて言わせたことは間違いないが、悪行があれば一代限りぞ」

という託宣があった。

頼豪《らいごう》　白河院は、中宮賢子《けんし》に皇子の誕生を願う祈りを三井寺の頼豪阿闍梨《あじゃり》に依頼し、実現すれば望み通りの褒美《ほうび》を与えると約束した。頼豪の渾身《こんしん》の祈りによって中宮は懐妊し、承保《じょうほう》元年十一月十六日に無事皇子の誕生をみた。ところが、頼豪の所望が三井寺への戒壇の建立であったので、院は山門からの反発を恐れて、その申し出を拒絶した。頼豪はこれを悔しがって、皇子を奪って悪魔の世界へ伴おうと絶食して死んだ。はたして皇子は承暦《じょうりゃく》元年八月六日に四歳で死去する。白河院は今度は延暦寺の大僧正良真《りょうしん》に祈禱を依頼して、承暦三年七月九日に皇子が誕生した。のちの堀河天皇である。怨霊は、みな恐ろしい。今度の大赦に一人もれた俊寛僧都《しゅんかんそうず》の恨みが気がかりであった。

第二十五句　少将帰洛《しょうしょうきらく》

治承《じしょう》も三年になった。肥前の桛《かせ》の荘《しょう》に滞在していた成経《なりつね》と康頼《やすより》は、正月下旬に都へ向かった。二月十日頃、備前の児島に着いて大納言成親《なりちか》の庵の跡を訪ね、二人して新しい墓所を作り、七日七夜の念仏を唱え、卒塔婆《そとば》を建てて弔い、泣く泣くその地を離れた。三月十六日には鳥羽に着き、成親の山荘であった州浜殿《すはまどの》の跡に立って成経は「ふるさとの花の物いふ世なりせばいかにむかしのことを問はまし」と古歌を口ずさみ、康頼も涙を流した。都からは二人それぞれに迎えの車が来たが、名残つきない二人は成経の車に同車して七条河原まで行った。教盛《のりもり》の邸には成経の母も待ち受けていた。乳母の黒髪はみな白くなり、北の方はすっかり痩《や》せ衰え、三歳で別れた若君も髪を結うほどに大きくなっていた。その側にいる三つばかりの幼な児は、成経の留守中に生まれた子供であった。

その後、少将成経は後白河院にふたたび仕えて、宰相（参議）の中将に昇進した。一方、康頼入道は東山双林寺《そうりんじ》の山荘に落ち着いて、苦しかった昔を回想して、『宝物集《ほうぶつしゅう》』という物語を書き上げたという。

第二十六句　有王島下り《ありおうしまくだり》

俊寛僧都《しゅんかんそうず》が目をかけていた有王、亀王という二人の童《わらわ》がいたが、亀王は俊寛を案じる心労が積もったためか早くに死んでしまった。有王はその後も長らえていたが、鬼界が島の流人《るにん》が帰ってきたとの噂で鳥羽まで迎えに出たが、俊寛はまだ島に残されていると聞いて泣く泣く都へ帰り、鬼界が島へ渡って僧都の行方を尋ねようと決心する。まず僧都の娘に会って渡島の決意を語ると、娘はすぐに文を書いて有王に託した。有王は父にも母にも告げずに三月の末に都を出て薩摩《さつま》へ下り、そこから商人の便船に乗って鬼界が島に着いた。そこは田もなく畑もなく、話す言葉も通じない。僧都を知る人もいなかった。

途方に暮れていた有王の目に、ある朝とんぼのように痩《や》せ衰えて磯辺をさまよ

京の町を襲った辻風『平家物語絵巻』巻三「辻風の事」

い歩く乞食が見えた。髪には藻くずがからまり、手足の関節がすけて見えるほど皮がたるみ、身に着けているものは絹か木綿か見分けもつかない有様だ。片手には漁師からもらった魚を持って、歩こうとはしているものの一向に前へ進めずよろよろしている。有王が藁《わら》にもすがる思いでその乞食に僧都の行方を尋ねると、乞食は「われこそは俊寛よ」と答え、砂の上にばったりと倒れて気を失った。しばらくして助け起こされた僧都は、置き去りにされてからの苦労を語り、みすぼらしいあばら屋に有王を伴った。有王は姫君の手紙を手渡し、幼い若君と北の方の死を伝えた。それを聞いた俊寛は、「もはや生き長らえる意味はない」と、絶食して念仏を唱え続け、有王が島に着いてから三十三日目に三十七歳の命を終えた。有王は遺体を荼毘《だび》に付し、白骨を拾って首に懸けて都へ上り、姫君に報告した。

十二歳の姫君は尼になり、奈良の法華寺《ほっけじ》に入って、父母の後世《ごせ》を弔い、有王は俊寛の遺骨を高野の奥の院に納め、自分は蓮華谷《れんげだに》にて法師になり、諸国に修行して俊寛の後世を弔った。それにしても、これらの人々の嘆きの積もり積もった平家の行く末はどうなることか。

第二十七句　金《こが》渡《ねわた》し　医師問答《いしもんどう》

辻風《つじかぜ》　五月十二日の正午頃、京中におびただしく辻風が吹いて、門や屋舎を吹き

髪を下ろす重盛『平家物語絵巻』巻三「医師問答の事」

倒し、桁《けた》や長押《なげし》、柱などは空中に舞い上がって激しい音を立て、地獄に吹く業風《ごうふう》もかくやと思われた。神祇官《じんぎかん》・陰陽頭《おんようのかみ》は、「これから百日以内に大臣の謹慎する事があり、天下の大事が起こる。仏法・王法《おうぼう》ともに衰微して、兵乱が相続く」と占った。

重盛《しげもり》死去　そういうことを聞いて平家の行く末を案じた重盛は、熊野へ参詣して本宮証誠殿《ほんぐうしょうじょうでん》の前で、父清盛の悪行無道を抑えられない非力を嘆き、「清盛の悪心をやわらげて天下の安全を得させたまえ」と訴え、「平家の栄華が清盛一代だけのものならば、平家没落のさまを見ずに済むように重盛の寿命を縮めて来世の苦しみを助けたまえ」と祈った。

はたして帰洛の後まもなく重盛は病《やまい》の床につくが、熊野権現の思《おぼ》し召《め》しだとして、清盛がすすめた宋の名医の治療をも「もし異国の医術によって助かれば、本朝の医道は無きに等しいことになる」とこばみ、七月二十八日に出家、八月一日に四十三歳で世を去った。世間では良臣を失ったことを嘆き、平家では武家の才略の廃《すた》れることを悲しんだ。

無文《むもん》の沙汰《さた》　霊界に通じる力を持っていた重盛は、ある夜の夢に、春日大明神が悪行の過ぎた罪で清盛の首を太刀の先につらぬいて高く差し上げているのを見た。その時、瀬尾兼康《せのおのかねやす》がやってきて、同じ夢を見たことを知らされて驚く。その翌朝、重盛は嫡子の維盛《これもり》が法皇の御所へ出仕しようとするところを呼び止めて、太刀を与えた。さては家伝の小烏《こがらす》という名刀かと維盛が胸おどらせて見ると、なんと大臣の葬儀に用いる無文という太刀であった。「自分は清盛に先立つであろうから、そなたに与えるのだ」と重盛は言った。

第二十八句　小督《こごう》

目録のみで、本文は第五十三句に含まれる。

第二十九句　法印問答《ほういんもんどう》

治承《じしょう》三年十一月七日の夜、はげしい地震が長く続いた。陰陽頭《おんようのかみ》安倍泰親《あべのやすちか》は急ぎ内裏《だいり》へ参上して「火急に大事が発生する」と奏上した。十四日、福原にいた清盛が数千騎の兵を引き連れて都へ向かったと報じられると、関白基房《もとふさ》は参内《さんだい》して「これは自分を滅ぼす計画だ」と後白河法皇に訴えた。

十五日法皇は、朝廷への恨みの有無を質《ただ》すために静憲法印《じょうけんほういん》を使者として西八条の清盛邸へ遣わした。清盛は法印に向かって、次の九か条を挙げて法皇の非を難じた。一つは重盛の忌中《きちゅう》に法皇は石清水《いわしみず》で音曲の遊びをしたこと、二つは重盛の保元・平治の合戦以来の君への忠功を忘れているということ、第三は子々孫々までと与えられたはずの越前国を重盛の忌中に召し上げたこと、第四は清盛の推した人物を無視して中納言の後任を決めて清盛の面子《めんつ》をつぶしたこと、第五は平家打倒の企てを許容していること、第六は七十になる清盛の在世中でさえ平家転覆《てんぷく》の企みがあるほどで、自分の子孫たちが朝廷に精勤できる保証はないこと、第七は子の重盛に先立たれた自分がいかに奉公しようとももはや法皇の意向に適《かな》うことはできないこと、第八は重盛を失ったという老父の嘆きに同情を示そうともしないこと、第九はたとえ重盛の功労をみとめずとも、清盛の度々の勲功を知らないはずはないこと。

静憲法印は、いちいち法皇の方が不当であり、清盛に道理があるとは思ったが、剛毅《ごうき》な人物であったので、ひるむことなく、清盛に対して「清盛の官位、俸禄は満足すべきものであり、それは法皇が清盛の勲功の大なることを讃えた結果である。平家打倒の陰謀を許容していると思うのは、小人どもの風説を信ずるからで、格別の朝恩を受けながら、法皇を滅ぼそうとすることは臣下の道に反していないか」などと弁じ立てた。法印から清盛の申し立てを聞いた法皇は、もっともな道理だと思ったらしく、反論もしなかった。

第三十句　関白流罪《かんぱくるざい》

十一月十六日、入道相国《しょうこく》清盛はついに摂政（関白基房《もとふさ》）以下四十三人の官職を停止して追放してしまった。なかでも摂政は大宰帥《だざいのそち》に左遷《させん》された。九州へ流されるところだったが、鳥羽の古川《ふるかわ》で出家したので、備前《びぜん》の国府の近くにとどめられた。これが摂政関白流罪の初例となった。一方、二位の中将基通《もとみち》は清盛の婿《むこ》であったので、大納言も経ずに関白へと昇進した。太政大臣師長《もろなが》は、かつて保元の乱で父頼長《よりなが》の巻き添えで土佐に流されたことがあったが、いままた尾張へ流されることになった。あるとき、熱田《あつた》神宮に参詣して奉納の琵琶を弾き朗詠《ろうえい》すると満座の人々が感動し、宝殿が大きく振動した。師長も感激して涙を流した。大納言資賢《すけかた》と二人の子息は洛外追放となり、いったん丹波国へ逃げたが、見つけ出されて信濃国へ送られた。また、関白基房の侍であった判官《ほうがん》遠業《とおなり》・家業《いえなり》の父子は、六波羅からの追捕《ついぶ》の武士三百騎が到着すると、縁先で切腹して炎のなかで焼死した。

行隆《ゆきたか》への沙汰《さた》　前左少弁《さきのさしょうべん》行隆は朝夕の食事にもこと欠く暮らしを続けていたが、六波羅からの呼び出しに恐る恐る参上すると、清盛がすぐに対面して、行隆の父の恩恵を感謝し長年の不遇に同情し、出仕を許した。その上、数々の荘園が与えられ、出仕用の衣服や牛車、牛飼《うしかい》や絹百疋《ぴき》・金百両、米まで贈られて、行隆は夢のような気持で帰宅した。

法皇の幽閉《ゆうへい》　同じ二十日、後白河法皇の御所法住寺殿《ほうじゅうじどの》を六波羅の武士が取り囲み、宗盛が先導して法皇を鳥羽《とば》の北殿へ移した。公卿、殿上人《てんじょうびと》は一人も随行せず、身の回りの世話をする金行《こんぎょう》という法師と乳母である紀伊《きい》の二位《にい》という尼だけがお供した。解官された大膳大夫信業《だいぜんのだいぶのぶなり》（じつは信業の十六歳の孫）が、鳥羽殿へ紛れ込み、法皇の望みにこたえて湯をわかした。また、静憲法印《じょうけんほういん》は西八条へ赴き、清盛の許可を得て鳥羽殿へ参上した。法皇は声高く経を読んでいたが、

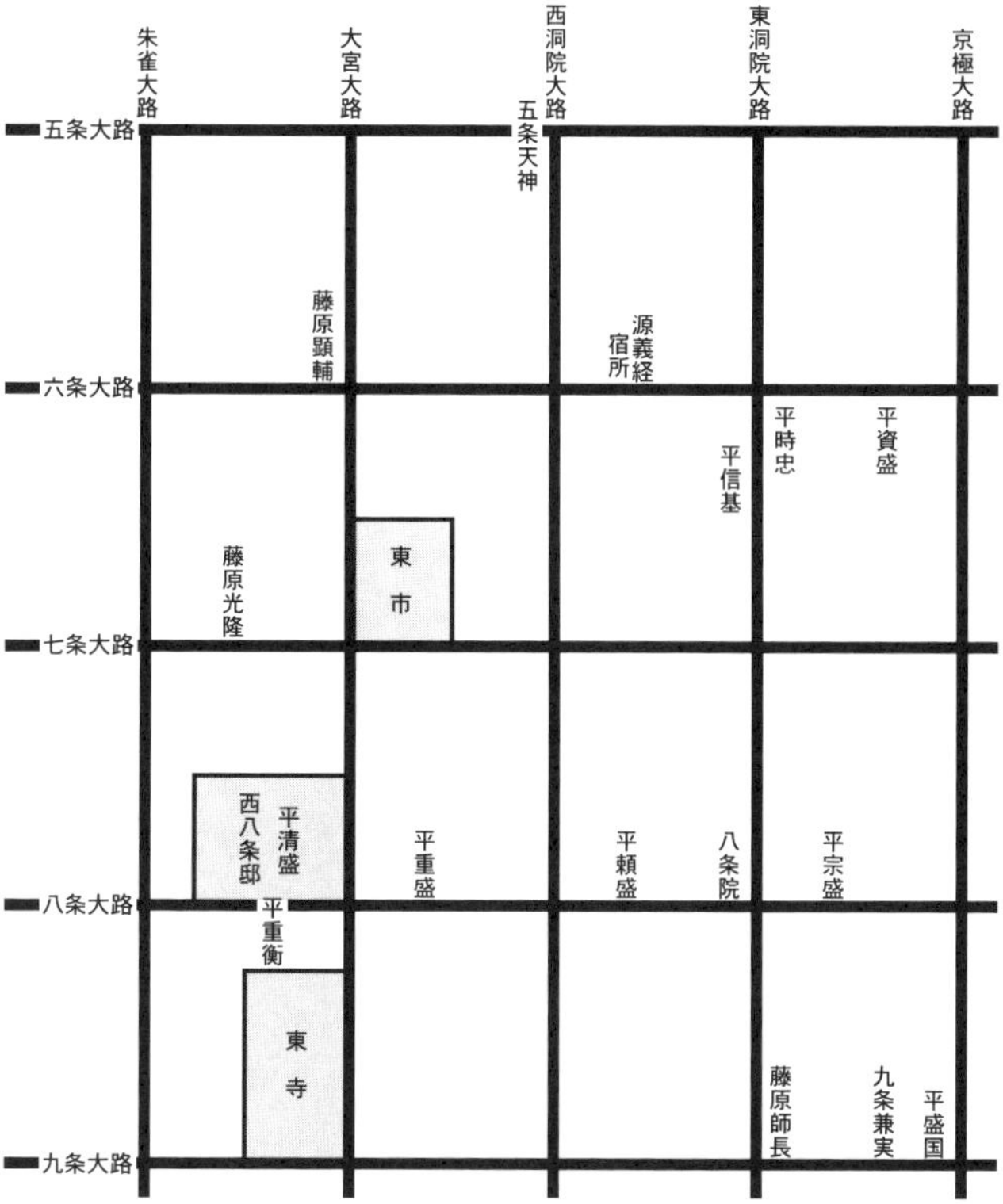

左京の平清盛邸周辺の図

法印を見て思わず経の上に涙を落とし、尼は法皇が不食・不眠で心配だと嘆いた。法印は「何事にも終わりがある。平家の世はもう長くはない」と、法皇を慰《なぐさ》めた。

高倉天皇の苦悩　天皇は多くの臣下を失い、法皇の幽閉が続き、ご寝所にいることが多かった。毎夜、法皇のために清涼殿の石灰《いしばい》の壇で伊勢大神宮を遥拝《ようはい》した。こういう高倉天皇とは違って二条天皇は「天子に父母なし」と父の法皇に逆らったからか二十三歳で崩御《ほうぎょ》し、その子の六条天皇も安元《あんげん》二年七月十四日に十三歳で崩《ほう》じた。天皇はひそかに法皇に出家の意向を伝えるが、「在位して、私の最後を見届けてほしい」と止められた。保元、平治の頃は天皇を守護していた清盛が、いまや天皇をくつがえす者に変わった。天皇を支えていた伊通《これみち》、公教《きんのり》、光頼《みつより》、顕時《あきとき》らの名臣たちも世を去り、成頼《なりより》、親範《ちかのり》らの忠臣も世を捨てて、大原や高野に籠もってしまった。

1180 （治承四）	安徳	【巻四】治承四年一月～五月 2・21 安徳帝、三歳で践祚。 3・19 高倉上皇、厳島御幸。 4・9 源頼政、高倉の宮以仁王に平氏追討の令旨を請い、源行家が源氏に伝える。 5・10 伊豆北条の流人頼朝に令旨下る。 5・15 清盛の軍兵、以仁王の御所を攻める。宮は三井寺に逃れ、長谷部信連、捕らえられる。 5・16 頼政、三百余騎で三井寺へ。渡辺競、宗盛の馬を奪い、後から追う。 5 三井寺、南都・山門へ牒状を送る。 5・23 平等院に休息する以仁王を平家二万余騎が攻め、頼政以下自害、宮は流れ矢で死す（宇治川合戦）。

巻第四

第三十一句　厳島《いつくしま》御幸《ごこう》

治承《じしょう》四年二月、病気でもない若い高倉天皇が退位させられ、安徳天皇が三歳で即位した。これは清盛の権力におごった強引な振る舞いによるものであったが、平家の人々は「いよいよ我らの時節が到来した」と喜んだ。そのようななかで、幼なすぎる即位を危ぶむ声もかき消された。三月、高倉院は清盛が信仰する安芸《あき》の厳島神社に参詣する。前年、清盛のために鳥羽殿に幽閉された父後白河院を案じ、清盛の心を和らげる祈願のためであった。同月十七日、高倉院は清盛の西八条邸に入り、後白河院のいる鳥羽殿に立ち寄って、父と涙の再会を遂げたあと厳島へ出発、二十六日に到着する。大宮、滝の宮などを巡拝、二十九日に厳島を立ち、福原に逗留《とうりゅう》して、四月七日に帰洛した。四月二十二日、安徳天皇の即位式が紫宸殿《ししんでん》で行なわれた。

第三十二句　高倉《たかくら》の宮《みや》謀叛《むほん》

安徳	5・26　平重衡・通盛、三千余騎で三井寺を攻め、堂舎を焼く。

後白河院の第二皇子高倉の宮以仁王《もちひとおう》は、この年三十二歳、才学もすぐれていたのに、継母建春門院に憎まれ、親王宣旨《せんじ》もないまま、三条高倉にひっそりと暮らしていた。四月九日の夜、源三位《げんざんみ》入道頼政《よりまさ》が密かに訪ねて来て、思いがけない話をした。平家を滅ぼし、皇位に即《つ》いて、鳥羽に幽閉されている父法皇をお助けなさいというものであった。頼政は味方になる全国の源氏たちの名を上げて強く勧めた。以仁王は躊躇《ちゅうちょ》したが、少納言伊長《これなが》という相人《そうにん》（人相見）が「皇位に即く相がある」と言ったので決意した。十郎蔵人行家《くろうどゆきいえ》を使として、全国の源氏に以仁王の令旨《りょうじ》を届けた。その中には伊豆に流された源頼朝や信濃国の源義仲もいた。ところが、平家に通じていた熊野の別当湛増《たんぞう》が漏《も》れ聞き、熊野の那智、新宮が謀叛に与《くみ》すると察知して兵を差し向ける一方、平家に通報した。

その頃、鳥羽殿に幽閉されている後白河院の御所では、多くの鼬《いたち》が走り回ることがあった。院はこれを陰陽頭《おんようのかみ》泰親《やすちか》に占わせると、「三日以内に慶事と凶事が起こる」とのことであった。その慶事とは、宗盛の取りなしで院の幽閉が解かれたことであり、凶事とは、以仁王の反乱とその死であると知るのはのちのことである。

第三十三句　信連合戦《のぶつらがっせん》

熊野の別当湛増から、以仁王《もちひとおう》謀叛の報告を受けた清盛は、急遽《きゅうきょ》福原から都にもどり、以仁王捕縛《ほばく》の使を差し向ける。その中に頼政《よりまさ》の養子兼綱《かねつな》も入っていたため、頼政は計画の発覚を知ることになった。頼政は以仁王にすぐに園城寺《おんじようじ》（三井寺）へ逃げるよう勧める。知らせを受けた以仁王の邸は、大騒ぎになるが、侍の長谷部信連《はせべのぶつら》の意見に従って、女装で屋敷を抜け出した。残った信連は、敵が来る前に見苦しいものを片付けようとあたりを見ると、以仁王が愛用の笛「小枝《こえだ》」を忘れていったことに気付き、後を追って、笛を以仁王に手渡す。このまま供をするように促す以仁王に、信連は平家の役人が来た時、屋敷に誰もいないというのは残念だし、また自分が宮の屋敷に仕えているのは知られているので、逃げたと思われるのも武士の面目《めんぼく》が立たないとして、再び宮邸にもどった。捕縛に向かった出羽判官光長《でわのほうがんみつなが》、源大夫兼綱《げんだいふ》らを相手に、信連はたった一人で奮戦、屈強の敵十五人を切り伏せたが、太刀も折れ、自害するための鞘巻《さやまき》（腰刀）も取り落としてしまったので、ついに生け捕《いど》りにされる。宗盛の前に引き出された信連の堂々とした態度に、平家の者たちも感嘆し、清盛も殺すことを惜しんで、伯耆《ほうき》の日野に流すことにした。後に源氏の世になって、信連は頼朝からこの時の振る舞いを褒《ほ》められ、能登に領地を賜《たまわ》った。

第三十四句　競《きおう》

何事もなく過ごそうと思えば過ごせた頼政《よりまさ》が謀叛《むほん》を起こしたのは、宗盛の理不尽な仕打ちが原因であったという。頼政の嫡子伊豆守仲綱《いずのかみなかつな》の愛馬「木の下《こした》」を権柄《けんぺい》づくで召し上げただけでなく、仲綱が手放すのを惜しんだことを憎み、その馬を「仲綱」と名付け、焼き印を押して、人前で「この仲綱め」と馬に鞭《むち》打つなど、仲綱を侮辱した。「恥を見るより死ね」ということわざを引いて悔しがる仲綱を見て、頼政もそこまで恥をかかされては生きていても仕方がないと謀叛を決意したのであった。

宗盛の愚かな振る舞いを見るにつけ、人々は亡き重盛を偲《しの》んだのである。重盛が建礼門院を訪れた時、宮中で大きな蛇を見つけ、直衣《のうし》の袖に入れて席を立ち、仲綱に渡し、人に知られないよう始末させた。翌日、重盛はその褒美《ほうび》として、仲綱によい馬と鞍《くら》に太刀を添えて届けさせるという優雅な配慮があったのである。

五月十六日、頼政は自邸に火をかけ、三井寺に入った。頼政の家来、渡辺競《きおう》は六波羅近くに住んでいたため、知らせることが出来ず都に取り残された。宗盛はすぐに競を召して、頼政と平家のどちらに付くか返答を迫る。競は朝敵になった頼政に味方することはできないと答え、平家に付いて三井寺を攻めるために馬を一頭欲しいと願い出る。宗盛は秘蔵の「南鐐《なんりよう》」を競に与えた。競は夜が来るのを待って自邸を焼き、三井寺に馳《は》せ向かう。三井寺では残して来た競の噂をしていたが、そこへ競が駆け付け、仲綱の愛馬の代わりに宗盛の馬を奪って来たことを報告したので、仲綱は喜び、南鐐に「宗盛」と焼き印を押して六波羅に返した。騙《だま》された宗盛の怒りは大変なものであった。

東大寺南大門

第三十五句　牒状《ちょうじょう》

三井寺の大衆《だいしゅ》は、清盛の暴悪を懲《こ》らしめる絶好の機会だとして、以仁王《もちひとおう》に味方することを決定し、連携を求めて比叡山延暦寺と奈良の興福寺に書状を送った。延暦寺は長年三井寺との確執《かくしゅう》があった上、この書状に「鳥の左右の翼、車の両輪」と記されていたので、我が寺の末寺でありながら無礼であるとして返事もしなかった。さらに平家が米や衣を挨拶《あいさつ》代わりとして大量に送ってきたこともあり、三井寺に同調しないと決めた。誰の仕業《しわざ》かは分からなかったが、この一件を皮肉った「山法師織延絹《おりのべきぬ》のうすくして恥をばえこそかくさざりけれ」という落書《らくしょ》もあった。奈良では東大寺・興福寺の大衆が評議して、三井寺に同意の返事を送った。その文面には「清盛入道は平氏の糟糠《そうこう》、武家の塵芥《じんがい》」と激烈《げきれつ》な言葉が書かれていた。

第三十六句　三井寺大衆揃《みいでらだいしゅぞろ》ひ

延暦寺の加勢を得られず、興福寺の返事もまだ届かないので、頼政《よりまさ》はこちらから六波羅に夜討ちを掛けるべきだと主張する。三井寺の大衆は協議するが、平家の祈禱《きとう》を勤めたことのある一如坊阿闍梨心海《いちにょぼうあじゃりしんかい》という老僧が、今をときめく平家に

宇治橋で対峙する平家軍（右側）と源氏軍。橋の上に「矢切の但馬」『平家物語絵巻』巻四「橋合戦」

小勢では無理、軍勢の集まるのを待つべきだなどと引き延ばしを図ったため、評議が長引き、出発が遅れてしまった。頼政の一族郎等《ろうとう》と三井寺の僧兵は、六波羅目指して大手・搦手《からめて》の二手に分かれて出陣したものの、途中、逢坂の関で夜が明け、鶏が鳴き始めた。明るくなっての襲撃は不可能なので、六波羅攻めをあきらめざるを得なかった。

第三十七句　橋合戦《はしがっせん》

二十三日、以仁王《もちひとおう》は三井寺では持ちこたえられないとして、南都に向け一千騎で出発する。宮は覚悟を決めたのか、秘蔵の笛「蟬折《せみおれ》」が戦塵《せんじん》に消えることをおそれ、三井寺金堂の弥勒《みろく》に奉納した。また、乗円坊《じょうえんぼう》の阿闍梨《あじゃり》慶秀《けいしゅう》は老齢のため、宮に同道できず、弟子の俊秀《しゅんしゅう》を供につけると申し出た。この俊秀は平治の乱で源義朝の家来として死んだ山内《やまのうちの》須藤《しゅどう》刑部《ぎょうぶの》丞《じょう》義通《よしみち》の子であった。宮はその志に感涙を流すのであった。前夜、一睡もできなかった以仁王は何度も落馬したので、宇治橋の橋板を外し、川を渡れないようにして、平等院で休息を取った。そこへ平知盛《とももり》・通盛《みちもり》・忠度《ただのり》を大将軍とした平家軍二万余騎が、天も響き地も動くほどの鬨《とき》の声を揚げ、橋のたもとまで押し寄せてきた。

橋を挟んでの戦いは矢合わせから始まった。三井寺の僧兵五智院《ごちいん》の但馬《たじま》は、平家軍の放つ多くの矢を長刀で切り落としたので、それ以後は「矢切《やきり》の但馬」と呼ばれるようになった。筒井の浄妙明秀《じょうみょうみょうしゅう》は橋の上に進み、狭い橋の行桁《ゆきげた》を恐れることなく走り回り、弓矢・長刀・太刀・腰刀と次々武器を替えて一人死にもの狂いの奮戦をした。後に続いた十七歳の一来《いちらい》法師は明秀の肩をゆらりと飛び越えて前に出たが、討ち死にしてしまう。明秀はさんざん戦ったあと、平等院の門前で鎧《よろい》を脱ぎ、傷を調べたが軽傷だったので、南都の方へ落ちて行った。

第三十八句　頼政最後《よりまささいご》

死を覚悟した頼政と仲綱《なかつな》は、一人でも多く敵を討とうと、弓を強く引くために兜《かぶと》を着けずに戦った。橋の上の合戦は、三井寺の僧兵、頼政の家来渡辺党の奮戦で、なかなか決着がつかなかった。平家軍の上総守忠清《かずさのかみただきよ》は大将軍知盛《とももり》に、巨《お》椋池《ぐらのいけ》の対岸、淀・一口《いもあらい》・河内路に回ってはどうかと迂回《うかい》策を申し出る。それを聞いた足利又太郎《あしかがのまたたろう》は、以仁王《もちひとおう》が南都に入ったら取り返しがつかなくなるし、戦《いくさ》が長引くのはよくないとして、関東で新田《にった》・秩父が戦った時、利根川を馬筏《うまいかだ》で渡った前例を引いて、この宇治川も馬で渡すべしと主張した。足利又太郎は自ら先頭に立って馬を川へ進める。足利に続いて三百余騎の武士たちが、つぎつぎと宇治川へ馬を入れる。足利は馬筏の組み方を指示し、川中での戦《いくさ》の仕方も細々《こまごま》と教えて、見事一騎も流されず無事に急流を渡り切った。これを見て残る二万余騎も一斉に馬を川に入れたが、急流に流され溺《おぼ》れる者も多かった。

切腹する頼政（右端）渡辺競（上）『平家物語絵巻』巻四「宮の御最期の事」

頼政は負傷し、自害するため平等院に退く。頼政を守ろうと引き返しては戦っていた次男兼綱《かねつな》も、上総守忠清の放った矢で内兜《うちかぶと》（顔面）を射られ討ち死にしたので、頼政は家来の渡辺長七唱《ちょうじつとなう》に自分の首を取るよう命じる。辞世は「むもれ木の花さくこともなかりしにみのなるはてぞかなしかりける」であったが、最後まで歌を忘れなかったのは優雅なことであった。その首は石にくくって宇治川の淵に沈められた。嫡子仲綱も深手を負い自害した。平宗盛がなんとしても生け捕りにしろと命じていた渡辺競《きおう》は、奮戦の後、自害して果てた。

第三十九句　高倉《たかくら》の宮《みや》最後《さいご》

高倉の宮以仁王《もちひとおう》は奈良を目指して落ち延びる途中、光明山《こうみようざん》の鳥居の前で飛騨《ひだの》守景家《かみかげいえ》に追い着かれ、飛んできた矢に当たり落命した。景家は古兵《ふるつわもの》で、頼政《よりまさ》らが戦闘の最中、以仁王は先に奈良に向かうであろうと推察してのことであった。お供の僧兵たちも全員討ち死にしたが、乳母子《めのとご》の六条の佐大夫宗信《すけたいふむねのぶ》は臆病者《おくびようもの》で、その場を逃げ出し、池に飛び込んで震えていた。目の前を斬首《ざんしゅ》され、戸板に乗せられた宮の遺骸《いがい》が運ばれて行ったが、何もできず水の中で泣くばかりであった。奈良興福寺・東大寺の僧兵は宇治近くまで来ていたが、頼政戦死の報を聞いて奈良に戻って行った。平家は以仁王の顔を知らないので、宮の子を産んだ女房に首を見せて確認した。

若宮出家　以仁王の子供たちにも探索の手が及んだ。八条院の女房三位《さんみ》の局《つぼね》が産んだ七歳の若君も、差し出すよう清盛から強い要求があり、やむなく送り出したが、宗盛の口ききで助命され、仁和寺《にんなじ》で僧になった。奈良にいた皇子は北陸に逃れ、木曾義仲に匿《かくま》われた。後に義仲とともに上洛して、「木曾の宮」と呼ばれたのはこの皇子である。戦後の勧賞《かんじょう》が行なわれ、宗盛の子清宗《きよむね》が三位に叙せられたが、その理由書には、「源以仁ならびに頼政法師追討の賞」と書かれてあった。法皇の皇子である以仁王を討っただけでなく、臣下に落としたのは情けない次第であった。

第四十句　鵺《ぬえ》

頼政《よりまさ》は、保元の乱では後白河天皇方につき、平治の乱でも源氏でありながら平家方についたが、大した恩賞にあずかることもなく老齢に及んでいた。しかし述懐の和歌「人知れず大内山のやまもりは木がくれてのみ月を見るかな（大内山の山番である私は、ひっそりと木の間ごしに月を仰ぎ見ています）」が認められて、昇殿を許されたのである。また三位《さんみ》に叙せられたのも、「のぼるべきたよりなき身は木《こ》のもとにしゐをひろひて世をわたるかな（よじ登るべき手づるのない私は、木の下に落ちこぼれた椎の実をひろって世を過ごしています）」の和歌によってであった。歌人として名高かった頼政の、武士としての高名は鵺退治であった。

近衛天皇の時代、黒雲が夜な夜な御殿を覆《おお》うたびに帝が怯《おび》えることがあった。これを追い払うために公卿僉議《せんぎ》が行なわれ、頼政が選ばれた。頼政は家来猪《い》の早太《はやた》を連れて御所に向かい、みごとに「五海女《ごかいじょ》」という怪物を射止めた。その恩賞に天皇から太刀を賜《たまわ》ったが、その折、頼長《よりなが》が詠みかけた「ほととぎす雲居に名をやあぐるらん」という上の句に、即座に下の句「弓張り月のいるにまかせて」を付けて、弓矢のみならず歌道にも優れていると人々から感心された。また応保《おうほう》のころ、二条天皇が鵼に悩まされた時にも頼政が呼ばれたが、闇夜で何も見えないので、鏑矢《かぶらや》を放って鵼を驚かし、羽音を頼りに二の矢で射落とし、ますます武名を上げたのであった。

五月二十六日、以仁王《もちひとおう》・頼政の謀叛《むほん》に味方した三井寺を、平重衡《しげひら》・通盛《みちもり》が三千余騎の軍勢を率いて攻めた。三井寺の堂舎・経文・仏像のみならず、大津の在家までも焼き払われたのである。

1180（治承四）
安徳
【巻五】治承四年六月～十二月 6・3　天皇、福原に行幸。福原遷都。 7　文覚、平家追討の院宣を頼朝に賜ることを乞い、授かる。 8・17　頼朝、伊豆の目代和泉判官兼隆をやまきの館に討つ。その後、石橋山の戦いで大庭景親に破れる（石橋山合戦）。 9・20　頼朝追討のため大将維盛・副将忠度・侍大将忠清以下三万余騎で新都を発す。 9・22　高倉上皇、再び厳島へ御幸。 10・21　※義経、奥州より来たり、横瀬川で頼朝と対面。 10・23　平家の軍勢、富士川で水鳥の羽音に驚き、敗走（富士川合戦）。 12　重衡・通盛、四万余騎で

巻第五

第四十一句　都遷《みやこうつ》し

治承《じしよう》四年六月二日、福原への遷都が行なわれた。三歳の安徳天皇をはじめ、皇族・公卿・殿上人《てんじようびと》も皆同行した。三日、福原へ到着、池《いけ》の大納言頼盛《だいなごんよりもり》の邸宅が御所と定まった。以仁王《もちひとおう》の謀叛《むほん》があった後なので、後白河院も清盛から御幸《ごこう》を強要され、入り口一つだけの三間四方の小さな板屋に押し込められた。忌まわしさ・恐ろしさから人々は「籠《ろう》の御所」と呼んだ。京の都は日に日に荒れ果てていった。遷都は昔もあったが、平家の始祖である桓武天皇が「平らかに安き城《みやこ》」と名づけた都を、さしたる理由もなく遷《うつ》すこと自体もってのほかであり、しかも清盛のような人臣が行なったのである。平家が都にいられなくなる前兆ではないかと人々は思った。

第四十二句　月見《つきみ》

六月八日、新都造営が始まり、内裏《だいり》がないのは具合が悪いとのことで、五条大南都を襲い、東大寺・興福寺を焼く。

納言邦綱《くにつな》に里《さと》内裏の造営が命じられた。棟上《むねあ》げは八月十日であった。秋のなかばになったので、人々は名所の月見に興じたが、徳大寺の左大将実定《さねさだ》は旧都に出かけた。すっかり荒れ果てた京の都には、かつて二代の后《きさき》と呼ばれた近衛河原の大宮（実定の異母妹）がひっそりと住んでいた。実定が門を叩いた時、大宮は昔をしのんで琵琶《びわ》を弾いていた。旧都新都の話のあと、実定はこの御所に仕える待宵《まつよい》の小侍従《こじじゅう》という女房と昔今の物語をしているうちに明け方近くなったので、「古き都をきてみれば浅茅《あさじ》が原とぞあれにける」と今様を歌ったところ、御所中の女房たちはみな涙を流した。夜も明け、帰途についた実定は、お供の蔵人《くろうど》泰実《やすざね》に「小侍従が名残惜しげにしていたので、もどって何か言ってくるように」と命じた。引き返した泰実は小侍従に「物かはと君がいひけん鳥の音のけさしもなどか悲しかるらん（何でもないとあなたが言った暁の別れの鶏の声が、今朝はどうしてこんなに悲しいのでしょう）」と詠みかけると、小侍従も「待たばこそふけゆく鐘もつらからめあかぬ別れの鳥の音ぞうき（それを思うからこそ宵の鐘はこんなにつらいのでしょう。別れをせきたてる朝の鶏の声は悲しいものです）」と歌で答えた。泰実の報告を聞いた実定は、泰実を大いに褒《ほ》めた。このことがあってから、泰実は「物かはの蔵人」と呼ばれたのであった。

第四十三句　物怪《もつけ》の巻《まき》

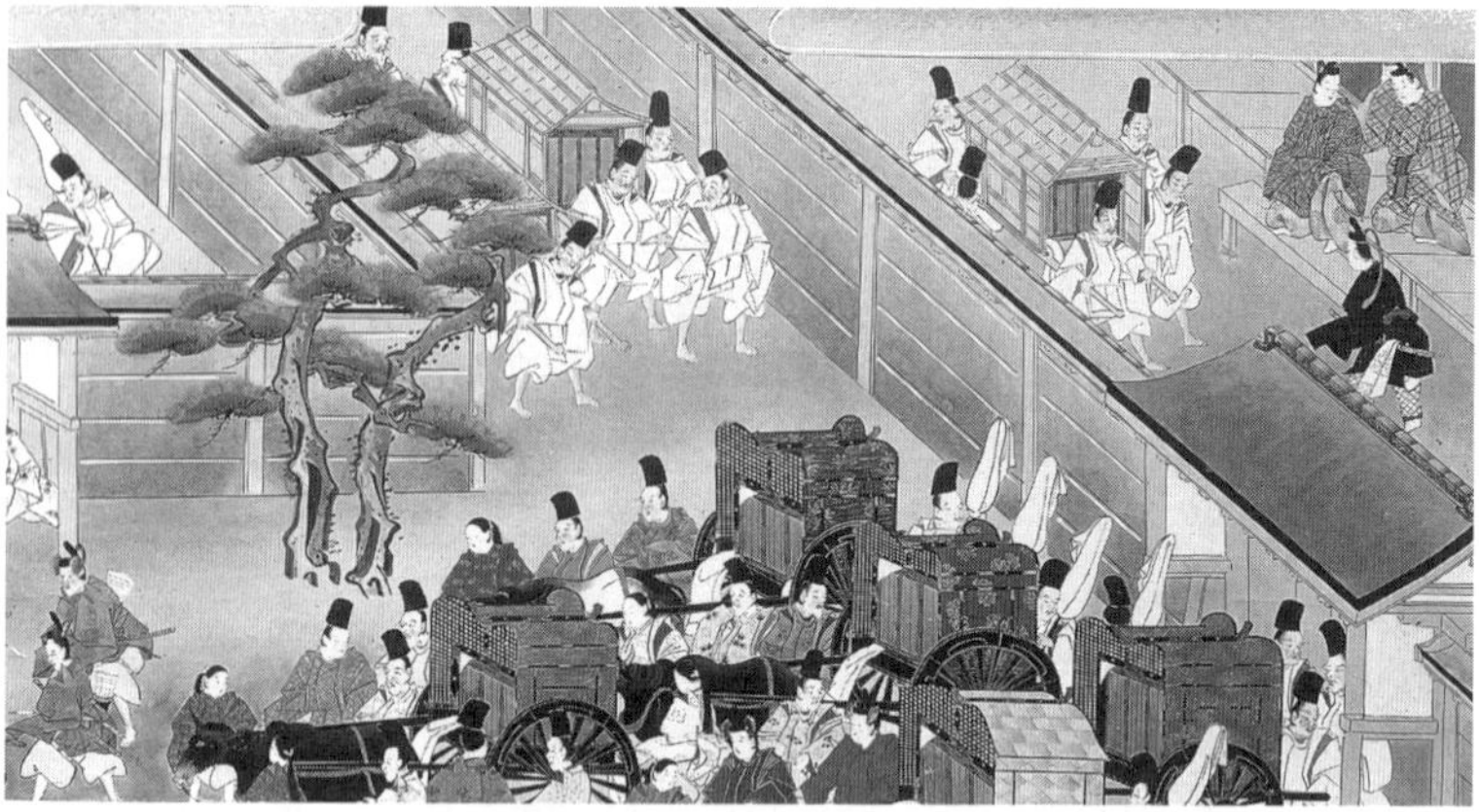

福原遷都のため内裏を出発する人々『平家物語絵巻』巻五「都遷りの事」

そのころ福原では奇怪な出来事が多発した。清盛の寝所を正体不明の巨大なモノが覗《のぞ》き込んだり、あるはずのない大木が倒れる音がして、二、三十人がどっと笑う声が聞こえたりした。また、中庭に無数の髑髏《どくろ》が充満して、ついには一つにかたまって清盛を睨《にら》みつけることもあった。そのほか松が一夜で枯れたり、厩《うまや》で飼育していた東国一と評判の馬の尾に、鼠が巣を作り、子を産むということもあった。陰陽師《おんようじ》に占わせてみると、「重き御《お》つつしみ」という不吉な卦《け》が出たのであった。

また、源中《げんちゅう》納《な》言《ごん》雅頼《まさより》に仕える青侍が見た夢も不思議なものであった。内裏《だいり》の神《じん》祇《ぎ》官《かん》かと思われる場所に神々が集まり会議をしている夢で、席上、平家の味方をしていた厳島《いつくしま》明神が議場を追い出された。その後、上座の八幡《はちまん》大《だい》菩《ぼ》薩《さつ》が「平家に預けてあった節刀《せっとう》（朝敵征討の将軍に帝が与える刀）を、頼朝に与える」と言うと、春日明神が「その次は我が子孫に」と言い出したという夢であった。この噂が平家の耳にも入り、その青侍に呼び出しが掛かったが、恐れた青侍は逐電《ちくでん》してしまった。これは平家が勅命に背いたので、政権を象徴する節刀を召し上げられたものと考えられ、この話を伝え聞いた高野《こうや》の宰相《さいしょう》入道成頼《なりより》は、平家の世が末になったとみえると言ったという。

第四十四句　頼朝《よりとも》謀《む》叛《ほん》

治承《じしょう》四年九月二日、相模《さがみ》の大庭景親《おおばのかげちか》から早馬が到着、福原の清盛に頼朝挙兵の報《しら》せがもたらされた。去る八月十七日、頼朝と舅《しゅうと》の北条時政が、伊豆の目代《もくだい》和泉判官兼隆《いずみのほうがんかねたか》の舘《たち》を夜討ちにし、石橋山に立て籠もった。大庭らが三千騎で押し寄せ打ち破ったが、頼朝は七、八騎になって三浦の衣笠城《きぬがさのじょう》へ逃げ込み、さらに久里浜から安房《あわ》・上総《かずさ》に逃亡したというものであった。清盛は、頼朝を死罪に処するところを、池殿《いけどの》（清盛の継母）の嘆願で流罪にしたのに、その恩を忘れるとは何事かと激怒した。朝敵は昔から大勢いたが、誰一人として本望を遂げた者はいなかった。それにしても今の世は王権・王威も軽んじられることになったものである。

第四十五句　咸陽宮《かんようきゅう》

昔、燕《えん》の太子丹《たん》は秦《しん》の始皇帝に十二年も囚われていたが、老母を思う燕丹《えんたん》の孝行に感じた妙音菩薩《みょうおんぼさつ》の霊験《れいげん》で無事に国に帰ることができた。燕丹は始皇帝を討とうと、荊軻《けいか》を語らう。荊軻は田光先生《でんこうせんじょう》という兵《つわもの》に協力を求めるが、田光は老齢を理由に断る。荊軻は田光にこのことを他言しないよう頼むと、田光は「人に疑われるに過ぎたる恥はない」として、その場で自害してしまう。

その頃、親兄弟を始皇帝に殺され、始皇帝を恨む樊於期《はんえき》という者がいた。荊軻は彼を味方に誘い、ある策略を示す。それは樊於期の首を切り落とし、燕の地図

那智の滝で修行する文覚『平家物語絵巻』巻五「文覚の荒行の事」

とともに始皇帝に差し出して油断させ、暗殺するというものであった。承諾した樊於期は自ら首を切る。荊軻は秦舞陽《しんぶよう》という案内者とともに、樊於期の首を携え、始皇帝の御殿咸陽宮に入る。計画通り始皇帝を捉えて、まさに殺害しようとした時、始皇帝は最後に最愛の后《きさき》花陽夫人《かようぶにん》の琴を聞かせてほしいと願う。荊軻がこれを許したために、隙を見て始皇帝は逃れ、荊軻は捕らわれて八つ裂きにされてしまう。やがて始皇帝は大軍を派遣して燕丹を滅ぼしたのである。今の頼朝もこの燕丹と同じことになるであろうと、平家に追従する者は言った。

第四十六句　文覚《もんがく》

伊豆に流されて二十数年を過ごした頼朝が、平家打倒に立ち上がったのは、文覚上人の勧めによるものであった。文覚はもとは遠藤武者盛遠《えんどうむしゃもりとう》という武士であった。十九歳で出家してからの修行は激しいもので、真夏に藪《やぶ》の中で七日間横たわり、虻《あぶ》・蜂・蟻などに刺されたり噛《か》まれたりしても微動《びどう》だにしない修行や、真冬に那智の滝に打たれ、何度も気絶するほどの難行苦行を続けた。その後も修行のために全国の霊場を回り、「やいば（刃）の験者」と呼ばれるほどの験力《げんりき》を身につけて帰京、洛北の高雄《たかお》に住んだ。そこで文覚は荒廃していた高雄の神護寺《じんごじ》再興を思い立ち、後白河院の御所に押しかけて寄進を強要、乱暴を働いたため逮捕されることとなる。いったんは大赦《たいしゃ》で許されたものの、文覚の言動は改まらず、つ

混乱する宿場で逃げ惑う平家の武士たち『平家物語絵巻』巻五「富士川の事」

いに伊豆に流される。伊勢から船出し、途中嵐に出会ったが、文覚はその験力で祈り鎮めた。

伊豆では頼朝に平家打倒を勧め、ためらう頼朝に父義朝のものという髑髏《どくろ》を見せて決意を促す。勅勘《ちょっかん》（朝敵としての罪）の身で挙兵することを憚《はばか》る頼朝に、文覚は密かに福原の都に上り、藤原光能《みつよし》の取り次ぎで、後白河院から平家追討の院宣《いんぜん》をいただいて伊豆にもどり、頼朝に手渡した。これによって、頼朝は挙兵に踏み切ったのである。

第四十七句　平家東国下向《へいけとうごくげこう》

頼朝の挙兵を知って、平家は討伐軍を派遣する。大将軍は平維盛《これもり》、副将軍は薩摩守忠度《さつまのかみただのり》、九月二十日、その勢三万余騎で都を発った。そのころ忠度が通っていた女房が、忠度の出発を知って小袖《こそで》に「東路《あづまじ》の草葉をわけん袖よりもたたぬたもとに露ぞおくめる」という歌を添えて送ってきた。忠度も「わかれ路をなにか嘆かん越えてゆく関もむかしのあとと思へば」と返歌したのも優雅なことであった。九月二十二日には高倉上皇が再度厳島《いつくしま》に向かった。三月にも参詣したのであるが、以仁王《もちひとおう》の謀叛《むほん》などうち続く世の不穏《ふおん》に心を痛め、天下静謐《せいひつ》の祈願と自身の病気平癒《へいゆ》を祈禱《きとう》するためであった。

飛び立つ水鳥の群（左側）逃げる平家の武士（右側）『平家物語絵巻』巻五「富士川の事」

第四十八句　富士川《ふじがわ》

平家軍は三万余騎で出発したが、途中でかり集めた軍勢もあって、十月十六日、駿河国清見《するがのくにきよみ》が関《せき》に着いたときは、七万余騎に増えていた。大将軍の維盛《これもり》は、侍大将の上総守忠清《かずさのかみただきよ》の言を入れて、富士川で味方の軍勢を待つことにした。一方、頼朝は駿河国浮島《うきしま》が原《はら》で勢揃《せいぞろ》えを行なったが、二十万騎の大軍が集結していた。たまたま忠清が、佐竹太郎忠義の雑色《ぞうしき》が京に上るのを捕らえて尋問したところ、頼朝の軍勢は海道に満ち溢《あふ》れ、その数は二十万騎と聞き、忠清は軍勢派遣の時期を誤った宗盛の判断の甘さを残念がった。維盛は東国に詳しい斎藤別当実盛《べっとうさねもり》に関東武士について質問する。実盛は自分程度の武士は関東には大勢いること、弓矢の手腕、乗馬の技量、武士の気質など東国武士の強さを語る。兵士たちはそれを聞いて震え上がった。二十三日の夜中、何に驚いてか富士の沼の水鳥が一斉《いっせい》に飛び立つ。その羽音に驚いて平家軍は総崩れとなって、十一月八日には福原へ逃げ帰る始末であった。この敗走を皮肉った「富士川の瀬々《せぜ》の岩こす水よりもはやくもおつる伊勢平氏《へいじ》かな」などの落首もあった。激怒した清盛は、維盛を流罪に、忠清を死罪にせよと命じたが、言葉とは逆に、十日の除目《じもく》（任官）で維盛が右近衛《うこんえの》中将《ちゅうじょう》に任ぜられたので、人びとはこの昇進を陰で批判した。

松明で火を放つ福井友方ら一行『平家物語絵巻』巻五「奈良炎上の事」

第四十九句　五節《ごせつ》の沙汰《さた》

十一月十三日、福原の新都では、内裏《だいり》が新造されたものの、大極殿《だいごくでん》も豊楽院《ほうらくいん》もなく、大嘗会《だいじょうえ》の大礼も御神楽《みかぐら》も宴会も挙行できなかった。せめて新嘗会《しんじょうえ》と五節《ごせち》会《え》だけでも福原で挙行したいと思ったが、それすら旧都の神祇官《じんぎかん》で行なわざるを得なかった。もともと今度の遷都には、天皇も臣下も、諸寺諸山も反対していたので、ここにいたって清盛も、十二月二日（実際は十一月二十三日）、福原からもとの京の都に都帰りすることになった。人々は還都の嬉しさと同時に、改めて住まいの手配に苦労した。そもそもこの福原遷都は三井寺・興福寺の僧兵の強訴《ごうそ》を、清盛が煩《わずら》わしく思ったからであったという。

第五十句　奈良炎上《ならえんじょう》

以仁王《もちひとおう》謀叛《むほん》の時、「南都の大衆《だいしゅ》が同調したのは朝敵に当たる。平家が奈良を攻撃すだろう」との噂が流れるや、これに反発した東大寺・興福寺の僧兵たちは、大きな毬打《ぎちょう》（木の玉を杖で打つ遊技）の玉を作り、これを清盛の頭と呼んで打ち叩《たた》き、清盛を侮辱する言動を取った。清盛は怒り、瀬尾太郎兼康《せのおのたろうかねやす》を鎮圧のため派遣したところ、かえってさんざんに蹴散《けち》らされて逃げ戻る始末であった。清盛

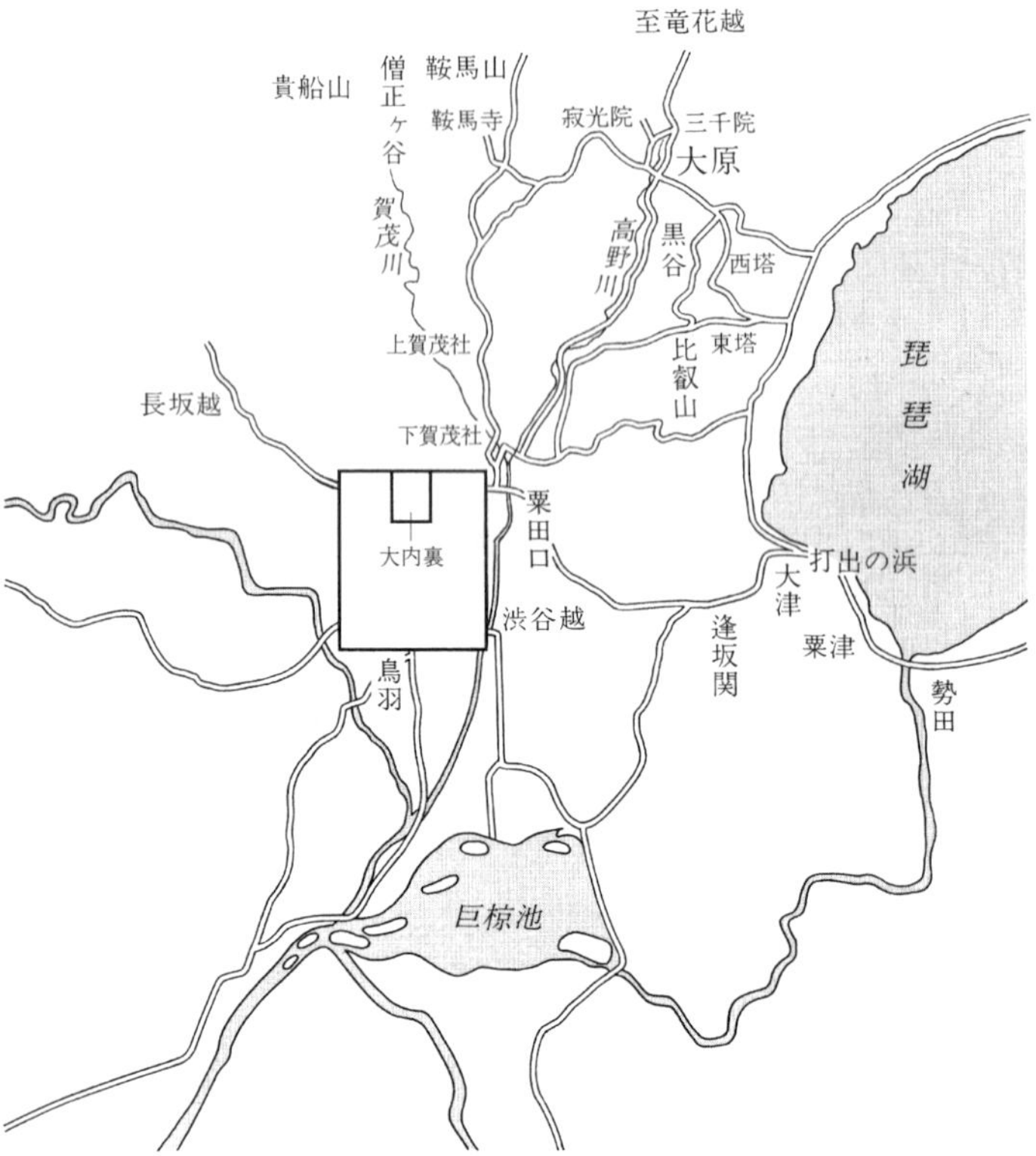

京都周辺の図

はついに奈良に討手《うって》の大軍を差し向けた。大将軍は平重衡《しげひら》、副将軍平通盛《みちもり》、その勢四万余騎であった。南都の大衆の抵抗は激しく、夜戦《よいくさ》になった。指揮をとっていた重衡の命を受けた福井友方《ふくいのともかた》という者が、松明《たいまつ》で民家に火をつけたところ、十二月二十八日、真冬の北風にあおられて、火は奈良の寺院を焼き尽くした。火に追われた老若の僧侶や児たちは、大挙して大仏殿や興福寺の伽藍《がらん》に逃げ込み、炎に焼かれて死んだ。その様《さま》はさながら焦熱地獄であった。大仏の首は地に落ち、身体は溶解して小山のようであった。凱旋《がいせん》した重衡を清盛は喜んで迎えたが、建礼門院をはじめ、心ある人びとは南都焼尽を嘆いた。このようにして治承《じしょう》四年も暮れていったのである。

1181（治承五・養和元）	安徳	【巻六】治承五年一月～寿永元年十月 1・15　高倉上皇、六波羅の池殿で崩御。 閏2・4　清盛、熱病に罹り、六十四歳で死す。 閏2・7　清盛の遺骨を摂津国経の島に納める。 3・17　重衡・維盛ら、源行家を墨俣川で破り、義円を斬る（墨俣合戦）。 12・24　中宮、建礼門院の院号を授かる。
1182（寿永元）		9・2　城の長茂、木曾追討のため、四万余騎で信濃に出陣。 9・11　長茂、横田河原で木曾の三千余騎に敗れる（横田河原合戦）。 10・3　宗盛を内大臣、頼盛を中納言、知盛を権中納言に任官。

巻第六

第五十一句　高倉《たかくら》の院崩御《いんほうぎよ》

治承《じしよう》五年を迎えたが、宮中では何の行事も行なわれず、寂しい正月となった。氏寺《うじでら》焼失によって藤原氏の公卿はだれも参内《さんだい》しなかった。五日には南都の高僧たちの官職役職が没収・解官《げかん》された。興福寺の永縁《えいえん》僧正は、仏像・経典が焼失したことを嘆くあまり病気になり亡くなった。

高倉上皇は、前年の後白河院幽閉《ゆうへい》、以仁王《もちひとおう》の乱、遷都、東大寺・興福寺の焼亡と、うち続く心痛によって病が重くなり、十五日、六波羅の池殿《いけどの》において、ついに亡くなられた。その夜、遺体は東山の清閑寺《せいがんじ》に移され、火葬に付された。二十一歳、末代の賢王の崩御を、人々は日月が光を失ったように悲しんだ。

第五十二句　紅葉《こうよう》の巻《まき》

高倉上皇は末代の賢王として仁政を施したが、幼少から柔和な性格であった。風雅を好み、内裏《だいり》に小山を築き、櫨《はじ》や楓《かえで》などの木を植えて、秋にはその紅葉を賞翫《しょうがん》・愛好した。ある日の朝、夜中の強風で散った紅葉を、清掃役の下部《しもべ》（召し使い）が掃き集め、酒を温める薪《たきぎ》にしたことがあった。それを知った蔵人業忠《くろうどなりただ》は顔色を変えて畏れたが、高倉天皇は「林間に酒をあたためて、紅葉を焼《た》く」という詩の心を、誰が下部に教えたのか、風流なことだと微笑《ほほえ》んでお誉めになり、咎《とが》めることはなかった。またある深夜、遠くの悲鳴を聞いて、人を遣わすと、女童《おんなわらわ》が盗賊に主人の装束を奪われ泣いていたのであった。この報告を聞いた高倉天皇は、自分の治世が悪いからこのように盗賊が横行するのだと涙を流し、中宮建礼門院のところから、盗まれた衣と同じ色で、もっと上等な装束を取り寄せて女童に与え、主人のもとに送り返させたこともあった。誰もが、このように心優しい高倉上皇の長寿を祈っていたのに、わずか二十一歳で崩御《ほうぎょ》されたのは悲しいことであった。

第五十三句　葵《あおい》の女御《にょうご》

葵《あおい》の前《まえ》　建礼門院に仕える女房の女童《おんなわらわ》が、高倉天皇の寵愛を受けたことがあった。名前を葵の前といったが、人びとは「葵の女御」と呼んだ。これを聞いた帝は世の誹《そし》りを憚《はばか》り、その後はお召しにならなくなった。摂政藤原基房《もとふさ》は、氏素姓が問題なら自分の養子にするので、ご遠慮なさらないよう申し上げたが、お聞き入れにならなかった。しかし帝は葵の前を忘れられず、その帝の心を知った葵の

小督を探す源仲国（右側上・下）琴を弾く小督（左上）『平家物語絵巻』巻六「小督の事」

前は思いが募《つの》って死ぬ。

小督《こごう》　帝が恋慕の思いに沈んでいるのを慰めようと、建礼門院は小督を帝のもとに差し向けた。小督は冷泉大納言隆房《れいぜいのだいなごんたかふさ》の思い人であったが、帝に召されてからは隆房の手紙さえ手に取らなくなった。隆房の妻は清盛の娘であり、建礼門院もまた清盛の娘であることから、小督に二人の婿《むこ》を奪われたと思った清盛は、小督を憎んで宮中から放逐《ほうちく》しようとする。小督はこれを察知して自ら姿を消したのであった。帝はたいそう嘆き、月を見ては心を慰めていたが、清盛はこれにも怒ったので、清盛を憚《はばか》り、帝のそば近くに仕える者もいなくなった。八月十日あまり、月を見て小督を偲《しの》んでいた帝は、宿直《とのい》の源仲国《なかくに》に、小督の居場所を尋ねるよう依頼する。仲国は名月の嵯峨野《さがの》に馬を駆《か》って探し求める。諦めかけた時、微かな琴の音を聞き、小督の家を探し当てた。聞けば小督は、明日、大原に移る予定であったという。仲国の帰りを待ちわびていた帝は、小督の消息を聞いて喜び、さっそく小督を連れ戻す。内裏にもどった小督は、帝の寵愛を受けてひそかに姫君を出産する。これを知って清盛は怒り、強引に小督を出家させてしまった。高倉天皇はこれらの嘆きが積もって病になり、ついに崩御《ほうぎょ》したのである。高倉上皇に先立たれた後白河院の悲しみは深かった。

第五十四句　義仲謀叛《よしなかむほん》

水風呂で身体を冷やす清盛『平家物語絵巻』巻六「入道逝去の事」

信濃に木曾冠者義仲《きそのかんじゃよしなか》という者がいた。帯刀先生義賢《たちはきせんじょうよしかた》の子であったが、父が頼朝の兄悪源太義平《あくげんたよしひら》に討たれたため、母に抱かれて信濃に逃れ、木曾中三兼遠《ちゅうぞうかねとう》のもとで二十四年間育てられたのである。清盛は義仲を見くびっていたが、不安に思う人も多かった。

治承《じしょう》五年二月、都近い河内《かわち》で石川判官代義兼《いしかわのほうがんだいよしかね》が平家に背《そむ》き、九州でも緒方《おがたの》三郎《さぶろう》ら多くの武士が源氏に通じ、なんと熊野の別当湛増《べっとうたんぞう》までもが平家を見限り、源氏に付いたのであった。東国・北国・南海道・九州と立て続けに平家に背く者が現われたので、宗盛《むねもり》は自ら東国へ出陣することを宣言する。

第五十五句　入道死去《にゅうどうしきょ》

宗盛の東国出陣直前の二月二十八日、清盛が重病になったとの噂が流れ、京中は大騒動になった。火を焚《た》くような異常な熱病に冒された清盛は、治療の手の施しようもなく、熱はまったく下がらなかった。水風呂もすぐに沸き上がってしまうほどの高熱であり、身体に水をかけて冷やそうと試みても水が寄りつかず、たまたま当たった水は炎となり、黒煙を上げて燃え上がる有様であった。そのような時に、清盛の妻時子《ときこ》は、福原の岡の御所と思われるところに、火炎に包まれた牛車が送り込まれる夢を見た。夢の中で、これは何かと尋ねた時子への答えは、東大寺大仏を焼き滅ぼした罪により、閻魔《えんま》大王から遣わされた迎えの車だというのであった。夢から覚めた時子は、多くの寺社に財宝を寄進して祈ったが、何の甲斐《かい》もなかった。快復の見込みがないと悟った時子は、遺言を聞き出す。清盛の遺言は、「自分の供養はいらない。ただ頼朝の首を自分の墓の前にさらせ」という罪深いものであった。

閏《うるう》二月四日、熱に苦しみながら、清盛は「あつけ死（熱さに苦しみつつ死ぬこと）」を遂げた。七日には愛宕《おたぎ》で火葬に付し、遺骨は清盛自らが築いた摂津《せっつ》の経《きょう》の島《しま》に葬られた。葬送の夜、清盛の豪壮な私邸西八条殿が放火によって炎上した。同夜、六波羅付近で二、三十人の声で、「うれしや、滝の水、鳴るは滝の水、日は照るともたえず」と歌う声が聞こえた。天狗の仕業《しわざ》かと声をたよりに探すと、院の御所法住寺殿《ほうじゅうじどの》で留守居役の者たちが、酒に酔って舞い踊っていたのであった。

第五十六句　祇園《ぎおん》の女御《にょうご》

古老によれば、清盛は忠盛《ただもり》の子ではなく、白河院の子だとのことである。白河院は東山の祇園社付近に住む「祇園の女御」と呼ばれる女性を寵愛し、しばしば通っていた。ある五月雨《さみだれ》が降る闇夜に、院がお忍びで女御のもとを訪ねた時、お堂のそばに光を放つ鬼のようなものが出現した。お供の忠盛に、討ち取るよう下《か》命《めい》があった。しかし忠盛は殺さず、生け捕りにしてみたところ、それは鬼でなく、お灯明《とうみょう》を点す雑用係の法師であった。白河院は忠盛の慎重な振る舞いに感心し、褒美《ほうび》として祇園の女御を忠盛に与えた。その時、女御は懐妊しており、生まれたのが清盛だというのである。忠盛は祇園の女御の産んだ子を、我が子として育てた。ある時、白河院から「夜泣きすとただもりたてよ末の代にきよくさかふることもあるべし（夜泣きをしてもただお守りをしてくれ、忠盛よ、将来清く盛《さか》えることもきっとあろうから）」との歌をいただき、この歌から「清盛」と名付けたという。院の子であるからこそ、遷都なども思い立ったのであろうと人々は語り合った。

慈心坊《じしんぼう》　また、清盛の前世は慈恵《じえ》大僧正の生まれ変わりであるとも言われた。嘉《か》応《おう》二年二月、慈心坊尊恵《そんえ》が夢の中で閻魔《えんま》庁の法華経供養に招かれ、法会終了後、閻魔大王に呼ばれて直々に「清盛は悪人に見えるが、慈恵大僧正の化身《けしん》である」と教えられたという。

流沙葱嶺《りゅうしゃそうれい》　寛治《かんじ》二年、白河院の御所で、今、如来が天竺《てんじく》に出現したら、天竺に行くか否《いな》かと議論になったことがあったが、その時、大江匡房《まさふさ》はいかに天竺への道が険難を極めるかを玄奘三蔵《げんじょうさんぞう》の例を引いて説き、天竺へ行くよりも即身成仏を遂げた弘法大師が開いた高野山に参るべきだと主張した。さらに匡房は、嵯峨《さが》天皇の御代に法相宗《ほっそう》・三論宗《さんろん》・華厳宗《けごん》・天台宗の四宗による宗論《しゅうろん》が行なわれた話をし、弘法大師がその場でたちまち仏身となって、浄土の荘厳《しょうごん》を現わしたため、四宗も弘法の教えに従うことになったと説いた。清盛に命じて大塔を修理させるなど、白河院が高野山を重んじたのは、この寛治二年の論議以来のことである。

第五十七句　邦綱死去《くにつなしきょ》

治承《じしょう》五年閏《うるう》二月二十日、五条大納言邦綱が死去した。清盛と親密な仲であり、清盛と同じ日に病気になり、同月の内に死んだ。この邦綱はなかなか機転の利く人で、近衛天皇が四条の内裏《だいり》で火事にあった時、いち早く手輿《たごし》を舁《か》いて参上し、帝のお誉《ほ》めにあずかった。また大変に裕福であり、清盛に毎日一品贈り物をしたという。清盛も邦綱をたいそう信頼して、邦綱の子息一人を養子にもらい、自分の子重衡《しげひら》を邦綱の娘の婿《むこ》としたほどであった。この人が大納言になったのは、異例なことであり、それは母が賀茂《かも》神社に百日参詣して、「一日だけでも蔵人《くろうど》の頭《かみ》に」と心を込めて祈ったことに感応した賀茂明神の霊験《れいげん》によるもので、蔵人の頭どころか正《しょう》二位大納言にまで昇ったのである。

第五十八句　須俣川《すのまたがわ》

清盛の死をうけて、閏《うるう》二月二十二日には、後白河院が数年ぶりに院の御所法住《ほうじゅう》寺殿《じどの》にもどった。三月に入ると、大仏殿の再建が始まった。事始めの奉行として蔵人《くろうど》藤原行隆《ゆきたか》が任じられたが、彼は先年、石清水《いわしみず》八幡に参詣の折、東大寺の奉行の時は持つようにと笏《しゃく》をいただく霊夢を見たのであるが、それが現実になったわけである。三月十日、美濃《みの》の目代《もくだい》が、源氏の軍勢が尾張国まで進出してきたと知らせて来たので、すぐに討手《うって》が出発した。源氏は十郎蔵人行家《くろうどゆきいえ》ら六千余騎、一方追討軍は大将軍平知盛《とももり》らで総勢三万余騎、尾張の須俣川で対陣した。多勢に無勢で源氏軍は敗走したが、討手の知盛が病気で帰京したため、平家の決定的な勝利にはならなかった。

第五十九句　城《じょう》の太郎《たろう》頓死《とんし》

六月十六日、平家から越後守《えちごのかみ》に任じられた城の太郎資長《すけなが》は、三万余騎を率《ひき》いて、義仲追討に出陣しようとしていたところ、天候が急転、空から「大仏を焼失させた平家に味方する城の太郎を召《め》し捕れ」という嗄《しわが》れた声が三度聞こえた。恐れをなした家来たちが止めるのも聞かずに資長は出発、わずか十数町進んだところで黒雲が覆《おお》い被さり、命を失うという不思議な出来事が起こった。この知らせを聞いた平家の人びとは大騒ぎになった。

都では平将門《まさかど》・藤原純友《すみとも》追罰《ついばつ》（討）の例に従って、謀叛《むほん》の輩《やから》を調伏《ちょうぶく》する祈りが各所で行なわれたが、神も仏もお聞き入れになるとは思われなかった。

七月には改元があって養和《ようわ》となった。年が明けて養和二年四月、後白河院が延

横田川原の城の四郎軍（右側）と義仲軍（左側）『平家物語絵巻』巻六「横田河原合戦の事」

暦寺に御幸《ごこう》されたが、これは院の平家討伐計画かと六波羅へ平家一族が参集し、大騒動となった。根も葉もない噂にすぎなかったが、これも「天魔の狂はし（天魔が世を狂わせたのだ）」と人々は評した。

第六十句　城《じょう》の四郎《しろう》官途《かんと》

五月二十四日に、早くも改元があって寿永《じゅえい》となった。前年不可解な死を遂げた城の太郎の弟、城の四郎長茂《ながもち》が、強く辞退したにもかかわらず越後守に任じられた。九月二日、城の四郎は義仲追討のために信濃に出兵し、十一日、横田川原に陣を取ったが、地形を熟知している義仲軍に惨敗、越後に逃げ帰った。十月三日、都では平宗盛が内大臣になり、その祝いが盛大に行なわれた。東国、北国の源氏が次々と蜂起するなかでの華やかな祝い事には呆《あき》れるばかりであった。こうして年も改まり、寿永二年になった。

1183（寿永二）	安徳	【巻七】寿永二年二月～七月 3　頼朝、義仲と不和になり、義仲追討のため十万余騎で信濃に出陣。義仲、子の義基を頼朝に差し出す。 4・17　木曾追討のため平家十万余騎で出立。 4・18　経正、竹生島に渡り琵琶をひく。 4・27　※平氏、加賀林光明の城を陥す。 5・11　義仲、大夫坊覚明に願文を書かせて八幡の社に奉じ、その夜、倶利伽羅谷で平氏を破る（倶利伽羅合戦）。 5・23　篠原の合戦に平氏破れ、斎藤実盛ら討ち死に（篠原合戦）。 6・11　義仲、越前の国府で山門に牒状を送る。 6　山門より源氏に味方する旨、義仲に返牒。 7・8　※宗盛、書面で延暦

巻第七

第六十一句　平家北国下向《へいけほっこくげこう》

寿永《じゅえい》二年二月二十三日、平宗盛が従《じゅ》一位に叙せられた。この頃になると、平家に背く者が続出し、宣旨《せんじ》・院宣《いんぜん》を出しても平家の意向と思われ、従う者は少なかった。一方、源氏も頼朝と義仲の間が不和となっていた。義仲に不信感を持つ頼朝が、信濃《しなの》に軍勢を差し向けたのである。義仲は十一歳になる子息清水の冠者義基《よしもと》を人質として鎌倉へ差し出し、一応危機は回避された。事態の収拾を機に、義仲はすぐに越後に兵を進め、城の四郎を打ち破り、北陸道を制覇《せいは》した。そのまま都に攻め上るに違いないとの噂が立った。

竹生島詣《ちくぶしまもう》で　四月十七日、平家は三位中将《さんみのちゅうじょう》維盛《これもり》を大将軍に、総勢十万余騎で北国へ討手《うって》を出発させる。その下向の途中、風流で詩歌管弦に長《た》けた平経正《つねまさ》は、琵琶湖上の竹生島に渡り、一晩、社前で琵琶を演奏した。竹生島の明神である弁財天が感動したのか、経正の袖に白龍となってその姿を現わした。これを見て経正は、戦勝の瑞兆《ずいちょう》と喜び、島を離れたのであった。

安徳
寺に支援を請うが、拒絶される。 7・20　肥後守貞能、鎮西の謀反を鎮圧、三千余騎で帰洛。 7・22　義仲上洛の報に、平家、騒ぐ。 7・24　法皇、比叡山に移る。 7・25　平家一門（宗盛・維盛・忠度・経正ら）天皇・建礼門院とともに、西国落ち。

第六十二句　火打合戦《ひうちがっせん》

義仲は越前国に火打《ひうち》が城《じょう》をこしらえ、平泉寺《へいせんじ》の斎明威儀師《さいめいいぎし》を大将軍として七千余騎を配備、平家の行く手を塞《ふさ》いでいた。火打が城は前後を山や川に囲まれた自然の要害で、平家は攻めあぐんだが、斎明威儀師が心変わりし、矢文《やぶみ》を送って平家に内通、またたく間に落城した。勢いづいた平家は加賀へ進攻し、次々と勝利を収めた。五月八日、平家は加賀の篠原で軍勢を二手に分け、大手軍は総勢七万余騎で加賀と越中の境の砥波山《となみやま》に向かい、搦手《からめて》は三万余騎で能登《のと》と越中の境の志保坂《しほさか》へ向かった。義仲は急ぎ越後の国府から駆けつけ、一万余の兵を率いて砥波山の麓に陣取った。

第六十三句　木曾《きそ》の願書《がんじょ》

願書　陣の近くに八幡《やわた》社を見出だした義仲は、手書《てがき》（書記役）として連れていた大夫覚明《だいぶかくめい》に勝利祈願の願書を書かせて奉納する。この覚明は以仁王《もちひとおう》の乱の時、奈良において清盛を「清盛は平氏《へいじ》の糟糠《そうこう》、武家の塵芥《じんがい》」と、あしざまに罵《ののし》る牒状《ちょうじょう》（回し文）を書いて清盛の怒りを買い、北国に逃れて、義仲のもとに身を寄せていた人物である。この願書に八幡大菩薩が感応したのであろう、源氏の白旗の上

竹生島を見上げる平経正（下）琵琶を弾く経正（上）『平家物語絵巻』巻七「竹生島詣での事」

を鳩が二羽飛び回った。

倶利伽羅落《くりからおとし》　源平は三町（約三百三十メートル）ほど隔てて対峙《たいじ》して睨《にら》み合いが続いた。義仲は矢合わせを繰り返して時間を稼ぎ、日の暮れを待っていた。夜陰に乗じて奇襲をかける作戦であった。暗くなって、平家軍の背後に回った搦《からめ》手《て》の勢が倶利伽羅《くりから》堂の辺りで鬨《とき》の声をどっと上げた。山も高く、険しい場所なので、敵の来襲はないものと油断していた平家は、思いがけない鬨《とき》の声に慌てふためき、我先にと谷に転げ落ちていった。この谷で上総《かずさの》太郎《たろう》判官《ほうがん》忠綱《ただつな》・飛驒大夫判《ひだのたいふのほう》官景高《がんかげたか》をはじめ多くの者が死に、斎明威儀師《さいめいいぎし》、瀬尾太郎兼康《せのおのたろうかねやす》などが生け捕りになった。斎明は義仲の前で首を刎《は》ねられた。翌朝、志保《しほ》坂に向かった十郎蔵人行《くろうどゆき》家《いえ》を心配した義仲は、選りすぐった二万の軍勢を率いて行家を助け、平家を加賀の篠原《しのはら》に追い落とした。

第六十四句　実盛《さねもり》

五月二十三日、義仲は篠原《しのはら》の平家を敗走させた。平家方の侍、武蔵三郎左衛門《さぶろうざえもん》有国《ありくに》と長井の斎藤別当実盛《さねもり》は、敗退する味方から後れ、たった二騎で戦っていたが、有国は敵に囲まれ矢を受けて、立ったまま死んだ。一人残った実盛は手塚《てづかの》太郎光盛《みつもり》と戦うことになる。手塚に名乗れと言われるが、実盛は名乗らず、ついに討たれてしまう。手塚は実盛の首を義仲に差し出し、大将にしては供がおらず、侍にしては錦《にしき》の直垂《ひたたれ》を着用している不可解な者を討ち取ったと報告する。義仲は実盛かと思うが、それならば白髪のはずなので、実盛と親しい樋口次郎《ひぐちのじろう》を呼ぶ。樋口は一見して実盛と分かり落涙する。義仲に髪の黒いことを問われ、樋口は実盛がつねづね戦場では若武者に交じって戦功を争うのも大人げない、敵に老武者と侮《あなど》られるのも無念なので髪を染めて出陣するのだと言っていたことを語る。これを聞く者は皆涙を誘われた。錦の直垂着用は、宗盛の許可を得たもので、「故郷へは錦を着て帰る」という故事を実践したものであった。

第六十五句　玄昉《げんぼう》の沙汰《さた》

平家が四月に北国へ出発した時は、十万余騎の軍勢であったが、五月下旬、都へ逃げ帰った時にはわずか三万余騎に減っていた。この戦いで、清盛の末子三《み》河守《かわのかみ》知度《とものり》など多くの人が討ち死にした。子息景高《かげたか》を倶利伽羅《くりから》谷で失った飛驒守《ひだのかみ》景家《かげいえ》は、悲嘆のあまり十数日後に死んだ。六月一日、戦乱平定祈願のため伊勢大神宮への帝の行幸が検討された。

天平の頃、乱を起こした大宰少弐《だざいのしょうに》広嗣《ひろつぐ》を調伏《ちょうぶく》（仏力により敵を降伏させること）した玄昉僧正が、後にその広嗣の怨霊に取り殺されるということもあったが、今度も将門《まさかど》・純友《すみとも》の乱などの前例にそって、諸寺諸社でさまざまな調伏の祈《き》禱《とう》が行なわれたのである。

第六十六句　義仲山門牒状《よしなかさんもんちょうじょう》

越前の国府《こふ》まで進軍した義仲は、入洛するにあたって、比叡山の僧兵たちの妨害を懸念《けねん》した。覚明《かくめい》の申し出があり、延暦寺宛の書状を書かせることになった。平家に味方するのか、義仲に付くのか、返答次第によっては延暦寺が滅亡することになるとの書状に、比叡山の僧たちは評議を重ねたが、結局、衰運の平家よりも、運の開けようとしている源氏に付くべきだとの老僧たちの意見に落ち着き、三千の僧兵は義仲に味方するとの返事を送った。

第六十七句　平家《へいけ》の一門願書《いちもんがんじょ》

延暦寺が源氏に味方すると決めたことを知らない平家は、三千の衆徒《しゅと》の加勢を求める願書を送った。その願書には、延暦寺と日吉社《ひよしのやしろ》を平家の氏寺・氏社にしようとまで書かれてあった。これを受け取った座主明雲《ざすめいうん》は、すぐには披露《ひろう》せず、日吉の十禅師《じゅうぜんじ》社に納めて加持祈禱《かじきとう》し、三日後に開けたところ、願書の上紙に「平《たいら》かに花さくやども年経《ふ》れば西へかたぶく月とこそなれ」という歌が書かれていた。日吉山王の神が平家の衰運を憐れんで平家に味方するよう勧めた歌であったが、源氏への返事を撤回《てっかい》するまでには到らなかった。

第六十八句　法皇《ほうおう》鞍馬《くらま》落《お》ち

主上《しゅしょう》都《みやこ》落《お》ち　七月二十二日の夜、六波羅近辺は大騒動となった。美濃《みの》の佐渡右《さどのう》衛門尉《えもんのじょう》重貞《しげさだ》から義仲軍が近江坂本まで進攻していること、延暦寺が義仲の味方となったことを知らせて来たのである。二十四日には、宗盛は建礼門院を訪ね、西国へ落ちるつもりであることを語る。平家の都落ちを察知した後白河法皇は、いち早く御所を抜け出し、鞍馬へ忍びの御幸《ごこう》を敢行する。院の御所に宿直《とのい》していた平家の侍が御所の異変に気付き、宗盛に急報した。宗盛は御所に馳《は》せ参じたが、法皇の姿はすでに見えなかった。翌二十五日、京中は大混乱に陥った。都落ちの時は後白河院をも同行するつもりでいた平家は、やむなく安徳天皇と三種の神器を取りそろえて慌《あわ》ただしく西国に落ちていった。

忠度《ただのり》都《みやこ》落《お》ち　薩摩守忠度は、都落ちの途中から五条の三位《さんみ》俊成《しゅんぜい》の邸にもどって来た。俊成は家の者が落人《おちうど》を恐れて閉じた門を開けて、忠度と対面した。忠度は歌の師匠である俊成に、鎧《よろい》の引合《ひきあわせ》から巻物を取り出し、世が静まり勅撰集編纂《へんさん》があったら、この中の歌の一首でも入れて欲しいと願いを述べる。俊成は忠度の歌に寄せる思いに感動し、入集《にっしゅう》を約束する。忠度は心置きなく都落ちしていった。戦乱が収まり、勅撰集編纂の勅命《ちょくめい》が俊成に下った。朝敵となった忠度の歌は「読人知らず」として一首だけ採られたのである。

守覚法親王に琵琶「青山」を返す経正『平家物語絵巻』巻七「経正の都落ちの事」

第六十九句　維盛《これもり》都《みやこ》落《お》ち

経正《つねまさ》都《みやこ》落《お》ち　皇后宮亮《こうごうぐうのすけ》経正は、幼少から仁和寺《にんなじ》の御室《おむろ》（守覚法親王《しゅかくほっしんのう》）にお仕えしていたので、都落ちに際して暇乞《いとまご》いに訪れた。経正は御室から「青山《せいざん》」という琵琶の名器を預かっていたが、遠く離れた地に持っていくことを憚《はばか》り、返上しに来たのであった。経正の心を哀れに思った御室は、餞《はなむけ》の歌「あかずしてわかるる君が名残をばのちのかたみにつつみてぞおく」を与える。仁和寺の僧侶や童《わらわ》は名残を惜しみ、泣きながら桂川の川端《かわばた》までついて来て見送る者もいた。この「青山」は、村上天皇に唐の廉承武《れんしょうぶ》の霊が秘曲を伝授した時に用いたと伝えられる玄上《げんじょう》、獅子丸《ししまる》と並ぶ稀代の名器であった。

維盛都落ち　三位中将《さんみのちゅうじょう》維盛は、妻が平家打倒を企てた鹿《しし》の谷《たに》事件の張本人藤原成経《なりつね》の娘であったので、妻子を残して都落ちをする。維盛は嘆き悲しむ妻子を振り切ることがなかなかできない。安徳帝をはじめ一族はすでに出立しているのに、これでは遅参してしまうと心配する資盛《すけもり》・清経《きよつね》ら兄弟が維盛に出発を促す。維盛は馬に乗ったまま、弓で御簾《みす》を掻《か》き上げ、別れを悲しむ妻子の姿を見て自らも泣く。その様子を見て、兄弟たちももらい泣きをした。やがて維盛は後ろ髪を引かれる思いで、都を離れたのであった。

輪田泊りから船で落ちる平家一門『平家物語絵巻』巻七「福原落ちの事」

第七十句　平家《へいけ》一門《いちもん》都《みやこ》落《お》ち

平家は都落ちにあたり、六波羅、西八条邸、小松邸などに火をかけた。池《いけ》の大《だい》納《な》言《ごん》頼盛《よりもり》も自邸に火をかけて都を落ちていったが、途中、鳥羽で平家の赤旗を捨てて都に引き返した。頼盛の母池《いけ》の尼御前《あまごぜん》が、処刑寸前の頼朝を救ったので、それを恩義に感じている頼朝から頼盛には危害を加えないと前もって伝えられていたのである。頼盛の変心に加えて、維盛《これもり》・資盛《すけもり》ら小松一家の姿もなく、平家の人々は不安にかられるが、宗盛は嘆くだけで、なすすべもなかった。それだけに維盛たちの遅れ馳《ば》せの到着に安堵《あんど》した。宗盛に遅参の理由を問われて、維盛は残してきた妻子を思い、改めて涙を流した。また、その頃、畠山重能《はたけやましげよし》ら三人の関東武士が、平家によって都に拘束されていた。都落ちの際、宗盛は三人を殺そうとするが、平《へい》大納言時忠と新中納言知盛の説得で、宗盛も三人を解放する。恩を感じた三人は都落ちの同行を願い出るが、宗盛は魂は東国にあるのに、抜け殻《がら》を連れて行ってもしかたがないと、彼らを東国に帰した。

　福原に着いた宗盛は主だった侍三百人に、平家の衰運と代々の恩義を語る。侍たちは口をそろえて最後まで供をすると誓ったので、平家一門の人々は安堵した。翌日、安徳天皇をはじめ、平家一門は福原に火をかけて、船に乗り込み、西を指して落ちていった。寿永《じゅえい》二年七月二十五日のことであった。

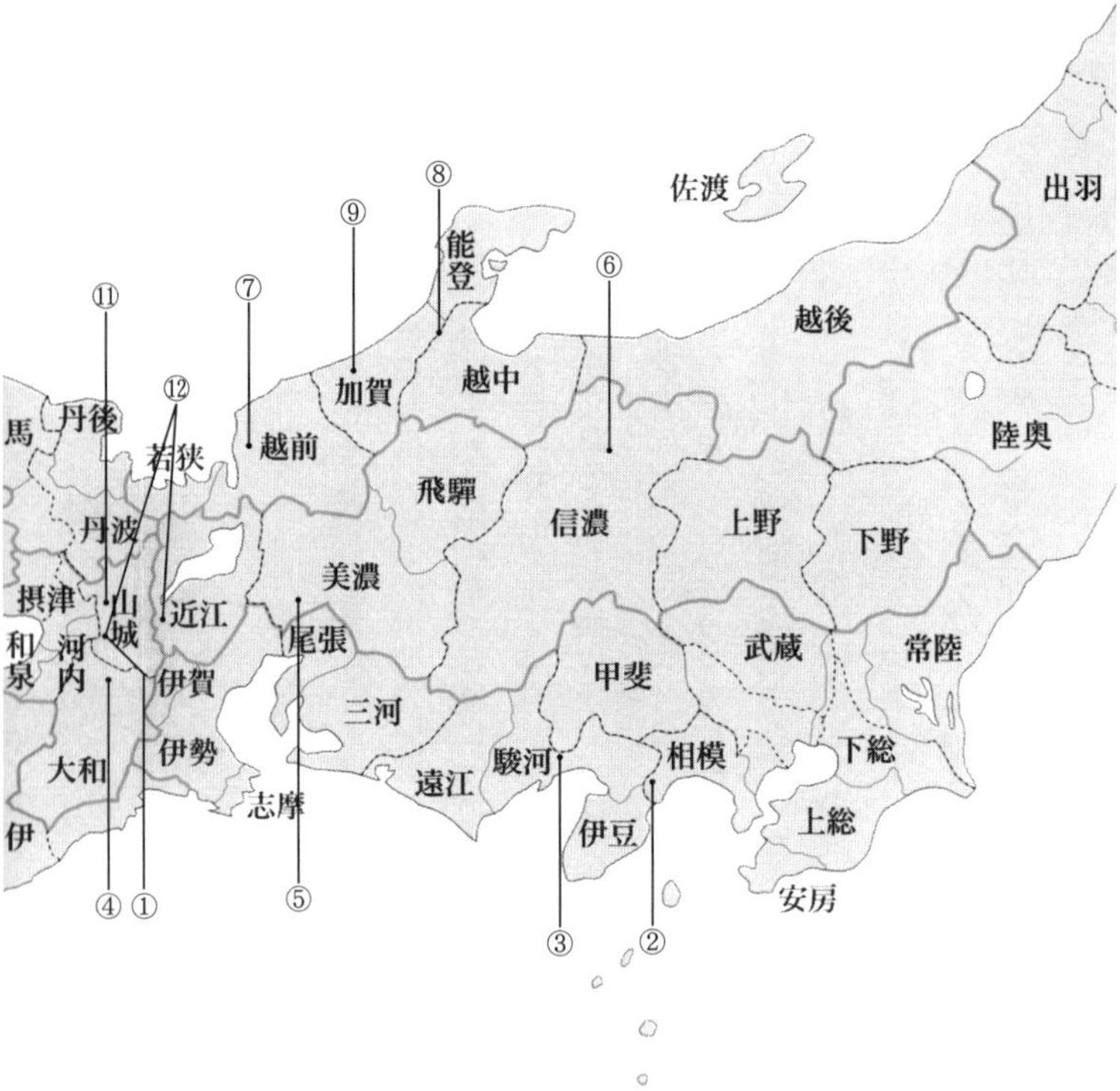
佐渡
出羽
⑨
⑧
能登
⑥
⑪
⑦
越後
加賀
越中
⑫
丹後
馬
越前
若狭
陸奥
飛騨
信濃
上野
丹波
下野
美濃
摂津
山城
近江
和泉
河内
尾張
武蔵
常陸
伊賀
甲斐
三河
伊勢
駿河
相模
下総
大和
遠江
志摩
上総
伊
伊豆
安房
④
①
⑤
③
②

『平家物語』合戦地図

①宇治川合戦(巻四)
②石橋山合戦(巻五)
③富士川合戦(巻五)
④南都焼き討ち(巻五)
⑤須俣(墨俣)合戦(巻六)
⑥横田河原合戦(巻七)
⑦火打合戦(巻七)
⑧倶利伽羅合戦(巻七)
⑨篠原合戦(巻七)
⑩水島合戦(巻八)
⑪法住寺合戦(巻八)
⑫宇治・勢田・粟津合戦(巻九)
⑬六箇度合戦(巻九)
⑭一の谷合戦(巻九)
⑮藤戸合戦(巻十)
⑯屋島・志度合戦(巻十一)
⑰壇の浦合戦(巻十二)

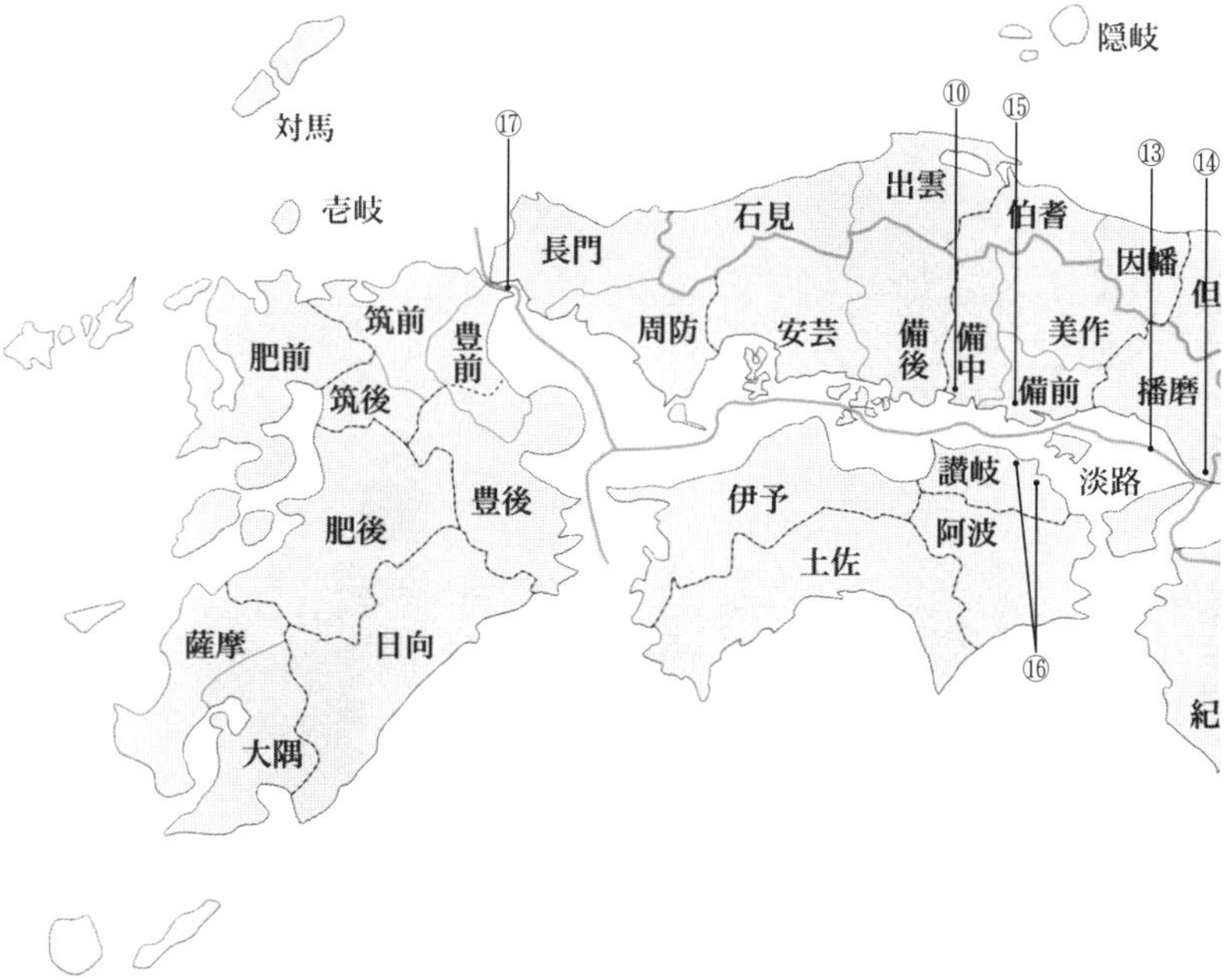

1183
（寿永二）

後鳥羽	安徳

【巻八】寿永二年七月～十二月

7・28　法皇、都へ還り、義仲五万余騎にて守護する。義仲・行家に平氏追討の宣旨下る。

8・10　義仲朝日将軍の院宣を受け、左馬頭兼越後守に任じられるが、越後を嫌い伊予守を賜わる。

8・14　平家一門百六十三人の官職を停め、殿上の札を削る。

8・17　平氏、筑前大宰府に着く。

8・20　※後鳥羽天皇、践祚。

9・13　平家、宇佐で月見の宴を催す。緒方維義らの進攻により、柳が浦に渡る。

10・4　頼朝、鎌倉にて征夷大将軍の院宣を受ける（※史実では建久三年七月）。

巻第八

第七十一句　四《し》の宮即位《みやそくい》

山門御幸《さんもんごこう》　寿永《じゅえい》二年七月二十四日の夜半、平家の手を逃れるために後白河法皇は右馬頭資時《うまのかみすけとき》だけを供として法住寺殿《ほうじゅうじどの》を抜け出して鞍馬寺《くらまでら》へ御幸《ごこう》した。そこもまだ都に近いと横川《よかわ》へ移り、山門の法師たちのすすめでさらに比叡山《ひえいざん》東塔の明雲座《めいうんざ》主《す》の坊へと移った。法皇が比叡山にいると聞いて、前《さき》の関白基房《もとふさ》、摂政の基通《もとみち》以下の堂上、堂下の人々が続々と押しかけてきたが、二十八日、法皇は木曾義仲に守護されて都へもどった。そこへ十郎蔵人行家《くろうどゆきいえ》、矢田の判官代義清《ほうがんだいよしきよ》が入京し、京中は源氏の軍勢でみちみちた。やがて法皇は義仲、行家に「宗盛以下の平家を追討せよ」との院宣《いんぜん》を下した。同時に平家に対しては「主上と三種の神器を都へお返し申せ」と促したが、平家は応じようとしなかった。院の御所では、新天皇の人選が始まった。

四の宮即位　高倉院には安徳帝のほかに三人の皇子がいたが、二の宮は皇太子にと平家が連れ出したので、都には三の宮、四の宮が残っていた。まず五歳になる三の宮が召されたが、法皇の顔を見てむずかった。次に四歳になる四の宮を召し

後鳥羽
閏10・1　平氏、水島にて義仲の軍を破る（水島合戦）。 閏10・16　※義仲、後白河法皇に義経の入京を拒む。 11・19　義仲、法住寺殿を攻め、法皇を幽閉（法住寺合戦）。 11・20　義仲、明雲ら六百三十余の首を六条河原に懸ける。

たところ、ためらわず法皇の膝にのって嬉《うれ》しげな様子を見せたので、法皇は感涙し、この宮を即位させることになった。母は七条修理大夫信隆《しちじょうしゅりのだいぶのぶたか》の娘で、建礼門院の女房であった。八月十日、除目《じもく》が行なわれて、義仲は左馬頭《さまのかみ》、伊予守となり、行家は備前守《びぜんのかみ》となった。十四日には内大臣宗盛以下平家の一門百六十三人の官職が停止されたが、時忠、信基、時実の三人は三種の神器返還の交渉相手として罷免《ひめん》されなかった。八月十七日、平家は筑前の大宰府に着いたが、都から同行した菊池隆直《きくちのたかなお》は故郷の肥後へ戻って参せず、筑前岩戸《いわど》の原田種直《たねなお》のほかは、九州や壱岐《いき》・対馬《つしま》の兵は誰一人かけつけて来なかった。八月十四日、四の宮は三種の神器のないままに即位し、都と地方に二人の帝が存在することになった。摂政には基通が再任された。

第七十二句　宇佐詣《うさもう》で

昔、文徳《もんとく》天皇が天安《てんあん》二年八月二十三日に崩御の後、皇子が大勢いて皇位にのぞみをかけていたが、中で一の宮の惟喬《これたか》親王は王者の器量がそなわっているとの評判が高く、また二の宮の惟仁《これひと》親王は当時の権力者良房の娘染殿《そめどの》の后《きさき》を母として一門の期待を担っていた。惟喬親王は祈禱の師に東寺一の長吏《ちょうり》（寺務を統轄《とうかつ》する僧）であった僧正真済《しんぜい》、惟仁親王は比叡山の恵亮和尚《えりょうかしょう》を立て、たがいに一歩も譲らぬ構えであったが、恵亮和尚側は恵亮は死んだとのいつわりの情報を流して真済を油断させて、祈り続けた。結局、競馬・相撲の優劣によって即位者を決めることになり、九月二日、まず右近の馬場で競馬の十番勝負が行なわれ、惟喬親王が四勝、惟仁親王が六勝した。引き続き相撲の勝負となって、惟喬側からは六十人力の名虎《なとら》の衛門督《えもんのかみ》、惟仁側からは小男の善男《よしお》の少将が出たが大接戦で、やや名虎が優勢とみえたその時、染殿の后から恵亮和尚のもとに何人もの使者が走り、恵亮和尚は奮起して独鈷《とっこ》（密教の修法に用いる仏具）で額を突き、脳をくだいて芥子《けし》にまぜ、護摩《ごま》にたいて祈ったところ、善男が勝って惟仁が皇位についた。すなわち清和天皇がその人である。

　平家は西国でそれを聞き、三の宮、四の宮をも連れて来るべきだったと悔やんだ。後白河法皇は、九月二日のうちに伊勢神宮へ新帝即位の勅使を遣わした。平家は筑前の大宰府に都をたてて、そこに内裏《だいり》を作ろうとしたが、実現しない。そこで宇佐八幡宮へ行幸、七日間参籠した。宗盛に、「世の中のうさには神もなきものをなに祈るらん心づくしに（世の中の憂さ（宇佐）には、このわたしも力及ばないというのに、何を一心に空しい祈りをここで続けようとするのか）」と夢告があり、安徳帝と平家一門は、宇佐の明神からも見放されて大宰府へもどった。

第七十三句　緒環《おだまき》

　折しも九月の十三夜、忠度、経盛、経正らがはるかに都をしのぶ和歌を詠みか

大宰府を落ちて行く安徳天皇一行『平家物語絵巻』巻八「大宰府落ちの事」

わした。豊後《ぶんご》は刑部卿《ぎょうぶきょう》頼輔《よりすけ》の領国で、嫡子の頼経《よりつね》が代官として赴任していたが、頼輔は飛脚をもって頼経に平家追討を指示し、頼経はただちに緒方《おがたの》三郎維義《これよし》にそれを命じた。この維義には出生にまつわるおそろしい伝説がある。

昔、豊後の国の片田舎に住む未婚の娘のもとに夜な夜な男が通って来て、娘は身ごもったが男の素姓が知れない。母親の入れ知恵で娘は朝帰る男の狩衣《かりぎぬ》の襟《えり》に針を刺し、その針にしずの緒環（麻糸を輪状に巻いたもの）を付けた。糸をたどって行くと、日向《ひゅうが》との国境い祖母岳《おばだけ》の中腹の岩屋に着いた。娘が声をかけると岩屋の内から大声で「汝《なんじ》が孕《はら》んだ子は九国《くこく》（九州）、二島（壱岐《いき》・対馬《つしま》）に肩を並べる者のない武士になろうぞ」と答えた。声の主は喉《のど》に針を突き刺された五丈ばかりの大蛇だった。やがて娘は男児を産み、「大太《だいた》」と名づけた。維義はその五代の子孫で、大蛇の本体は高知尾《たかちお》の大明神であった。

維義は国司の命令を勝手に院宣《いんぜん》と称して触れまわり、九州の主だった武将たちをみな味方につけた。維義は重盛《しげもり》の御家人であったので、平家は重盛の子の資盛《すけもり》を説得に向かわせたが拒まれた。

大宰府落ち　維義が三万余騎で押し寄せると聞いて、平家は急遽《きゅうきょ》大宰府から筥《はこ》崎へ向かった。安徳天皇は手輿《たごし》に乗り、建礼門院や女房たち、公卿・殿上人《てんじょうびと》はみな徒歩《かち》で進んだ。降る雨は車軸のごとく、吹く風は砂を巻きあげる有様で、人々は、「新羅《しらぎ》、百済《くだら》、高麗《こうらい》、契丹《きったん》までも落ちて行きたい」と悲壮な思いであった。兵頭次《ひょうどうじ》秀遠《ひでとう》に迎えられて、いったんは山鹿《やまが》の城に落ち着いたが、そこへも敵が寄せるとあって、小舟に分乗して豊前《ぶぜん》の柳が浦へ渡った。

第七十四句　柳《やなぎ》が浦《うら》落《お》ち

重盛の三男左中将《さちゅうじょう》清経《きよつね》は、何事も思い詰めるたちの人であったが、ある夜、船の屋形に出て横笛を吹き、「維義《これよし》に九州を追い立てられ、もはや網にかかった魚も同然」と行く末を悲観して、しずかに経を読み念仏して海に身を投げた。さて、柳が浦に内裏《だいり》を建築することは沙汰《さた》止みになったが、知盛《とももり》の領国であった長《なが》門国《とのくに》の目代《もくだい》の紀伊道資《きいのみちすけ》から安芸《あき》・周防《すおう》・長門三か国の木材を積んだ大船百余艘《そう》がとどけられた。平家はその船に乗って讃岐《さぬき》の屋島にわたり、阿波民部成能《みんぶしげよし》の尽力で内裏や御所が建てられた。しばらく船を御所とし、宗盛以下の人々は海士《あま》の苫《とま》屋《や》（苫で屋根を葺《ふ》いた粗末な家）に日を送った。

第七十五句　頼朝院宣申《よりともいんぜんもうし》

頼朝は、征夷大将軍の宣旨《せんじ》を鎌倉で受けた。使者は左《さ》史《し》生《しょう》中原康定《なかはらのやすさだ》で、家の子二人、郎等十人を伴い、寿永《じゅえい》二年十月十四日に到着した。頼朝は受け取り場所を鶴岡八幡宮と指定し、三浦義澄《みうらのよしずみ》が受け取った。頼朝は院宣を拝受し、謝礼に砂金百両を贈った。翌日、康定は頼朝の私邸に招かれた。頼朝は顔が大きく、背

牛車の後ろから降りる義仲『平家物語絵巻』巻八「猫間の事」

は低かったが、容貌は優美で、言語は明瞭であった。平家は頼朝の威勢におそれをなして都を落ちたのに、「木曾の冠者《かんじゃ》」と十郎蔵人行家《くろうどゆきいえ》とが手柄顔に入京して官位をせしめたこと、しかも木曾の冠者が領国を選り好みしたことを奇《き》っ怪《かい》と怒り、頼朝の命令に従わない奥州の藤原秀衡《ひでひら》、常陸《ひたち》の佐竹隆義《さたけのたかよし》追討の院宣を請うた。康定はさらに一日引きとめられ、家の子・郎等にもたくさんの引き出物をもらって帰洛、院の御所で頼朝の対応ぶりを報告すると、法皇も大いに喜んだ。

第七十六句　木曾《きそ》猫間《ねこま》の対面《たいめん》

頼朝の優美さに比べ、義仲は都の守護で美男子ではあったが、立ち居振る舞い、言葉遣《づか》いのすべてが粗野で無骨であった。ある時、猫間の中納言光隆《みつたか》が義仲を訪れると、猫間殿と言わず猫殿と呼び、食事時でもないのに、何でも新しいものは「無塩《ぶえん》」と言うものだと思い、「無塩の平茸《ひらたけ》があるか」と言ったり、深く大きな田舎風の椀《わん》に山盛りの飯を出し、箸をつけずにいる光隆に、「猫殿は少食でおいでか」と無理強《じ》いしたりしたので、光隆はそそくさと退去した。また御所に参内《さんだい》しようと狩衣《かりぎぬ》で正装して牛車に乗ったものの、牛飼が一鞭《むち》当てたために牛が飛ぶように走り出し、義仲は車の中で仰向けに倒れ込んでしまう始末。後ろから乗って前から降りるという車の作法を知らされても、「車だからとて素通りする手はない」と、強引に後ろから降りたり、その不作法ぶりは目にあまるものであった。

船とともに沈む矢田義清（上）『平家物語絵巻』巻八「水島合戦」

第七十七句　水島合戦《みずしまがっせん》

平家は讃岐《さぬき》の屋島にありながら勢力を挽回《ばんかい》して、山陽道八か国、南海道六か国を支配下におさめていた。義仲は、足利の矢田義清《やたよしきよ》を大将軍、海野幸広《うみののゆきひろ》を侍大将とする七千余騎を山陽道へ向かわせ、備中《びっちゅう》の水島の磯に陣を構えて、屋島の平家に対峙《たいじ》した。閏《うるう》十月一日、平家方から開戦の通告状を携えた小船が到来し、源氏方が磯に引き上げてあった船五百艘《そう》をあわてて海に入れたところへ新中納言知盛《とももり》、能登守教経《のとのかみのりつね》ら一万余騎が千艘の船で押し寄せてきた。教経は千艘の船をつなぎあわせ、間に歩み板を渡し、船の上を平らにして足場を整えた。接戦のうちに、源氏方の海野幸広が討たれ、それを見た大将軍の義清が「無念千万《せんばん》」と、復讐を期して主従七人小船に乗って攻め込んだが、討ち死にした。鞍《くら》を置いた馬を船に乗せていた平家軍は、次々に上陸して騎馬で攻めかかり、大将軍が討たれていた源氏軍は惨敗した。

第七十八句　瀬尾最後《せのおさいご》

水島の大敗を聞いた義仲は、一万余騎で備中《びっちゅう》へ急ぎ下った。平家の侍に瀬尾兼康《かねやす》という剛の者がいた。五月の砺波山《となみやま》の戦いで義仲の生け捕りになっていたが、義仲はその剛勇を惜しんで切らず、加賀の倉光成澄《くらみつなりずみ》にあずけてあった。義仲が備中へ下ると聞いた兼康は、倉光に、「世話になっているお礼に、領地の備中の瀬尾を差し上げよう。牧草の豊かな土地だ。命を助けていただいているので、戦《いくさ》となれば真っ先に駆けて木曾殿に命を捧げる所存だ」と語って、同行を許された。

兼康には、「義仲を滅ぼして、もう一度平家に仕えよう」との野心があった。先発して飼葉《かいば》の用意をしておけと命じられた倉光は、兼康を伴って備中へ下ったが、三石《みついし》の宿で、兼康と子の小太郎宗康《むねやす》らに謀《はか》られて、郎等二十人余りともどもみな討ち取られた。ただちに触れを回して備前・備中の「平家に志ある者」二千余人を集めた兼康は、十郎蔵人行家《くろうどゆきいえ》の領国備前の国府《こふ》を襲って代官を討った。逃げて都へ上る代官の下人からそれを聞いて義仲は激怒し、今井四郎三千騎に兼康討伐を命じた。兼康は備前の福龍寺《ふくりゅうじ》縄手《なわて》を追い出され、ついに主従三騎となり、馬も射られて徒歩で逃げたものの今井軍に追いつかれ、自害して果てた。兼康の首を見た義仲は「もう一度助けておきたかった」と惜しんだ。

義仲が備中の万寿《まんじゅ》が荘《しょう》から屋島へ渡ろうとしていた所へ、都の留守居役の樋《ひ》口《ぐち》兼光《かねみつ》から、十郎行家が後白河法皇に義仲をさまざまに讒言《ざんげん》しているとの報《しら》せが届き、義仲は平家攻めを中止して、夜を日についで都へ引き返した。行家は二千余騎で丹波路から播磨へ逃げ、義仲は摂津を経て京へ入った。平知盛《とももり》が二万余騎を率いて播磨の室山《むろやま》へ渡ったと聞いた行家は、「平家と戦って義仲と和解しよう」と室山へ押し寄せたが、さんざんに討ち負かされて、河内《かわち》の長野の城に逃げ込んだ。平家は室山で勝利し、大いに気勢があがった。

第七十九句　法住寺合戦《ほうじゆうじかっせん》

七月から京都の方々に駐屯していた義仲軍の兵士による略奪行為が目にあまるようになり、京の人々は身分の上下を問わず、「源氏は平家に劣《おと》りたり」と嫌悪するようになった。法皇は、鼓《つづみ》の名手で「鼓判官《ほうがん》」と呼ばれた壱岐《いき》の判官知康《ともやす》を義仲のもとに遣わして、「京の狼藉《ろうぜき》をしずめよ」と命じたが、義仲は、「鼓判官と呼ばれるのは、皆から打たれたからか、張られでもしたか」などと話をそらして取り合わなかった。不快な思いで帰った知康の進言によって法皇は義仲追討を決意し、天台座主明雲《ざすめいうん》、三井寺の長吏《ちょうり》八条の宮に命じて、山門（延暦寺）・寺門（三井寺）の僧兵どもを院の御所に集結させた。それを知った近江・美濃・尾張の源氏の武士たちは義仲に背いて院方に走った。今井四郎は院に刃向かうわけにはいかないと降参を勧めたが、義仲は「これは鼓判官の讒言《ざんげん》だ」と聞かず、「知康を討ち取れ」と三千余騎で院の御所法住寺殿《どの》へ押し寄せた。十一月十九日の辰《たつ》の刻（午前八時頃）のことである。

知康は戦《いくさ》の指揮官として兜《かぶと》をかぶり、片手には金剛鈴《こんごうれい》、片手には鉾《ほこ》を持って御所の築垣《ついがき》の上で舞ったりしながら、義仲をさんざんに罵倒《ばとう》した。義仲は攻撃を命じ、御所に火をかけた。恐れた知康は真っ先に逃亡し、籠もっていた一万余の兵士も指揮官を失ってちりぢりに落ちて行った。公卿が多く討たれ、明雲や八条の宮も首を取られた。法皇は御輿《みこし》で脱出したが、信濃の矢島行綱《やじまのゆきつな》に捕らえられ、五条の里内裏《さとだいり》へ押し籠められた。御所の池に浮かべた船の中で捕らえられた幼帝は、高倉院のもとの御所閑院殿《かんいんどの》へ移された。

宰相脩範《さいしょうながのり》は、法皇が五条の内裏にいると聞いて駆けつけ、法皇に会い、戦《いくさ》の模様を語り伝えると、法皇は「明雲はわが命にかわってくれた」と涙にむせんだ。翌二十日、義仲は前日に討ち取った六百三十余人の首を六条河原にかけ並べた。八条の宮や明雲の首もあって、見る人の涙をさそった。

第八十句　義経熱田《よしつねあつた》の陣《じん》

義仲は勝利におごって、天皇になろうか法皇になろうか、はたまた関白になろうかなどとほざいたが、結局は院の厩《うまや》の別当（長官）になって丹波の国を知行し、前《さきの》関白基房《もとふさ》の姫君の聟《むこ》となった。十一月二十三日、三条中納言以下、公卿・殿《てん》上人《じょうびと》四十九人の官職をとどめ、幽閉した。これは平家の時の三十九人を上まわる悪行であった。

頼朝は、平家の時代には関東八か国の年貢を朝廷へ納めていなかったが、それまでの三年分の年貢を納入すべく範頼《のりより》・義経を守護につけ、一千人の兵士で都へ向かわせた。範頼・義経はその途上で義仲の法住殿攻めを聞き、頼朝の指示を仰ぐため熱田《あつた》の大宮司のもとにとどまっていた。そこへ後白河院の北面の武士公《きみ》朝《とも》・時成《ときなり》の二人が駆けつけて義仲の悪行を報じた。鎌倉まで出向いた公朝から事の次第を聞いた頼朝は、「木曾が悪行あらば、頼朝にこそ追討させるべきであるのに、鼓判官《つづみほうがん》ごときに同調して」と憤慨し、知康《ともやす》の追放を奏上《そうじょう》した。知康はあわてて鎌倉へ下り、釈明しようとしたが、相手にされなかった。東国からの討手《うつて》上洛の報に不安を覚えた義仲は、平家に使者をたてて、一つになって東国を攻めようと持ちかけた。時忠や知盛の進言で宗盛はまず義仲に降伏を迫った。もちろん義仲は承伏しない。義仲は基房にすすめられて、取り上げていた人々の官職を元へ戻し、基房の子の中納言師家《もろいえ》を大臣・摂政とした。十二月五日、法皇は大《だい》膳大夫《ぜんのだいぶ》業忠《なりただ》の西洞院《にしのとういん》の邸へ移し、十三日には除目《じもく》が行なわれた。官職の任免は義仲の思い通りに取り決められた。

　平家は西国、頼朝は東国、義仲は都にあって、諸国は乱れ、年貢は都へはとどかず、京中の人々は魚が水を離れたような不安な生活を続けるうちに、この年も暮れ、寿永《じゅえい》も三年となった。

1184 （寿永三）	後鳥羽	【巻九】寿永三年一月一日～二月十三日 1・8　※義仲征夷大将軍に任じられる。 1・17　義仲、東国の軍勢数万騎上京と聞き、宇治・勢田の守備につく。 1　高綱・景季、宇治川の先陣争い。宇治・勢田の合戦に義経・範頼の軍、義仲を破る。義仲、粟津にて敗死（粟津合戦）。 1・24　義仲および余党五人の首、大路を渡される。 1・28　範頼・義経、平家追討のため西国出陣の院宣。 ※この月、平家、福原に到り、一の谷に拠る。 2・5　義経、夜討をかけ、三草山の平家を破る。 2・6　義経、鷲尾三郎を案内人として鵯越に向かう。 2・7　熊谷・平山の一二の

第九巻

第八十一句　宇治川《うじがわ》

寿永《じゅえい》三年正月一日、後白河院は大膳大夫業忠《だいぜんのだいぶなりただ》の邸に滞在していて、新年の儀礼はみな取りやめとなった。同様に讃岐《さぬき》の屋島の平家の内裏《だいり》でも、いっさいの年賀の儀式は行なわれなかった。正月十七日、院から西国の平家追討を命じられた。義仲は早速出発するつもりでいたが、東国から数万騎の大軍が攻め上ると聞き、都の防備についた。木曾五万余騎と聞こえた軍勢も、今は義仲の百騎ほどの手勢と行家《ゆきいえ》を討ちに河内《かわち》へ向かった樋口兼光《ひぐちのかねみつ》の率いる六百余騎のほかは、勢田《せた》へ向かった今井兼平《かねひら》の七百余騎、宇治橋へ向かった山田次郎の五百余騎、そして一《いも》口《あらい》へ向かった信太義教《しだのよしのり》の三百余騎のみとなっていた。

生《いけ》ずきと摺墨《するすみ》　頼朝のもとに、生ずき・摺墨という名馬がいた。生ずきを、範頼《のりより》や、梶原景時《かじわらのかげとき》が子息景季《かげすえ》にと所望しても「万一の時に自分が乗る馬だ」と許さず、景季には摺墨が与えられた。ところが、佐々木四郎高綱が出陣の挨拶にくると、「そなたの父秀義《ひでよし》の奉公に報いるためだ。これに乗って宇治川の先陣をはたせ」と生ずきを与えた。高綱は感激のあまり、「もし宇治川の先陣争いに敗れた

後鳥羽

駆、梶原二度の駆。義経、鵯越の坂落とし、平家一の谷の戦いに大敗（一の谷合戦）。忠度・敦盛・知章・通盛、討ち死にし、重衡、捕らわる。

2・13　小宰相、屋島へ向かう船中から投身。

なら、二度と鎌倉へはもどりませぬ」と言上して、居合わせた大名・小名たちの冷笑をかった。進軍のさなか、駿河の浮島《うきしま》が原《はら》の辺りで、「摺墨にまさる名馬はない」と誇らしい気持で歩いていた景季は、生ずきが引かれてくるのを見かけて愕然《がくぜん》とした。持ち主を問うと、四郎高綱だという。あまりの悔しさに、「ここで四郎と差しちがえ、よき侍二人が死んで鎌倉殿に損をさせよう」と高綱を待ちかまえていた。景季から「生ずきを頂戴しましたな」と声をかけられた高綱は、とっさの機転で、「いや、まんまと盗んできたのよ」と答えて、景季をうまくかわした。

宇治川の先陣争い　尾張から美濃へかかる大手の範頼軍三万五千余騎と伊勢へまわる搦手《からめて》の義経軍二万五千余騎とに分かれての進軍となった。正月二十日過ぎのことで、宇治川は水かさがまさり、激浪が逆巻《さかま》く急流となっていた。そのうえ川霧も深くたちこめていた。義経が「淀、一口《いもあらい》へ迂回しようか。水かさが減るのを待とうか」と侍大将たちに問いかけると、畠山重忠《はたけやましげただ》が、「水かさは落ちますまい。浅瀬を探してみます」と、先陣を切る魂胆《こんたん》で五百余騎を従えて川岸に近づいた時、突然、二騎の武者が先を争って疾走してきた。景季が前を走っていたが、高綱から「馬の腹帯がゆるんで見えますぞ」と言われて、腹帯を締め直している間に高綱はさっと追い抜いて、川底に張られた綱を断ち切りながら、一文字に川を渡って、「宇治川の先陣」の名乗りをあげた。畠山は対岸からの矢に馬を射られ、川底に降り立ち、徒歩の地点から上陸した。

先陣を争う景季と高綱（左）義経に渡河を進言する重忠（右）『平家物語絵巻』巻九「宇治川の事」

で渡った。やがて義経以下の大軍が渡り切り、木曾軍は木幡山《こはたやま》、伏見の方面へ退却した。その後、鎌倉にもたらされた合戦報告に「高綱、先陣」とあるのを頼朝は見る。

第八十二句　義経院参《よしつねいんざん》

宇治・勢田《せた》が敗れたと聞いた義仲は院の御所へ向かったが、なす術《すべ》もなく門前から引き返した。その後六条万里《までの》小路《こうじ》の女の家に立ち寄るが、越後の中太家光《ちゅうだいえみつ》が自害して急き立てたので、さすがの義仲も腰をあげ、六条河原へ出て奮戦する。義仲と入れ替わるようにして義経が、わずか六騎で院の御所に「ひた兜《かぶと》（完全武装）」の姿で駆けつける。法皇は安堵《あんど》して「全員名乗れ」と命じ、それに答えて六人は、九郎義経、平の重忠、河越《かわごえ》の重房《しげふさ》、渋谷の重助《しげすけ》、佐々木の高綱、梶原《かじわらのかげすえ》景季と名乗った。義経は「木曾の悪行に驚いて兄の頼朝から遣《つか》わされた、範頼《のりより》・義経の二人です。木曾は間もなく討ち取られましょう」と述べ、二、三千騎で御所の守護についた。

第八十三句　兼平《かねひら》

義仲には、「法皇を伴って西国で平家と合流しよう」との考えもあったが、も

巴を説得する義仲（上）師重を討ち取る巴（下）『平家物語絵巻』巻九「木曾の最期の事」

うそれどころではなく、「死なば一所」と約束してあった今井兼平を尋ねて賀茂川を渡った。四の宮河原をすぎる頃には、信濃から連れていた巴《ともえ》を含む主従七騎だけになっていた。勢田《せた》へ向かった義仲は大津の打出《うちで》の浜《はま》で、五十騎ばかりで都をめざしていた兼平とようやく出会い、それに力を得て兼平に旗をあげさせると、どこからともなく三百余騎が集結した。義仲は喜び、「最後のひと戦《いくさ》」と、一条次郎の六千余騎、土肥《といの》次郎の一千余騎をはじめ、五百余騎、二、三百騎と、敵軍を駆け破って行くうちに、次々に討たれて再び主従五騎になっていた。義仲は巴を説いて落ち行かせ、兼平と二騎だけになった。

木曾最後　兼平は、自分が敵を防いでいる間に自害をと強く勧めて粟津《あわづ》の松原へ向かわせ、自らは敵の中へ駆け込んで敵を引きつけていた。正月二十日の暮れ方、義仲は薄氷の張っていた深い田に馬を乗り入れ、身動きがとれなくなって、兼平の方を振り返ったその時、相模の石田為久《ためひさ》の放った矢が兜の内側の顔面に命中、ついに首を取られた。「木曾殿の首を取ったぞ」との為久の名乗りを聞いた今井は、太刀を口にくわえ、馬から逆さまに飛び落ちて自害した。

樋口《ひぐち》の斬《き》られ　樋口兼光《かねみつ》は河内《かわち》から京へ馳せ戻る途中、義仲と兼平の死を聞き、都へ入って討ち死にしようと決意した。そこへ児玉党《こだまとう》から「自分たちの戦功と引き替えに助命嘆願してもよい」との飛脚が届き、児玉党の婿《むこ》であった樋口は勧めにしたがって降伏した。義経がそれを法皇に奏上すると、「さしつかえあるまい」といったんは裁可されたが、院の御所の女房たちの訴えで、死罪と決まった。正月二十四日、義仲以下五人の首が大路を渡され、樋口は自ら望んで供をした。その翌日、樋口も六条河原で斬られた。

第八十四句　六箇度《ろくかど》のいくさ

平家は正月中旬頃に、讃岐《さぬき》の屋島から摂津の難波潟《なにわがた》へ陣を移し、東は生田《いくた》の森、西は一の谷に城郭を構えた。軍勢は八万余騎ということであった。

その頃、能登守教経《のとのかみのりつね》の活躍はめざましかった。たとえば、阿波、讃岐の在庁役人らが、源氏方へ寝返る手みやげにと、備前《びぜん》の下津井《しもつい》の教盛の子息の領地を襲撃しようとした時、教経は五百余騎で攻撃をかけた。また、源為義《ためよし》の末子らの立て籠もる淡路の福良《ふくら》に逃げ込んだ彼らを、今度は二千余騎で追撃し、百余人の首をとって福原へ凱旋《がいせん》した。伊予の河野と安芸《あき》の沼田《ぬた》が源氏によしみを通じていると聞くや三千余騎で攻撃をかけ、河野には逃げられたが、降伏した沼田次郎を連れて福原へもどった。また、淡路の阿万忠景《あまのただかげ》と紀伊の園部忠泰《そのべのただやす》との連合軍を一日戦い続けて破った。さらに、豊後《ぶんご》の臼杵維高《うすきのこれたか》、緒方維義《おがたのこれよし》、伊予の河野通信《みちのぶ》の三人が三千余騎で備前まで攻め上って今来《いまき》の城に籠もると、教経は一万余騎で攻め寄せて、河野を伊予へ、緒方・臼杵を豊後へ追いやって、意気揚々と福原へ引きあげた。二月四日、福原では故清盛の命日の法要が行なわれた。都では、「平氏はすでに福原まで攻め上り、いずれ都に入るべし」との噂に、平家ゆかりの人々は喜び合った。

第八十五句　三草山《みくさやま》

正月二十八日に、法皇から「平家の手にある三種の神器を取り戻せ」と命じられていた範頼《のりより》・義経は、二月四日に一の谷へ攻め寄せるはずであったが、清盛の命日と聞いて、戦闘開始を七日の朝に延期した。四日のうちに大手の範頼軍五万余騎、搦手《からめて》の義経軍一万余騎と二手に分かれて都を発ち、それぞれ摂津の昆陽《こや》野《の》と、播磨《はりま》・丹波の境の三草山《みくさやま》の東に進出した。

義経は田代《たしろ》の冠者《かんじゃ》の進言によって土肥《とい》次郎と夜討ちを決行することに決め、五日の夜、民家に火をつけながら白昼のような明るさの中で進軍、五日の早暁四時頃に三草山の西の山口へ押し寄せ、どっと鬨《とき》の声をあげた。翌日の戦《いくさ》に備えて前後不覚に眠っていた三千余騎の平家軍はあわてて右往左往し、そこで五百余騎が討たれてしまい、資盛《すけもり》、有盛、忠房《ただふさ》らは摂津の高砂《たかさご》から船で讃岐《さぬき》の屋島へ逃れた。師盛《もろもり》から三草の陣が破られたとの報告を受けて、平家は能登守《のとのかみ》教経、兄の通盛《みちもり》ら一万余騎を摂津と播磨の境にあたる鵯越《ひよどりごえ》のふもとへ派遣した。

四日には、平家も大手・搦手二手に分けて、大手の生田《いくた》へは知盛《とももり》・重衡《しげひら》軍四万余騎を、搦手の一の谷の西へは行盛・忠度《ただのり》軍三万余騎を派遣した。二月六日の明け方、義経は土肥次郎に七千余騎を与えて一の谷の西の陣へ差し向け、自らは三千余騎で鵯越へ向かった。「深山に迷い込んだ時には、老馬に手綱を結んで追い立てて行けば、その馬は必ず人道に出る」という別府清重《べっぷのきよしげ》の進言に従い、老馬を先立てて深山へ入った。やがて弁慶が連れて来た山の老猟師から鵯越を鹿が通ることを聞き出し、十六になるその猟師の子熊王丸《くまおうまる》を元服させ、鷲《わし》の尾《お》の十郎義久《よしひさ》と名乗らせて道案内に立てた。この義久は、後に義経が頼朝と仲違いして奥州で討たれた時にも供をしていた。

第八十六句　熊谷《くまがい》・平山《ひらやま》一二《いちに》の駆《かけ》

熊谷次郎直実《なおざね》は、六日の夜半には義経軍に従っていたが、「難所を馬で下りることになれば、誰が先陣ということもないだろう。播磨路《はりまじ》へ出て、一の谷の先陣を駆けよう」と嫡子の小次郎をさそい、土肥《とい》軍の大勢の中を通って一の谷の平家軍の木戸口に達し、大音声《だいおんじょう》をあげて名乗るが、平家方からは何の反応もない。その時、背後から平山季重《すえしげ》が駆けつけて来て、成田五郎と待ち合わせたが裏をかかれて遅くなったと悔しがった。やがて夜が明けたので、熊谷は平山が名乗らぬ先にと、もう一度名乗りをあげた。今度は平家側も景清《かげきよ》ら二十三騎が木戸を開いて飛び出して来て、熊谷と平山とが先になり後になりして力を合わせ、火花を散らして戦った。直実は馬を射られ、小次郎は左腕を射られたが、直実は乗り替えの馬に乗り、小次郎、平山と三騎で平家の陣内へ突っ込んで平家の侍たちを蹴散《けち》らして引きあげた。

第八十七句　梶原《かじわら》二度《にど》の駆《かけ》

生田《いくた》の森の範頼《のりより》軍に属していた武蔵国の住人河原《かわらの》太郎・次郎兄弟は、弓の名手であったが、卯《う》の刻（午前六時頃）の戦闘開始の前に先陣の功を立てようと、家来たちに故郷の妻子への報告を頼み、馬にも乗らず、生田の森の逆茂木《さかもぎ》を乗り越えて平家の陣中へ乗り込んで先陣の名乗りをあげ、さんざんに矢を放って大勢を殺傷したが、真鍋《まなべの》四郎・五郎という強弓《つよゆみ》の兄弟に討たれてしまう。それを聞いた梶原景時は、弔い合戦とばかり、足軽どもに逆茂木を取りのけさせ、五百騎で平家の陣へ突入した。次男の平次《へいじ》景高が敵陣深く突撃して行ったので、「平次を討たすな」と、父の景時、兄の源太《げんだ》景季《かげすえ》も続いて駆け入ったが、知盛《とももり》らの反撃を受け、退却した。すると、景季の姿がない。すわやと再び敵陣へ引き返してみると、景季は馬を射られ、五人の敵に取り囲まれて苦戦していた。景時は馬から飛んで降り、景季を助けて敵陣を出た。これを範頼軍の人々は「二度の駆」と呼んで、父景時の活躍を讃《たた》えた。

第八十八句　鵯越《ひよどりごえ》

鵯越を駆け下りる義経軍『平家物語絵巻』巻九「坂落としの事」

大手からの攻撃だけでは勝負をつけがたいと考えた義経は、二月七日の卯《う》の刻（午前六時頃）に三千余騎を率いて鵯越に登った。そこから鞍《くら》を置いた馬を二頭追い落としてみると、一頭は無事に平家の陣に下り立ったので、義経は「すわ、落とすぞ」と、真っ先に駆け下る。三千余騎がそれに続き、二町ほど（二百メートル余）ざざっと下って壇になっている所で馬を止めた。その下は十四、五丈ほどの切り立った断崖で兵士たちは息を飲んだが、三浦の佐原《さはらの》十郎義連《よしつら》が、「これは三浦の方の馬場と同じよ」と、真っ先に駆け下ったので、大勢が目をふさいでその後に続いてなだれ落ちた。時を移さず、信濃の村上基国《もとくに》の配下の者が平家の陣屋に火を放った。折からの激しい風にあおられて黒煙が平家の陣に広がり、あわてた平家の武士たちは前の海へ駆け込み、助け船に殺到したので、武士たちを乗せすぎた大船三艘《そう》がたちまちに沈んでしまった。教経《のりつね》は百戦百勝の人であったが、今度は明石へ落ちて行き、通盛《みちもり》は討たれ、七十人力といわれた越中の前司《ぜんじ》盛《もり》俊《とし》も降参と偽った猪俣近平六則綱《いのまたのこんぺいろくのりつな》に討たれた。

第八十九句　一《いち》の谷《たに》

忠度最後　行盛とともに一の谷の西の手を守っていた薩摩守《さつまのかみ》忠度は、山の手の陣が敗れたと聞いて退却中、岡部六野太忠澄《おかべのろくやたただずみ》に組みつかれた。抑えつけて三刀まで刺したが鎧《よろい》の裏へ通らずに争っていて、六野太の郎等に右腕を切り落とされた。

もはやこれまでと、左手で六野太を投げ退けて、西に向かって念仏を唱えているところを背後から六野太に討ち取られた。六野太は、鎧の紐に結ばれていた文に「行《ゆ》き暮れて木《こ》の下かげを宿とせば花やこよひのあるじならまし　薩摩守忠度」とあるのを見て、「忠度を討ち取ったぞ」と名乗りをあげると、その死を惜しんで敵も味方も落涙した。

重衡《しげひら》生け捕り　一万余騎の配下の武者がみな逃げ失せ、重衡は乳母子《めのとご》の後藤盛長《もりなが》と主従二騎で西へ落ちていた。ところが重衡の馬が射られると、盛長は、自分の馬が召しあげられるのを恐れたのか、馬に鞭《むち》を当てて逃げ去った。残された重衡が鎧を脱いで自害しかけていたところを、馬を射た庄四郎に生け捕りにされた。重盛の末子の師盛《もろもり》は味方の侍を船に乗せてやろうとして討たれ、経盛《つねもり》の嫡子の経正、その弟の経俊《つねとし》、清房《きよふさ》、清定《きよさだ》たち、さらには教盛《のりもり》の末子で大力を誇った業盛《なりもり》も討ち死にした。

知章《ともあきら》最後　新中納言知盛は、嫡子の知章と侍の監物《けんもつ》太郎頼方《よりかた》と三騎で落ち行くところだったが、知盛をめがけて馬を馳《は》せ並べて来た武者を見た知章が二人の中に割って入り、組み合ったまま落ちて相手の首を掻《か》き切ったが、直後にその武士の従者の少年に知章は首を落とされてしまった。監物太郎も、知章の仇《かたき》は取ったが右膝を射られて討ち死にした。その間に「井上黒《いのうえぐろ》」という名馬に乗っていた知盛は、宗盛の船にたどり着いた。知盛は、わが子が敵と組むのを見ながら引き返さずに見殺しにしたことを悔やみ続けた。

敦盛の悲運を嘆く直実（下）敦盛の首実験をする義経（上）『平家物語絵巻』巻九「敦盛最期の事」

敦盛《あつもり》最後　熊谷直実《くまがいのなおざね》が手柄を立てようと身分のありそうな武者を探していると、一騎の武者が沖の船を目がけて馬を泳がせていた。それを見て「返せ、返せ」と声をかけ、扇を挙げて招くと引き返して来た。波打ち際で組みついて押さえつけ、兜《かぶと》を取って顔を見ると、薄化粧をした十六、七ばかり、わが子の小次郎と同じ年格好の若武者であった。直実は名乗ったが、若武者は名乗り返さずに「お前にとっては上等の相手だ。急いで首を取れ」と言う。直実は見逃そうかとも思ったが、背後に味方の軍勢が迫って来たので、泣く泣く首を落とした。後に聞けば、経盛の末子の大夫《たいふ》敦盛という十七歳の少年であった。この時から熊谷は出家の気持を強めることになった。

その後、熊谷はよもすがら敦盛のことを嘆き悲しみ、父経盛の心中を察して、敦盛の首と形見の品々に哀悼の書状を添え、小舟をしたてて沖の船に届けた。経盛からは「わが子がよみがえって来たような気がする」と、熊谷の心づかいを謝した返書があった。

第九十句　小宰相《こざいしよう》身投《みな》ぐる事《こと》

一の谷で討たれた十人の首が都へ入り、生け捕りにされた重衡《しげひら》の身は都大路を引き回された。それを聞いた重衡の妻が出家しようとしたのを、「あなたは天皇の乳母《めのと》なのだから」と、二位《にい》の尼《あま》（清盛の妻）が制した。

一方、通盛《みちもり》の北の方小宰相は、侍の滝口時員《たきぐちときかず》から通盛討ち死にの報《しら》せを聞き、思いつめた様子で沈み込んでいた。乳母の女房が「お子をお産みになって、形見として大切にご養育なさいませ」と慰めると、北の方は「どれほど悲しくても、水の底へ沈もうとは思いません」と答えた。ところが、乳母の女房が寝入ったすきをみて、二月十三日の明け方、北の方は屋島へ向かう船中から海へ身を投げた。舵《かじ》取りが気づいて大騒ぎになり、しばらくして水中から引きあげられたが、すでに息は絶えていた。そのままにしておくこともできず、一領《りょう》残っていた通盛の鎧《よろい》を着せて、再び海へ沈められた。この通盛の北の方は、上西門院《じょうさいもんいん》に仕えていた美人で評判の高い女房で、中宮亮《ちゅうぐうのすけ》だった通盛が見そめて送り続けた恋文がある時女院に露見し、女院の口添えで恋が成就《じょうじゅ》したという、いわくがあった。

1184（寿永三・元暦元）	後鳥羽	【巻十】寿永三年二月十二日〜元暦元年十二月 2・13　一の谷で討たれた平通盛以下の首、六条河原に懸けられる。 2・14　重衡、都を引き回され、重衡と神器を交換せんとの院宣下る。 3・13　重衡、梶原景時に具せられて鎌倉に送られる。 3　維盛、重景と石童丸を連れて高野山に到り、滝口入道に導かれ出家。 3・28　維盛、那智の沖で入水。享年二十七。 4・8　※重衡、鎌倉に到り、狩野宗茂に預けられる。 4・20　頼盛、鎌倉へ下向す。頼朝、千手に重衡を慰めさせる。 8・6　義経を左衛門少尉に任じ、検非違使に補す。 9・12　範頼、平氏追討のた

巻第十

第九十一句　平家《へいけ》の一門首渡《いちもんくびわた》さるる事《こと》

寿永《じゅえい》三年二月十二日、七日に一の谷で討たれた平家の人々の首が都に入った。大覚寺《だいかくじ》に隠れていた小松の三位中将《さんみのちゅうじょう》維盛《これもり》の北の方は、はじめ三位中将一人だけ生け捕られて入京すると聞いて、わが夫に相違ないと嘆いたが、のちに本三位《ほんざんみの》中将と聞いて、それならばわが夫の首は入京した首の中に混じっているのかと生きた心地もしなかった。

翌十三日、大夫判官《たいふのほうがん》仲頼《なかより》以下の検非違使《けびいし》の役人らが「大路《おおじ》を渡し、獄門にかけるべし」と奏上したが、法皇は決断しかねた。義経が激怒して、「父義朝《よしとも》の首は大路を渡し、獄門にかけられたのです。これがお聞き届けられないならば、今後は朝敵討伐に向かう気になれません」と申し立てたので、やむなく裁可が下りた。

維盛の子の六代御前に仕える斎藤五、斎藤六の兄弟が見に行ったが、維盛の首はなかった。人の話では維盛は病気で屋島へ渡っていて、一の谷の戦闘には加わっていなかったそうだと伝えた。北の方や若君の六代、姫君の夜叉御前《やしゃごぜん》は、それを聞いて安心するよりもかえって病気の具合を案じた。維盛も家族の心中を思

後鳥羽
め西国へ出陣。 9・25　九郎判官義経、検非違使五位尉になる。 9・26　備前の児島・藤戸で源平戦い、佐々木盛綱、馬で海の浅瀬を渡って攻撃（藤戸合戦）。

いやり、三通の手紙を書いて一人の侍に託し、屋島から都へ向かわせた。手紙を読んだ三人は、帰りを急ぐ侍にそれぞれ返事を書いて託した。若君と姫君の手紙は同文で、「早く迎えに来てください。ああ恋しや、恋しや」と結ばれてあった。維盛はその文面にいよいよ妻子への恋慕の情が高まり、上洛して一目妻子を見てから自害しようとの決意を固めた。

第九十二句　屋島院宣《やしまいんぜん》

同じ十四日、本三位中将重衡《ほんざんみのちゅうじょうしげひら》は、土肥実平《といのさねひら》と兵ども六十人に守護されて六条を東へ引き回され、堀川の御堂《みどう》へ入れられた。法皇から遣わされた蔵人定長《くろうどのさだなが》が、三種の神器を都へ返せば、交換に重衡を西国へ送還する旨を平家へ申し送れと伝えると、重衡は、気はすすまないが、院宣が下されるのであれば伝えてみようと答えた。やがて院宣が用意され、院の使者と重衡の手紙の使者が屋島へ向かった。屋島では院宣を受けて、二位の尼は内侍所《ないしどころ》（神鏡）の返還を宗盛に訴えたが、安徳天皇が帝位を保っていられるのは内侍所があるためで、その返還は一門を滅ぼすことになるとの反対意見が多数を占めた。平家からの返事が院に届いた。その内容は、将門《まさかど》の乱鎮定以来の朝廷に対する貢献の数々を述べ立て、頼朝を忘恩の徒と糾弾し、法皇を西国に迎えて京に戻り、源氏への雪辱を果たしたい、それがかなわなければ、新羅《しらぎ》、高麗《こうらい》、天竺《てんじく》（インド）、震旦《しんたん》（中国）の果てまでも三種の神器を伴って渡り、異国の宝とするばかりだ、という法皇側には到底受け入れ難いものであった。それを聞いて重衡は、「いかに一門の人々、重衡を腹立たしく思われけん」と後悔した。

第九十三句　重衡受戒《しげひらじゅかい》

重衡は出家を希望したが、法皇は「頼朝に見せてからにせよ」と許さなかった。重衡は、それならば聖《ひじり》に後生《ごしょう》のことを相談したいと申し出て、法然《ほうねん》上人が招かれた。重衡は上人に対面して、南都の焼き討ちは命じておらず、何者かの放火と強風によるものだったと釈明し、多くの伽藍《がらん》を焼滅した罪で無間《むげん》地獄に堕《お》ちることを覚悟していると語った。法然は泣く泣く戒を授け、夜もとどまって、浄土を思い描くことのできる経典の文句などを懇切に教えた。重衡は感謝し、清盛から譲られて長年愛用していた「松蔭《まつかげ》」という宋の硯《すずり》を「時々これを見て冥福を祈ってほしい」と、法然に贈った。

八条の女院《にょいん》の侍で、かつて重衡にも仕えていた木工《もく》右馬允《うまのじょう》政時《まさとき》と名乗る者が面会を許されて、夜もすがら今昔のことを語り続けた。明け方政時の帰りしなに、ふと重衡は政時の仲立ちで以前付き合っていた女房の行方をたずね、手紙を託した。女房の返事を政時から受け取った重衡は、女房のもとに迎えの車をやった。女房は待ちかねたようにしてその車に乗って来た。守護の武士の目を気にして、女房を車から降ろさず、車寄せで重衡は牛車のすだれをかぶったまま、手に手を取り合い、顔に顔を押し当てて再会を懐かしみ、積もる話を語りあった。別れ際に重衡が「逢ふことも露の命ももろともにこよひばかりやかぎりなるらん」と詠みかけると、女房は「かぎりとて立ちわかるれば露の身の君よりさきに消えぬべきかな」と返した。この女房は民部卿《みんぶきょう》親範《ちかのり》の娘で、重衡が斬られた後は、尼となってその菩提《ぼだい》を弔《とむら》ったという。

第九十四句　重衡《しげひら》東下《あずまくだ》り

頼朝からの催促があって、三月十三日、梶原景時《かじわらのかげとき》に護送され、重衡は関東へ下った。池田の宿《しゅく》では、宿の長者熊野《ゆや》のもとに泊まった。熊野はかつて宗盛に寵愛された和歌の名手であった。熊野が「……ふる里いかにこひしかるらん」と詠みかけると、重衡は「ふる里もこひしくもなし旅のそら……」と応じた。

頼朝に対面した重衡は、南都の炎上は清盛の裁断でも自分の発意でもなかったと答え、平家の衰運を述べ、「とくとく首を刎《は》ねらるべく候《そうろう》」と結び、一座の人々はみな袖《そで》を濡らした。重衡は狩野介宗茂《かののすけむねもち》に預けられ、頼朝から遣わされた手《て》越《ごし》の長者の娘千手《せんじゅ》の世話を受けた。重衡は出家を願ったが、頼朝は許さなかった。ある雨の夜、千手《せんじゅ》が琵琶と琴を持参し、狩野介は酒を勧めた。千手が「たとえ十悪を犯した者でも阿弥陀仏は救ってくださる。往生を願う人はみな、南無阿弥陀

横笛を見る時頼（上）泣く泣く去る横笛（下）『平家物語絵巻』巻十「横笛」

仏と唱えるがよい」と今様を歌いあげると、重衡はやっと盃を傾けた。千手が琴を弾くと、重衡も琵琶を弾いて応え、泣く泣く「夜ふけて四面楚歌《しめんそか》の声」を朗詠し、千手に歌を所望した。千手が「一樹のかげにやどり、一河《いちが》の流れをくむも、これ先世《せんぞ》の宿縁なり」と白拍子舞《しらびょうしまい》の歌を繰り返し歌うと、重衡は深く興じ入った。翌朝、読経《どきょう》していた持仏堂にやってきた千手に重衡は、「頼朝は千手に粋《いき》な恋のなかだちをしたものかな」と笑いかけた。これが機縁で千手は重衡を慕うようになり、重衡が斬られてからは信濃の善光寺に修行して、その菩提《ぼだい》を弔《とむら》った。

第九十五句　横笛《よこぶえ》

三位中将維盛《さんみのちゅうじょうこれもり》は、屋島にあって都に残してきた妻子を思いながらも、「生きていても甲斐《かい》のない我が身よ」と、死を決意して寿永《じゅえい》三年三月十五日の明け方、乳人《めのと》の与三兵衛重景《よさびょうえしげかげ》、石童丸《いしどうまる》、舎人《とねり》の武里《たけざと》の三人を連れて阿波《あわ》の由岐《ゆき》の浦から鳴戸の沖を経て紀伊の黒井の港に着いた。妻子に今一度会いたいと思ったが、生け捕りになるのをおそれて都へは向かわず、そこから高野山へ登った。高野には以前から知っている聖《ひじり》がいた。重盛に仕えていた斎藤滝口時頼《ときより》である。時頼は滝口の武士だった十五歳の頃、江口の長者の娘で建礼門院の雑仕女《ぞうしめ》（下級女官だった十四歳の横笛を愛したが、父の茂頼《もちより》に交際を禁じられたのを機に十九の歳《とし》に出家して、嵯峨野《さがの》の奥の往生院で修行していた。それを知った横笛は、内裏《だいり》を抜け出して嵯峨野の時頼の僧坊をやっと探し当てた。時頼はふすまの隙間から横笛を見て心が騒いだが、逢おうとはしなかった。横笛は、「男の心は刹那《せつな》に変わるのが習いなのか」と落胆した。時頼は、「一度は帰しても、再び訪ねて来られたら心が動く」と、高野山の清浄院に籠もった。その後、横笛も尼になったと聞いて、「剃《そ》るまではうらみしかどもあづさ弓まことの道に入るぞうれしき」との歌を遣《や》ったが、横笛はそれからしばらくして奈良の法華寺《ほっけじ》で死んだ。時頼はそれを伝え聞き、いよいよ修行に精進して、梨《なし》の本《もと》の御坊《ごぼう》とも滝口入道とも呼ばれた。

第九十六句　高野《こうや》の巻《まき》

維盛《これもり》が高野山へ上って滝口入道を訪ねると、入道は維盛を千体の阿弥陀如来が安置されている金堂、かつて清盛が修理を施した大塔、奥の院へと案内した。昔、醍醐《だいご》天皇が夢告により、すでに即身成仏を遂げていた弘法大師に檜皮色《ひわだいろ》の衣を贈られた時、観賢《かんげん》僧正は勅使を案内して石室の大師に衣を着せかけ、長く伸びた髪を剃《そ》った。折しも観賢は稚児《ちご》であった石山寺の淳祐内供《じゅんゆうないくう》（護持僧）を連れていたが、その手を大師の膝に押し当てたところ、大師の身はあたたかで、淳裕の手は一生の間香《こうば》しく、その移り香は今も石山寺の経典に遺《のこ》っているという。その時大師は、天皇の問いに「われは肉身のまま入定《にゅうじょう》を遂げて（入滅せず坐禅したままの静止状態にあって）五十六億七千万年後の弥勒菩薩《みろくぼさつ》のこの世への出現をお待ちしている」と答えられたというが、現在は承和《じょうわ》二年（八三五）の大師の入定からまだ三百余年を経たばかりである。

第九十七句　維盛出家《これもりしゅっけ》

維盛らの出家　その夜は滝口入道の庵室で夜もすがら語り明かした維盛は、入道の遁世者《とんせいしゃ》としての作法の見事さに感嘆する。翌日、東禅院《とうぜんいん》の智覚《ちかく》上人のもとで出家しようと、与三《よさ》兵衛《びょうえ》重景《しげかげ》と石童丸《いしどうまる》にいとまを出す。重景は平治の乱で父の景《かげ》康《やす》が重盛の身代わりになったことから、元服に際しては重盛の「重」の字を与えて重景、「盛」の字を与えて維盛と名乗らせたほどに維盛と分け隔てなく育てられた恩義を述べて、自分からもとどりを切って、石童丸とともに出家を遂げた。維盛も二人の思いにうたれながら髪を剃《そ》り下ろした。維盛、重景はともに二十七歳、石童丸は十八歳であった。舎人《とねり》の武里《たけざと》を屋島へ発たせようと、平貞盛《さだもり》以来平家の嫡流に相伝されてきた「唐皮《からかわ》」という鎧《よろい》と「小烏《こがらす》」という太刀を持たせ、弟の新三位中将資盛《しんざんみのちゅうじょうすけもり》に「再び平家の世になったら我が子六代へ与えてほしい」との伝言を託したが、武里はそのあと熊野まで同行した。

熊野参詣　維盛たちは山伏姿にさまを変え、粉河寺《こかわでら》で夜どおし浄土往生を祈って熊野路をめざした。岩代《いわしろ》の王子の辺りで平家譜代《ふだい》の湯浅一族の七郎兵衛《しちろうびょうえ》宗光《むねみつ》が通りかかった。宗光は変わり果てた維盛の姿を見て、「世が世なら父の宗重と同様この小松殿にお仕えしたことであろうに」と涙ぐむと、郎等たちも直垂《ひたたれ》の袖《そで》を濡らした。岩田川を渡った時、維盛は治承《じしょう》三年五月の頃、父重盛の熊野参詣に兄弟五人がそろって付き従ったことなどを思い返して不覚の涙を流した。

第九十八句　維盛入水《これもりじゅすい》

熊野本宮に着くと、維盛はまず証誠殿《しょうじょうでん》に参って通夜をした。父の重盛がここで「命にかえて後世《ごせ》を助け給え」と祈ったことを思い出し、自らも「西方浄土へ迎え給え」と祈念した。翌日は船で新宮へ参り、神倉《かんのくら》を拝み、佐野の松原をへて那智大社へ参詣した。那智籠もりの僧の中に維盛を見知っていた僧がいて、「将来は大臣・大将を兼ねることが約束されていたお方であったのに」と涙を流しつつ仲間の僧たちに語った。

熊野三山を巡り終えて、浜の宮王子の前から海へ漕《こ》ぎ出た維盛は、沖の小島に船を寄せ、松の幹を削って、「祖父《そふ》前《さきの》太政大臣平朝臣《あそん》清盛公、法名浄海《じょうかい》。親父《しんぷ》内大臣重盛公、法名浄蓮《じょうれん》。その子三位中将《さんみのちゅうじょう》維盛、法名浄円《じょうえん》、二十七にて浜の御前にて入水」と書きつけ、また船で沖へ出て、「生まれてはつひに死にてふことのみぞさだめなき世のさだめあるかな」と詠む。寿永《じゅえい》三年三月二十八日のことであった。

維盛は西に向かって手を合わせ、高声に念仏を唱えていたが、妻子への愛着の断ちがたいことを懺悔《ざんげ》する。滝口入道はさまざまに説いて維盛を励まし、「あなたが成仏されるならば、必ず妻子をも浄土へお迎えできるのですから」と鉦鼓《しょうご》（鐘）を打って念仏を勧めると、維盛も念仏を百遍ばかり唱えつつ海へ入った。重景、石童丸《いしどうまる》もそれに続いた。舎人《とねり》の武里《たけざと》も身を投げようとしたが、滝口入道が泣く泣くとどめた。武里が屋島へ帰って、資盛《すけもり》以下の人々に報告すると、宗盛や二位殿も維盛の真意を誤解していたことを悔やみ、涙を流し合った。

第九十九句　池《いけ》の大納言《だいなごん》関東下《かんとうくだ》り

寿永《じゅえい》三年四月一日、頼朝は正四位下《しょうしいげ》に任じられた。三日には後白河法皇の計らいで崇徳院《すとくいん》を神として大炊御門《おおいのみかど》に社を建ててまつった。その頃、池の大納言頼盛《よりもり》は頼朝からの招きで鎌倉へ下ることになったが、池の禅尼のもとで頼朝の世話をした平宗清《むねきよ》は平家への操《みさお》を立てて同行を拒んだ。四月二十日、頼盛は関東へ下った。宗清との再会を心待ちにしていた頼朝は、「意地を通したか」と残念がった。頼盛は旧領すべてを安堵《あんど》された上、新領地を与えられ、六月六日に帰京した。大覚寺の維盛《これもり》の北の方は、維盛の消息を案じて屋島へ使いの者を遣わした。六月の末に帰参した使者は、維盛はすでに熊野の海に入水《じゅすい》して果てたとの報せをもたらす。北の方は泣く泣く髪を下ろして維盛の後世《ごせ》を弔《とむら》った。

新帝即位　平家追討のために源氏の新手《あらて》二万余騎が都へ出発し、九州からは菊池、

馬を海に乗り入れる範頼軍（右側）応戦する平家（左側）『平家物語絵巻』巻十「藤戸」

原田、松浦党《まつらとう》の五百余艘《そう》が屋島へ向かったと聞き、平家の人々はおののいた。七月二十八日、都では、三種の神器のないままに即位式が行なわれた。前代未聞のことであった。八月六日、範頼《のりより》は三河守に、義経は左衛門尉《さえもんのじょう》に任ぜられ、「九《く》郎判官《ろうほうがん》」と呼ばれることになった。改元があって「元暦《げんりゃく》」と号した。屋島では平家の人々が秋の月を見て、都への思いを寄せ合い、行盛が、「君すめばここも雲居《くもい》の月なれどなほ恋しきは都なりけり」と詠んだ。

第百句　藤戸《ふじと》

九月十二日、範頼《のりより》は平家追討のために、三万余騎の軍勢で山陽道へ出発し、播《は》磨《ま》の室山《むろやま》に陣をとった。一方、平家は大将軍資盛《すけもり》以下、五百余艘《そう》の船で押し寄せ、備前《びぜん》の児島に到着した。源平両軍の間隔は五町あまり、源氏方には船がなく、空しく時を過ごしていた。二十五日の夜、佐々木盛綱《もりつな》は浦の男に小袖《こそで》と刀を与え、馬で渡れる浅瀬を聞き出し、他言を封じるために男の首をかき切って殺した。翌二十六日の辰《たつ》の刻（午前八時頃）、「源氏ここを渡って来い」という平家方の挑発に応えて、盛綱は家の子郎等七騎とともにしゃにむに海を渡り浅瀬に上がった。それを見た範頼以下の三万余騎が一気に海に乗り入れ、果敢に攻め立てた。夜になって平家は四国へ退散していった。後に頼朝は「馬で海を渡すは先例なし」と讃え、備前の児島を盛綱に与えた。

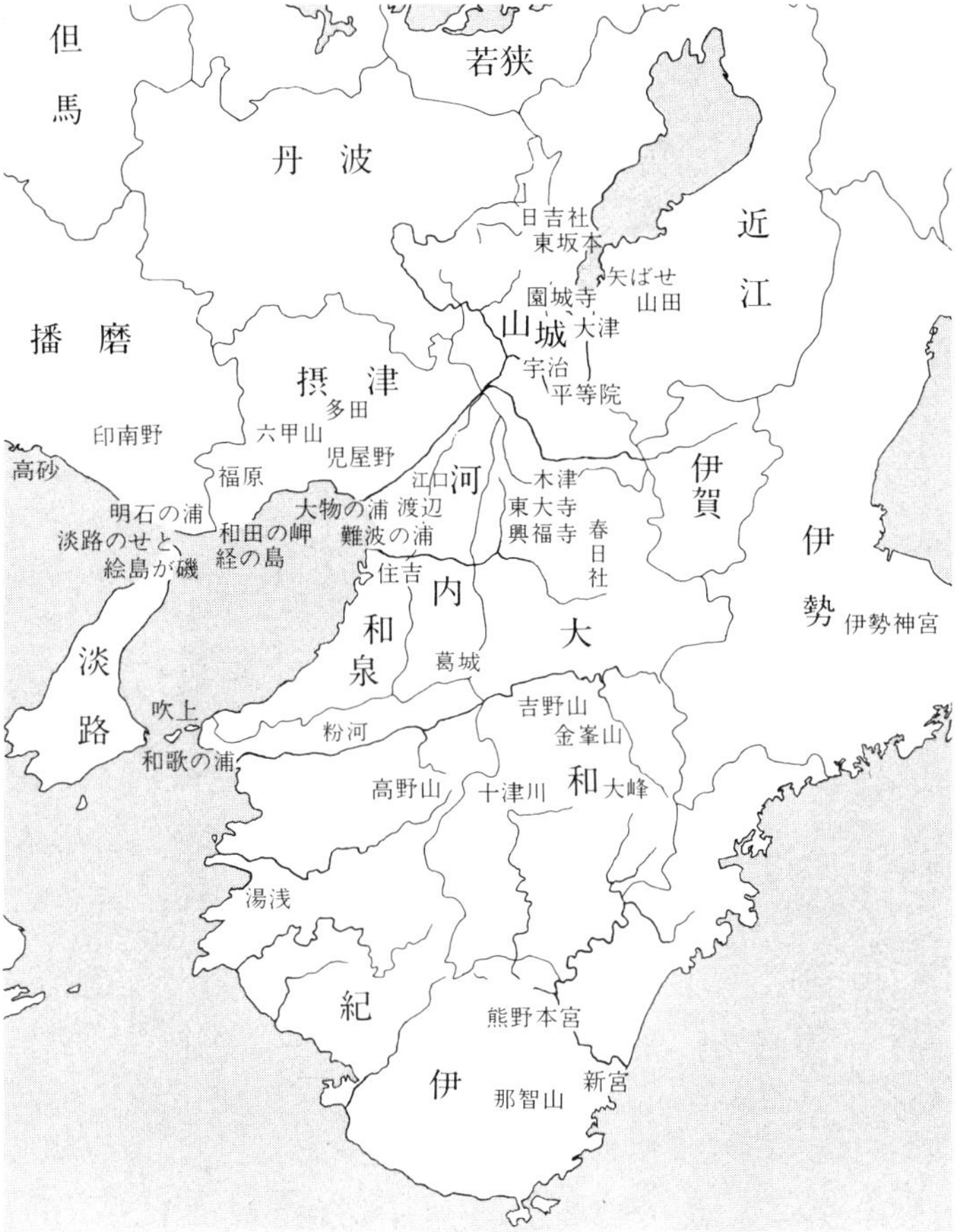

近畿一帯の図

都では二十五日、義経が五位になり、「大夫判官《たいふのほうがん》」と呼ばれることになった。

源氏がそのまま攻め続けていれば、この年のうちに平家は全滅したはずであったが、範頼は室山、高砂辺りにとどまって無為に月日を送っていた。こうして元暦《げんりやく》も二年目に入った。

1185（元暦二）	後鳥羽	【巻十一】元暦二年一月十日～五月七日 2・14 平家追討のため、義経・範頼、都をたつ。 2・16 義経、摂津国渡辺で逆櫓をつけようという梶原と争う。その夜、義経、暴風雨をついて船出し、翌朝、阿波に着く。 2・18 義経、屋島の内裏を攻める。佐藤嗣信討ち死に。那須与一、扇の的を射る。義経弓流し。（屋島合戦） 2・19 平家、志度の浦に退く。伊勢義盛、謀略で田内教能を降す。（志度の浦合戦） 3・24 壇の浦海上にて源平戦う。平氏破れ、先帝、二位の尼に抱かれて入水。教経、知盛ら、討ち死に。建礼門院、宗盛・清宗父子、時忠ら、生け捕りにされる。（壇の浦合戦）

巻第十一

第百一句 屋島《やしま》

元暦《げんりゃく》二年正月十日、九郎判官《くろうほうがん》義経は院の御所へ参上し、さらなる平家追討の必要を奏上した。二月十四日、都では二十二社へ勅使が遣わされ、三種の神器の返還が祈られた。同日、三河守範頼《のりより》は七百余艘《そう》の船で摂津の神崎《かんざき》から山陽道を西に向かい、義経は二百余艘の船で摂津の渡辺から南海道へ赴くことになった。

逆櫓《さかろ》　十六日、強風下の渡辺に大名・小名が集まっての船戦《ふないくさ》の評議で、梶原景《かじわらかげ》時《とき》は「船の進退を自由にするために艫《とも》にも舳先《へさき》にも櫓を立てて逆櫓にすべきだ」と主張し、義経は「戦う前から逃げ支度ができるものか。義経の船には逆櫓は立てない」と反論した。梶原は「それは猪《い》のしし武者というもの」と反駁《はんばく》し、義経は「敵を攻めに攻め抜くのが肝腎《かんじん》」と応じた。その夜、義経はひそかに武具や馬を積み込ませ、沖はまだ強風だとためらう船頭たちを弓矢でおどして五艘の船だけで丑《うし》の刻（午前二時頃）に船出して、ふだん三日はかかる航程を暴風に押されて卯《う》の刻（午前六時頃）には阿波《あわ》の勝浦に着いてしまった。夜が明けてみると、渚には平家の赤旗が立ち、五十騎ほどがひかえていた。伊勢三郎義盛《よしもり》がその中へ

後鳥羽
4・25　神鏡・神璽、鳥羽より入京。 4・26　壇の浦で生け捕りにされた平家の人々、京に着く。 4・28　頼朝、従二位になる。 5・1　建礼門院、吉田にて出家。 5・7　宗盛の子副将、斬られる。

駆け入り、近藤六親家《こんどうろくちかいえ》という者を連れてきた。親家からこの地の名が勝浦だと聞き、幸先がよいと義経は喜び、親家に案内させて、手始めに阿波民部成能《あわのみんぶしげよし》の弟桜間能遠《さくらばのよしとう》の城を攻め落とし、そこから二日の行程という屋島をめざした。

屋島では、宗盛の宿所の前で、河野を討ちに伊予へ赴いていた阿波の民部の嫡子田内左衛門《でんないざえもん》から届けられた敵方百余人の首実験をしていた。二月十八日、義経軍の馬の蹴り上げた潮しぶきと白旗に大軍の襲来とあわてた平家は、女院、二位殿、宗盛父子をはじめ我先にと沖へ逃れた。義経が名乗り出て敵を引きつけている間に、佐藤嗣信《つぐのぶ》らは内裏《だいり》や御所に火をかけてまわった。

嗣信最後《つぐのぶさいご》　能登前司教経《のとのぜんじのりつね》は小船で攻め寄せ、二百余人の兵士も上陸して、源平入り乱れての戦いとなった。大将軍を射落とそうとねらいを定めていた教経の矢が、義経をめがけて飛んで来た。その矢面に嗣信がさっと立ちふさがった。矢は鎧の胸板を射通し、嗣信は馬から逆さまに落ちた。教経の童《わらわ》で十八歳になる菊王丸が船から飛び降りて嗣信の首を取ろうと近づいた所を、嗣信の弟の忠信が射たおした。それを見た教経は、船から飛び降り、菊王丸をひっさげて船へもどり、沖へ漕ぎ去った。嗣信は義経に手を取られながら、奥州の老母や義経に先立つ心残りを述べて絶命した。時に二十八歳であった。

第百二句　扇《おうぎ》の的《まと》

身を潜めていた阿波《あわ》、讃岐《さぬき》の源氏が馳《は》せ集まり、義経の軍勢は三百余騎になったが、日が暮れかけたので、勝負は明日と引き上げようとしていると、沖の方から小船が一艘《そう》渚に近づいて来て、優美な女房が紅《くれない》の地に金色の太陽を描いた扇を船ばたに立て、この扇を射てみよと手招きする。義経が味方にあれを射る者がいるかと尋ねると、後藤兵衛実基《ごとうびょうえさねもと》が、下野《しもつけ》の那須与市助宗《なすのよいちすけむね》の名を挙げた。与市はその頃十八、九歳。義経の御前に呼び出された与市は、いったんは辞退したが許されず、やむなく覚悟して渚へ向かった。船に七、八段《たん》ばかりのところで馬を止めて見ると、風がしずまらず、船が波に上下して的を定めかねる。与市は八幡大菩薩《だいぼさつ》、わが国の神明《しんめい》、日光権現《ごんげん》、那須の湯泉大明神《ゆぜんだいみょうじん》を心中に祈念し、鏑矢《かぶらや》を取って放つと、扇の要《かなめ》の一寸ばかり上に見事に命中した。沖では平家が船ばたをたたいて、陸では源氏が箙《えびら》をたたいて褒《ほ》めそやした。

弓流し　平家の方から三人の武士が上陸して、相手になれと挑発した。それに応じて水尾谷四郎《みおのやのしろう》ら五騎が駆け寄せたが、先頭の水尾谷の馬が射たおされ、かなわないとみた水尾谷が逃げ出すと、相手は追いかけて水尾谷の兜《かぶと》の鉢につかみかかる。四度めについに摑《つか》まえられるが、水尾谷は鉢付けの板（最上部の札板《さねいた》）を引き切って味方の中へ逃げ返り、相手は引き切った兜の錣《しころ》を差し上げて、「上総《かずさ》の悪七兵衛景清《あくしちびょうえかげきよ》」と名乗った。義経は「悪七兵衛ならば、射とれ」と大声をあげて追いかけ、三百余騎がそれに続いて再び大乱戦となった。義経が深追いしたところを、義経の弓が平家の熊手にかかって落とされた。陸の者たちは「捨て置く

義経は与市に扇を射るよう命じる（右）扇を立てる平家（左）『平家物語絵巻』巻十一「那須与一」

ように」と声をかけたが、義経は拾い上げて引きあげ、「貧弱な弓を平家に拾われて、これこそ源氏の大将の弓よと笑われては口惜しい」と弁明し、一同はその真意を知って感じ入った。

　源氏は牟礼《むれ》、高松に退いて陣を取り、三日のあいだ寝ていなかったのでみな疲れ果てて熟睡したが、義経と伊勢三郎は寝ずの番をした。平家は夜討ちをかけようと、教経《のりつね》を大将として五百余騎で向かったが、盛嗣《もりつぐ》と盛方《もりかた》の先陣争いで夜が明けてしまった。もし夜討ちをかけていれば、源氏はその夜全滅していたはずであった。

第百三句　讒言《ざんげん》梶原《かじわら》

　二月十九日、義経は、阿波民部《あわのみんぶ》成能《しげよし》の嫡子で、伊予の河野を攻めに向かった田《でん》内左衛門教能《ないざえもんのりよし》を味方に取り込むために、伊勢三郎義盛《よしもり》を差し向ける。田内左衛門は屋島で戦《いくさ》があったと聞き、急ぎ戻ってくる途中で義盛の一行と出会い、義盛の巧みな弁舌に騙《だま》されて降参してしまう。また、平家の味方であった熊野の別当湛《たん》増《ぞう》も四国に渡って源氏に寝返った。

　二月二十二日、渡辺で出港を控えていた梶原景時が率いる二百艘《そう》の船が、やっと屋島に到着したが、「六日の菖蒲《しょうぶ》、会《え》にあはぬ花……」と人々にその遅延を嘲笑される始末であった。

矢を射掛ける平家軍（左側）応戦する源氏軍（右側）『平家物語絵巻』巻十一「遠矢」

壇の浦、赤間《あかま》が関《せき》での源平の矢合わせは三月二十四日に決定した。その先陣をめぐって義経と梶原の間で論争が起き、危うく同士討ちになるところであった。こうしたことから梶原は義経を憎み、のちに頼朝に讒言して死に追い込むことになるのである。

第百四句　壇《だん》の浦《うら》

三月二十四日の早朝、長門国《ながとのくに》赤間が関、壇の浦で源平の合戦が始まった。平家の船は早い潮の流れに乗って一気に攻め立てた。知盛《とももり》は「戦は今日をかぎりなり。おのおのすこしもしりぞく心あるべからず」と全軍に奮起の下知をなした。また知盛は、子の田内左衛門《でんないざえもん》を源氏に捕らえられた阿波民部成能《あわのみんぶしげよし》が心変わりしているのを察知して、斬るよう宗盛に進言するが、宗盛の制止で、それも叶《かな》わなかった。

平家は千余艘《そう》の船を三手に分け、先頭の五百艘の舳先《へさき》に弓の達者五百人を置いて、いっせいに源氏に矢を射掛けたので、源氏は後退した。源氏は岸からも矢を放ったが、中でも和田小太郎義盛《わだのこたろうよしもり》は強弓で、その矢は知盛の船にまで届いた。知盛は新居《にい》の紀四郎親家《きのしろうちかいえ》に射返させたところ、矢は和田をかすめて側《そば》の武士を射たおした。続いて紀四郎親家は、義経の船をめがけて矢を射込んだ。義経は浅利与《あさりのよ》市《いち》に命じて射返させる。その矢は紀四郎を船底へ射たおすほどの勢いであった。

両軍の乱戦は数時間に及んだ。不思議なことに、源氏の船の上に空から白旗が

入水する安徳帝と二位の尼（左上）『平家物語絵巻』巻十一「先帝の御入水」

舞い降りて来た。八幡大菩薩《はちまんだいぼさつ》の守護と源氏は勢いづく。また海豚《いるか》の大群が現われたので、宗盛が陰陽師《おんようじ》に占わせた。陰陽師が、「この海豚が平家の船の下を通り抜けたら、平家敗戦」と言い終わりもしないうちに、海豚は平家の船の下を通り抜けて源氏のほうへ泳いで行った。平家が敗れる不吉な前兆であった。

阿波民部成能はついに平家を見限り、源氏に付いただけでなく、安徳帝の乗船している船が唐船《とうせん》でないことなど、平家の作戦を源氏に伝えてしまう。

第百五句　早鞆《はやとも》

知盛《とももり》は、平家敗戦を覚悟して、安徳帝の御座船《ござぶね》に参上する。二位《にい》の尼時子《あまときこ》は安徳帝を抱き、宝剣を腰に差して、入水《じゅすい》のため船ばたに進み出る。建礼門院をはじめ女房たちも後に続いた。「私はどこへ連れて行かれるのか」と尋ねる八歳の帝《みかど》に「西方浄土へ」と語り掛けて、時子は幼帝とともに海に沈んだ。建礼門院もすぐに続いて飛び込んだが、源氏の武士に熊手で引きあげられてしまう。重衡《しげひら》の北の方大納言典侍《だいなごんのすけ》は、神鏡を持って海中に沈もうとしたが、着物の裾を矢で射付けられ、生け捕りにされた。神鏡の箱を開けようとした武士の目がくらみ、鼻血を出したのは、霊威《れいい》がまだ衰えていない証拠であった。

教盛《のりもり》・経盛《つねもり》ら平家一門の人々は手に手を取って次々と海に沈んでいった。宗盛は船ばたに出たものの、なかなか入水する素振《そぶ》りが見えなかったので、侍たちが

追いかける教経（右下）味方の船に飛び移る義経（左）『平家物語絵巻』巻十一「能登殿最期」

腹を立てて海へ突き落とす始末であった。これを見た子の清宗《きよむね》は、父の後を追って海に飛び込んだが、二人とも伊勢三郎の熊手によって救い上げられてしまう。

能登前司《のとのぜんじ》教経《のりつね》は、長刀《なぎなた》で源氏の兵士を多く討ち取ったが、知盛の「無益な殺生よ。あまり罪つくりなさるな」と言葉をかけられ、義経一人を狙って追い回す。義経は一丈（約三メートル）ほど離れた味方の船に飛び移って、難を逃れた。追跡を諦めた教経は、長刀と兜《かぶと》を海に投げ捨て、向かってきた安芸《あき》の大領《だいりょう》太郎《たろう》実光《さねみつ》と弟安芸の次郎を、「おのれら死出の山の供をせよ」と左右の脇に挟んで、海に飛び込んで死んだ。一方、知盛も「今は見るべきことは見はてつ。ありとてなにかせん」と、鎧《よろい》二領《にりょう》を身につけて海に入った。

男性は宗盛父子・時忠ら三十八人、女性は建礼門院ら四十三人が、壇の浦で生け捕りにされた。元暦《げんりやく》二年の春の終わり、天子は海に沈み、国母は源氏の手に渡って、平家は壇の浦で壊滅的な敗北を喫《きつ》したのであった。

第百六句　平家《へいけ》一門《いちもん》大路《おおじ》渡《わた》し

元暦《げんりやく》二年四月三日、後白河院のもとに壇の浦での平家大敗の報が入る。二十五日、三種の神器の内侍所《ないしどころ》（神鏡）と神璽《じんじ》（曲玉《まがたま》）が都に到着した。宝剣（草《くさ》薙《なぎ》の剣《けん》）だけは壇の浦の海底に沈み、海人《あま》に潜水させたが、ついに発見できなかった。翌日、生け捕りとなった平家一門の人々が、簾《すだれ》を上げた牛車に乗せられ都入りした。宗盛は悲しみに沈む様子もなく、四方を見回していたが、子息の清《きよ》宗《むね》は顔を上げようともしなかった。三年の間、潮風に打たれた宗盛は、痩《や》せて色黒になっていたので、誰もが見間違えるほどの変わり様《よう》であった。京中を引き回される宗盛の車を、かつて宗盛の牛飼《うしかい》であった三郎丸《さぶろうまる》が義経に願い出て引いたが、道々車の中の宗盛を顧《かえり》みては涙を押さえることが出来なかった。宗盛の身柄は義経の宿所に入れられたが、食事にも手を付けず、ただ泣くのみであった。それでも宗盛は子の清宗に細やかな親心を見せ、警固《けいご》の者も涙を誘われたのである。

二十八日、頼朝が従二位《じゅにい》に叙せられ、「鎌倉源の二位殿《にいどの》」と呼ばれるようになった。捕らわれた平《へい》大納言時忠《ときただ》は、証拠になる文書を義経に押さえられ、子息の時実《ときざね》に相談する。時実は娘の一人を義経に差し出し、義経を懐柔《かいじゅう》するよう進言する。時忠は二十三歳になる先妻との娘を嫁がせる。喜んだ義経から封もとかれぬままに文書が返還された。

壇の浦で生け捕りになった建礼門院は、東山の吉田に移り住んだが、仕える人も少ない寂しい住まいであった。五月一日、女院は長楽寺《ちょうらくじ》の別当阿証房上人《あしょうぼうしょうにん》印西《いんせい》を戒師として髪をおろされ、出家した。二十九歳であった。

第百七句　剣《つるぎ》の巻《まき》　上

海底に没した宝剣はついに発見できなかった。この剣は叢雲《むらくも》の剣《けん》と呼ばれ、宮中守護の剣であった。神代《かみよ》のこと、伊奘諾《いざなぎ》・伊奘冉《いざなみ》の子素戔嗚《すさのお》は出雲国《いずものくに》で八岐大蛇《やまたのおろち》を退治し、その尾から一剣を見出だした。八色《やいろ》の雲を立てる剣であったので、「天《あま》の叢雲」と名付け、素戔嗚の姉天照大神《てんしょうだいじん》に献上された。その後、代々の天皇に伝わり、第十代崇神《すじん》天皇の時、伊勢神宮に納められた。第十二代景行《けいこう》天皇の時、関東で蝦夷《えぞ》の反乱が起こったので、倭建尊《やまとだけのみこと》（日本武尊《やまとたけるのみこと》）が差し向けられたが、その途中、伊勢に参拝して叢雲の剣をいただいた。駿河国《するがのくに》で賊どもに欺《あざむ》かれ、野に火を掛けられたが、この剣を抜いて草を薙《な》ぎ払い難を逃れたので、この剣を「草薙《くさなぎ》の剣《けん》」と呼ぶようになった。三年の間東国で戦ってのち倭建尊は尾張《おわり》で没したが、その剣を田作りの記太夫《きだいふ》なる者が杉林に掛け置いたところ、剣が発光して全ての杉が燃えてしまった。この地が熱田《あつた》であり、倭建尊は大神宮としてまつられた。剣はこの熱田の宮に納められていたが、天武天皇の朱鳥《しゅちょう》元年に内裏《だいり》に奉納され、「宝剣」と名付けられた。この剣が龍神の潜む海底に沈んだのは、八岐大蛇の執着が深かったからであろう。大蛇は安徳天皇として生まれ変わり、剣を取り戻して、再び龍宮に納めたということである。

第百八句　剣《つるぎ》の巻《まき》　下

また、源氏にも二つの剣が伝わっている。膝丸《ひざまる》・鬚切《ひげきり》の二剣である。清和天皇の孫で、源姓を賜《たまわ》った経基《つねもと》の嫡子多田《ただ》の満仲《まんじゅう》が名剣を求め、筑前国《ちくぜんのくに》御笠郡《みかさのこおり》出《いで》山《やま》の鍛冶《かじ》に、二《ふた》振りの刀を作らせた。この剣は満仲の嫡子源頼光《よりみつ》に伝えられた。その頃、都では鬼が人を襲うことが続いた。頼光の郎等渡辺綱《ろうどうわたなべのつな》が、若い女に化けた鬼に髻《もとどり》をつかまれたのを、綱は頼光から預かってきた鬚切で鬼の手を切り落として、難を逃れた。この時から剣は「鬼丸《おにまる》」と名を改めた。また、ある時、頼光を襲った変化《へんげ》のものを、膝丸で切りつけた。その正体が蜘蛛《くも》であったことから、膝丸を「蜘蛛切《くもきり》」と言うようになった。この二振りの刀は、頼義、さらに義家に伝わり、前九年・後三年の戦いで朝敵を討つことが出来たのも、この剣の威光と言われた。さらに為義《ためよし》の手に伝わったが、ある時、その剣が一晩中吠《ほ》えることがあった。鬼丸は獅子《しし》の声で、蜘蛛切は蛇の鳴き声であった。そこでまた、鬼丸を「獅子の子」、蜘蛛切を「吠丸《ほえまる》」と名を改めた。為義は熊野の別当教真《きょうしん》に、吠丸を与え、この剣は熊野権現《ごんげん》に奉納された。二本の剣が別々になったことを心もとなく思った為義は、新しく剣を作る。新剣「小烏《こがらす》」と獅子の子の二振りを並べ置いたところ、獅子の子によって小烏が二寸ほど切り落とされるという不思議な出来事があった。そこから獅子の子は「友切《ともきり》」と呼ばれることとなった。為義の後、その子義朝が剣を受け継いだが、保元の乱・平治の乱で源氏は衰退した。剣の名を何度も変えることがよくない、特に友切の名が悪いとの八幡大菩薩《はちまんだいぼさつ》のお告げに驚いた義朝は、友切の名を「鬚切」に戻し、頼朝に譲ったところ、後に源氏が再び隆盛を見るに至ったのは不思議なことであった。

　平治の乱で義朝が討たれた後、小烏は平家の手に渡った。また頼朝は鬚切を平家に取られまいと、熱田神宮に預けたが、のちにはこの鬚切を身に付けて全国を平定した。義経も熊野の別当湛増《たんぞう》から吠丸（膝丸）を返し受け、「薄緑《うすみどり》」と改名して帯刀し、平家を滅ぼした。曾我《そが》兄弟の仇討《あだう》ちに用いられたのも薄緑であり、その後、鎌倉において鬚切・膝丸はもとの一対に戻ったのである。

第百九句　鏡《かがみ》の沙汰《さた》

神代《かみよ》より三つの鏡があった。内侍所《ないしどころ》はその一つで、天照大神《てんしょうだいじん》が鋳造《ちゅうぞう》させ、子孫に伝えた神鏡である。第十代崇神《すじん》天皇の時から、温明殿《うんめいでん》に置かれるようになった。村上天皇の時、天徳《てんとく》四年九月二十二日の子《ね》の刻（十二時頃）内裏《だいり》の火事で温明殿も焼失したが、内侍所は自ら唐櫃《からひつ》を飛び出し、南殿の桜の木に移るという不思議なことがあった。霊威《れいい》は今も衰えることなく、壇の浦でも、唐櫃の錠を開けようとした東国武士の目がくらみ、鼻血を流すという出来事があった。

また神璽《じんじ》というのは、もとは第六天の魔王の手形の印判である。天照大神が魔王から印判を預かっているので、神前では悪魔の妨げがないのである。

平家が滅びてから、義経の評判が高くなり、「九郎ばかりで、どうして世を治めることができよう」と、頼朝は義経に不快感を懐くようになった。

第百十句　副将《ふくしょう》

生け捕りになった宗盛は関東に連行される前に、八歳になる子息の副将との対面を義経に願い出て許される。副将の母が産後間もなく死去した時の様子を涙ながらに語り、警護の武士たちの涙を誘う。「天下に大事が起こったら、嫡子の清宗を大将軍に、この子は副将軍に立てようと思う」と語って母を慰め、副将と名づけたのであった。宗盛は妻の遺言どおり副将を手許に置いて育てたので、愛情は殊のほか深かった。五月七日、義経は宗盛・清宗父子を鎌倉へ護送するため出発した。残された副将は河原に引き出され、首を刎《は》ねられた。副将に付いていた二人の乳母《めのと》は、数日後、桂川に身を投げたが、その懐《ふところ》には副将の首が入っていたのである。

1185（元暦二・文治元）

後鳥羽

【巻十二】元暦二年五月七日～建久十年一月十三日
5・7 義経、宗盛父子を連れて鎌倉に下る。
6上旬 梶原景時の讒言によって、腰越に足止めれていた義経、大江広元に書状を送り、弁明する（義経腰越状）。
6・9 義経、宗盛親子を京に連れ戻る。
6・21 宗盛親子、近江篠原で斬られる。
6・23 宗盛父子の首を京に曝し、重衡を木津で斬る。
7・9 京に大地震。御所をはじめ家屋・神社仏閣、倒壊。死者多数。
8・9 義経、伊予守になる。
8・22 頼朝、高雄の文覚を片瀬に迎える。
8・23 時忠をはじめ、都に残る平家の残党を諸国へ流

巻第十二

第百十一句 大臣殿最後《おおいどのさいご》

元暦《げんりゃく》二年五月七日、宗盛父子を連れて、義経は関東へ出発した。宗盛は義経に助命を懇願するが、自らの勲功に替えてもお助けする、という義経の言葉を信じたのは、哀れなことであった。鎌倉に到着したものの、頼朝は病気を理由に義経とは対面しなかった。

頼朝の使者の言葉を聞く宗盛の卑屈な態度に、もとは平家の家来であった者たちまでもが、壇の浦で死ぬべきであったのにと、宗盛の不甲斐《ふがい》なさを非難しあった。

六月九日、義経は宗盛・清宗父子の身柄を受け取り、再び都へ護送することになった。宗盛は生きて帰れることを喜ぶが、清宗は若いにもかかわらず、都で斬首されることを察知していた。道中もはかない望みにすがる宗盛に、清宗は助かるはずはないのだからと念仏を勧めるのであった。六月二十一日、近江の篠原《しのはら》で二人の処刑が行なわれた。宗盛の死後の善知識《ぜんちしき》として本成房湛斅《ほんじょうぼうだんごう》という聖《ひじり》が呼ばれ、仏の教えを説き、念仏を勧めたが、「右衛門督《えもんのかみ》も今はすでにかうか（我が

年	天皇	事項
	後鳥羽	す。 9・29　土佐坊昌俊、義経追討の命を受け、上洛するが、義経に討たれる。 9下旬　建礼門院、大原寂光院に入る。 11・3　義経、鎌倉からの討手を逃れるため都を離れる。義経一行、大物の浦より船出するが、暴風で住吉の浦に打ち上げられ、吉野に向かう。 11・7　義経追討の院宣下る。 11・29　※頼朝、諸国に守護・地頭を置く。 12・16　維盛の嫡子六代、鎌倉へ向かう。
1186（文治二）		4　後白河法皇、ひそかに大原の建礼門院の庵に御幸。
1187（文治三）		2　※義経、奥州の藤原秀衡を頼る。
1189（文治五）		3　六代、十六歳で出家し、諸国修行に出る。

子も今ははや斬られたか）」と、宗盛は最後の最後まで子の清宗のことを心配しつつ首を刎《は》ねられたのであった。二人の首は獄門にさらされ、後白河院もこれを見て、涙を流された。三位《さんみ》以上の人の首が獄門にかけられるのは、わが国でははじめてのことであった。生きての恥《はじ》、死しての恥、どちらが劣るだろうか。

第百十二句　重衡《しげひら》の最後《さいご》

一の谷の合戦で生け捕りになった重衡は、伊豆に拘束されていたが、東大寺、興福寺を炎上させた張本人として、奈良へ身柄を送られた。途中、醍醐《だいご》の日野に妻の大納言典侍《だいなごんのすけ》がいるので、一目会いたいと警護の武士に申し出る。許されて御簾《みす》の中に身体を半ばさし入れて立ったままの再会を果たすが、涙で言葉も出ない。重衡が会えたので安心して死ねると語ると、妻は、一度は自殺も考えたが再会の望みにすがって今日まで生きてきたと泣く。時間が経つことを気にする重衡に、妻は袷《あわせ》の小袖《こそで》と浄衣《じょうえ》（白い狩衣《かりぎぬ》）に着替えさせる。来世で「一つ蓮《はす》に」と言い交わし、泣く泣く出発して行った。

南都の僧たちに渡された重衡は、木津川のほとりで斬首されることに決まった。以前重衡に仕えていた木工允政時《もくのじょうまさとき》という侍が、噂を聞き刑場に駆けつける。政時は重衡の望みによって近くの古堂から阿弥陀仏《あみだぶつ》一体を探し出してきて河原の砂の上に立て、仏の御手《みて》にかけた紐《ひも》を重衡に持たせた。重衡も念仏を唱えながら

	後鳥羽	閏4 義経、奥州の衣川で藤原泰衡に討たれる。
1190（建久元）		11・7 ※頼朝上洛。正二位大納言、右大将に任ぜられる。 12・4 ※頼朝、両職を辞して関東へ下る。 建久の頃、建礼門院崩御（一説に、一二二三年頃まで存命）。
1192（建久三）		3・13 ※法皇、六十六歳で崩御。後白河院の号を贈られる。
1195（建久六）		3 ※頼朝、東大寺大仏供養のため上洛。
1199（建久十）	土御門	1・13 頼朝没。文覚、隠岐へ配流。六代、六浦坂にて斬られ、平家の嫡流断絶す。

従容《しょうよう》として首を刎《は》ねられた。大納言典侍は遺骨を高野山奥の院に納めた後、出家した。

第百十三句　大地震《だいじしん》

元暦《げんりやく》二年七月九日の正午ごろ、大地震が起こった。法勝寺《ほっしょうじ》の九重の塔をはじめ、皇居や民家など多くの建物が倒壊した。崩《くず》れる音は雷さながらで、舞い上がる塵《ちり》は煙のように日を覆《おお》った。老いも若きも魂《たましい》を失い、大地は裂《さ》けて水が湧《わ》き出し、岩は割れて谷へ落ちた。後白河院は、六条西洞院《にしのとういん》の御所の庭に仮屋を建てて移り住んだ。夕方に強い揺れ返しがあるとの占いがあったので、人々は生きた心地がしなかった。この地震は滅んだ平家の怨霊《おんりよう》の仕業《しわざ》かと噂された。建礼門院の吉田の住まいも傾き、住める状態ではなかったが、住まいを提供する者もなく、心細い限りであった。

第百十四句　腰越《こしごえ》

八月九日、義経が伊予守《いよのかみ》に任じられた。そのころ頼朝が義経を討つという噂が立った。天下を鎮定した義経を、なぜ頼朝が憎むのか、人々は皆不審に思った。それは屋島の合戦の時、梶原景時《かじわらのかげとき》と逆櫓《さかろ》をめぐって論争になったことがあり、

民家を襲った大地震『平家物語絵巻』巻十二「大地震」

これを根に持つ景時が頼朝に讒言《ざんげん》したからであった。そのため義経が、宗盛・清宗父子を鎌倉へ護送した時も、頼朝は義経を相模《さがみ》の腰越にとどめ、鎌倉へ入れなかったのである。義経は叛意《はんい》のないことを起請文《きしょうもん》に書いて、大江広元《おおえのひろもと》に送った。その「腰越状」は長文で、幼少時代の苦難などを記し、切々と真情を吐露して頼朝へのとりなしを請《こ》うものであった。

第百十五句　時忠《ときただ》能《の》登《と》下《くだ》り

改元があって、文治《ぶんじ》となった。八月二十二日、鎌倉へ下向してきた文覚《もんがく》を、頼朝は片瀬まで出向いて迎えた。文覚は頼朝の父義朝とその乳母子《めのとご》鎌田兵衛政清《かまだびょうえまさきよ》の髑髏《どくろ》を運んできたのであった。頼朝は亡父供養のため、鎌倉に勝長寿院《しょうじょうじゅいん》を建てた。

翌二十三日、平《へい》大納言時忠らの配所が決まった。時忠は都を離れる前に、吉田の建礼門院を訪ね、別れの挨拶をする。女院も涙にくれて別れを惜しんだ。この時忠は清盛の信頼も厚く、そのため「平関白《へいかんぱく》」と呼ばれたが、激しい性格で、検《け》非違使《びいし》の別当だったときには罪人の両腕を切り落としたので、「悪別当《あくべっとう》」の異名を取った。配所は能登国、海沿いの場所であったので、「しら波のうちおどろかす岩のうへに根入《ねい》らで松のいくよ経《へ》ぬらん」と望郷の思いを詠んだが、ついにその地で亡くなった。

建礼門院は吉田に住んでいたが、人目も多かったので、いやなことを耳にすることもない山の奥に入りたいと願っていた。ある女房が大原の奥の寂光院《じゃっこういん》へ転居を勧めたので、文治元年九月下旬、紅葉の大原に分け入り、寂光院の傍らに方丈の庵室を作り、昼夜勤行《ごんぎょう》の生活を送ったのである。

第百十六句　堀川夜討《ほりかわようち》

頼朝は密かに土佐房昌春《とさぼうしょうしゅん》を呼んで、義経暗殺を命じる。九月末に京に着いたものの、義経の六条堀川邸に参上しなかった土佐坊を、義経は呼びつけて尋問する。土佐房は病気で挨拶が遅れたと言い訳をし、義経追討のための上洛ではないと起請文《きしょうもん》まで書く。退出する土佐房は、後をつけてきた義経の召使いに気づいて殺す。そこで土佐房は一気に攻撃に出、五十騎を率いて義経の館を襲う。義経は郎等《ろうどう》たちとこれを破り、土佐房は鞍馬《くらま》へ逃げ込むが、捕らえられて義経の面前で詰問を受けた後、斬首された。暗殺失敗を知った頼朝は、弟の範頼《のりより》に義経討伐を命じるが、範頼は辞退する。これに怒った頼朝は範頼との絶縁を宣告する。範頼は百枚の起請文を書いて詫《わ》びるが、ついに許されず、伊豆の北条で殺された。

頼朝は北条時政《ときまさ》に六万の軍勢を付けて上洛させる。これを知った義経は九州へ落ちようと決意するのであった。

第百十七句　義経《よしつね》都《みやこ》落《お》ち

文治《ぶんじ》元年十一月一日、義経は院の御所に参上、西国へ落ち延びることを後白河院に告げる。三日、義経は叔父の十郎蔵人行家《くろうどゆきいえ》・信太三郎先生義教《しだのさぶろうせんじょうよしのり》らと都を出て、摂津国大物《せっつのくにだいもつ》の浦《うら》から船出した。ところが平家の怨霊のせいか、急に強風が吹き、船団は散り散りになり、義経の船は同国の住吉の浦に流れ着く始末であった。義経は、都から連れてきた女性を静《しずか》以外は置き去りにし、吉野の奥へ逃亡する。吉野山の法師たちに追われた義経たちは、藤原秀衡《ひでひら》を頼んで奥州へ落ちて行った。十一月七日、都に着いた北条時政は、全国に守護・地頭の設置を申し出る。渋る後白河院に強く要求して、同二十日、ついに頼朝は日本国の大将兼地頭となった。

大物の浦で義経と別れ別れになった十郎蔵人行家は、和泉国《いずみのくに》に潜んでいたが、北条時政の配下となった常陸房昌明《ひたちぼうじょうめい》によって討たれた。信太三郎先生義教は伊賀に隠れていたが、これも服部時定《はっとりときさだ》に包囲され、自害して果てた。

第百十八句　六代《ろくだい》

頼朝から平家の子孫の探索と殺害を命じられた北条時政のもとに密告があり、

建礼門院を待つ後白河法皇（右）法皇の姿に驚く建礼門院（左）『平家物語絵巻』巻十二「小原御幸」

三年間、大覚寺に潜んでいた六代（維盛《これもり》の嫡子）が捕らえられた。六波羅に連行された六代のお供として斎藤五と斎藤六が裸足《はだし》で付き従った。母や乳母《めのと》は嘆き悲しんだが、乳母の一人が高雄の文覚《もんがく》上人のことを知り、すがる思いで訪ねて行く。六波羅で六代に会った文覚は、時政に二十日間の猶予《ゆうよ》をもらい、頼朝に助命の許しを得るため鎌倉へ下る。十二月十六日、時政は六代を連れて鎌倉に向かう。駿《する》河国《がのくに》の千本松原まで下ったが、助命の知らせが入らないので、時政は処刑を決行しようとする。斬首の寸前、文覚の弟子が馬で馳《は》せつけ、「高雄の聖《ひじり》にお預けするように」との頼朝の文書を届けたので処刑は中止された。命助かった六代は、母のいる大覚寺を訪ねるが、母は長楽寺（他本、長谷寺）にお籠《こも》りのため不在であった。知らせを受けて急ぎ戻った母は、ただ嬉し涙にくれるのであった。

第百十九句　大原御幸《おはらごこう》

文治《ぶんじ》二年の夏、後白河院は建礼門院を大原寂光院《じゃっこういん》に訪ねた。後徳大寺実定《ごとくだいじさねさだ》・源通親《みちちか》ら公卿六人、殿上人《てんじょうびと》八人で忍びの御幸であった。寂光院は古びて由緒ありげなたたずまいであった。女院の庵室は蔦《つた》や蓬《よもぎ》が生い茂り、葺《ふ》き板もまばらな荒れた住まいであった。たまたま女院はおらず、老いた尼が一人で留守をしていた。後白河院は見忘れたが、その尼は院の乳母《めの》紀伊《とき》の二位《にい》の娘、阿波内侍《あわのないし》であった。庵室の中には阿弥陀が安置され、安徳天皇の肖像画も掛けられてあった。

女院と後白河院の再会は、互いの涙を誘うものであった。女院は往時を顧みて、生きながら六道を見たと話す。清盛の娘に生まれ、后《きさき》として帝《みかど》を出産したこと、合戦の明け暮れは修羅道《しゅらどう》のようであり、海の上の生活は餓鬼道《がきどう》さながら飲食にもこと欠き、壇の浦合戦のありさまは地獄のようであったと語るのであった。

日が西に傾き、後白河院は名残を惜しみつつ帰路につく。見送った女院が詠んだ歌は「いざさらば涙くらべんほととぎすわれも憂《う》き世に音《ね》をのみぞなく」であった。その後、建礼門院は建久《けんきゅう》の頃、願いどおり極楽往生を遂げたのである。

第百二十句　断絶平家《だんぜつへいけ》

文治《ぶんじ》五年三月、六代御前は十六になり、文覚《もんがく》の許しを得て、斎藤五、六を供に修行の旅に出る。高野では滝口入道に会い、父維盛《これもり》の最期の様子を聞き、再び都に上り、高雄《たかお》で三位禅師《さんみぜんじ》として仏道一途に専念した。

平家の子孫はほとんど殺されたが、知盛《とももり》の末の子、伊賀大夫《いがのたいふ》知忠《ともただ》は伊賀国の山寺に匿《かくま》われていた。怪しまれて密かに上洛し、法性寺《ほっしょうじ》の一つ橋に隠れ住んだが、後藤左衛門基清《ごとうざえもんもときよ》に察知され、建久《けんきゅう》七年十月、大軍で攻められ自害して果てた。この時、従っていた上総《かずさ》の五郎兵衛《びょうえ》忠光《ただみつ》は討ち死にしたが、越中の次郎兵衛盛《もり》嗣《つぐ》と悪七兵衛景清《あくしちびょうえかげきよ》は逃亡した。

また、重盛の末の子丹後《たんご》の侍従《じじゅう》忠房《ただふさ》は、屋島から脱出後、紀伊の湯浅宗光《ゆあさのむねみつ》に

斬首される六代『平家物語絵巻』巻十二「六代斬られ」

匿われていたが、関東に漏《も》れ聞こえて、熊野の別当湛増《たんぞう》に攻められた。忠房は自ら降人となって出頭、六条河原で斬られた。重盛の子の土佐守宗実《とさのかみむねざね》は、二歳の時に大炊御門《おおいのみかど》左大臣経宗《つねむね》の養子になっていたが、関東から身柄を求められた。宗実は俊乗房重源《しゅんじょうぼうちょうげん》のもとで出家して、助命を嘆願したが、頼朝から関東護送が命じられ、途中足柄山《あしがらやま》で食を断って自死した。

建久《けんきゅう》八年十一月、比気権守《ひぎのごんのかみ》が越中の次郎兵衛盛嗣の首を持って鎌倉へ来た。悪七兵衛景清も同年、鎌倉で捕らえられた。こうして平家の残党は掃討《そうとう》されていった。

正治《しょうじ》元年正月十三日、五十三歳で頼朝が死んだ。その頃、皇位問題に関与した文覚《もんがく》が、後鳥羽院によって隠岐《おき》に流されるという事件が起こった。これを機に、六代は鎌倉へ呼び出され、六浦坂《むつらざか》で斬られた。三十二歳であった。こうして平家の子孫は断絶したのである。

第三部　物語の登場人物

有王《ありおう》

生没年未詳

世系《せいけい》（門地）などは不明（長門《ながと》本では、越前国水江庄の黒居三郎の子とする）。幼少の頃から法勝寺執行《ほっしょうじしゅぎょう》である俊寛僧都の「童《わらわ》」として召し使われた。俊寛が鹿《しし》の谷《たに》事件に連座して配流《はいる》された後、都に残された家族の世話をするなど、〈忠〉を貫く人物として描かれている。治承《じしょう》三年（一一七九）二月に俊寛の嫡男が、また三月に俊寛の妻が亡くなったのを知らせようと、唐船の四月の出航が待ちきれず三月末に都を出るというところに、主君俊寛に対する有王の格別の思いが窺《うかが》える。俊寛が有王を「不便《ふびん》（憫）に」思う心情と共鳴した、相互の絆の強さといえる。物語の中での有王の役割は、俊寛に待望の都の便りをもたらす存在であったが、その内容は、残酷にも一家断絶を知らせるものだった。しかし、そのことが俗世への妄執《もうしゅう》を断ち切る機縁となるので、有王は俊寛を往生に導く役割、すなわち救済者であるといえる。そして、有王自身も、俊寛の死を機縁として出家する。そのような、仏教的な救済の回路が、ここには仕組まれている。

有王は、俊寛の遺骸を荼毘《だび》に付し、遺骨を高野山奥の院に納めた。その後は、高野《こうや》聖《ひじり》の別所として知られる蓮華谷《れんげだに》で出家し、諸国七道を廻《めぐ》る聖となった。いつしか、高野聖の多くが俊寛の鬼界が島での惨劇と往生を語るようになり、その語り部として複数の「有王」を称する聖が生まれたとされる（柳田国男説）。

安徳天皇《あんとくてんのう》

一一七八（治承《じしょう》二）〜一一八五（元暦《げんりゃく》二）

第八十一代の天皇。父は高倉天皇、母は平清盛の娘徳子《とくこ》（建礼門院）。生後わずか一か月で皇太子になり、その二年後、三歳で即位。寿永《じゅえい》二年（一一八三）の平家都落ちにより、一門とともに西国に下った。その後、一の谷、屋島と逃れ、元暦二年三月二十四日、平清盛の妻二位《にい》の尼《あま》（『吾妻鏡《あずまかがみ》』では按察使局《あぜちのつぼね》）に抱かれて壇の浦に入水《じゅすい》した。時に八歳。しかし、その場を脱出し生き続けたという伝承が、鳥取・山口・高知・佐賀・熊本・長崎・鹿児島・宮崎など西日本各地に残っている。安徳天皇は竜王の娘、厳島《いつくしま》明神の化身であって、海に還《かえ》ったのだとする風説（『愚管抄《ぐかんしょう》』）や、八岐大蛇《やまたのおろち》が安徳天皇の姿となって宝剣を奪還すべく竜宮（壇の浦）に沈めたのだとする説話（巻十一「剣の巻上」）が生まれた。生き残った母建礼門院が、出家の際の布施《ふせ》として奉った安徳天皇の直衣《のうし》が幡《はた》に仕立て直され、京都の長楽寺に今なお伝存している。

今井兼平《いまいかねひら》　?〜一一八四（寿永《じゅえい》三）

父は、中三権守《ちゅうぞうごんのかみ》（中原家の三男で信濃国の権守の意）と号した中原兼遠《かねとお》。延慶《えんぎょう》本によれば、兼平はその四男。兄に樋口兼光《かねみつ》がいる。木曾義仲の乳母子《めのとご》であり、樋口兼光・楯親忠《たてちかただ》・根井行親《ねのいゆきちか》とともに木曾四天王の一人。信濃国筑摩郡今井（長野市）を領した。享年については、三十二歳（延慶本・南都本）、三十三歳（覚一《かくいち》本・源平闘諍録《とうじょうろく》）、三十四歳（四部合戦状本）と伝承に幅がある。義仲が三十一歳（『吾妻鏡』）なので、やや年長。

二歳のとき父を失って中原兼遠に預けられた義仲と約三十年間兄弟同然に過ごし、二人は主従の〈義〉とともに兄弟の〈情〉でも結ばれていた。治承《じしょう》四年（一一八〇）の挙兵以降、横田河原《よこたがわら》や倶利伽羅峠《くりからとうげ》などを転戦。寿永二年（一一八三）七月に平家を追い落として入京。暴走する牛車の中で転倒する義仲のために、馬で駆けてこれを制止する（巻八「木曾猫《ねこ》間《ま》の対面」）など、影武者の如くつねに義仲のそばにいた。瀬尾兼康《せのおかねやす》の目つきや風体からその寝返りを予見していたり（巻八）、後白河院と対決しそうになった義仲に降伏を勧めたり（同）と、つねに沈着冷静であった。

源頼朝の派遣した範頼《のりより》・義経軍に攻められ、寿永三年一月二十四日、義仲とともに粟津《あわづ》の露と消えた。太刀の切っ先を口に含んで馬上から飛び降りるという壮絶な最期であった（巻九）。兼平の墓（大津市晴嵐《せいらん》）が知られている。また、能に「兼平」がある。

梶原景時《かじわらかげとき》　?〜一二〇〇（正治《しょうじ》二）

通称、梶原平三《へいぞう》。『三浦系図』では、高望王《たかもちおう》の子平良文《よしぶみ》の曾孫、鎌倉権大夫《ごんだゆう》景通《かげみち》の子景久《かげひさ》が相模国梶原郷（鎌倉市）に居住し、梶原氏を名乗った。その孫景清《かげきよ》が景時の父に当たる（『尊卑分脈《そんぴぶんみゃく》』では、桓武平氏良茂《よしもち》流）。

治承《じしょう》四年（一一八〇）の石橋山合戦では平家方に属し、山中に遁《のが》れていた頼朝を発見しながらも温情をかけて見逃した（『吾妻鏡《あずまかがみ》』、長門《ながと》本、源平盛衰記《じょうすいき》）。その後、頼朝方に参じた。木曾義仲討伐や一の谷合戦では源範頼《のりより》軍に属し、侍《さむらい》大将《だいしょう》として活躍した。一の谷では敵陣に深入りして危うく討たれそうになっていた嫡子景季《かげすえ》の救出に向かい、「鎌倉の権五郎景正《ごんごろうかげまさ》が末葉《ばつよう》、梶原平三景時、一人《いちにん》当千《とうぜん》の兵《つわもの》とは知らずや」と堂々たる名乗りを上げ、敵中に突入して景季を助けた（巻九）。その後、逆櫓《さかろ》の争論（巻十一）や壇の浦での先陣問題（同）で義経と対立し、のち頼朝に讒訴《ざんそ》して義経の鎌倉入りを阻んだ（巻十二）。義経と関わらないところでは、頼朝に堂々と抗弁する平重衡《しげひら》の姿に「あはれ、大将軍や」と落涙したり（巻十）、重衡に丁重に接したり（同）する好人物。京都の公家社会とも交流があり、貴族的な教養を持ち、歌道にも通じていた。「文筆を携へずと雖《いえど》も、言語に巧みの士なり」（『吾妻鏡』）、つまり弁舌の立つ人物で、頼朝に重用され、幕府では侍所所司・厩《うまや》別当となり権勢を振るった。

正治元年（一一九九）十月、結城朝光《ゆうきともみつ》に叛心《はんしん》ありと将軍源頼家に讒訴したことが裏目に出て、有力御家人六十六人の弾劾を受けて失脚。御家人たちから、「凡《およ》そ文治以降、景時の讒により命を殞《いん》し、職を失ふ輩《やから》、あげて計《かぞ》ふべからず」（『吾妻鏡』）と非難された。翌年正月、甲斐の武田有義を将軍に立てようとの謀叛を企てたが、駿河国狐崎《きつねがさき》（静岡市清水区）で敗死した。当地に梶原堂がある。

祇王《ぎおう》・祇女《ぎじょ》

生没年未詳

平清盛に寵愛された白拍子《しらびょうし》の姉妹。百二十句本では「義王・義女」、流布本では「妓王・妓女」の字をあてる。姉の祇王が清盛に格別に寵愛され、西八条の清盛邸に部屋を与えられて住み、妹の「祇女」、母の「とぢ（閉）」もそのおかげで手厚い待遇を受けていたが、三年の後に、自分から清盛邸に売り込みに来た加賀出身で十六歳の仏《ほとけ》御前という白拍子に清盛の心が移り、祇王一家への厚遇も打ち切られる。やがて祇王は、退屈している仏御前をなぐさめに来いとの呼び出しで清盛邸へ参上するが、思いがけない冷酷な仕打ちを受けて帰宅し、自害も考えるが、母に諫《いさ》められ、二十一歳で出家する。十九歳の祇女、四十五歳の母も尼となって嵯峨《さが》の山里に庵をかまえ、念仏三昧《ざんまい》の生活に入る。そこへある秋の夜、仏御前が突然現われる。聞けば世の無常をさとって自ら髪を下ろして来たのだという。祇王親子は彼女を受け入れ、同じ庵で念仏にはげみ、四人はともに往生をとげる。

この話は、平家全盛時の清盛の横暴を伝える逸話《いつわ》として語り出されたものだが、内実は「一向専修《いっこうせんじゅ》」の念仏という、法然《ほうねん》上人の始めた新興の浄土教に帰依《きえ》した女性の発心・往生を勧める話となっていて、新仏教による女性救済の物語として流布したようである。祇王・祇女の実在は確認しがたいが、京都の長講堂《ちょうこうどう》に伝えられる過去帳には、「閉《とじ》、妓王、妓女、仏御前」と、四人の尼の名が見える。現在、嵯峨の往生院町に祇王寺がある。また、滋賀県野洲《やす》町にも妓王寺があり、ここには『妓王寺縁起』が伝存する。

謡曲「祇王」には、権力者清盛に対して、祇王と仏御前とが力を合わせて対抗するという趣向がみえる。

祇園《ぎおん》の女御《にょうご》

生没年未詳

白河院の寵妃《ちょうひ》。東御方《ひがしのおんかた》と称される。出自には諸説があるが、判然としない。『今鏡』第四「ふぢなみの上」に白河院の局《つぼね》あたりにいた人で、白河院が見てから「三千の寵愛ひとりのみ」と記されている。宣旨《せんじ》は下されなかったけれど、世の人は「祇園の女御」と称したという。女御について『今鏡』は「たゞ人にはおはせざるべし」（普通の人ではない）、巻六（覚一《かくいち》本）は「さいはひ人」（ご寵愛の人）と記す。『仁和寺《にんなじ》諸堂記』には、仁和寺の威徳院は白河院の「御寵人」の「東御方」が建立したと伝える。同書には「俗に祇園女御と号す」とある。威徳院の本仏は百体の大威徳であるという。

祇園の女御の住まいである東山の麓に白河院が常に御幸《ごこう》になった。女御の住まい近くの御堂に鬼が出た。当時、下北面《げほくめん》の武士として院の供をしていた平忠盛《ただもり》がその鬼を退治するように命じられた。忠盛は殺してはつまらぬ、生け捕りにしようと思い、その鬼といわれる者を捕らえてみると、御堂の承仕《しょうじ》法師であった。感動した院は勧賞《けんじょう》（ほうび）として祇園の女御を忠盛に与えた。そのとき女御は懐妊しており、そうして生まれたのが清盛であるという（巻六）。清盛皇胤《こういん》説の出所となったものだが、信じがたい。ほかに清盛の母を祇園の女御の妹とする説（滋賀県胡宮《このみや》神社文書「仏舎利相承《そうじょう》系図」）もあるが、これも否定されている。

熊谷直実《くまがいなおざね》

一一四一（永治《えいじ》元）〜一二〇八（承元《じょうげん》二）

通称、熊谷次郎《くまがいのじろう》。桓武平氏（武蔵七党の私市《きさいち》党や丹党《たんの》とする説もある）。平貞盛《さだもり》の子維時《これとき》の六代の孫。武蔵国大里郡熊谷郷を領した熊谷直貞《なおさだ》の次男。

平治の乱では源義平《よしひら》に属したが、その後、平知盛《とももり》に仕え、治承《じしょう》四年（一一八〇）の石橋山合戦後に頼朝方に参じ、十一月の佐竹追討では先駆けした（『吾妻鏡《あずまかがみ》』）。平山季重《ひらやますえしげ》とともに、平家方から見ると滑稽なほどに先陣争い（功名）にこだわる典型的な坂東武者として描かれている（巻九「熊谷《くまがい》・平山一二《ひらやまいちに》の駆《かけ》」）。それは、功名にこだわらねば生きてゆかれない、文字どおり「一所懸命」のささやかな小領主であったからである。十七歳の敦盛《あつもり》に十六歳のわが子直家《なおいえ》を重ねて助命しようとしたものの、味方の軍勢が駆けつけたため、断腸の思いでその首を取った。それが、直実の出家の要因として語られている（巻九「一の谷」）。しかし、『吾妻鏡』よれば、母方の親族である久下直光《くげなおみつ》との所領の境界争いが拗《こじ》れて出家したとある（ただし、『鎌倉遺文《いぶん》』所収「所領譲条」によれば、出家はこの前年の三月）。出家後は上洛して法然門下に入り、法名を蓮生《れんしょう》と名乗った。高野山の新別所に十四年間住んでいたが、承元《じょうげん》元年（一二〇七）、法然の流罪《るざい》を機に洛中東山の黒谷《くろだに》（現、金戒光明寺《こんかいこうみょうじ》）に戻ったという（『高野春秋』）。その翌年九月十四日、予告した時刻どおりに、黒谷の草庵で往生を遂げた（『吾妻鏡』）。

『平家物語』の異本には、宇治川合戦の際、橋桁の上を弓杖《ゆんづえ》を突きながら渡ったというエピソードを載せ（延慶本《えんぎょう》、源平盛衰記《じょうすい》など）、一の谷で討った相手は敦盛ではなく業盛《なりもり》であったとする（源平闘諍録《とうじょう》）。語り本系では一の谷合戦を最後に戦場から離れるが、延慶本や四部《しぶ》合戦状本などでは、その後の西国の合戦にも加わっている。『鎌倉遺文』元久元年五月所収の自著「僧蓮生夢記」がある。『法然上人絵伝』にも登場する。また、能「敦盛」がある。

建礼門院《けんれいもんいん》

一一五五（久寿《きゅうじゅ》二）～一二一三（建保《けんぽう》元）？

高倉天皇の中宮。名は徳子《とくこ》。平清盛の二女。母は平時信の女《むすめ》時子《ときこ》。同腹の兄弟に宗盛、知盛、重衡《しげひら》がいる。承安《しょうあん》元年（一一七一）後白河法皇の猶子《ゆうし》（養女）となり、従三位《じゅさんみ》、すぐに入内《じゅだい》して十七歳で高倉天皇の女御《にょうご》に、翌年中宮となる。入内より七年後の治承《じしょう》二年（一一七八）安徳天皇を生む。三歳で安徳天皇が即位し、平家の栄華は極まったようにみえたが、治承五年父清盛が死去し、寿永《じゅえい》二年（一一八三）七月、平家一門は、源氏勢に追われて西海に赴き、元暦《げんりゃく》二年（一一八五）三月、壇の浦で滅亡する。女院（建礼門院）は、二位《にい》の尼《あま》に抱かれて入水《じゅすい》した安徳帝の後を追い海中に身を投げたが、源氏の武士によって救出される。時に女院は二十九歳であった。帰郷後、京都東山の麓《ふもと》吉田で出家。戒師は長楽寺の阿証房《あしょうぼう》の上人印西《いんせい》であったが、印西は、女院から布施として賜《たまわ》った安徳帝の形見の直衣《のうし》を幡《はた》に縫って、長楽寺の正面にかけたという。その後、女院は人里離れた大原の寂光院に移り住み、今は亡き安徳帝はじめ平家一門の人々の菩提《ぼだい》を弔う日々を送り、余生を終える。物語では、大原に隠棲《いんせい》する女院のもとへ後白河法皇が訪ね、恩讐の彼方《かなた》での両者の邂《かい》逅《こう》が抒情的に語られる。女院の没年について、建保元年とするのは『歴代皇記』と『女院小伝』で、語り物系では建久《けんきゅう》年間（一一九〇〜九九）とするものが多く、読み本系では貞応《じょうおう》年間（一二二二〜二四）とする。

女院の晩年は、読み本系のように、京の都に移り、そこで逝去したというのが事実のようである。大原の地に止住し、そこで往生を遂げ、同時に安徳帝と一門亡魂の菩提の成就を意味づける語り本系には、女院こそ、『平家物語』のテーマである無常なるがゆえの滅びとその救済を象徴する人物として描こうとする仏教的意図が明確にみられる。

小督《こごう》

一一五五（久寿《きゅうじゅ》二）〜？

小督局《こごうのつぼね》、小督殿《こごうどの》ともいう。父は権中納言藤原成範《しげのり》、父方の祖父は平治の乱で横死した通憲《みちのり》（信西《しんぜい》入道）。成範の母朝子は高倉院の乳母であった。その祖母の関係から高倉院に出仕したらしい。高倉院の生母滋子《しげこ》に仕えた女房の日記『建春門院中納言日記』には、承安《じょうあん》四年（一一七四）三月、法住寺殿に行幸した高倉院に付き添った十八歳の女房小督がその美貌で人目を引いたことが記されている。「小督」の呼び名は、父の成範が左兵衛《さひょうえの》督《かみ》であったことによる。成範は桜花を好み、邸のまわりに桜を植えてめで、桜《さくら》町《まち》中納言と呼ばれた。また父の通憲から箏《そう》（琴）の伝授を受けていた名手で、小督も成範から手ほどきを受けた箏の名人であった。

治承《じしょう》二年（一一七八）六月、高倉院第一皇女範子《のりこ》内親王（後の坊門院）を生んだのち宮仕えをやめ、翌年の冬、出家した（『山槐記《さんかいき》』）。元久《げんきゅう》二年（一二〇五）閏《うるう》七月二十一日、藤原定家は嵯峨《さが》に住む尼の小督の病床を見舞っている（『明月記』）。その後まもなく没したのかも知れない。

『平家物語』では、「中宮ノ御方ニ小督殿トテ勝レタル美人、箏ノ上手候ハレタリ。主上夜々召サレケリ」（屋代《やしろ》本、巻三）とか、「主上（葵《あおい》の前への）恋慕《れんぼ》の御思ひにしづませ給ふを、中宮の御方より、なぐさめまゐらせんとて、小督殿と申す女房を参らせらる。桜町の中納言成範の卿《きょう》の御むすめ、冷泉《れいぜい》の大納言隆房《たかふさ》の卿のいまだ少将なりしとき、見そめたりし女房なり」（巻六）などと、小督を中宮徳子《とくこ》付きの女房として扱っている。

物語でのクライマックスは、嵯峨野で高倉院の意向を受けた仲国《なかくに》に探し出される場面であろう（巻六）。大納言藤原隆房と高倉院という二人の娘聟を奪う憎い女として自分を宮中から追放しようとしている平清盛の怒りを知った小督は、内《だい》裏《り》を逃れて嵯峨野に身を潜める。中秋の名月の夜、馬を駆《か》って嵯峨野に赴いた仲国は、明月に誘われて弾く小督の琴の音をたよりに、ついにその隠れ家を探しあてる。能に「小督」、御伽草子《おとぎぞうし》に『小督物語』がある。

小宰相《こざいしょう》　?〜一一八四（寿永《じゅえい》三）

平通盛《みちもり》の妻。刑部卿《ぎょうぶきょう》憲方《のりかた》の次女で、上西門院《じょうさいもんいん》に仕えた女房。

一の谷の合戦に敗れた平家の船団が屋島へ向かう途中、夫通盛討ち死にの報を受けた小宰相は、通盛恋慕の情に耐えきれず夫の後を追い、夜陰にまぎれて海中に身を投げて没する。その時、小宰相は夫の子を懐妊しており、乳母《めのと》の懸命な説得を受けながらも、乳母のわずかな仮眠の隙《すき》に、「南無《なむ》、西方《さいほう》極楽世界の阿弥陀《あみだ》如来《にょらい》、あかで別れし妹背の仲、ふたたびかならず同じ蓮《はちす》に迎へ給へ」（巻九「小宰相身投ぐる事」）と唱えて、海に沈んだ。

合戦の場で夫を失った妻の身の処し方は、出家して夫の後世菩提《ごせぼだい》を弔うのが通例であり、小宰相のような道を選ぶのは稀有《けう》なことであった。しかも小宰相の愛は、夫の遺児を産み育てる嬉しさをも超えるほどの、熱烈にして真摯《しんし》なるものであり、身を投げてまでも愛の完結を求めるものである。

ここで愛の完結ということは、阿弥陀仏の本願を信じ、その慈悲にすがって極楽浄土に往生し、そこで通盛と再会することによって、今世における愛の未完を来世において成就することである。ところで、来世における通盛との再会は、仏《ぶつ》力《りき》による来世往生が絶対条件となるが、両者はほぼ同時的に成就されることになろう。小宰相の亡夫に対する恋慕の思いという、人間世界における俗的情念の徹底した追求が、来世往生という超俗的仏教世界を実現させることになるわけである。従来、往生のためには現世における執着を断つことが前提とされていたが、その執着を断つことなく、かえってその執着ゆえに往生を成就するという、中世仏教界における新しい救済の様式がみられる。

後白河院《ごしらかわいん》　一一二七（大治《だいじ》二）〜一一九二（建久《けんきゅう》三）

第七十七代の天皇。父は鳥羽天皇、母は待賢門院《たいけんもんいん》璋子《しょうし》。久寿《きゅうじゅ》二年（一一五五）、近衛天皇の崩御に伴い即位。これに恨みを抱いた崇徳院《すとくいん》方との軋轢《あつれき》が保元の乱に発展。保元三年、子の二条天皇に譲位。以後、三十四年間にわたって院政をしいた。

平家との関係は、清盛の妻時子《ときこ》の妹滋《しげ》子《こ》（建春門院）が、後白河院の後宮に参上したことに始まる。平治の乱後、ますますその関係は緊密なものとなり、仁安《にんあん》三年（一一六八）には、清盛と謀《はか》って六条天皇を退位に追い込んだほど。ついには、承安《じょうあん》元年（一一七一）、皇子高倉天皇の妃として清盛の娘徳子《とくこ》（建礼門院）を受け入れた。しかし、平家勢力の増長に警戒感を抱くようになり、安元《あんげん》二年（一一七六）の建春門院の死去によって両者の関係も切れ、その翌年、打倒平家の鹿《しし》の谷《たに》事件が起きた。これは未遂に終わったが、その後も平家封じを続け、治《じ》承《しょう》三年（一一七九）、平家方の所領を没収したり、清盛の望む人事を阻止したりした。これに激怒した清盛によって、院の近臣三十九人が解官《げかん》され、自身も鳥羽殿に幽閉された（治承三年の政変）。山門の圧力もあって、一年半後の五月に幽閉は解かれたものの、六月の福原遷都に随《したが》わされることになった。その時の教訓があってか、寿永《じゅえい》二年（一一八三）の平家都落ちの際には、鞍馬に身を隠し、西国への連行を免れた。その後、文治《ぶんじ》二年（一一八六）に大原の建礼門院を訪ねた話は有名（巻十二）。

平家が目障《めざわ》りになれば義仲を待望し、義仲を不快に思えば頼朝に討たせ、頼朝の権勢が気になれば義経に院宣《いんぜん》を賜《たまわ》るという相殺主義によって、頼朝から「日本国第一之大天狗」（『吾妻鏡《あずまかがみ》』）と非難された。かつての近臣信西《しんぜい》（通憲《みちのり》）から、「和漢の間、比類少なきほどの暗主《あんしゅ》」で、「かくの如きの愚昧《ぐまい》、古今に未見未聞なり」と酷評されたこともある（『玉葉《ぎょくよう》』）。建久三年、「大腹水瘠《だいふくすいせき》」（『愚管抄《ぐかんしょう》』）という病気によって崩御。六十六歳。今様を愛し、『梁塵秘抄《りょうじんひしょう》』を残した。

西光《さいこう》

?～一一七七（安元《あんげん》三）

俗名は藤原師光《もろみつ》。藤原成親《なりちか》の父家成の養子となる。信西《しんぜい》入道に仕え、平治元年（一一五九）の平治の乱で信西が没した際に出家。西光と称した。清盛に「下郎のはて」（巻二）と罵《ののし》られるような家柄の出であったが、貴人の雑用を務める小《こ》舎人童《どねりわらわ》からその才覚によって成り上がり、後白河院の第一の側近となって、辣《らっ》腕《わん》を振るった。その子供に、近藤師高《もろたか》・師経《もろつね》がおり、加賀国で白山社と敵対し、後白河院と延暦寺との対立へと発展する白山事件を引き起こす。師高・師経は処罰されるが、憤った西光は院に讒言《ざんげん》して天台座主明雲《ざすめいうん》を流罪に処した。ところが、配流途中の明雲を延暦寺の僧兵たちが奪い返し、これを知った西光は、今度は延暦寺を攻めるようにと院に進言する。

安元三年（一一七七）六月、平家打倒の計画が露見する。いわゆる鹿《しし》の谷《たに》事件である。西光は、首謀者の一人として捕らえられて西八条邸に連行された。清盛に顔を踏みつけられ、「お前のような成り上がり者が」と罵られるが、豪胆な男であったので、臆《おく》することもなく、「そなたの若い頃のことはよく知っているぞ、どちらが成り上がり者か」と高言して、清盛を激怒させる。清盛は西光を拷問にかけさせて事の次第を白状させ、その口を裂かせた後、処刑している。『平家物語』の語り手は、西光に対して決して好意的ではないが、そのしたたかな人物像は語り手の思いを越えて印象的である。

斎藤実盛《さいとうさねもり》　?～一一八三（寿永《じゅえい》二）

鎮守府将軍藤原利仁《としひと》の末裔を称する。越前国の出身。後に武蔵国長井の牧（熊谷市妻沼）を預かる別当に任じられ、斎藤別当実盛と称される。本来、源氏の家《け》人《にん》であり、保元の乱・平治の乱の時には、源義朝の軍に加わっている。特に、平治の乱では、敗北した義朝と行動をともにし、比叡山の僧兵による落武者狩りから、義朝を守るなど、忠を尽くしている。しかし、その後は、平家、特には平重盛の厚い恩を受けたと思われる。

頼朝挙兵の折は坂東にいたが、平家の恩を重んじて都に上った。実盛は、常に亡き重盛の嫡男維盛《これもり》の傍《かたわ》らに従っており、北陸の合戦に向かう時も、子供の斎藤五、斎藤六を、維盛の遺児六代を守らせるために都に残している。治承《じしょう》四年（一一八〇）の富士川合戦の際にも維盛に従ったが、水鳥の羽音に驚いて戦わずに都に逃げ帰ったことを老いの恥辱とし、その恥をそそぐための場所を、故郷北陸に求め、加賀国篠原《しのはら》で鬢《びん》や髭《ひげ》を黒く染め、大将の装束を身にまとい、平家の公達《きんだち》のふりをして木曾義仲の従者手塚太郎と戦って討ち死にを遂げる。実盛のことをよく知る義仲は、洗われて白髪に戻ったその首を見て涙したという（巻七）。時に実盛は七十三歳と『源平盛衰《じょうすい》記』は伝える。それに従えば天永《てんえい》二年（一一一一）の生まれとなる。この実盛の亡霊が現われるのが謡曲の「実盛」であり、また、松尾芭蕉は実盛の死を哀れみ、「むざんやな兜の下のきりぎりす」と、『奥の細道』に書きつけている。

佐々木高綱《ささきたかつな》

生没年未詳

宇多源氏、佐々木秀義《ひでよし》の四男。母は源為義《ためよし》の娘。兄に定綱《さだつな》・経高《つねたか》・盛綱《もりつな》がおり、弟に義清《よしきよ》がいる。平治の乱で、秀義は源義朝に従ったが、その敗北後、平家に追われて子供たちとともに近江国佐々木荘を去り、相模国の渋谷重国を頼って暮していた。治承《じしょう》四年（一一八〇）八月の源頼朝の挙兵の時には、ほかの兄弟たちとともに馳《は》せ参じ、平家の目代《もくだい》山木判官兼隆《かねたか》の後見で勇士として知られた堤《つつみ》権《ごんの》守《かみ》信遠を襲撃してこれを討ち取った（『吾妻鏡《あずまかがみ》』）。木曾義仲追討軍に加わるに際しては、頼朝から名馬「生《いけ》ずき」を賜《たまわ》る。同じく頼朝から賜った名馬「するすみ」に乗る梶原景季《かげすえ》と、宇治川の先陣を争った話は著名である。初め景季が先を行くが、後ろから馬の腹帯が緩んでいるぞと声をかけ、景季が締めなおしているうちに先んじて川に馬を打ち入れる。景季は、だまされたとは思ったが、馬の足を引っ掛けるための綱が川底に張られているぞと注意を促し、これを聞いた高綱は綱を太刀で切りながら、真っ先に川を渡した（巻九）。

その明確な理由は不明だが、建久《けんきゅう》五年（一一九四）以降に家督を重綱に譲り、出家、西入《さいにゅう》と称して高野山へ入った。建仁《けんにん》三年（一二〇三）、延暦寺の鎮圧に向かう佐々木一族の前に姿を現わし、出立する我が子重綱を見送った。兄の盛綱、経高が重綱の軍装束の立派なことを褒《ほ》めると、身にふさわしくない兵具は死を招く、山中の歩立《かちだち》の合戦にはむしろ軽い甲《かっ》冑《ちゅう》と短めの弓矢が必要であると語り、子供の討ち死にを予言するが、果たしてその通りになったという（『吾妻鏡』）。

佐々木盛綱《ささきもりつな》

一一五一（仁平《にんぺい》元）〜？

宇多源氏。佐々木秀義《ひでよし》の三男。母は源為義《ためよし》の娘。治承《じしょう》四年（一一八〇）八月の頼朝挙兵の際には、兄弟とともに駆けつけた。初め山木館の攻撃には加わらず、頼朝のそばに控えていたが、頼朝の命により援軍に向かい、加藤景廉《かげかど》とともに館の中に入って山木兼隆《かねたか》の首を得た（『吾《あ》妻鏡《ずまかがみ》』）。元暦《げんりゃく》元年（一一八四）、源範《のり》頼《より》の軍に加わって西国へ下向、十二月、備前国児島にいた平家の軍と戦った際には、藤戸の瀬を頼朝から賜《たまわ》った馬に乗って渡して平行盛の軍を追い落とし、「馬で川を渡した話は知っているが海を渡したということは聞いたことがない」と頼朝の賞賛を受け、恩賞に児島を与えられた。これは、事前に地元の漁師に浅瀬を尋ね聞いておいたからであるが、盛綱は、浅瀬のありかが他人に漏《も》れるのを嫌い、この漁師を斬り殺している（巻十）。謡曲「藤戸」はこの話を素材とするが、『平家物語』には出ない漁師の母親が登場して、領主として藤戸に戻ってきた信綱に、子を失った親の悲しみを訴え、戦いの残酷さを浮き彫りにする。

正治《しょうじ》元年（一一九九）、頼朝の死後に出家し西念《さいねん》と号し、上野国《こうずけ》磯部に住んだ。建仁《けんにん》元年（一二〇一）、越後の城《じょう》の資盛《すけもり》が反乱を起こすと幕府の命を受けてこれを鎮圧し、武勇を振るった資盛の叔母板《はん》額《がく》を捕らえた。同三年の延暦寺の鎮圧の軍にも加わった。元久《げんきゅう》二年（一二〇五）に、北条時政と妻の牧の方が、娘婿である京都守護平賀（源）朝雅《ともまさ》を新将軍に擁立しようとした陰謀事件の際には京都におり、朝雅を討ち取っている。

佐藤忠信《さとうただのぶ》

?〜一一八六（文治《ぶんじ》二）

陸奥国信夫《しのぶ》荘の庄司《しょうじ》佐藤元治《もとはる》の四男。兄、嗣信《つぐのぶ》とともに源義経に従った。

『平治物語』によれば、義経は奥州に下る際に、頼朝の勧めに従って、かつて父義朝の傍《かたわ》らに仕えていた佐藤兄弟の母親を尋ねて対面し、その際母親が、「兄は酒飲みで飲みすぎると道理も分からなくなる荒々しい男だが、弟は酒も飲めずとても実直な男だ」と話し、忠信を呼び出して義経に紹介している。

屋島合戦で兄の嗣信が討ち死にした時には、その首を取ろうとした平教経《のりつね》の童《わらわ》武者《むしゃ》である菊王丸を射たおした（巻十一）。頼朝と義経が対立し、土佐房正俊《しょうしゅん》が刺客として都に上り、六条堀河の義経の館を襲った時には、伊勢三郎義盛《よしもり》や弁慶らとともに奮戦し、討ち払っている（巻十二）。

その後のことについては、八坂系と称される諸本の一部が記している。義経一行は、摂津国大物浦《だいもつうら》から船に乗り西国に向かおうとするが大風により紀州に吹き戻され、やむなく吉野の山中に潜行する。しかし、吉野の僧兵に追われ、忠信は義経の身代わりとなって奮戦して時間を稼《かせ》ぐ。義経一行と離れ離れとなった忠信は、その後一人で京都に潜伏するが、まもなく露見し、北条時政の軍に家を囲まれ、壮絶な戦いをした後、自害して果てる。この忠信の話は『義経記《ぎけいき》』ではさらに膨らまされている。また、能の「忠信」「摂待《せったい》」、浄瑠璃の「碁盤忠信」や「義経千本桜」、さらには歌舞伎など、後世の演劇の素材となっている。

佐藤嗣信《さとうつぐのぶ》　?〜一一八五(元暦《げんりゃく》二)

秀郷《ひでさと》流藤原氏。奥州平泉藤原氏の同族。陸奥国信夫《しのぶ》荘の庄司《しょうじ》佐藤元治《もとはる》の三男。母は奥州藤原氏の基衡《もとひら》あるいはその弟の清綱《きよつな》の娘とされる(『尊卑分脈《そんぴぶんみゃく》』)。しかし異説も多く、『平治物語』では上野国《こうずけのくに》大窪《おおくぼ》太郎の娘とされる。

その祖、藤原師清《もろきよ》が出羽権守《でわごんのかみ》になったことが奥州佐藤氏の始まりと思われる。藤原基衡の時代に信夫郡司《ぐんじ》であった大庄司季春《すえはる》は、基衡にとって代々仕える後見人かつ乳母子《めのとご》であったといわれ(『十訓抄《じっくんしょう》』)、奥州では名家であったことが知られる。

治承《じしょう》四年(一一八〇)、源義経が藤原秀衡の制止を振り切って頼朝の陣営に参じた時、秀衡の命によって弟の忠信とともに義経に従った。義経は、普通、富士川合戦の黄瀬川《きせがわ》陣にわずかの手勢で参陣したとされるが、『平治物語』では、義経は相模国大庭野《おおばの》に八百騎というかなりの軍勢を率いて駆けつけており、その中核をなしたのが奥州で力を有していた佐藤氏の軍勢であると考えれば自然であるとの推定もある(野口実『伝説の将軍藤原秀郷』)。元暦二年二月の屋島合戦の際に、義経をかばって能登守平教経《のりつね》の矢を受け、武士たる者、死はもとより覚悟の上、ただ、主君の御出世を見届けられないのが無念ですとの言葉を残して落命した。

義経は、その死を深く嘆き、近くから僧を尋ね出して名馬大夫黒《たゆうぐろ》を布施《ふせ》として与え、手厚くこれを葬ったとされる(巻十一)。主従愛を語る話として有名である。

俊寛《しゅんかん》　生没年未詳

大納言源雅俊《まさとし》の孫、法勝寺《ほっしょうじ》の上座、木寺《きでら》の法印寛雅《ほういんかんが》の子。本人も事務を総括する法勝寺の執行《しゅぎょう》となった。法勝寺は後白河院の勅願寺《ちょくがんじ》であり、俊寛は後白河院の近臣であった。平頼盛《よりもり》の妻は俊寛の姉妹であり、これも頼盛が院の近臣として活動していたことによる縁であろう。

安元《あんげん》三年(一一七七)、近臣の西光《さいこう》や新大納言成親《なりちか》が平家打倒の謀議を巡らした、いわゆる鹿の谷《ししのたに》事件に関与したとして捕えられ、成親の息子丹波少将成経《なりつね》、平判官康頼《へいほうがんやすより》とともに、薩摩の沖の鬼界が島に流された。陰謀が巡らされた東山の鹿の谷の山荘を、『平家物語』は俊寛のものとするが、『愚管抄《ぐかんしょう》』は静憲《じょうけん》法印という別の僧の山荘であったとする。治《じ》承《しよう》二年（一一七八）、中宮平徳子《とくこ》の安産の祈願により恩赦が行なわれ、鬼界が島の流人たちも赦免《しやめん》されることとなるが、俊寛だけは許されなかった。物語は、その理由を、自分の口添えで出世したにもかかわらず山荘を密議の場所として提供した俊寛を清盛が憎んだからだとも、あるいは、僧であるにもかかわらず俊寛が生まれつき不信人者であったからだとも語る。俊寛は絶望の淵に沈み、せめて九州の地までと頼み込み、出てゆく船の纜《ともづな》にすがりつき、さらには船端にすがりつくが、その手を振り払われ、無情にも船は波間に遠ざかり、一人浜辺に残された俊寛は、子供がするように足摺《あしずり》（倒れ込んで両足を交互に地面にこすりつける動作）をして泣き叫んだ。その場で自害すればよかったものを、後々迎えに人をよこすからとの丹波少将成経の言葉を信じて死に切れず、都の妻子のことを思い続けて、それからほぼ一年、絶海の孤島に生き続けることになる。俊寛に仕えていた有王《ありおう》という童《わらわ》が主人の行く末を見定めようと鬼界が島を訪れるが、有王から妻と息子が死んだことを知らされて生きる望みを失い、自ら食を断って命を終える。有王は俊寛の遺骨を携えて都に帰り、一人残されていた俊寛の姫君に事の次第を知らせ、自らは出家して高野山に登り、主人の供養をしたという。ただし『愚管抄』は、俊寛が島で死んだことだけしか記さない。

　この俊寛の物語は、能の「俊寛」や幸《こう》若舞《わかまい》「硫黄之島」、あるいは近松門左衛門の「平家女護島《にょごのしま》」、さらには滝沢馬琴の『俊寛僧都島物語』へと展開してゆく。

千手《せんじゅ》

一一六五（永万《えいまん》元）〜一一八八（文治《ぶんじ》四）

千手の前とも。手越《てごし》の長者の娘（『平家物語』）という。源頼朝の「官女」で、後に御台所《みだいどころ》（政子《まさこ》）の「女房」となった（『吾妻鏡』）。巻十「千手前」（覚一《かくいち》本）に「色白うきよげにて、まことに優に美しき」とあり、色白で清らか、優美な女性であったらしい。

　元暦《げんりやく》元年（一一八四）二月、平重衡《しげひら》は一の谷の戦いで捕らわれの身となった。三月、東国に移送された重衡は、四月二十日に沐浴《もくよく》を許され、徒然《つれづれ》を慰めるためだと、頼朝から遣わされた人たちと管弦の遊びをした。その中に千手の前がいた。風流を愛する重衡に感動した頼朝は「辺《へん》鄙《ぴ》の士女も興あろう。御在国のあいだは召し置かれよ」とその千手の前を重衡のそばに置くことを許した（『吾妻鏡』）。重衡はおよそ一年間、伊豆や鎌倉で月日を送り、文治元年（一一八五）六月、京へ送り帰されることになった。だが、南都攻撃の大将軍であったことから、南都の衆徒《しゅと》の強請《きょうせい》により奈良へ送られ、六月二十三日、木津川河畔で斬《ざん》に処された。

『平家物語』は、重衡が処刑されたと聞いた千手が、出家して信濃の国の善光寺で修行して、重衡の後世菩提《ごせぼだい》を弔い、自分も往生の素懐《そかい》を遂げたと伝える（巻十）。しかし、『吾妻鏡』文治四年四月二十四日の条に「今暁、千手前が卒去した。年二十四。性質は大層穏便で、人々はその死を惜しんだ。重衡が上洛してからは恋慕の思いが朝夕やむことなく、人はその思いが積もって発病したものかと考えた」と記している。千手は他界する二日前の二十二日夜に気絶して、後で蘇生《そせい》するという状態があった。翌暁、政子の命で里亭に帰されたというから、普通の状態ではなかったのであろう。なお、善光寺云々の話は、千手の前説話の語り手が善光寺信仰の人と関連があったために成立したものかと推測される。

大納言典侍《だいなごんのすけ》　生没年未詳

五条大納言藤原邦綱《くにつな》の娘。本名は輔子《すけこ》。平重衡《しげひら》の妻。安徳天皇の乳母。従三位《じゅさんみ》（『尊卑分脈《そんぴぶんみゃく》』）。巻十一「重衡被斬《きられ》」（覚《かく》一《いち》本）には「鳥飼《とりかい》の中納言伊実《これざね》の娘」で邦綱の「養子」と記す。平重衡が刑死したあと、大納言典侍は首のない重衡の遺体を引き取り、日野の法界寺で供養をし、その後、遺骨を高野山に納めたという。重衡の遺体が妻のもとに戻ったのは法然や重源《ちょうげん》の尽力があったらしい。

大納言典侍は壇の浦で、安徳天皇の入《じゅ》水《すい》を目の当たりに見たに相違ない。そして平家が滅亡したのちは、建礼門院徳子《とくこ》とともに大原の寂光院に住んだ。灌頂《かんじょうの》巻《まき》「大原御幸《ごこう》」（覚一本）には後白河法皇が訪ねてきた折、徳子とともに墨染の衣を着た尼姿で登場している。寂光院には阿波内侍《あわのないし》らとともに大納言典侍の墓といわれる石塔がある。

平《たいらの》　清《きよ》盛《もり》　一一一八（元永《げんえい》元）〜一一八一（治承《じしょう》五）

桓武平氏。父は平忠盛《ただもり》。母は不詳。その出生については白河院落胤《らくいん》とする説がある。すなわち、白河院がその近臣であった忠盛に、寵愛の「祇園《ぎおん》の女御《にょうご》」と呼ばれた女性を下賜《かし》したが、その時、祇園の女御は白河院の子供を身籠っており、生まれたのが清盛であるという説である（巻六）。あるいは、祇園の女御の妹との伝もあるが（「仏舎利相承《ぶっしゃりそうしょう》」）、判然としない。『中右記《ちゅうゆうき》』保安《ほうあん》元年（一一二〇）七月十二日条に、病没したことが記される忠盛の妻は、院のあたりの女房とされるが、それが清盛の母ではないかとされる。

父亡き後、保元の乱、平治の乱を勝ち抜き、後白河院と二条天皇との確執の時期を賢く切り抜けた清盛は、永暦《えいりゃく》元年（一一六〇）、正三位《しょうさんみ》参議となって、武士として初めて公卿の座に列し、仁安《にんあん》二年（一一六七）には太政大臣従《じゅ》一位に至った。翌年、病になってこれを辞し、出家して清蓮、後に浄海と号した。出家後も権力を握っていたが、清盛の妻時子《ときこ》の妹で後白河院の寵愛を受けた建春門院平滋子《しげこ》が没すると院の平家に対する関心が薄れ、その間隙《かんげき》を縫って関白藤原基房《もとふさ》の勢力が院に接近した。期待された嫡男重盛も病没し、一門の将来を危惧《きぐ》した清盛は、治承三年（一一七九）十一月、朝廷内の反平家勢力を一掃すべく軍を動かし、後白河院を鳥羽殿に幽閉して院政を停止し、基房《もとふさ》以下多くの貴族を流罪《るざい》に処した。しかし、これがきっかけとなり、治承四年五月、以仁王《もちひとおう》と源頼政が清盛討伐の兵を挙げ、源頼朝たち諸国の源氏がこれに続いて蜂起した。六月、都を福原に遷《うつ》すが、十月、富士川の合戦で頼朝に敗北し、翌月福原から還都、十二月には平重衡《しげひら》に命じて奈良を焼き打ちする。『平家物語』はその報いとするが、翌治承五年閏《うるう》二月、激しい熱病にかかり、「思い残すことはないが、頼朝の首を見られなかったことが無念だ、仏事や供養は不要である、頼朝の首を我が墓の前に掛けよ、それが一番の供養だ」と遺言して世を去る。

『平家物語』はおごり高ぶり、朝廷をないがしろにし、人々を苦しめた悪行人として清盛を描き出すが、『十訓抄《じっくんしょう》』などは、身分の卑しい者に対しても心配りをする思いやりのある清盛の振る舞いを賞賛している。

平《たいらの》維《これ》盛《もり》

一一五九（平治《へいじ》元）～一一八四（寿永《じゅえい》三）

平重盛の嫡男。母は不詳（『尊卑分脈《そんぴぶんみゃく》』では「官女」とある）。「姿、まことに絵物語いひたてたるやうにうつくしく見え」、光源氏を連想した（『建礼門院右京大夫《うきょうのだいぶ》集』）、という。

『平家物語』では、早くも巻一「三台上禄《じょうろく》」に一門繁盛の中に「嫡孫維盛、四位の少将」として登場。父重盛と常に行動をともにするが、重盛が治承《じしょう》三年（一一七九）に亡くなると、平家の嫡流として平家一門を束ねる立場であったが、祖父清盛の専横のあげく、叔父の宗盛に主権を奪われてしまう。治承四年九月の頼朝軍との戦いでは、大将軍として富士川まで出陣したものの、水鳥の羽音に驚いて源氏軍と戦うことなく敗走。十一月、京に逃げ帰った維盛を清盛は、「維盛をば鬼界が島へ流すべし」と激怒する（巻五）。寿永二年（一一八三）義仲との北陸・砺波《となみ》山の合戦での源氏（木曾義仲）との戦いにも大将軍として出陣するものの、倶利伽羅《くりから》峠で大敗北して、京に逃げ帰ってくる。都落ちに際して、一門の中で維盛だけが妻子を都に残していく（巻七）。このため宗盛などの不信をかい、作品では不遇な境遇に置かれる。一族の中で浮いた存在となり、一の谷の敗戦では病のため直接参戦しなかったが、三〇艘ばかりを率いて南海を目指して去って行った（『玉葉《ぎよくよう》』二月十九日）という。『平家物語』でも屋島から抜け出て高野山に登り、出家し、やがて熊野沖で入水《じゆすい》を遂げたとする（巻十）。「維盛の三位中将、熊野にて身を投げてとて、人のいひあはれがりし」（『建礼門院右京大夫集』）とあることからも、入水のうわさは京でも信じられていたようである。『源平盛《じよう》衰《すい》記』巻四十では頼朝を頼って鎌倉に下る途中で病死したとも伝える。また『太平記』巻五では熊野の奥に隠れ暮らして余生を送ったとも伝えるなど、各地に維盛伝説がある。

平《たいらの》維《これ》盛《もり》の妻《つま》

一一六二（応保《おうほう》二）～？

権大納言藤原成親《なりちか》の娘。『尊卑分脈《そんぴぶんみやく》』によれば平維盛に嫁《とつ》いだあと、権大納言藤原経房《つねふさ》に嫁したらしい。美貌の女人で、巻七「維盛都落」（覚一《かくいち》本）に「桃顔《とうがん》露にほころび、紅紛眼《こうふんまなこ》に媚《こび》をなし、柳髪《りゆうはつ》風に乱るるよそほひ、又人あるべしとも見え給はず」、『源平盛衰《じようすい》記』には「天下ノ美人」で、後白河法皇もたびたび艶《えん》書《しよ》を出したと記されている。十三歳のときに維盛の妻となり、文覚《もんがく》の弟子となった妙覚（六代御前）と女子（夜叉御前）を産む。安元《あんげん》三年（一一七七）鹿《しし》の谷《たに》陰謀事件により、父が備前に流されて死去し、兄成経《なりつね》は鬼界が島に配流《はいる》となる。寿《じゆ》永《えい》二年（一一八三）、維盛（二十四歳）が平家一門とともに西海へ赴くことになり、都に残される。巻七には、維盛が断腸の思いで別れを告げ、妻子が深い悲嘆にくれる状況が綴《つづ》られている。

平《たいらの》貞《さだ》能《よし》

生没年未詳

父は清盛の父忠盛に仕えた平家貞《いえさだ》（巻一）で次男。保元・平治の乱にも父と参戦。肥後守。清盛の近臣として信任が厚い。鹿《しし》の谷《たに》陰謀事件でも清盛の周囲で働く（巻二）。重盛の小松家のもとでもよく仕え、重盛の熊野参詣にも同行し、また重盛が維盛に自分の葬儀用の太刀を与えた時にも同席した（巻三）。

　養和《ようわ》元年（一一八一）八月、九州の肥後菊池氏鎮定のため、下向《げこう》（『玉葉《ぎょくよう》』八月一日）。二年後の六月に一応九州を平定して帰還したものの、千余騎しか連れていなかった（『吉記《きっき》』寿永《じゅえい》二年〈一一八三〉六月十二・十八日）。翌月、平家は都落ちを決行するが、九州の緒方維義《おがたこれよし》（栄）の寝返りのために九州を退去。貞能はこれに落胆したのか、平家から脱落していく。

　平家の都落ちに際して、重盛の墓から遺骨を掘り出し、高野山へ移した。その後、東国へ落ちてゆき、下野《しもつけ》の宇都宮朝《とも》綱《つな》を頼る（巻七）。『吾妻鏡《あずまかがみ》』元暦《げんりゃく》二年（一一八五）七月七日には、宇都宮朝綱が頼朝に助命嘆願し、貞能を助けた記事がみえる。以後、貞能は東国で出家し、平家の菩提《ぼだい》を弔ったという。

平重衡《たいらのしげひら》

一一五七（保元《ほうげん》二）～一一八五（元暦《げんりゃく》二）

　清盛の五男。母は平時子《ときこ》。宗盛、知盛の同母弟。本三位中将《ほんざんみのちゅうじょう》。

　治承《じしょう》四年（一一八〇）五月の源三位頼政の謀反の時には追討の大将軍となった（『玉葉《ぎょくよう》』五月二十六日）。十二月には奈良の鎮圧に向かい大将軍として指揮したが、風にあおられて東大寺・興福寺などを炎上させてしまい（『玉葉』十二月二十八日、巻五）、平家が仏敵となってしまう。翌年の墨俣《すのまた》川の合戦で源行家を破り、従《じゅ》三位に叙せられる（『吉記《きっき》』三月十三日）。都落ちの後、備前での合戦に勝利（寿永《じゅえい》二年〈一一八三〉十一月二十八日）するが、一の谷の合戦では兄の知盛とともに大手の生田の森を守っていたが、義経の奇襲後、退却する途中、源氏方に追いつかれ、また乳母子《めのとご》にも逃げられて捕らわれる（巻九）。平家の公《きん》達《だち》唯一の捕虜として、後白河院は捕らえた重衡を利用して平家方にある三種の神器と重衡の交換交渉を行なうが、平家方から拒否される。重衡は出家を希望するが、許されない。また不義理を重ねていた内裏《だいり》の女房に手紙を出して再会を果たす（巻十）。頼朝は重衡を鎌倉へ呼び寄せるが、移送途中、池田の宿の遊君のもてなしを受ける。鎌倉では頼朝と対面。頼朝はその堂々として悪びれない姿勢に感心した。その地で千手《せんじゅ》の前が重衡を慰める。頼朝は重衡の助命を考えたが、結局奈良の僧兵に引き渡し元暦二年六月奈良へ移され、木津川の川原で処刑され、奈良坂に首をさらされた（『玉葉』六月二十二・二十三日、巻十二）。奈良に護送される途中、日野（京都市伏見区日野）にいる北の方（正妻、大納言典侍《すけ》）

と最後の別れをしている。捕虜になった後、千手など多くの女性とかかわりを持った説話に彩られている。処刑された河原から近い安福寺に重衡の供養塔がある。また、身体と首は大納言典侍（藤原輔子《すけこ》）が引き取って、日野で荼毘《だび》にふし、その地に墓を築いた。骨は高野山に納められたという。

平重盛《たいらのしげもり》　一一三八（保延《ほうえん》四）〜一一七九（治承《じしょう》三）

清盛の嫡男。母は高階基章《たかしなもとあき》の娘。保元の乱・平治の乱で父清盛に従って活躍。特に平治の乱（一一五九）では源義平と一騎打ちをする（『平治物語』）。安元《あんげん》三年（一一七七）内大臣。六波羅の小松邸に住んでいたため小松殿、小松内大臣、また、邸宅に四十八の灯籠を建てていたことから灯籠大臣と称せられた。母が正妻の時子《ときこ》ではなく、妻が反平家の急先鋒藤原成親《なりちか》の妹であり、子の維盛《これもり》も成親の娘を妻にしたため、この一家は清盛の嫡流ではあるものの平家一門の中で不審を持たれかねない立場にあったが、重盛の人徳で在世中は大事にいたらなかった。

「世の乱れそめぬる根本」として、嘉《か》応《おう》二年（一一七〇）に子の資盛《すけもり》が騎馬で摂政の行列の前を無理に通り抜けようとしたために起きた殿下乗合《てんがのりあい》事件は清盛の所業になっているが（巻一）、史実は重盛が行なったこと（『愚管抄《ぐかんしょう》』）という。鹿《しし》の谷《たに》の陰謀事件が発覚すると妻の兄成親の助命を清盛に願い、清盛が後白河院を処分しようとするのを説得してとどめる（巻二）など、暴走しがちな清盛をよく諫《いさ》めて冷静に対処したので、父清盛も重盛には頭が上がらなかった。妹の徳子《とくこ》が皇子（安徳天皇）を出産した時も落ち着いていて、「をかしかりしは入道相国のあきれざま。めでたかりしは、小松殿のふるまひ」と称賛される。しかし、清盛の驕《おご》りに絶望し、熊野に参詣して、寿命を縮めるように祈り、しばらくして病になると、宋からきた医師の診断も断り、宋の育王山《いくおうざん》に黄金を寄進するなどして、平家一門の将来を悲観しながら治承三年八月一日に没する（巻三）。墓は京都にあったが、平家の都落ちに際して肥後守貞能《さだよし》が源氏の馬のひづめにかけさせまいとして掘り起こし、遺骨を高野山に送ったという（巻七）が、全国の小松寺に重盛の墓などの伝承がある。謡曲に「重盛」がある。

平資盛《たいらのすけもり》　一一六一（応保《おうほう》元）〜一一八五（文治《ぶんじ》元）

重盛《しげもり》の次男。母は藤原親盛《ちかもり》の娘（『尊《そん》卑《び》分《ぶん》脈《みゃく》』）、また下野守《しもつけのかみ》藤原親方の娘

（『公卿補任《くぎょうぶにん》』）とも。兄に維盛《これもり》がいるが異腹。新三位中将《しんざんみのちゅうじょう》。嘉応《かおう》二年（一一七〇）十月十六日（『玉葉《ぎょくよう》』七月三日）、資盛が鷹狩の帰り、摂政基房《もとふさ》の行列の前を駆け抜けようとしたのがもとで、資盛は馬から引き落とされた。これに怒った祖父の清盛が摂政に仕返しをした事件、「世の乱れそめぬる根本」と語られる殿《てん》下乗合《がのりあい》の当事者として名高い（巻一）が、実際に仕返しをしたのは親の重盛だという（『愚管抄《ぐかんしょう》』）。一の谷の合戦に際しては、別働隊として三千騎を率いて三草山に回り、義経の本隊を迎撃するはずであったが、逆に義経の夜襲攻撃を受けて壊走。面目なくて一の谷に戻れず、屋島に退却してしまう（巻九）。壇の浦の合戦も最期は一門の有盛、行盛たちと手に手をとって入水《じゅすい》するが、延慶《えんぎょう》本では敵に取り囲まれて自害したとする。建礼門院右京大夫《うきょうのだいぶ》の恋人（『建礼門院右京大夫集』）として知られる。北の方は藤原基家の娘。

平忠度《たいらのただのり》

一一四四（天養《てんよう》元）〜一一八四（寿永《じゅえい》三）

平忠盛《ただもり》の六男。清盛の末弟。母は鳥羽院の御所に仕えた女房で、風雅の道で忠盛との交情厚く、『平家物語』にも二人の様子が描かれる（巻一）。その間に生まれた忠度も歌をよくしたが、一方で「熊野育ちの大力」でもあった。治承《じしょう》四年九月には薩摩守（『玉葉《ぎょくよう》』九月十一日）。

作中では全て薩摩守忠度で登場。宇治橋の合戦では大将軍の一人として、富士川の合戦や北陸の合戦では大将軍維盛《これもり》の補佐役・副将軍として参加した。都落ちに際しては、途中から都へ引き返し、和歌の師藤原俊成に面会を請《こ》い、自作の和歌の巻物を預け、来たる勅撰和歌集の選考の入集《にっしゅう》を願っている。後に俊成は『千載和歌集』に「読人知らず」として一首採用した（巻七）。寿永三年の一の谷の合戦では、搦《から》め手の大将軍として平行盛《ゆきもり》とともに一の谷の西の手を守っていたが、義経の奇襲による平家の総崩れの中、退却中、岡部六野《おかべのろくや》（弥）太忠澄《ただずみ》に組みつかれて討たれた。覚一《かくいち》本では、従っていた百騎余りの武者はみな大将を見捨て我先にと逃げていったとする。岡部は誰を討ち取ったかわからなかったが、箙《えびら》に結びつけられていた「ゆきくれて木のしたかげをやどとせば花やこよひのあるじならまし」の歌に「薩摩守忠度」と書かれていたことでわかった。岡部が忠度を討ち取ったと名乗りを上げると、敵も味方も「歌道にも武芸にも達者にてましましものを」といって涙を流してその死を惜しんだという（巻九）。覚一本では岡部に呼び止められた時、「味方だ」と言った忠度の歯が鉄漿《おはぐろ》であったことから平家の公達《きんだち》とわかったとある（巻九）。

歌人としても知られ、『千載集』をはじめ、『新勅撰集』『玉葉集』『風雅集』『新拾遺集』などにも入集。私家集に『平忠度集』がある。謡曲「忠度」「俊成忠度」が知られる。薩摩守忠度の「ただのり」の名から無賃乗車の「タダ乗り」の隠語として「薩摩守」が使われることがあるが、それは古くから狂言「薩摩守」にすでに見えている。

平《たいらの》忠《ただ》盛《もり》　一〇九六(永長《えいちょう》元)〜一一五三(仁平《にんぺい》三)

正盛《まさもり》の嫡男。刑部卿忠盛朝臣《ぎょうぶきょうただもりのあそん》として、また清盛の父として冒頭に登場（巻一）するが、一方で、白河院の御子を孕《はら》んだ祇園《ぎおん》の女御《にょうご》を忠盛がいただいて、その後生まれた子（清盛）を忠盛が養育したともされる（巻六）。

はじめ白河院の北面の武士として仕え、やがて地方の国守などを歴任して富を蓄える。特に大治《だいじ》五年（一一三〇）の備前守時代には山陽・南海の海賊討伐に成功し、瀬戸内の海上交通を次第に掌握するとともに、日宋貿易も盛んに行ない、莫大な利益を得ることとなる。『平家物語』では天承《てんしょう》元年（一一三二。ただし、史実は一年後の長承《ちょうしょう》元年）得長寿院《とくちょうじゅいん》を建立し、三十三間堂を建て、一千一体の仏を安置したことにより、鳥羽院から内裏《だいり》の昇殿を許される。殿上人はこれを妬《ねた》んで、豊明《とよのあかり》の節会《せちえ》（毎年十一月に宮中で行なわれる新嘗祭《しんじょうさい》最終日の宴会）の夜に忠盛を闇討ちにしようとするが、事前に察知した忠盛は、当夜、銀箔を張った木作りの短刀を真剣であるかのように見せびらかすなどして殿上人たちの気を削《そ》いで闇討ちを免れた。しかし、殿上人たちは忠盛が舞を舞う拍子に合わせて「伊勢へいじはすがめなりけり」と囃《はや》し立てた。鳥羽院の御所に愛人の女房があり、その女との間に生まれたのが薩摩守忠度《ただのり》という（巻一）。仁平三年正月十五日死去。「富《とみ》は百万を累《かさ》ね、奴僕《ぬぼく》国に満《み》ち、武威《ぶい》人《ひと》を軼《す》ぐ」（『台記《だいき》』）と言われた。和歌にも巧みで勅撰集に十七首入《にっ》集《しゅう》。私家集に『忠盛集』がある。

平《たいらの》経《つね》正《まさ》　?〜一一八四(寿永《じゅえい》三)

清盛の弟経盛《つねもり》の嫡男。弟に経俊《つねとし》、敦盛《あつもり》がいる。琵琶の名手で、中宮（徳子《とくこ》）が清盛の西八条邸に里帰りしたときも琵琶を弾いている（『建礼門院右京大夫《うきょうのだいぶ》集』）。寿永二年（一一八三）の北陸合戦の時、北陸へ下る途中、四月十八日に琵琶湖の竹生島《ちくぶじま》に立ち寄り、琵琶を奏でて弁財天に戦勝祈願をしたところ、白竜が経正の袖の上に現われた。経正はうれしさのあまり歌を詠み戦勝を確信する。しばらくは連勝・進撃するが、倶利伽羅《くりから》峠の合戦で大敗してしまう。同年七月の平家の都落ちに際しては、仁和寺御室《にんなじおむろ》の守覚法親《しゅかくほっしん》王《のう》から賜《たまわ》った琵琶「青山《せいざん》」を法親王のもとに返上に赴いている（巻七）。実は経正は幼少時に仁和寺御室の覚性《かくしょう》法親王の許で修養し、この時その琵琶を賜ったのだという。（守覚法親王著『左記』）。九州に下った一門は、宇佐八幡に参籠し、経正は忠度らと歌を詠んでいる。しかし、のちに一の谷の合戦で川越小太郎重房《しげふさ》に討たれた（巻九）。ほかに武蔵国の住人城《じょう》（正しくは庄《しょうの》）四郎高家に追い詰められて腹を掻き切って自害した（『源平盛衰記《じょうすいき》』巻三十八「平家公達の最後竝《ならびに》首共一谷に懸くる事」という記事もある。この戦いで、弟の経俊、敦盛も討ち死にする。

和歌を藤原俊成に学び、『新勅撰集』『新拾遺集』に入集《にっしゅう》。私家集『経正集』がある。謡曲「経正」が知られる。

平《たいらの》時《とき》忠《ただ》

一一二八（大治《だいじ》三）または三〇～一一八九（文治《ぶんじ》五）

兵部権大輔《ひょうぶごんのたいふ》平時信の嫡男。母は二条大宮（令子《れいし》内親王）に仕える下級女官（半物《はしたもの》）。系譜は清盛と同じ桓武平氏ではあるが、桓武天皇の孫、高棟王《たかむねおう》から出た系統で、代々中央に貴族として仕えていたので、清盛などの地方武士出身を地《じ》下《げ》平氏と言うのに対して、堂上平氏と言っている。平家栄華の絶頂期に「この一門にあらざらん者は人非人《にんぴにん》たるべし」（巻一）と豪語したのがこの時忠であった。後白河院は妹滋子《しげこ》（建春門院）の夫、時忠は高倉天皇の伯父となる。また清盛は姉時子の夫である。この系譜から「執権の臣」のように絶大な権力を振るう。朝廷の人事も思うままで、当時の人は「平関白」と言ったという。寿永《じゅえい》二年（一一八三）には権大納言になる。山門の大衆《だいしゅ》の中に乗り込んで一筆書いただけで、彼らの怒りを静めたり（巻一）、検《け》非違使別当《びいしべっとう》の時には窃盗・強盗の腕を打ち落としたので「悪別当」と呼ばれたり（巻十一）、一の谷の合戦の敗北後、院からの使いの者の顔に焼印を押す（巻十）など、豪胆で厳しい性格として描かれる。

清盛の平家一門とは異なり、平家の重鎮ではあったが武士ではなかったので、壇の浦の合戦で源氏方に捕らえられてからは、義経に娘を妻として送り、都合の悪い証拠書類を取り戻して処分したものの、能登国に配流《はいる》となり（巻十二）、その地で亡くなった。石川県輪島市には時忠の子孫として時国《ときくに》家が知られ格式を誇っている。

平《たいらの》 知《とも》盛《もり》

一一五二(仁平《にんぺい》二)〜一一八五(元暦《げんりゃく》二)

清盛の三男（実は五男）。母は平時子《ときこ》。新中納言。同腹の兄弟に兄宗盛、弟重衡《しげひら》、妹徳子《とくこ》（建礼門院）がいる。清盛の「最愛の息子」（『玉葉《ぎょくよう》』安元二年〈一一七六〉）と言われる。治承《じしょう》四年（一一八〇）の源三位《げんざんみ》頼政の謀反に際しては大将軍として出動した（巻四）。

平家の都落ちに際して、在京していた東国の有力武将、畠山重能《しげよし》、小山田有重《ありしげ》、宇都宮朝綱《ともつな》を処刑する時に、平時忠とともに助命・帰郷させ、畠山以下を感涙させる（巻七）。一の谷の合戦では大手の生田の森の大将軍として指揮、源範頼《のりより》率いる源氏の主力軍と奮戦する。しかし義経の鵯越《ひよどりごえ》の奇襲により平家軍が総崩れになると、息子知章《ともあきら》、家来の監物《けんもつ》太郎頼方《よりかた》の犠牲によって平家の船に逃れ、わが子を見殺しにして逃れたことを「よく命は惜しきものを」と泣き悔やむ（巻九）。一の谷敗戦後、知盛は西の長門国の彦島を拠点にし、兄の宗盛が東の讃岐国の屋島を押さえることで瀬戸内海の覇《は》権《けん》を維持した。しかし、義経の屋島の奇襲で東の拠点が失われると一門の拠《よ》り所は知盛の守る彦島だけとなってしまう。壇の浦の合戦に際しても船の舳先《へさき》に立って「いくさは今日をかぎりなり」「東国のやつに弱気《よわげ》見すな。いつのために命をば惜しむべきか。これのみぞ知盛は思ふこと」と檄《げき》を飛ばす（巻十一）。この時、阿波民部成能《あわのみんぶしげよし》の裏切りそうな素振りに気づき、討とうとするが、宗盛によってとどめられる。結局、開戦後、阿波民部の裏切りによって平家の敗北が決してしまう。安徳天皇をはじめ、一門の入水《じゅすい》を見届けると、「今は見るべきことは見はてつ」と述べて、鎧《よろい》二領を着て海中に沈む（巻十一）など、『平家物語』のなかでも印象的な言動が多い。先の見通せない凡庸な兄宗盛と対照的に、作者の運命観を反映させる人物として重要視される。謡曲・歌舞伎の「船弁慶」、知盛が碇《いかり》とともに入水する謡曲の「碇潜《いかりかずき》」や歌舞伎の「義経千本桜」などで後世に名を残す。

平《たいらの》 教《のり》経《つね》

?〜一一八四(寿永《じゅえい》三、物語では一一八五)

桓武平氏。教盛《のりもり》の子。通盛《みちもり》の弟。清盛の甥。平家一門にあって最も武勇に優れた人物として描かれている。能登守であったため「能登殿」とも呼ばれる。都落ちの話群から登場し、九州まで西下した平家軍が再び都を目指して戦う「水島合戦」において活躍が記されている。特に一の谷合戦直前の物語では、「六ケ度」も諸反抗勢力と連戦し連勝を収めた猛将として描かれる。平家の総大将宗盛の信任厚く、本人も「何が度にても、教経命のあらむかぎりは、いかに強《こわ》う候ふとも、一方はうけたまはりて打ちやぶり候はん」と、戦《いくさ》に絶対的な自信を持っていた。『吾妻鏡《あずまかがみ》』では一の谷合戦で戦死したと記されているが、『玉葉《ぎょくよう》』寿永三年二月十九日の条には、生存説が記されている。

物語では、一の谷合戦における平家の敗走を描く中で、さしもの教経もなぜか逃げたと伝え、「薄墨《うすずみ》」という名馬に乗って播磨《はりま》の明石に落ちたという。その後の屋島、壇の浦合戦における源義経との対決場面を構成する重要人物としての役割が与えられている。

義経とは、まず屋島合戦の対決がある。教経の放った矢を、佐藤嗣信《つぐのぶ》が義経の身代わりに受けて戦死。教経自身は、かわいがっていた童《わらわ》武者菊王丸が討たれたため戦意を喪失し引き退いた。二度目の対決は、壇の浦。平家最期の海上戦に奮闘していたところ、知盛に端《は》武者をむやみに討ち取る無益な殺生とたしなめられて、大将軍・義経に組めとのことかと思い直し、義経を発見、打ちかかろうとしたところ、義経は船を飛びのり替えて逃げてしまう。最期は、土佐の大力の兄弟を両脇に締めかかえて、入水《じゅすい》。二十六歳だったと記す。

『平家物語』で完結しなかった義経との対戦は、能「八島」で再現される。

平《たいらの》教《のり》盛《もり》 一一二八（大治《だいじ》三）〜一一八五（元暦《げんりゃく》二）

桓武平氏。忠盛の三男。従《じゅ》二位中納言。邸宅が、清盛邸の近くにあったので（覚《かく》一《いち》本は、六波羅の惣門の内にいたから）「門脇《かどわき》殿」と呼ばれた。

後白河院の側近藤原成親《なりちか》の子成経《なりつね》を聟《むこ》としたが、鹿《しし》の谷《たに》の陰謀発覚により、成経も逮捕されたため、「よしなき聟ゆゑに」また身重の娘を案ずるが故に、清盛に助命嘆願をし、子を持つ親の心の闇を嘗《な》める。しかし暫時《ざんじ》許されることで、深い感動をも味わう（巻二）。成経らの鬼界が島での生活を支えていたのは、教盛であった。都落ち直前の、山門への願書の連署に名はない（覚一本等の諸本はある）が、宗盛・時忠につぐ一門の重鎮であった。一の谷合戦の直前の除目《じもく》で、大納言を要請されたが、冷静に断った。一の谷合戦でその子通盛《みちもり》・業盛《なりもり》が戦死し、通盛の妻の小宰相《こざいしょう》も身投げしたことで、悲嘆にくれる（巻九）。最期は、壇の浦で兄経盛と手を取り組んで入水《じゅすい》し果てた。

平《たいらの》 通《みち》盛《もり》　?〜一一八四(寿永《じゅえい》三)

桓武平氏。教盛《のりもり》の嫡男。教経《のりつね》の兄。清盛の甥。越前守を二度経て、平氏都落ちの年の二月に従三位《じゅさんみ》。「越前三位」などと呼ばれる。初出は、橋合戦の将軍として登場、その後、南都攻めの副将軍、北陸への木曾義仲追討軍の大将軍として名前は出るが、合戦の場における活躍は記されない。

通盛が、物語中で異彩を放つのは、一の谷合戦の前夜、実弟教経の陣屋に女性を引き入れて別れを惜しんだことであり、それを教経にたしなめられ、武士として未練のさまと描かれたことである。通盛は、翌日の合戦で、木村源三成綱《げんぞうなりつな》以下七騎に囲まれて討ち死にをする。覚一《かくいち》本は、装束描写もあり、弟教経と離れてしまっての戦死と丁寧に記す。前夜別れを惜しんだ女性（「北の方」と記される）小宰《こざい》相《しょう》は、通盛が三年越しで恋いこがれ、小宰相の主人上西門院《じょうさいもんいん》（鳥羽院の皇女）のとりなしで最愛の仲となった人である。一の谷合戦の時は身重であった。通盛は三十すぎて初めて子を持つ期待を語り、同時に不安定な日々の中での出産を気遣う。さらにもし自分が死んでも後を追うことがないようにと語ったという。この二人を題材にした能に「通盛」がある。

平《たいらの》 宗《むね》盛《もり》　一一四七(久安《きゅうあん》三)〜一一八五(元暦《げんりゃく》二)

桓武平氏。清盛の三男。母は時子《ときこ》。従《じゅ》一位内大臣。知盛、重衡《しげひら》の同母兄。

物語前半では、異母兄重盛と対比され、重盛は皇室尊崇の念あつく思慮深く将来を見通す能力を備えた人物であるのに、宗盛は暗愚未練《あんぐみれん》の人物であったと評されている。治承《じしょう》三年（一一七九）、後白河院を鳥羽殿へ幽閉する役となるが、父清盛の意向を気にするばかりのふぬけと、後白河院に呆れられる（巻三）。源仲綱《なかつな》の保有する名馬の噂を聞きつけ、無理矢理取り上げてしまうわがままぶりや、仲綱の配下の武士競《きおう》に仕返しをされて、「のこぎりにて首を切らん」と激怒する様《さま》は、横紙破りの清盛の縮小版である。

清盛の死後、一門を統率する立場となった。寿永《じゅえい》二年（一一八三）、都落ちしての福原の旧都で、一門の者たちに結束忠誠を促す演説は、人々の心を打った（巻七）が、次第に影が薄くなり、一の谷で生け捕られた重衡と三種の神器との交換を提案した「屋島院宣《いんぜん》」に対するきっぱりとした返事（請文《うけぶみ》）を、覚一《かくいち》本は宗盛のものとしているが、百二十句本は署名がない（巻十）。一方、肉親への情愛に篤《あつ》く、実弟知盛が嫡子知章《ともあきら》を犠牲にして逃げたことを悔やみ嘆く姿に、自らの親子関係を重ねて深く同情する（巻九）。そして、壇の浦の合戦で、人々が討ち死に入水《じゅすい》する中を、嫡子右衛《え》門《もんの》督《かみ》清宗《きよむね》と運命をともにしようとするあまりに生け捕りになってしまう（巻十一）。都へもどされて、清宗同様に愛情を注いできた能宗《よしむね》（副将）と悲痛な別れをした（巻十一）。

鎌倉で頼朝と対面した後ふたたび都にもどされ、元暦二年六月二十一日、近江国篠原《しのはら》近くで処刑された。清宗と離され来世を願う姿勢を取ったものの、斬首の瞬間に「右衛門督も今はすでにかうか」と、執着心が戻ってしまったという。（巻十二）

平盛俊《たいらのもりとし》　?～一一八四（寿永《じゅえい》三）

桓武平氏。平盛国《もりくに》の子。越中守《えっちゅうのかみ》。平家の一門だったが、侍に格下げとなったという。清盛の重臣であり、「越中の前《ぜん》司《じ》」として、軍勢揃えには欠かせない人物だが、その子「越中の次郎兵衛盛嗣《もりつぐ》」と混同されることもある。重盛が病に倒れた時、清盛への使者として遣わされるのは盛俊（巻三）だが、平家の都落ちに離反する頼盛《よりもり》を見て、宗盛に矢を射かけようかと進言する盛俊（巻七）は、覚一《かくいち》本では盛嗣となっている。

寿永三年二月、一の谷の合戦で、猪俣《いのまた》近平六則綱《こんぺいろくのりつな》に挑まれたが、七十人力という圧倒的な力でおさえつけ討ち取ろうとした。しかし猪俣がことば巧みに「降人《こうにん》の首切る様《よう》や候《そうろ》ふ（投降者の首を切る法がありますか）」と逃れるので、相手を解放し暫時《ざんじ》うちとけて油断してしまう。そして、東国武士の人見四郎が接近するのに気を取られ、隙《すき》を突かれて猪俣に討ち取られた（巻九）。

平康頼《たいらのやすより》　生没年未詳

後白河院の側近。『梁塵秘抄口伝《りょうじんひしょうくでん》集《しゅう》』巻第十によれば、美声の持ち主で、様々《さまざま》な歌謡をこなしたが、早のみこみの傾向があったらしい。『愚管抄《ぐかんしょう》』は「猿《さる》楽《ごう》クルイ者」と記している。

物語では、藤原成親《なりちか》による平家打倒の陰謀の加担者として登場し、鹿《しし》の谷《たに》の酒宴の場で、「あまりにへいじのおほく候ふに、もち酔ひて候」と酒の瓶子《へいじ》と平氏を掛けた滑稽なもの言い（猿楽）をし、平氏を侮蔑した（巻一）。

安元《あんげん》三年（一一七七）六月、陰謀発覚後逮捕され、藤原成経《なりつね》・俊寛僧都《しゅんかんそうず》とともに、鬼界が島に流された。途中、周防《すおう》の室富（覚一《かくいち》本などは室積《むろづみ》。現在の山口県光市）で出家し、性照《じょうしょう》と名乗った（巻二）。成経とともに熊野の神を信仰して、島内を熊野に見立てて毎日熊野詣《くまのもう》でをして帰還を祈ったところ、夢現《ゆめうつつ》に神のお告げがあった。さらに康頼は、熊野の神々を称え、自分と成経（俊寛の名はない）が、はやく左遷《させん》を解《と》かれ、帰洛が叶《かな》うようにとの祝詞《のっと》を口誦《こうしょう》で毎日捧げた。また、都恋しの和歌を卒都婆《そとば》に書いて海に流したところ、奇縁によって都にもたらされ、康頼の母や妻子、後白河院にも伝えられ、都の人の涙を誘った。

治承《じしょう》二年（一一七八）六月、中宮徳《とく》子《こ》の懐妊を機に、清盛の赦免《しゃめん》があり、島を出た。翌年春帰京し、東山双林寺に隠《いん》棲《せい》して、『宝物集《ほうぶつしゅう》』を書いたという（巻三）。

平頼盛《たいらのよりもり》

一一三三（長承《ちょうしょう》二）〜一一八六（文治《ぶんじ》二年）

桓武平氏。平忠盛の五男。母は藤原宗《むね》兼《かね》の女《むすめ》（池《いけ》の禅尼《ぜんに》）。清盛・経盛《つねもり》・教盛《のりもり》らの異母弟。延慶本《えんぎょうぼん》などには、平家正統に伝わる名剣「抜丸《ぬけまる》」をめぐる清盛と頼盛の確執を記す。家督争いが、その背景にあった。

邸宅は六波羅の池殿と呼ばれ、安徳天皇の御産所となったり、高倉天皇崩御の御所でもあった。

母の池の禅尼が、平治の乱で死罪になるはずの源頼朝を助命嘆願した縁で、頼朝と交流があり、寿永《じゅえい》二年（一一八三）七月の平家の都落ちに際し、いったんは一門と行動をともにしたものの都を出てまもなく引き返し、八条女院（鳥羽院の皇女）のもとに隠れた。十月、鎌倉に下って頼朝に対面し、厚遇された。

頼盛が頼った八条女院は、覚一《かくいち》本では世が世であればと心細い対応であり（百二十句本にこの言葉はない）、頼朝助命時に一役買った平宗清《むねきよ》と一緒に鎌倉に下ろうとしても、宗清は老齢を理由に断る。物語は、頼盛の一門離反を、周辺の人物のことばを通して、ひややかにみている。

高倉天皇《たかくらてんのう》

一一六一（永暦《えいりゃく》二）〜一一八一（治承《じしょう》五）

第八十代天皇。諱《いみな》は憲仁《のりひと》。父は後白河院。母は平時信の女《むすめ》建春門院（滋子《しげこ》）。

後白河院の滋子（清盛の妻時子《ときこ》の妹）への寵愛と、清盛の後押しもあって、仁《にん》安《あん》三年（一一六八）二月に八歳で即位。だが嘉応《かおう》三年（一一七一）に清盛の女徳《とく》子《こ》が入内《じゅだい》（巻一）し、治承二年（一一七八）十一月に第一皇子が誕生すると（巻三）、治承四年二月に二十歳で、清盛の圧迫により第一皇子（安徳天皇）に譲位させられた（巻四）。退位の前年末、清盛による父法皇の鳥羽殿幽閉、大臣の更《こう》迭《てつ》事件などがあり、政治的にも皇室内においても心痛が重なったが、退位後、天下の平和と父の解放を願って、平家ゆかりの厳島《いつくしま》神社へ一年に二度も御幸《ごこう》を行なった。篤《あつ》い孝行心の持ち主として伝えられているが、病弱でもあって、二度目の御幸の時の厳島願文《がんもん》では病気平癒《へいゆ》を主に祈っている（巻五）。

　紅葉を愛好したが、風で散った紅葉で酒をあたためた下部《しもべ》を、咎《とが》めるどころか意図せざる風流心を褒《ほ》めた。女主人の着物を奪われた小者の災難を温かく支援し、中宮付きの女房の女童「葵《あおい》の前《まえ》」を寵愛したが君王としての道をはずすことはなかった（巻六）など、理想的な天皇として描かれる。しかし、最愛の女房小督《こごう》との仲を清盛に裂かれて悩む姿もあり（同）、人間的に幅広く描かれている。

滝《たき》口《ぐち》入《にゅう》道《どう》

一一六四（長寛《ちょうかん》二）〜？

高野山の僧。もとは平重盛に仕える侍であった。屋島から逃亡した維盛《これもり》（重盛の嫡男）の出家および那智沖での入水《じゅすい》に善知識として立ち会う。その五年後には父の行方を尋ねて訪れた維盛の遺児六代を熊野三山詣でに連れて行くこととなる。

　俗名は斎藤時頼。三条斎藤左衛門大夫《たいふ》茂頼《もちより》の子で、治承《じしょう》四年（一一八〇）、その年に即位した安徳天皇を守護する十七名の滝口の武士の一人に補される。この時に同じく滝口の武士となった者の中には、後に平家の侍大将となる藤原景清《かげきよ》（平景清）もいた。翌養和《ようわ》元年、法輪寺において十八歳で出家したことが、藤原経房《つねふさ》の『吉記《きっき》』十一月二十日条に見える。

　『平家物語』では、十三歳で宮中に出仕、十五歳の時に建礼門院の雑仕女《ぞうしめ》である横笛と愛し合うようになるが、江口の長者の娘という横笛の身分の低さを嫌った父の反対にあい、心中の葛藤《かっとう》を経て十九歳で剃髪《ていはつ》し仏門に入る。はじめは嵯峨《さが》の奥の往生院にいたが、思いを断ち切れない横笛が時頼のもとを訪れる。時頼は面会を拒絶したが、心の動揺を制するために高野の清浄院《しょうじょういん》に移った。その後、横笛も出家し、奈良の法華《ほっけ》寺にいたが、ほどなく横笛は亡じた（巻十）。

　滝口入道と横笛の物語は高野聖《ひじり》たちによって広められたと考えられている。また、この悲恋譚《たん》を題材とする文学作品は、御伽草子《おとぎぞうし》『横笛草子』や高山樗牛《ちょぎゅう》『滝口入道』（一八九四年）など少なくない。

巴《ともえ》　生没年未詳

木曾義仲の愛妾で女武者。木曾の中原兼遠《かねとお》の娘。兄に樋口次郎・今井四郎がいる。母は義仲の乳母。義仲の子の清水冠者義高《よしたか》の母という説があるが判然としない。巻九「木曾最期」（覚一《かくいち》本）では、巴は山吹とともに義仲の「美女《びんじょ》」であったというが、これは、そば近くにいて身の回りの世話をする愛妾を意味したかと思われる。

さらに巴について、「色白く髪長く、容顔まことにすぐれ」ていて、「強弓精兵《つよゆみせいびょう》」、刀を持てば鬼神を相手にしてもひけを取らない一人当千の武者と記されている。だから、戦いとなると、立派な鎧《よろい》を着せられ、大太刀・強弓を持たされて一方の大将にさし向けられ、「度々《どど》の高名肩を並ぶる者なし」とも伝えられる。義仲配下の多くの者たちが逃げ落ち、討たれたにもかかわらず、巴は残った七騎の中にいた。しかし、義仲最後の合戦（粟津《あわづ》の戦い）で、義仲から「最後の戦いに女を連れていたと言われるのは無念だ」と去るように命じられ、義仲の前で、大力で評判の御田《おんだの》（恩田とも）八郎師重《もろしげ》の首をねじ切って去っていったという。なお、『源平盛衰記《じょうすいき》』は、相手の武者を師重ではなく内田三郎家吉とし、家吉と組んで首をかき切ったとする。

戦いが終わり、信濃にいた巴は頼朝から呼ばれて鎌倉へ出頭した。斬《ざん》に処されるところ、和田義盛《よしもり》が巴の外見の見事さ、「心の剛も無双」と見て、「種を継」がせたいと願って妻として娶《めと》り、巴は朝比奈三郎義秀を産んだ。しかし、和田合戦で義秀が死ぬと、巴は越中の石黒氏のもとで出家し、義秀らの菩提《ぼだい》を弔《とむら》ったという（『源平盛衰記』）。

巴伝説は全国各地にあり、義仲の墓所である義仲寺《ぎちゅうじ》（滋賀県大津市）の無名庵は巴が義仲の菩提を弔った所であるといい、新潟県長岡市来迎寺の巴ケ丘の地名は、巴が住んだからだという。確証はないが、巴ゆかりの伝説として記しておきたい。木曾の徳音寺が巴の墓所で、墓には「龍神院殿」と刻されている。

那須与一《なすのよいち》　生没年未詳

「与市」とも。藤原氏北家の末流。実名助宗《すけむね》。覚一《かくいち》本などは「宗高《むねたか》」。『那須系図』は「宗隆」。「与一」は十一番目の子の意味。下野国《しもつけのくに》（栃木県）那須郡出身の武士。父は那須太郎助孝《すけたか》。

元暦《げんりゃく》二年（一一八五）二月、源義経が屋島の平家軍を急襲した精鋭軍に属していた。夕暮れに双方陣を引こうとした時、平家方より若い女性が舟に乗って現われ、射てみよと挑発した「扇の的」の、源氏方の射手として抜擢《ばってき》された。与一は、この時「十八、九」とある。覚一本は「二十ばかり」。小兵《こひょう》（小柄で、標準クラスの弓矢を射る者）ではあったが、抜群の命中率が評価された。矢の長さは、「十三束《ぞく》」。覚一本は「十二束三伏《みつぶせ》」とするなど伝本によってさまざまである。

義経の下命に、与一はいったん辞退するが、主の怒りを買い、悲壮な覚悟を固める。折しも風きびしく、的は安定しない。与一は、海中に馬で乗り入れ、源氏の氏神八幡や故郷の神々に命中を祈り、失敗した時は自害し海神の仲間となり祟《たた》るとまで激しく願う。すると波風はおさまり、ねらい澄ました鏑《かぶら》矢を放つと、見事に扇は射抜かれ、三つに裂け散った。与一は敵味方の称賛に包まれた。この名場面は、能「八島」の間《あい》狂言「那須与一語り」としても親しまれている。その後、物語は、平家方から感激して舞い出す武士が登場。義経の命令があり、与一は、尖《とが》り矢でその男を射抜くと続く。

二位《にい》の尼《あま》

一一二五（天治《てんじ》二）～一一八五（元暦《げんりゃく》二）

平時子《ときこ》。従二位《じゅにい》・准三后《じゅんさんこう》。堂上平氏系の兵部権大輔《ひょうぶごんのたいふ》平時信の娘。安徳天皇の外祖母。建春門院滋子《しげこ》（後白河天皇の后・高倉天皇の母）の姉。清盛の妻となり、宗盛・知盛・重衡《しげひら》・徳子《とくこ》（建礼門院）を産む。

仁安《にんあん》二年（一一六七）、清盛は太政大臣に任じられたが、翌三年に重病となり、出家して浄海と名乗った。その際、時子も出家した。承安《じょうあん》元年（一一七一）、娘の徳子が高倉天皇の中宮となったことから、従二位に叙され、二位の尼と称されるようになった。やがて、徳子所生の皇子言仁《ときひと》親王は、治承《じしょう》四年（一一八〇）に即位した。安徳天皇である。だが、翌五年閏《うるう》二月、清盛は激しい高熱を発して死去する。『平家物語』は、清盛の高熱は人が近くに寄ることができないほどの激しいもので、時子は夢の中で清盛に無間《むげん》地獄からの迎えが来るのを見たと伝えている。

清盛が死去したあと、苦労の絶えることはなかった。寿永《じゅえい》二年（一一八三）、平家一門は木曾義仲の侵攻によって都を去ることになり、時子は徳子や安徳天皇、そして一門の者たちとともに西国へと落ちのびていった。翌三年、平家軍は一の谷の戦いで敗れ、末の息子である重衡が源氏方に囚われの身となった。平家の持つ三種の神器と重衡の身柄を交換するという条件の提示もあったが、宗盛らはこれを拒否した。子や孫を何よりも愛した時子にとって、重衡を救えなかったことは、まさに断腸《だんちょう》の思いであったろう。

元暦二年三月、時子は壇の浦の戦いで一門の敗北をさとると、三種の神器の神《しん》璽《じ》を脇に挟み、宝剣を腰に差し、安徳天皇に「浪の下にも都のさぶらふぞ」（巻十一、覚一《かくいち》本）と慰めの言葉をかけ、天皇を抱いて入海した。

二代《にだい》の后《きさき》

一一四〇（保延《ほうえん》六）〜一二〇一（建仁《けんにん》元）

藤原多子《ふじわらのたし》。近衛天皇と二条天皇の皇后。右大臣藤原公能《きんよし》の娘。公能の姉が左大臣藤原頼長《よりなが》の室で、頼長には子がいなかったので、多子は生後まもなく頼長の養女となった。久安《きゅうあん》六年（一一五〇）正月、多子は十一歳で入内《じゅだい》し、同年三月に后となった。その年の六月、頼長の異母兄の忠通《ただみち》は藤原伊通《これみち》の娘の呈子《しめこ》を養女として、近衛帝の中宮に冊立《さくりつ》した。だが、久寿《きゅうじゅ》二年（一一五五）近衛帝が崩御すると、多子は皇太后、ついで太皇太后となって近衛河原の御所に住んだ。ところが、二条天皇は、多子が「天下第一の美人」（巻一「二代后」）であるので女色に耽《ふけ》る気持ちから、永暦《えいりゃく》元年（一一六〇）強引に入内の宣下をし、多子は涙ながらに入内した。多子は前例のない二度の入内をしたので「二代の后」と称された。永万《えいまん》元年（一一六五）二条帝は二十三歳で崩御し、多子はついに皇子・皇女を産むことはなかった。

藤原《ふじわらの》　景《かげ》清《きよ》

生没年未詳

平家の侍大将。上総介《かずさのすけ》藤原忠清の子。「平景清」とも呼ばれる。伊勢・志摩出身の在地武士であるらしい。悪七兵衛《あくしちびょうえ》・上総七郎兵衛などと称される。治承《じしょう》四年（一一八〇）、即位した安徳天皇を守護する十七名の滝口の武士の一人に清盛の推薦で補された（『山槐記《さんかいき》』治承四年三月四日条）が、まもなく治承の内乱が起こり、平家の侍大将として各地を転戦することとなる。覚一《かくいち》本では巻四「橋合戦」より侍大将としてその名が見えるが、百二十句本や読み本系諸本などにはこの時点では景清についての記載がなく、橋合戦以降に参戦したとの説もある。

『吾妻鏡《あずまかがみ》』が一の谷における景清の奮戦を記しているのに対し、『平家物語』では屋島合戦で源氏方の水尾谷十郎《みおのやのじゅうろう》の兜《かぶと》の錣《しころ》を引きちぎった「錣引き」がほとんど唯一の活躍場面である。しかし『平家物語』においても、一の谷では、常に名のある敵を求める熊谷直実《くまがいなおざね》が「越中の次郎兵衛はないか。上総の五郎兵衛はないか。悪七兵衛景清はないか。能登殿はおはせぬか」と叫び、屋島では義経が「悪七兵衛ならばもらすな。射取れや」と三百余騎で攻めかかっており、景清が源氏の武将たちに常に手強《てごわ》い敵として意識されていたことが窺《うかが》われる。

壇の浦の合戦で生き延び、「逃げ上手」（八坂本）と評される落ち武者となるが、そこから、頼朝をしぶとく付け狙う復讐の鬼としての景清伝説が生まれ、景清は、謡曲・幸若舞《こうわかまい》・浄瑠璃・歌舞伎などを通じて、平家の怨念を象徴するキャラクターとして定着することとなる。演劇における景清は、最後は盲目となって日《ひゅう》向《が》宮崎の荘に赴くが、宮崎県には現在も景清をまつる景清廟や生目《いきめ》神社がある。

一方、延慶《えんぎょう》本では、その晩年について、幕府に投降し、和田義盛《よしもり》や八田知家《はったともいえ》らに預けられた後、出家して常陸国《ひたちのくに》へ行き、飲食《おんじき》を絶って東大寺大仏供養の行なわれた建久《けんきゅう》六年（一一九五）三月十三日に死んだ、と記されている。琵琶法師集団である当道《とうどう》が祖と仰ぐ常陸宮人康《さねやす》親王は日向に家領を持っていたとされており、これらの伝承は、景清伝説と琵琶法師集団の関わりを示唆すると考えられている。

藤原《ふじわらの》邦《くに》綱《つな》

一一二二（保安《ほうあん》三）～一一八一（治承《じしょう》五）

正《しょう》二位・権大納言。五条大納言、土御門《つちみかど》大納言などと称された。山蔭《やまかげの》中納言の子孫で、父は藤原盛国。藤原忠通《ただみち》の信任を得て出世し、受領《ずりょう》を歴任して巨額の資産を築く。保元の乱後、宮城造営に功があり、昇進して公卿となった。忠通の死後は子の基実《もとざね》に仕えたが、基実が二十四歳の若さで死去した後は、邦綱が清盛に入れ知恵してその遺領を基実の妻である盛子（清盛息女）に相続させる。これによって摂関家領は平家の統制下に置かれることになり、邦綱は盛子の後見人として平氏との結びつきを深め、権勢を誇った。福原遷都の際も、内裏《だいり》造営は邦綱が担当。清盛と同年同月に没した。『平家物語』においては「さかさかしき人」（利口で、気の利く人）と評されている（巻六）。娘の成子《しげこ》は六条天皇の乳母、邦子は高倉天皇の乳母、輔子《すけこ》は重衡の妻にして安徳天皇の乳母、綱子は建礼門院の乳母である。

藤原《ふじわらの》実《さね》定《さだ》

一一三九（保延《ほうえん》五）～一一九一（建久《けんきゅう》二）

右大臣公能《きんよし》の嫡男。忻子《きんし》（後白河天皇中宮）・多子《たし》（近衛天皇・二条天皇后《きさき》、二代の后）とは同母兄弟。俊成の甥で、定家の従兄にあたる。祖父の実能《さねよし》が「徳大寺左大臣」と呼ばれていたため、「後徳大寺左大臣」と呼ばれた。左右の大将の官位が平家に独占されていた時に、平家の深く信仰する厳島《いつくしま》神社に詣でて大将の位を祈願するというデモンストレーションによって清盛を感動させることに成功し、左大将となる（巻二）。その後は左大臣にまで昇進し、摂政九条兼実《かねざね》の補佐役として活躍した。平家滅亡後、後白河院の大原御幸《ごこう》に随身し、建礼門院の庵室の柱に「いにしへは月にたとへし君なれどその光なき深山辺の里」という歌を書き付けた（巻十二）。『徒然草』第十段によれば、実定邸の寝殿に鳶《とび》が来ないように縄が張られているのを見た西行が、その狭量さにあきれて、以降は訪ねて行かなくなったという。

藤原《ふじわらの》成《なり》親《ちか》

一一三八（保延《ほうえん》四）〜一一七七（治承《じしょう》元）

通称新大納言。後鳥羽院の寵臣であった藤原家成《いえなり》の三男。母は藤原経忠《つねただ》の娘。父の家成のもとに清盛が年少の頃より出入りしており、平氏とは一族ぐるみで密接な姻戚関係で結びついていた。平治の乱の際も、藤原信頼側に味方した罪で、本来は処刑されるところを、妹婿である重盛の請願により許されている。その後は後白河院の寵臣《ちょうしん》となり昇進を重ね、公卿の列に加わるに至った。美濃守であった時には目代《もくだい》（任国で国司の政務を代行した役人）が叡山領の神人《じにん》を射殺し、山門の大衆《だいしゅ》が怒って蜂起したため備中《びっちゅう》に流罪《るざい》となったが、十日足らずで赦免《しゃめん》されている。

　左大将が闕官《けっかん》となった際にその地位を切望したが、結果は右大将の重盛が左大将となり、宗盛がほかの人々を越えて右大将の位に就くという平家の独占人事が行なわれた。それ以来、平氏に深い恨みを抱き、弟の西光《さいこう》や俊寛・平康頼《やすより》らと東山鹿《しし》の谷《たに》で平氏打倒の謀議を重ねていたのが多田行綱《ゆきつな》の裏切りで発覚し、逮捕された（鹿の谷事件）。再び重盛のとりなしでいったんは死罪を免れ、備前国に流罪となったが、清盛により暗殺命令が下され、備前と備中の境、吉備《きび》の中山で崖から突き落とされ、下に植えられていた菱《ひし》に貫かれて絶命した（巻二）。

　鹿の谷の謀議には息子の丹波少将成経も加わっており、成経は鬼界が島に流罪となったが後に赦《ゆる》された。また、平家嫡流最後の生き残りとなる六代を生んだ維《これ》盛《もり》の北の方は成親の娘であり、六代にとって成親は外祖父ということになる。

仏《ほとけ》御《ご》前《ぜん》

生没年未詳

巻一「義王」に語られる白拍子《しらびょうし》。時

の権力者平清盛の寵愛を受ける白拍子の祇王《ぎおう》のもとに現われ、たちまち清盛の寵《ちょう》を奪い、祇王を没落させた、加賀国出身の十六歳の白拍子である。のち栄華の絶頂にありながらも世の無常を悟り出家して、祇王とその母とぢ、妹祇女《ぎじょ》たちが隠棲《いんせい》している草庵を訪れ、祇王たちとともにその草庵にて仏道に励み、往生の素懐《そかい》を遂げたという。祇王が、仏御前の出現によって心ならずも没落した、わが身の不孝を嘆く思いのため仏道に専心できずに苦しむのに対し、仏御前は、世の無常を鋭敏に感知して自ら仏門に入り、仏道を求め行ずるという、悟り早い女性として描かれている。ここには、浄土教の「厭離穢土《おんりえど》・欣求浄土《ごんぐじょうど》」の教えをあえて具現化しようとする意図がみられる。民衆仏教としての浄土教信仰が、時代の大きな思潮として受容されてゆくという背景のもとで造型された人物像と言えよう。

仏御前の実在については、祇王たちと同様に不明である。しかし、京都の長《ちょう》講堂《こうどう》の過去帳には、祇王たちとともに「仏御前」の名が記しとどめられている。また、仏御前の出身地とされる加賀国には『仏御前事跡記《じせきき》』や『仏御前影像略縁起《えんぎ》』(ともに江戸時代の作)が残されている。世阿弥の作と伝える謡曲「仏《ほとけの》原《はら》」は、故郷に帰った仏御前を描いている。

源《みなもとの》 範頼《のりより》 ?〜一一九三(建久《けんきゅう》四)

源義朝の六男、頼朝の弟にして義経の兄。母は遠江《とおとうみ》池田宿の遊女。同国蒲御《かばのみ》厨《くりや》に生まれたところから蒲冠者と呼ばれる。平治の乱の後は、九条兼実《かねざね》の家司《けいし》、藤原範季《のりすえ》(平教子の夫)に都で養育されていた。頼朝挙兵後は、部将として義経とともに木曾義仲を撃破、ついで一の谷に平氏を討って三河守に叙せられた。その後は中国・九州での平家追討にも出向し、乱後の九州経営にも努めている。

『平家物語』では義経の華々しい活躍の陰に隠れて範頼はあまり存在感がないが、対義仲・対平家の戦《いくさ》において、搦《から》め手の大将である義経が得意の奇襲戦法で大きな成功を収めることができた背景として、大軍を率いて正面から敵を攻撃する大手の大将の任を果たしてきた範頼の存在は看過《かんか》できない。『徒然草』第二百二十六段は、『平家物語』の作者について「義経のことは詳しく知っていて書き記しているが、範頼についてはよく知らなかったのだろうか、多くのことを書き漏《も》らしている。」と記す。その最期については、頼朝より義経追討の大将を命じられたが、断ったために伊豆に追われて殺されたとあり（巻十二）、『吾妻鏡《あずまかがみ》』は配流《はいる》同然に伊豆に下向させられたことは記すが、その死については詳述していない。『保暦間記《ほうりゃくかんき》』には、建久四年の曾我兄弟の仇討ちの際に、頼朝も殺されたという誤聞が広まり、悲しむ政子《まさこ》を範頼が慰めたことが幕府横領の疑いを招き、修禅寺に幽閉され、梶原景時らに攻められて自刃したとある。

源《みなもとの》　行家《ゆきいえ》　?～一一八六（文治《ぶんじ》二）

源為義《ためよし》の十男、本名は義盛《よしもり》。保元・平治の乱で父為義・兄義朝を失い、その後平家の全盛時代は熊野新宮に隠れ住み、新宮十郎《しんぐうのじゅうろう》といった。

治承《じしょう》四年（一一八〇）四月、以仁王《もちひとおう》の令旨《りょうじ》伝達者として推挙された。巻四「高倉の宮謀叛《むほん》」では、義盛が「行家」と改名し、令旨の御使として東国に下され、頼朝・義仲など各地の源氏に蜂起を促したと描かれる。その後頼朝を頼ったが入れられず、義仲と組んだ。頼朝が義仲を牽制《けんせい》して信濃に兵を向けたとき、義仲は頼朝に「行家が義仲の陣にいるからか」と述べる場面がある（巻七）。行家は、その後、義仲とともに平家を追って入京し、後白河法皇から平家追討の院宣《いんぜん》を受けたが、論功行賞《ろんこうこうしょう》は頼朝、義仲に次いで第三位だった。京都の貴族は、行家と義仲が叔父・甥の間で権力を争っているように感じたという（『玉葉《ぎょくよう》』）。行家はまもなく院に「讒奏《ざんそう》」して義仲との溝を深め（巻八「瀬尾最後」）、義仲追討の頼朝派遣軍が京に迫ると、それに同調して義仲と対立し、その後は義経と組んだ。平家滅亡後の文治元年（一一八五）八月、義経・行家らは頼朝に追われる身となる。巻十二「義経都落ち」は義経とともに行家の都落ちを語り、行家は和泉国で捕らわれて討たれ、首は鎌倉に送られたと伝える。

源《みなもとの》　義経《よしつね》　一一五九（平治《へいじ》元）～一一八九（文治《ぶんじ》五）

左馬頭《さまのかみ》源義朝の九男。母は九条女院（近衛天皇の皇后藤原呈子《しめこ》）の雑仕常盤《ぞうしときわ》。幼名は牛若。父義朝は平治の乱で清盛と戦って敗れ、討たれた。牛若は母常盤と大和の宇陀《うだ》に落ちたが、許されて、後に鞍馬寺に預けられた。

十六歳の承安《じょうあん》四年（一一七四）密かに鞍馬を出、奥州の藤原秀衡《ひでひら》を頼った。従者には佐藤継信《つぐのぶ》・忠信、金商人吉次、伊勢三郎義盛、武蔵坊弁慶、常陸坊海尊《ひたちぼうかいそん》らがいた。治承《じしょう》四年（一一八〇）八月、兄頼朝の挙兵を知り、駿河国で兄と対面。義経二十二歳。『平家物語』への登場は巻八「義経熱田の陣」で、寿永《じゅえい》二年（一一八三）暮れに、木曾義仲追討のため兄範頼《のりより》と軍を率いて西上。巻九「宇治川」「義経院参」で都に攻め上り、翌年一月に義仲を討った。二月に一の谷で平家軍と戦い、鵯越《ひよどりごえ》の逆落《さか》としの奇襲戦法で勝利した。討ち取った平家公達《きんだち》の首は義経が強く要請して都の獄門の樹に懸けた（巻十）。その後義経は京で検非違使《けびいし》・左衛門少尉《しょうじょう》にとりたてられて兄頼朝の不興を買う。翌元暦《げんりゃく》二年（一一八五）二月には屋島合戦に勝利し、三月に壇の浦で平家軍を壊滅させた（巻十一）。その六月、義経は捕虜の平宗盛父子を護送して鎌倉に向かうが、兄頼朝は鎌倉入りを拒否。義経は「腰越状《こしごえじょう》」を送って弁明したが、許されなかった（巻十二）。その上頼朝は刺客を送るなど挑発が高じ、義経は頼朝との対決を覚悟した。しかし孤立し、都を落ちて藤原秀衡を頼り奥州平泉に下った。その後の、文治五年に義経が平泉で戦死するまでの経緯は『義経《ぎけい》記《き》』などが描く。義経の悲劇的な死とその運命への同情から「判官《ほうがん》びいき」の心情が生まれ、判官物文芸が展開した。

源《みなもとの》義《よし》仲《なか》

一一五四（久寿《きゅうじゅ》元）〜一一八四（寿永《じゅえい》三）

木曾義仲とも。源義賢《よしかた》（義朝の弟）の次男。幼名は駒王丸《こまおうまる》。母は遊女であったという。兄は仲家。父は久寿二年（一一五五）八月甥の悪源太義平《よしひら》に武蔵国大倉で討たれた。遺児義仲の始末は斎藤別当実盛《さねもり》に任されたが、実盛は密かに義仲の乳母の夫中原兼遠《かねとう》（信濃国木曾の土豪）にこれをゆだね、義仲は木曾で育てられた。

成人するにつれて「平家を滅ぼして、世を取らばや」と語るようになり、信濃の根井《ねのい》・滋野《しげの》や上野《こうずけ》の那波《なわ》など多くの武士がつき従った。義仲の挙兵を知った清盛は、城《じょう》の資長《すけなが》を越後守に任命して義仲に対抗させた（巻六）。しかし、翌治《じ》承《しょう》五年（一一八一）六月城の資長は頓《とん》死《し》。その後城の四郎資茂《すけもち》が越後守になり、義仲は横田河原でこれと戦って勝った。東国・北国の源氏は「蜂のごとくに起こりあ」い、都に攻め上る勢いだった。そんな頃義仲と頼朝の仲が険悪になり、義仲は嫡子義高《よしたか》を人質として鎌倉に送って和睦《わぼく》し、北陸道の平家軍と対決した（巻七）。五月に倶利伽羅《くりから》峠の合戦で勝利し、平家軍を追って七月に京攻めの態勢をとると、平家一門は都を落ちた。義仲への褒賞《ほうしょう》は左馬頭《さまのかみ》と伊予守だった。入京後の義仲は「たちゐふるまい」の無骨なことが笑われる。その後山陽道に平家を追った義仲軍は水島合戦で敗れ、都では行家が義仲を法皇に讒言《ざんげん》した。帰京した義仲は後白河院との関係も悪化して、院の御所法住寺殿を襲った（巻八）。そして頼朝が派遣した義仲討伐軍と京・近江で戦い、義仲は近江で討たれた。巻九「兼平《かねひら》」は、義仲の死への道行きを乳兄《ちきょう》弟《だい》兼平との人間愛を基調に描いている。

源《みなもとの》　頼朝《よりとも》　一一四七（久安《きゅうあん》三）〜一一九九（正治《しょうじ》元）

清和源氏。左馬頭《さまのかみ》義朝の三男。母は熱田大宮司藤原季範《すえのり》の女《むすめ》。平治の乱で初陣したが、敗れて父と兄を失い、自身も捕らわれた。清盛の継母池《いけ》の禅尼《ぜんに》のはからいで助命されて、伊豆国に流された。それから二十年後の治承《じしょう》四年（一一八〇）八月頼朝は挙兵し、石橋山合戦で敗れ、安房《あわ》・上総《かずさ》に渡ったとの報が大庭景《おおばかげ》親《ちか》によって福原にもたらされると、清盛は大いに怒り、かつて頼朝を助命したことを後悔した（巻五）。頼朝に決起を促したのは伊豆に流されていた文覚《もんがく》であるという。やがて頼朝は鎌倉に帰って再起し、十月駿河国に出陣。富士川で平家軍を破った。その後、一の谷合戦で捕虜にした重衡《しげひら》と鎌倉で面会し、重衡の優しさを誉め（巻十）、都落ちで平家一門と同行しなかった池大納言平頼盛《よりもり》とも鎌倉で面会して所領を安堵《あんど》した。平家が壇の浦で滅んだ文治《ぶんじ》元年（一一八五）、頼朝は破格の昇進をし、従《じゅ》二位に叙せられた。巻十一「剣《つるぎ》の巻下」では、頼朝と義経の源氏再興に至った過程を鬚切《ひげまる》・膝丸《ひざまる》と関わらせて説き、義経との間が不仲になった事情を同「鏡の沙汰《さた》」で説く。また、巻十二「時忠《ときただ》能登下り」では、文治三年八月に頼朝が鎌倉に文覚を迎え、父義朝の髑髏《どくろ》首を受けて寺を建て、供養したと述べ、終章「断絶平家」で頼朝の死にふれている。

源《みなもとの》　頼政《よりまさ》　一一〇四（長治《ちょうじ》元）〜一一八〇（治承《じしょう》四）

清和源氏。源頼光五代の孫、兵庫頭《ひょうごのかみ》仲政の子。早くから朝廷に出仕した。保元の乱では源義朝らとともに戦ったが、平治の乱では平清盛に味方して家を守った。歌人としても著名で、『千載集』『新古今集』などの勅撰集に六十余首入集《にっしゅう》。『平家物語』では、巻一「御輿《みこし》振《ぶ》り」に「大内守護の源三位《げんざんみ》頼政」として登場。頼政が従三位《じゅさんみ》に叙せられたのは治承二年（一一七八）で、清盛の奏請《そうせい》によるものだったが、治承四年の以仁王《もちひとおう》の反平家運動で、頼政は宮に謀叛《むほん》を勧める役を担い、巻四「高倉の宮謀叛」で「源三位入道、この御所へ参りて申しけることこそおそろしけれ」と描かれる。頼政の反平家感情は、子の仲綱《なかつな》が所蔵した駿馬《しゅんめ》を平宗盛が強請し、仲綱が出し惜しんでこじれた事情がその背景にあったという。以仁王の謀叛は平家方の知るところとなり、追討される身となった王に頼政は園城《おんじょう》寺《じ》に走るよう進言し、自らも邸に火を放って合流した。しかし、園城寺では平家方に通じる者が現われ、以仁王・頼政は奈良興福寺を目指して落ちる途中、宇治で平家軍の追撃を受け、戦って自害した。七十七歳。その過程は巻四の「三井寺大衆揃《だいしゅぞろ》ひ」「橋合戦」「頼政最後」において頼政を事件推進の中心人物として位置づけ、折々のエピソードを添えて描く。同「鵺《ぬえ》」では頼政の履歴にふれ、二度に及んだ鵺退治の誉《ほま》れが描かれる。

以仁王《もちひとおう》

一一五一(仁平《にんぺい》元)～一一八〇(治承《じしょう》四)

後白河天皇の第二皇子。三条高倉に住んだことから高倉宮ともいう。母の出自が低く親王宣下《せんげ》はなく、幼少にして天台座主《ざす》最雲の弟子となったが、最雲の死により出家はしなかった。その人物について巻四「高倉の宮謀叛《むほん》」は、「御手跡《おんしゅせき》いつくしうあそばし、御才学すぐれ」ていたが、継母建春門院(平滋子《しげこ》)のねたみにより親王宣下はなかったとする。

治承三年(一一七九)十一月の清盛のクーデターにより父後白河法皇が鳥羽殿に幽閉され、翌四年二月に清盛の孫の安徳天皇が践祚《せんそ》したことなどから、源頼政の勧めに従って平家への謀反を決意した。『吾妻鏡《あずまかがみ》』は自ら最勝王《さいしょうおう》と称して平家討滅の令旨《りょうじ》を発したとする。宮と頼政の結びつきは、頼政が以仁王が元服した御所に伺候《しこう》していたことにあり、巻四「競《きおう》」は頼政の子仲綱が馬のことで平家に恨みがあって、それで王に謀反をすすめたという。王の謀反は熊野の別当湛増《たんぞう》が都に注進して露見し、追討される身となった。王は、頼政からその連絡を受け、園城寺《おんじょうじ》に走るが、衆徒《しゅと》の心変わりを察して奈良に向かう。その途中宇治平等院に寄り、追撃する平家軍と闘い、流れ矢にあたって討ち死にした。治承四年五月二六日のことで、以仁王三十歳。首は六波羅にもたらされた。その反乱は十日間で終わったが、以仁王の令旨は頼朝や義仲らに挙兵の名分を与え、治承・寿永《じゅえい》の内乱の火蓋《ひぶた》を切ることになった。

文覚《もんがく》

一一三九(保延《ほうえん》五)～一二〇三(建仁《けんにん》三)

文覚は巻五「文覚」で「渡辺の遠藤左《さ》近将監《こんのしょうげん》茂遠《しげとお》が子遠藤武者盛遠《もりとお》」と紹介される。「十九の年に道心をおこし」て出家した(出家の動機は、延慶《えんぎょう》本・長《なが》門《と》本・源平盛衰《じょうすい》記などは、盛遠が人妻の袈裟《けさ》御前に横恋慕し、その夫と思って袈裟御前を殺害したことにあったとする)。そして、出家の修行を始めるに当たり藪の中で大の字になって虻《あぶ》・蟻などに刺され、「修行というはこれほどの大事か」と問い、「さては、やすきこと」と言ってひるまず修行に邁進《まいしん》したとか、氷柱《つらら》が下がる真冬の熊野の滝に打たれ、気絶して滝水に流されながらも不動明王の加護によって二十一日の行を終えたと描いて、その超人ぶりを印象づける。また、出家後の文覚は大峰や熊野で修験《しゅげん》の修行をし、「やいばの験者」と評判された。その後荒廃していた高雄神護寺《じんごじ》の復興を思い立つ。寄付を募って院の御所法住寺殿に参入して狼藉《ろうぜき》に及び、後白河法皇の逆鱗《げきりん》にふれ、伊豆に流された。

「文覚」はつづいて、それが機縁で頼朝と深く関わることになり、平家を倒して天下を取れと言い、父義朝の髑髏《どくろ》を見せて謀叛《むほん》を説き、平家討伐の院宣《いんぜん》をさえ自ら取り付けて頼朝に渡し、挙兵に踏み切らせたと描く。さらに、文覚は、壇の浦合戦後に平家の嫡孫六代とも関わる。巻十二「六代」では六代を弟子にした文覚が頼朝に助命嘆願して許されたこと、そして、「断絶平家」では出家した六代が高雄山に住んだこと、文覚が謀叛の罪で隠岐《おき》に流され、六代も鎌倉で斬られたことが語られる。史実では、平家滅亡の頃、文覚は後白河院と頼朝を外護者とし、自身の庄園の経済力も加えて東寺・西寺・高野山大塔などを復興修繕した。頼朝亡き後、後鳥羽院の忌《い》むところとなり、佐渡などに流され、配流《はいる》途中の鎮西(九州)で客死したといわれる。

横笛《よこぶえ》

生没年未詳

建礼門院に仕えた雑仕女《ぞうしめ》。巻十「横笛」によれば、横笛は建礼門院に雑仕女として仕えていたが、重盛の侍で、滝口の武士に任ぜられた斎藤滝口時頼と恋に陥る。しかし時頼は、横笛との結婚を横笛の身分が低いとの理由で父から反対されたのを機に出家し、嵯峨《さが》の往生院で修行に励む身となってしまう。そのことを聞き知った横笛は、時頼の後を追って嵯峨の往生院を訪ねるが、居留守をつかわれて会うことも叶《かな》わない。時頼、即ち滝口入道は、さらに高野山に登り清浄院《しょうじょういん》(正しくは清浄心院)で仏道に専念する身となるが、横笛も出家して、同じ仏道の世界に入る。これを聞いて喜んだ滝口入道は一首の歌を横笛に送り、横笛もこれに返歌する。横笛は奈良の法華寺《ほっけじ》で修行していたが、それからいくほどもなく死去してしまったという。

この滝口入道と横笛との悲恋物語では、

悲恋に泣き悶《もだ》える横笛の哀れな姿と、道心堅固で世俗の愛にも揺るがぬ滝口入道の姿とが対照的に描かれている。ここには、悲恋と遁世《とんせい》とが主題として語られる中世小説に連なる特質が見出せるとともに、恋無常、信仰第一という時代風潮の影響がみられる。

横笛の素性は、語り本系では建礼門院の雑仕女とするだけだが、源平盛衰《じょうすい》記では「神崎の遊君、長者の娘」とする。長門《ながと》本も同趣。横笛の出家や最期は、四《し》部合戦状《ぶのかっせんじょう》本・長門本・源平盛衰記では出家のことには触れず、横笛は滝口入道に会うことができずに桂川に身を投げたとする。また、延慶《えんぎょう》本では、横笛は出家して東山の清岸寺にいた後、桂川に身を投げたとする。滝口入道と横笛との悲恋関係の事実性については、『吉記《きっき》』で時頼の出家が確認されるのみで、横笛のことは記されず、確認することは難しい。

この悲恋物語は、高山樗牛《ちょぎゅう》の『滝口入道』によって、さらに有名になった。

六代《ろくだい》　生没年未詳

平重盛《しげもり》の孫、小松三位中将維盛《さんみのちゅうじょうこれもり》の嫡子。母は鹿《しし》の谷《たに》事件の首謀者藤原成親《なりちか》の女《むすめ》。『尊卑分脈《そんぴぶんみゃく》』によれば童名は六代丸。名は清高。出家して妙覚と称し、文《もん》覚《がく》上人の弟子となった。平家嫡流最後の人物。六代の名は平家中興の祖正盛から数えた代数による。父維盛が幼名五代で、その子は六代とされた。

巻七「維盛都落ち」は、父維盛が都落ちの際に妻と子六代らの同道を許さず、斎藤別当実盛《さねもり》の子、斎藤五、六兄弟が世話をしたと語る。一の谷合戦の後、巻十「平家の一門首渡さるる事」では、父維盛と文のやりとりがあり、六代も幼い返事をしたためる。また、同「池の大納言関東下り」では、維盛の妻子が維盛入水《じゅすい》自殺の報に接して悲嘆に暮れる。そして巻十二「六代」では、壇の浦で平氏一門が滅亡した後、隠れ住んでいた京都大覚寺北菖蒲沢で北条時政に捕らわれ、討たれるところを文覚の助命の奔走によって助けられ、出家してその弟子となる。しかし、巻十二の終章「断絶平家」では、「さる人（文覚）の弟子、さる人の子なり、孫なり。髪は剃《そ》りたりとも、心はよも剃らじ」と言われて、三十二歳で鎌倉で処刑され、「それよりしてぞ、平家の子孫は絶えにけり」と語られる。『吾妻《あずま》鏡《かがみ》』は、建久《けんきゅう》五年（一一九四）に六代が文覚の書状を携えて鎌倉に赴き、頼朝が「一寺の別当に補す可し」という意向を示したとする。しかし、結局、再度京都で捕らわれ、建久九年に関東で斬られた（『鎌倉年代記裏書』）。

第四部　物語の背景

『平家物語』の舞台

平氏発祥の地と六波羅《ろくはら》

『平家物語』は書名が示しているように、平家の物語、平家の興亡を語り伝えようとしたものである。この物語には三人の主役が存在する。前半が平清盛、中間が源義仲、後半が源義経である。この三人は善きにつけ悪しきにつけ、物語の中で生き生きと行動する。

前半の主役である清盛に視点を置いたとき、当然、その父忠盛《ただもり》あたりから見てゆかねばならない。『平家物語』冒頭に、平国香《くにか》より正盛にいたるまで六代は「諸国の受領」であって、宮中の昇殿を許されなかったと記されている。だが、忠盛は鳥羽院の御願寺《ごがんじ》である得長寿院《とくじようじゆいん》を造営し、三十三間の御堂《みどう》を建て一千一体の仏像を安置した。鳥羽院の喜びは大変なもので、但馬国《たじまのくに》（兵庫県）を与えたうえに清涼殿への昇殿を許した。こうして忠盛は貴族の仲間入りをしたのである。

平家一門栄華の土台を築いた忠盛は、現在の三重県津市に生まれた。津市には平家発祥伝説地があり、そこは忠盛誕生の地といわれ、忠盛産湯《うぶゆ》の池と称するものがある。つまり伊勢平氏発祥の地である。

ところで、平家一門といえば六波羅探題を連想するが、現在、六波羅蜜寺《ろくはらみつじ》や洛東中学校のある六波羅界隈は、六道の辻という標柱も建っているように、古代、葬儀のときはここで僧が死者に引導を渡して、葬送の地である鳥部野《とりべの》へと向かったのである。六波羅は忠盛が伊勢から兵を率いて上洛した地であるが、このあたりのことについて、山本四郎は『京都府の歴史散歩』上（山川出版社、平成七年）で、「忠盛の父正盛が内蔵安富の名で珍皇寺《ちんのうじ》から畑一町を借りうけた文書があるところから、六波羅と平氏との関係は正盛時代にさかのぼる。古来、無常所《むじようしよ》とされる鳥部野の近くを居所としたのは、この地が渋谷越《しぶたにごえ》から山科《やましな》を経て東国に通じる要所であったからとも考えられる」と述べているが、大勢の平家一門が住み着くのには、藤原氏など伝統的な貴族が住む京の都では、このような無常所しかなかったという土地の事情も関係していたように思う。

六波羅は六原とも書くらしいが、その意味は判然とせず、「六波羅」とは「髑髏《どくろ》」が訛《なま》ったものであるともいわれる。また、「六」は霊の古語であるといい、六字とは南無阿弥陀仏のことである。六波羅が六原で、「六」が霊を指すとすると、「六原」とは「霊の原」ということになる。ともあれ、この六波羅には、正盛・忠盛を経て清盛の時代になると、五千余りの平家一門の家邸が立ち並ぶことになる。

清盛は六波羅や福原のほかに、京都の西八条にも邸宅を持っていた。多田蔵人行綱《ただのくろうどゆきつな》が鹿の谷《ししがたに》における後白河法皇や俊寛らの平家打倒の陰謀を密告したのは、西八条邸においてであった。白拍子《しらびょうし》の祇王《ぎおう》（妓王、義王とも）とともに住んだのも西八条邸である。西八条邸は京都市下京区七条御所ノ内本町の若一《にゃくいち》神社がその地であるといわれ、神社前の小高い場所に清盛手植えの楠《くすのき》がある。

若一神社の清盛像

後白河法皇は、永暦《えいりゃく》元年（一一六〇）、藤原為光《ためみつ》が建てた法住寺の跡に離宮を造営した。法住寺殿である。そして、長寛二年（一一六四）、清盛はその法住寺殿の一郭に蓮華《れんげ》王院《おういん》（三十三間堂）を創建した。だが、寿永《じゅえい》二年（一一八三）十一月十一日、後白河法皇から京都退去を命じられた義仲は、法住寺殿を攻めて焼き討ちにし、後白河法皇を幽閉した。後白河法皇は崩御《ほうぎょ》の後、遺命により法住寺殿近くの東法華堂に葬られた。現在、三十三間堂近くに所在する法住寺である。

清盛は神仏に対して深い信仰心を抱いていた人であった。熊野とともに安芸《あき》の厳島《いつくしま》神社に篤《あつ》い信仰の念を持ち、現在の社殿は清盛の造営したものである。厳島神社に納経をしたり、高野山大塔の修理を行ない、福原では千僧による『法華経』の転読を行なったりしている。厳島神社の経塚《きょうづか》は清盛が平家一門の繁栄を祈って納めたものと伝えられている。

ところで、屋島の合戦の折、平家が立てた扇の的は、高倉天皇が厳島神社に奉納したもので、平家が都を落ちたときに参詣したとき、神主佐伯景廣《さいきかげひろ》が扇を取り出して、「この扇を持っていたならば、敵の矢は戻って矢を射た者に当たるだろう」と言って渡したものである。平家軍は「この扇を射外したならば戦《いくさ》は平家が勝つだろう、射当てることができたならば源氏が利を得るだろう」と、勝負の行く末を占うために立てたものであった（『源平盛衰記《じょうすい》』）。

それにしても、扇の的の横に立った玉虫の前（舞《まい》の前とも）という女性は、なんと胆力のすわった女性であることか。建礼門院徳子が立后《りっこう》のとき、千人の中から選ばれた雑《ぞう》仕《し》であるというが、見事に的を射た与一だけでなく、扇の的の横に平然と立っている十九歳の女性にも感嘆すべきである。

『平家物語』に登場する女性たちは、乱世に生きる人々の宿命なのであろうか、概して悲劇的色彩が強い。祇王は同じ白拍子の仏御前が現われたことから、清盛の寵愛を失い、出家して嵯峨野に住む。清盛と祇王の間柄が良かったときのことであろうか、清盛は祇王に望みのものがないかと尋ねた。祇王は「自分の生まれ故郷（現在の滋賀県野洲《やす》町）は水の便が悪いから、井戸を掘ってほしい」と願った。そこで清盛は五年の歳月をかけて掘り、これが現在も野洲の町の人たちが水田などに利用している義王井川（妓王井川とも）である。この話は野洲に伝わる伝承であるが、清盛の事業が八百年の歳月を超えて生きているのである。

『平家物語』は、清盛と祇王がともに住むようになって「三年」目に仏御前が現われて、祇王は清盛と別れることを余儀なくされたと伝えている。『平家物語』に記されている「三年」という記述が事実であるとすると、清盛は祇王と別れたけれど、約束通り「井戸」（川）は掘り続けたことになる。

木曾殿館・木曾・粟津《あわづ》

前半から後半にかけての主役を演じる木曾義仲は、『平家物語』では損な役まわりを演じている。頼朝は「ゆゆしくおはしける」（覚一本、立派であられた）と記されているのに対し、義仲は「たちゐの振舞の無骨さ、物いふ詞つづきのかたくななる事限りなし」（覚一本、立ち居振る舞いの荒々しさ、ものを言うときの言葉遣いの野卑《やひ》なことは限りなかった）と記されている。

義仲の舞台は、二歳まで過ごした埼玉県比企《ひき》郡の嵐山《らんざん》町、幼年期から挙兵まで過ごした長野県の木曾、奇襲戦法で平家軍を打ち破った富山県の倶利伽羅《くりから》峠、そして義経軍と戦った宇治川などである。

嵐山町には、義仲が生まれたときに使った産湯《うぶゆ》清水がある鎌形《かまがた》八幡神社、父源義賢《よしかた》の下屋敷で小枝御前が住んで駒《こま》王丸《おうまる》（義仲）を出産した木曾殿館跡がある。義仲はここに二歳のときまで住んでいて、父が戦死したあと、斎藤別当実盛《さねもり》らの温情で密かに木曾へ逃れることになる。なお、木曾殿館跡近くにある班渓寺《はんけいじ》は、義仲の愛妾山吹御前が義仲の遺児清水冠者義高《よしたか》の菩提《ぼだい》を弔うために建立したものと伝えられている。

義仲の本拠地はなんといっても木曾で、日義《ひよし》村には義仲館跡がある。そこは義仲が治承《じしょう》四年（一一八〇）に平家打倒の旗あげをしたところで、八幡宮をまつったことから、旗あげ八幡宮といわれる。義仲の菩提寺の徳音寺《とくおんじ》には義仲、

木曾義仲館跡

母の小枝御前、今井四郎、樋口次郎、巴御前の墓がある。徳音寺は義仲が母の菩提所として、また平家討伐の祈願をするために設けたもので、初め柏原寺と称したが、義仲が討ち死にしたあと、大夫房覚明《かくめい》が義仲の朝日将軍の号にちなんで日照とし、義仲の法号徳音を寺名として日照山徳音寺と改めた。

なお義仲の首塚は京都東山区の法観寺（八坂塔）境内にある。

義仲の京都での評判はかんばしくなかった。部下の統率がよくできていなかったことが悪評を被ることになった。『平家物語』では洗練されていない野生児のような言動を繰り返す。義仲の部下が京の都で乱暴狼藉《ろうぜき》を働くものだから、後白河法皇は狼藉を鎮めさせるために鼓判官知康《つづみほうがんともやす》を使者として遣わした。知康は鼓の名手であるから鼓判官と称されていたのである。しかし、義仲は法皇に対する返事をせずに、「わ殿を鼓判官といふは、よろづの人に打たれたうたか、はられたうたか」（覚一本、お前さんのことを鼓判官というのは多くの人に打たれでもなさったか、張られでもなさったか）ときいたのだ。知康はプライドを傷つけられ、法皇に「義仲をこの者で候。只今朝敵になり候ひなんず。急ぎ追討せさせ給へ」（覚一本、義仲は馬鹿者です。すぐにも朝敵となりましょう。急いで追討なされませ）と報告し、これが法住寺合戦へと展開してゆくことになる。

義仲は、源義経軍との戦いで粟津の松原（滋賀県）で戦死した。乳母子《めのとご》の今井四郎兼平《かねひら》もそこで戦死するのだが、口に太刀をくわえて馬から真っ逆さまに落ちて死ぬ兼平最期の場面は、『平家物語』の中でも凄絶さを通り越して、一つの悲壮美の世界を現出している。義仲の墓は滋賀県大津市の義仲寺《ぎちゅうじ》に松尾芭蕉の墓と並んであり、兼平の墓は大津市のＪＲ石山駅からおよそ百メートルくらいの所に存在する。

宇治川・一の谷・屋島

後半の主役源義経は、大きな戦いを四度行なっている。義仲と戦った宇治川の戦い、平家軍と戦った一の谷・屋島・壇の浦の戦いである。宇治川の戦いは渡河《とが》戦、一の谷の戦いは攻城戦、屋島の戦いは海（平氏）と陸（源氏）との対峙《たいじ》戦、壇の浦の戦いは海戦である。義経は様式の異なる戦いに短期間で決着をつけ、全て味方に勝利をもたらしているのだから、まさに天才武将であったといえる。

宇治川は「西国一の大河」（『平家物語』）であり、川を渡らなければ戦いにならない。宇治の平等院へ行く途中、宇治川の中に佐々木四郎高綱《たかつな》と梶原源太景季《かげすえ》が先陣争いをした碑が立っている。高綱は頼朝からもらった名馬生《いけ》ずきに乗り、ものの見事に向こう岸に渡ることに成功した。こうして、義経は粟津の戦いで義仲を倒すことができた。

一の谷の戦いのときは、義経の鮮やかな戦法がひときわ生彩を放った。平家軍は前が海、後ろが崖という所に陣を構えていた。そのうえ大軍である。諸書によって兵の数字は異なるけれど、『吾妻鏡《あずまかがみ》』によれば、義経はわずか七十騎余りで二万余の平家軍を打ち破ったという。有名な鵯《ひよどり》越《ごえ》の逆落《さかお》とし（坂落とし）である。

まさに奇襲戦法なのだが、人は正面から攻め寄せてくる敵にはさほどの恐怖心を持たない。だが、背後から来る敵には激しい恐怖を感じる。義経側としても大軍に少数の兵で正面から立ち向かっても勝ち味は薄い。それで、背後から敵の本陣をついたのである。義経は逆落としをするとき、はじめに鞍《くら》を置いた馬を三頭落としてみて、無事に下り立った馬がいるのを見届けると、「馬どもは主々《ぬしぬし》が心得て落とさうには損ずまじいぞ。くは落とせ。義経を手本にせよ」（覚一本、馬はそれぞれが注意して落としてゆけば、けがをするまい。さあ落とせ。義経を手本にするがよい）と言って、逆落としをしたという。

義経は小柄な人であったようだが、人一倍勇猛果敢な精神の持ち主であった。だから、佐藤継信《つぐのぶ》（嗣信）・忠信兄弟や武蔵坊弁慶など腹心の部下たちが信頼しきってどこまでもついていったのである。

なお、神戸市須磨区に「史跡　鵯越」の標柱が立っているけれど、今日、鵯越がいったいどこであるのか、正確な場所はわからなくなっている。

一の谷の戦いの折、生田の森の大将軍平知盛《とももり》は、息子の知章《ともあきら》を戦死させている。味方の兵士が全て逃げ失せ、知盛は知章と家来の監物《けんもつ》太郎頼方《よりかた》の三人のみとなり、自分を逃がそうとして知章と頼方が戦死してゆくのを見ながら、馬を泳がせて味方の船にたどり着くことができた。そのあとで知盛は涙を流しながら「子を見殺しにして逃げるなど、他人がこのようなことをしたらどんな言葉で非難するかわからない。しかし、いざ自分のこととなると、命は本当に惜しいものであると思い知らされた」と語っているが、ここには、人間の偽りのない心情が吐露《とろ》されている。神戸市の生田神社が知盛らの本陣であった。

平家の若武者平敦盛《あつもり》が熊谷直実《なおざね》に討たれたのも一の谷の戦いであった。神戸市の須磨寺には敦盛所有の青葉の笛が残されており、境内には敦盛首洗い池がある。また、豪勇無双の荒武者平忠度《ただのり》も一の谷の戦いのおり、西国へ落ち延びてゆく途中、岡部六野《ろくや》太忠澄《ただずみ》に討たれた。六野太の首をかこうとした瞬間、忠度は六野太の家来に腕を打ち落とされてしまったのだ。兵庫県明石市に忠度の胴塚と腕塚があり、埼玉県深谷市の清心寺には六野太が忠度の冥福を祈って建てた墓（毛髪が埋められているという）がある。

屋島の戦いの折に、義経は奥州から伴ってきた佐藤継信を戦死させている。継信は義経目がけて飛んできた矢の前に自らの身を投げ出して楯となって死んでいったのだ。そして、屋島では那須与一の扇の的射ちも行なわれた。与一の的射ちは、夕暮れ時で的が見にくく、しかも風が吹いて波が高い。扇の的までの距離は「七段」（一段は約十一メートル）。そうした悪条件の中で、与一は敵味方の武士が見守る中、扇の要を射切ったのである。

なお、やはり屋島の戦いの折のことだが、大阪市此花《このはな》区にある小さな社・神明社（明治四十年、露天神社に合祀）は、義経が梶原景時と逆櫓《さかろ》のことで言い争いをしたとき、風波鎮護の祈願をした場所であるという。

壇の浦

源平最後の戦場は長門国《ながとのくに》の壇の浦。現在の下関である。『平家物語』巻八に「長門国は新中納言知盛卿の国なりけり」（覚一本）と記されている。これが事実とすると、いわば壇の浦は知盛にとってホームグラウンドである。知盛は彦島（下関）に陣を構え、周防国《すおうのくに》から攻め寄せてくる義経軍を待ち受ける姿勢をしていたといえる。

壇の浦の戦いの前のことであるが、元暦《げんりゃく》元年（一一八四）八月、源範頼《のりより》は平家を討伐すべく鎌倉を出発した。十月頃、安芸国に到着したものの、平家は中国地方の船を自軍のものとし、範頼軍の糧道を断った。範頼軍は船もなく食糧もなく、戦意も消失した。その後、臼杵《うすきの》次郎惟隆《これたか》や緒方三郎惟栄《これよし》らの献じた兵船でなんとか豊後《ぶんご》に渡ることができたけれど、以後は範頼ではなく、義経の独壇場となってゆく。

　元暦二年三月、義経は数十艘の兵船を率いて壇の浦に向かった。義経は三浦義澄《よしずみ》を案内者として壇の浦に浮かぶ干《かん》珠《じゅ》・満珠《まんじゅ》まで進んだ。資料により話が前後していて正確な行動日を断定できないのだが、このことを聞いた平家は彦島を出て赤間関《あかまがせき》（下関）を通過して田之浦に船を並べて陣とした（『吾妻鏡』）。源平の矢合わせは、三月二十四日卯《うの》刻《こく》（午前六時頃。『玉葉』は「午刻」〈正午〉とする）と決まった。

　戦いは最初、平家が有利であったが、午後になって潮流が変わり、源氏が有利になっていった。また、平家の水夫たちを射るという義経の戦法が功を奏して、遂に安徳天皇は二位の尼（清盛の妻）とともに入水《じゅすい》し、知盛ら平家の武将たちも次々と入水した。

　下関の壇の浦には、安徳天皇をまつる阿弥陀寺陵があり、赤間神宮には平家一門の墓がある。また、下関市竹崎町の大歳《おおとし》神社は、義経が戦捷《せんしょう》祈願をしたのちに当地の守護神として創建されたものという。ただし、これはあくまでも伝承であって、確証はないというのだが、同じ下関市内でも赤間神宮は平家の赤旗を立て、大歳神社は源氏の白旗を立てているところが面白い。

壇の浦の戦い以後

　義経は白拍子の静《しずか》を「最愛」（『平家物語』）し、堀川館（京都市下京区左女牛井《さめがい》）に住んでいた。左女牛井は京都の名水として知られ、義経の館にも取り入れられていた。現在の堀川通の西本願寺に比較的近い所に「左女牛井之跡」の碑が立っている。これは、義経の堀川館跡といわれ、頼朝の命を受けた土佐《とさ》房昌俊《ぼうしょうしゅん》が討ち入った所である。

　平家が壇の浦に滅びたのち、源氏は北条四郎時政らが中心となって、平家の残党狩りを行なった。中でも小松三位《こまつのさんみの》中将《ちゅうじょう》維盛の子の六代御前は平家の嫡流中の嫡流であるから、なんとしても捜し出そうとした。そうして、高雄で修行していた六代御前は捕らえられて鎌倉へ送られ、田越《たごえ》川

長楽寺の十三重の塔

寂光院（消失前の本堂）

（鎌倉の「六浦《むつら》坂」とも）で斬《ざん》に処された。『平家物語』は六代御前が斬られたことで「それよりしてこそ、平家の子孫は長く絶えにけれ」と述べて平家一門が滅亡したことを伝えている。六代御前の墓は神奈川県逗子《ずし》市にある。

『平家物語』巻十二（覚一本では灌頂巻《かんじょうのまき》）では建礼門院徳子の出家と後白河法皇の大原御幸《おはらごこう》、徳子の死去が語られる。京都の大原の寂光院は大原御幸の舞台であり、その近くには徳子の大原西陵がある。話が前後するが、徳子の出家には長楽寺の阿証房《あしょうぼう》の上人印西《いんせい》（誓）が戒師を勤めたというが（『平家物語』）、京都東山区の長楽寺には徳子が出家した際の髪の毛を埋めたという十三重の塔があり、また、尼姿の徳子の肖像画が伝えられている。

なお、義経は平泉で最期を遂げることになるのだが、奈良県吉野の義経隠れ塔（金峯《きんぷ》神社の横手）、平泉の高館《たかだち》（義経堂）や弁慶の墓、藤沢市の伝義経公首洗い池などは、『平家物語』以後の世界というべきであろう。

『平家物語』の思想——「ほろび」と「あわれ」の文学

『平家物語』には、多様な思想が内在しており、それらの思想が、この作品を内的に支えている場合も多く、このことが、『平家物語』を思想性の濃厚な文学作品となさしめている。

いま、『平家物語』に内在するとみられる思想についてみると、まず、体系的思想としての仏教思想、儒教思想、神道思想などのほかに、神仏習合思想、王朝憧憬の思想、現実肯定の思想、運命観的思想、武士倫理思想などが見出される。そして、これらの中でも『平家物語』と特別に深い関係を有するとみられるのが仏教思想であり、無常思想、因果思想、末法思想、浄土思想をはじめとして、天台・真言・熊野などの信仰思想、また、旧仏教・新仏教の各思想など、複雑多岐にわたる思想の展開をみることができる。

ところで、これらの諸思想の中で、『平家物語』の主題や構想など、その内部構造にまで影響を与えているとみられるのが、無常思想、因果思想、末法思想、浄土思想であり、これらの思想が特に重要視される。そこで、ここでは、これらの仏教思想と『平家物語』とのかかわり方を中心に述べ、さらに、作品の倫理観に重要なはたらきを示した儒教倫理、新興階級たる武士たちの倫理観についても言及することとし、そういう思想性を背景とした作品の文学的特徴についても触れることとする。

無常思想

元来、無常思想とは、この世のあらゆるものは生滅変化して移り変わり、しばらくも同じ状態にとどまることはないという、万物流転を説く思想のことで、仏教の基本的な思想である。そして、この無常思想に依拠し、万物流転・遷流という認識に立脚し、この立脚点から万物の動きをみるところに無常観が成立する。『平家物語』には、こういう無常思想ないし無常観が全体をおおい、また、作品の思想性の基調を形成しているとみられる。

では、無常思想や無常観は、『平家物語』にはどのようなかたちであらわれているのであろうか。この無常思想・無常観が、最も端的に、かつ、明確に表示されているのが、この物語の開巻冒頭部、即ち、巻一「祇園精舎《ぎおんしょうじゃ》」の

祇園精舎の鐘のこゑ、諸行無常《しょぎょうむじょう》のひびきあり。沙《しゃ》羅双樹《らそうじゅ》の花の色、盛者必衰《せいじゃひっすい》のことわりをあらはす。おごれる者もひさしからず、ただ春の夜の夢のごとし。たけき者もつひにはほろびぬ、ひとへに風のまへのちりに同じ。（「盛者」は通常「じょうしゃ」と読む）

という、有名な対句形式の文章である。ここでは、釈尊の故事を用いながら、この世の理法として、まず「諸行無常」、即ち万物（「諸行」）流転（「無常」）の道理を提示し、これを「盛者必衰のことわり」と把握する。つまり、万物の流転遷流の中で、生成面の変化を捨象し、「盛者」の衰滅の道理として「無常」をとらえ、「無常」が「滅び」の原理として把握されるのである。「滅び」の原理としての「無常」のはたらく対象は、万物（「諸行」）の中から、あえて「盛者」に限定する。そして、この「盛者」とは、「おごれる者」「たけき者」をその意味内容とするものと読解できよう。このようにして、『平家物語』冒頭部に提示された無常思想は、㈠「滅び」の原理となっている、㈡その「滅び」の対象は、「おごれる者」「たけき者」を意味内容とするところの「盛者」である、という特徴を有しているのである。そして、『平家物語』では、こういう無常思想に依拠し、これを基準にして、「無常」の諸相が叙述されてゆくのであり、そこに無常観が成立しているのである。

ところで、「盛者必衰のことわり」という、『平家物語』特有の無常思想は、本来は、仏語としての用法に由来する。その典拠は『仁王経《にんのうきょう》』護国品《ごこくほん》にある「盛者必衰、実者必虚」に求められるが、そこでは、「盛者必衰」は「諸行無常」の一例として説かれている。ところが、この用語を用いながらも『平家物語』では、先にみたように「おごれる者」「たけき者」としての「盛者」の「滅び」の原理としていて、仏語としての本来の意味から離れ、源平両氏の合戦による、歴史的事実である「滅び」を叙述するための指導原理としての意味を担わせ、平家一門滅亡の過程を描く

ことを主題とする『平家物語』の「滅び」の原理として、まさにふさわしい意味づけを与えているわけである。また、「滅び」をあらわす用語としては、「生者必滅」が普通であるが、「生者」ではなく「盛者」としたところにも、この物語の語る対象にふさわしい「滅び」の原理とした所以《ゆえん》が考えられる。

『平家物語』の冒頭部に提示された、このような無常思想・無常観が、作品全体を貫徹しているか否《いな》かについては論議があるが、これらが、作品の物語展開の中において重要なはたらきをしているとみることには、あまり異論はない。平家全盛、清盛の専権・横暴、反平家運動としての鹿《しし》の谷事件・高倉宮事件、頼朝の決起に対する平家軍の敗走、清盛の死去、義仲の追撃による平家一門の都落ち、福原まで引き返した平家の、義経の急襲による敗北、屋島の合戦、そして壇の浦の合戦による平家一門の滅亡へと展開し、最後に平家の正統を継ぐ六代が斬られて、「それよりしてぞ、平家の子孫は絶えにけり」（巻十二「断絶平家」）という結語をもって、『平家物語』が終焉《しゅうえん》するまで、「盛者必衰」という滅びの理法が主導的に機能しながら、それらの滅びの叙述が進展しているとみられるのである。

ところで、無常思想は、本来、万物の存在の流動・変化を説くものであるが、その流動・変化の原因・由来を説くものではない。この「無常」なることの内的原因・由来を解くのが因果思想である。『平家物語』の「盛者必衰」という「無常」は、この物語に説かれる「因果」の思想に支えられている。そこで、つぎに『平家物語』にみられる因果思想について述べる。

因果思想

因果思想とは、すべてのものは、因と果、即ち、原因と結果の関係にあると説く理法で、仏教の根本原理である。われわれの行為（業《ごう》）について因果をみると、善の業因には必ず善の果報があり、悪の業因には必ず悪の果報があるので、これを善因善果・悪因悪果（厳密には善因楽果・悪因苦果）という。そして、前項で述べたように、この因果の理法が、「諸行無常」という無常思想の内的理法となっており、万物が「無常」であることの道理を明らかにするものである。

さて、日本文学における因果思想は、古代（前期・後期）までは、主として宿世《すくせ》的・個人的因果観として、今世における個人の現況の由来の根元を前世との関係でとらえる傾向が強いが、中世に入ると、前代と同様の因果観を継承しながらも、特に現世的・集団的因果観へと進展し、今世における集団にみる諸現象の由来の原因を今世における過去の行為（業）に求め、因果の関係を現報として今世のうちにみるという傾向が顕著になってくる。

『平家物語』が、源平両氏の合戦による平氏一門の滅びを物語ることを主題として、その滅びの過程を叙述する上において、平氏一門の滅びの因由を明らかにするのが因果思想である。そして、この因果思想が、この物語の「盛者必衰」の理《ことわり》というとらえ方に立つ無常観を内的に支える因果観となって、作品全体を縦に貫いているのである。栄華・全盛を誇った平家一門の滅亡の因由とは、一門滅亡という悪果をもたらしたところの、悪因としての平家の「悪行」であり、この「悪行」の累積によって、平家一門の運命が尽き、その結果、滅亡にいたったと語られる。即ち、悪因悪果の因果思想に基づく因果観によって、『平家物語』における平家一門の滅亡の叙述は展開しているわけであり、この因果観が、この物語の構想にも重要な役割を担っているのである。

さて、平家一門滅亡の原因となった「悪行」とは、どういうものであったのであろうか。それは、次項でも述べるように、その中心となるものは、伝統的国家観の二大権威であった「王法《おうぼう》」と「仏法《ぶっぽう》」とを平家一門が破却・滅尽《めつじん》せしめたことであった。清盛の専権による政治的クーデターの断行（巻三「関白流罪《るざい》」）、後白河法皇の幽閉（同）、以仁王《もちひとおう》の討伐（巻四「高倉の宮最後」）、遷都（巻五「都遷《みやこうつ》し」）などは、平家の「王法」に対する反逆・破却行為であり、平家による三井寺焼却（巻四「鵼《ぬえ》」）および興福寺・東大寺焼却（巻五「奈良炎上」）は「仏法」破滅の行為であり、これらの行為が「悪行」と認識され、その累積のはてに平家の運命が滅尽し、悪果としての一門の滅亡がもたらされたと語られるのである。

このような平家一門滅亡の原因である「悪行」を語る部分は、『平家物語』の前半部、即ち、巻一から巻六までであり、その後半部（巻七から巻十二）は、前半部の「悪行」の累積という悪因の報いとしての悪果、即ち一門の滅亡が描かれるという作品の構想となっている。

『平家物語』の因果観は、以上に述べたものが基本であるが、さらに家門的因果観としての展開がみられる。それは、『易経《えききょう》』文言伝《ぶんげんでん》の「積善之家必《ず》有《り》㆓余慶《よけい》㆒、積不善之家必《ず》有《り》㆓余殃《よおう》㆒」に基づいたもので、「『父祖《ふそ》の善悪は、かならず子孫に報ふ』と見えて候」（巻二「小教訓《こきょうくん》」）という重盛のことばにみえるところの、善悪の因果が世代を超えてはたらくという家門的因果観とも言うべきものであり、これが平家一門の運命にかかわるものとして、受容されていることが注目される。

以上のような『平家物語』の因果観は、現世的・集団的因果観、そして現報として機能するという、この期の特徴がよくあらわれたものとなっている。

末法思想

末法思想とは、釈尊入滅後、「正法《しょうぼう》」時、「像法《ぞうぼう》」時が経過し、「末法」時に入ると、教のみありて行・証なく、仏法は全く衰微するという、そういう「末法」時の到来という思想のことで、わが国で最も流布《るふ》したのが、正法・像法各千年として、永承《えいしょう》七年（一〇五二）に末法に入ったと認識されたものであった。そして、さらに、これに五堅固説の第五の五百年の「闘諍《とうじょう》堅固・白法隠没」という性格が加えられ、仏法滅尽・闘諍堅固ということが、「末法」の基本的思想内容となった。しかも、わが国の末法思想は、「仏法」「王法」両者の滅尽をその内容とするという独特の展開を示した。わが国の古代的国家観は、仏法王法相依相即観に基づくところの、皇朝を中心とした伝統的な政治権威である「王法」と、南都北嶺などの伝統的な仏教教団が担う「仏法」とが相互に依存し護助し合うことによって、ともに栄え、その結果、天下・国家の安泰が実現するという理念に立脚していたのであったが、ここに末法の時代に入って、仏法の滅尽が現実のものとなると、仏法の護助を失った王法も必然的に滅尽することになる。つまり、わが国における末法到来ということは、仏法と王法がともに滅尽することを意味し、その結果、天下・国家も滅亡するという、恐るべき危機的時代意識として醸成されたのであった。

中古後半期から中世初頭にかけての政治的・社会的状況は、まさに末法到来を人々に信じさせるのに十分なものがあった。古代王朝政権の矛盾の顕在化、政治的対立の戦乱への展開、新興武士階級の武力による台頭、南都北嶺などの仏教勢力との対立・抗争、天災の頻出《ひんしゅつ》、これによる飢饉、さらに疫癘《えきれい》（疫病）の流行というような諸現象が、まさに末法到来による末法現象と信じられ、末法思想は人々に深く浸透し、一大時代思潮として一世を風靡《ふうび》したのであった。こういう時代を背景として成立した文学作品には、末法思想の影響がさまざまなかたちでみられるが、特に『平家物語』には、諸本における差異はあるものの、この末法思想が重要な影響を及ぼしている。

さて、『平家物語』では、平安末期の諸勢力、即ち、「王法」の権威を担う院・皇室を中心とした伝統的な貴族階級の勢力、「仏法」の権威を担う南都北嶺の仏教教団の勢力、新興武士階級としての平家一門の勢力、これら三者の対立抗争が主として巻一・二を中心として作品の前半部（巻六まで）に物語られるが、その結果、平家の武力によって、「王法」と「仏法」との権威がともに破滅される。ところで、『平家物語』では、平家によって破滅される「王法」と「仏法」の滅びは、末法時なるがゆえの「王法」と「仏法」との滅びであるという末法観に基づいて叙述されている。清盛の専権政治に対する後白河法皇の「これも世の末になりて、王法の尽きぬるゆゑなり」（巻一「殿下乗合《てんがのりあい》」）という評言には、清盛の専権政治の出来《しゅったい》は、末法の時世ゆえに王法が滅尽したことに由来するとの見方が出されているが、こういう末法観が明確に示されている。

『平家物語』において、末法時ゆえに衰微・滅亡するものとして描かれている「仏法」と「王法」とは、具体的にいえば、「仏法」の滅びとしては、叡山仏法の荒廃（巻三「伝法灌頂《でんぼうかんじょう》」）、三井寺炎上、興福寺・東大寺炎上など、「王法」の滅びとしては、清盛の専権による政治的クーデターの断行、後白河法皇の幽閉、以仁王の討伐、遷都などである。そして、末法時における「仏法」と「王法」との滅びは、仏法王法相依相即観の破綻に起因するところからみて、まず、「仏法」が滅び、続いて「王法」が滅びるという、滅びの順序が認識されているようであり、この物語における「仏法」と「王法」との滅びに関する諸事件の叙述構想にも、この意識がはたらいていたようである。

『平家物語』の事件展開の上で、この物語の前半部においては、以上にみたような末法観による叙述が巻一・二を中心にして顕著にみられ、最終的には巻六の冒頭部における、

仏法、王法ともに尽きぬることぞあさましき（巻六「高倉の院崩御《ほうぎよ》」）

という、仏法・王法両者の滅尽の確認にいたるまで、仏法と王法との滅びの叙述が継続しているのである。

さて、『平家物語』における仏法と王法との滅びの諸事件は、末法時なるがゆえの必然的な末法現象として叙述されているのであるが、同時に、この仏法と王法とを滅尽させたのは平家一門の武力であったわけであり、こういう平家一門による仏法・王法破滅の行為が、前項で述べたように、平家一門の「悪行」としてとらえられ、この累積が平家一門滅亡の原因としての悪因と把握されているわけである。即ち、『平家物語』前半部に描かれる末法時なるがゆえの仏法・王法滅尽の叙述は、この物語の後半部に展開される平家一門滅亡ということの原因となった悪因を物語るものでもあり、『平家物語』の前半部における滅びの原理としての末法観、後半部における平家一門の滅びを導く滅びの原理としての悪因悪果の因果観が、ともに作品の構想に重要な役割を果たしているのである。

浄土思想

浄土思想とは、来世において、阿弥陀仏の極楽浄土に往生することを説く教えであるが、『平家物語』の浄土思想には、比叡山を中心に展開した天台浄土教と、新仏教としての法然《ほうねん》の教えによるものとがみられる。前者は法華・念仏一体の信仰、後者は専修《せんじゆ》念仏義を説くものであった。平安末期の危機的時代状況の中にあって、新旧の浄土思想は、救済の思想として絶大な影響を与えた。

源平両氏の合戦を主題材とする『平家物語』には、勝者・敗者ともに多くの死が描かれる。戦場における武士の死は言うにおよばず、戦乱という悲劇は、時代の人々全般に多大な衝撃を与えた。この物語に描かれる多くの滅びは、まさにその滅びを癒し、滅びからの救済を切実に求めるものであったが、現世での癒し・救済は見出し難いもので

あった。そこに登場したのが、来世における極楽浄土往生を勧める浄土教の信仰であった。『平家物語』に語られる数多くの滅びに対する救済の思想として登場しているのが浄土思想であり、この思想のはたらきによって、『平家物語』は究極において、救済の文学となり得ているのである。『平家物語』の浄土思想としては、天台浄土教に基づくものが主流をなすが、新仏教としての法然義によるものも見出され、時代の思想状況が作品に如実に反映している。

さて、『平家物語』にみる浄土思想で特徴的なことは、本来、極楽浄土への往生のためには、現世における執着を断つことが前提とされていたが、特にその執着の最たるものである恩愛の情を断つことが不可能であることを確認し、翻《ひるがえ》って、その恩愛の情こそが核心となって仏道を修し、弥陀の大慈悲にすがって来世において極楽往生を遂げるとともに、愛の達成ないしその保証をも得るという信仰のみえることとである。小宰相《こざいしょう》、建礼門院徳子《とくこ》、維盛《これもり》などにおける浄土教信仰と愛の形象とにおいても、こういう特徴がよく見出される。ここには、来世の存在を信じ得た当時の人々の信仰と愛の永遠性が認められ、ここにこそ、現実の堪え難い苦難に打ち克って生き抜いた人たちの夢があったと言える。

儒教倫理

『平家物語』の思想性を形成するものとして、本来、外来思想である仏教思想の果たす役割は極めて大きなものがあるが、同じく外来思想である儒教思想も重要な役割を果たしている。儒教は、現実の人間社会における実践倫理を重視し、特に五常、即ち仁義礼智信の徳目の実践を説き、また、武力によらぬ理想的な政治倫理を提示し、さらに忠と孝との観念を重視する形で展開した。

『平家物語』では、冒頭部において、「盛者必衰」の中国における実例として、秦の趙高《ちょうこう》以下の四人を挙げて、かれらが滅びたのは、儒教的政治倫理に背反したゆえであると指弾するが、ここには、先に述べたように、この物語の滅びの論理である「盛者必衰」の理《ことわり》、悪因悪果の因果観と結びついた儒教的政治倫理の影響をみることができる。

また、重盛について、

　内にはすでに五戒をたもち、慈悲をさきとし、外《ほか》には五常を乱らず、礼儀をただしうし給ふ人（巻二「大《だい》教訓《きょうくん》」）

として、理想的人物たるべき重盛の人物形象に儒教倫理「五常」の実践者としての要素を加えており、さらに、重盛の清盛への諫言《かんげん》の中の、

いたましきかな、不《ふ》孝《きょう》の罪をのがれんとすれば、君の御ためにすでに不忠の逆臣《げきしん》ともなりぬべし。進退《しんだい》すでにきはまれり（同）

には、忠と孝との両立こそが、臣としての理想であるという観念が見出せる。

古代末期から中世初期へという時代変遷のなかで、人間社会のあらゆる面において、現実的・実践的動向が顕著にあらわれてくるが、そういう状況において、儒教の説く実践倫理は、社会全体の、また、人間個々の、あるいは人間集団の規範として重要視され、大きな役割を担うことになるが、その動向の一端が、すでに『平家物語』にもみられるのである。

武士倫理

『平家物語』が、源平両氏の合戦を主題材としている以上、源氏・平氏それぞれの武士階級における倫理の問題が注目されることは当然である。

さて、武士倫理という場合、武士集団における人間関係の在り方が問題となろう。源平両氏とも、その武士的団結の紐帯《ちゅうたい》は、武将と家人《けにん》との主従関係によって形成され、この新しい主従関係によって、新興階級である武士団の創造的な活力が生み出されていったのであったが、こういう動向の中で、自然と武士倫理も育成された。『平家物語』には、武士社会における武士倫理の初期的・原初的なものが見出せるようである。殿上《てんじょう》の闇討事件（巻一「殿上の闇討」）における主君平忠盛《ただもり》とその家人である平家貞《いえさだ》との主従関係には、主君と家人との間の絶対的な信頼関係に立つ緊密な主従関係が描き出されていて、ここには、素朴な人間関係としての主従の紐帯感情がみられよう。

さらに、武士倫理としては、主従関係において、特に家人の主君への献身が求められ、また、賞揚される。『平家物語』では、義経に代わって矢を射られた佐藤嗣信《つぐのぶ》が、「主の御命《おんいのち》にかはりたてまッて討たれにけりと、末代《まつだい》の物

語に申されむ事こそ、弓矢とる身には、今生の面目、冥土の思出《おもいで》にて候へ」（覚一本巻十一「嗣信最期」）と語って、失命したとある。この嗣信のことばには、主君への献身が武士としての面目になるものとして意義づけられている。

やがて、頼朝によって、武将と家人との主従関係が全国的な組織に拡大されて、鎌倉幕府という新しい政治組織が成立するが、そこでは将軍が御家人の私領を安堵《あんど》し、御家人は勲功に対して恩地を与えられる。このようにして武士社会における主従関係も、組織の制度化とともに義務化されてゆくのであるが、『平家物語』には、主従関係の義務化されてゆく以前の、武士たちの素朴な人間的感情に支えられた倫理がみられるのである。

『平家物語』にみられる主要思想には、作品全体をおおう滅びの思想としての無常思想、作品前半部の仏法と王法との滅びの思想としての末法思想、平家一門滅亡の因果について、作品前半部でその因、後半部でその果を語るところの因果思想、そして、平家一門の滅びを中心に、作品内に語られる多くの滅びからの救済の思想としての浄土思想がある。これらの思想が、作品の内部で相互に有機的に関連し合いながら、作品における主要な思想的構造を形成しているのである。

さて、『平家物語』は、「滅び」の文学である。作品に描かれる多くの「滅び」は、作者によって悲傷され、その悲哀感が情調的・詠嘆的に表現され、そこに、この物語が「あわれ」の文学と言われる所以《ゆえん》がある。ここに『平家物語』の抒情性を担う重要な側面があるが、ここにみられる抒情性は、単に詠嘆の感情に流されるというものではない。『平家物語』の作者は、冒頭に示された「盛者必衰」の理《ことわり》としての無常観に立脚し、すべての「滅び」は、この理の実現と受け止めるという、現実直視の精神を保持していたと思われる。この現実直視の精神こそ、悲哀を描きながらもそれに流されず、事実をありのままに描く叙事の世界を開拓するものである。『平家物語』の「あわれ」の文学としての抒情性は、冒頭に示された無常観に立脚した叙事精神との緊張関係のうちに生じたもので、感情的惰性に流されることのない、質の高さを獲得したものとなっているのである。

軍記物語の系譜

軍記物語の流れと特徴

八世紀初めに誕生した古代日本の律令制国家は、天皇統治の体制を飾り、統治の正当性を確認するために『古事記』『日本書紀』などの歴史書を編み、さらに、漢文による正史＝六国史の撰集を行なった。やがて摂関政治による王朝国家がはじまると、六国史の伝統は仮名書きによる歴史物語（物語風史書）へと展開し、『栄華物語』をはじめ『大鏡』や『今鏡』など、その制作は室町期の『増鏡《ますかがみ》』まで続き、「世継《よつぎ》」の伝統となった。また、古代的な天皇制支配の危機の自覚が深まった承久《じょうきゅう》の乱前夜や、南北朝内乱期には、公家階級は歴史への省察を深め、『愚管抄《ぐかんしょう》』『神皇正統記《じんのうしょうとうき》』などの史論書を制作した。こうした流れの歴史認識とその叙述は、基本的には、世界を時間的にも空間的にも支配し、その秩序を統《す》べる者は天皇であるとする古代的な世界観の上に成り立っていたものである。

軍記物語はそうした歴史物語や史論書に並行して作られた中世的な歴史認識とその表現である。しかし、それは、「保元以後は皆乱世」（『愚管抄』）とか、頼朝による守護・地頭の設置を「日本国の衰ふるはじめ」（『増鏡』）と述べて、体制や秩序の変化を慨嘆するような歴史物語や史論とは異なるものである。たとえば、それは、中央の権威に対して「撃ちて勝てるを以て君と為す」（『将門記《しょうもんき》』）と言い切る人物を位置づけ、争乱の世に浮沈する一門の命運の全体を俯瞰《ふかん》して、それを「盛者必衰」「諸行無常」（『平家物語』）と捉えるなど、変化を常態とみる視点で覆《おお》われている。また、それは、地方武士の合戦や反抗を不当・異端だとして天皇による支配こそが正当であるとみる古代的な論理を相対化する、中世的な論理に支えられた文学である。

中央を相対化する地方の視点をもち、争乱の時代を変化の相で捉えるそうした軍記物語の特徴は、第一に、古代のうちに芽生えた中世の胎動としての、あるいは中世社会の矛盾の表現としての合戦や争乱を題材としていること、第二に、合戦・争乱が呼び込む秩序や体制の危機と変化を展望しつつも、その根底には秩序の回復と安穏《あんのん》への希求の思念をもっていること、第三に、矛盾をはらんで閉塞した状況を自ら戦って切り開く英雄的人物を造形する一方で、合戦や争乱の中の人の運命のあわれさや、滅んだものたちへの鎮魂の情など、中世社会の人間的な課題を文学的主題としてもっていること、そして、第四は、作品の生成に功名あるいは敗者のいくさ語りが、また、生成と享受には琵琶法師や時宗の徒などの語りが広く深く係わり、芸能・説話などの他ジャンルと隣接し、あるいはそれを取り込み、時に越境して発展したことである。

こうした軍記物語の諸作品は、その全体を親子・兄弟関係という形で系譜化することはできないが、文学史的に俯瞰すれば、古代的な平安社会の中で中世への胎動として起こった武士の合戦を描く十・十一世紀の『将門記』『陸奥《むつ》話記《わき》』などを「初期軍記」、十二世紀末から十四世紀にかけての、武士が歴史の表舞台に登場して治世の任を担うまでに社会的に成長していく過程の鎌倉・南北朝期に生成した『保元物語』『平治物語』『平家物語』『太平記』などを「中世軍記」、さらに、『太平記』以後の『明徳記』などから『応仁記』にいたる「室町軍記」と、戦国期の動乱を対象とした「戦国軍記」とをあわせて、江戸期に制作されたものまでを含めて「後期軍記」として位置づけられている。

初期軍記

軍記物語の歴史は『将門記』に始まる。将門《まさかど》の乱は、天皇政治の理想的聖代とされた十世紀前半の醍醐《だいご》・村上天皇による「延喜《えんぎ》・天暦《てんりやく》の治」の、その「延喜」と「天暦」の間に位置する承平《じようへい》・天慶《てんぎよう》年間に起こった。将門は、一族の内紛から進んで国家に反乱を起こし、国府を襲い関八州を制し、皇位を僭称《せんしよう》して「新皇」と称したが、結局平貞盛らに討たれた。乱後遠くない時期にまとめられた『将門記』は、反乱者であった将門の行動を追跡するという内容において、また敗者となった将門の側に力点をおいて反乱状況を捉えようとしている点で、さらに、文体面でもいわゆる変体漢文の中で対句を駆使し、律動的な表現をもち、力感に富んだ軍記の文体「和漢混淆文《こんこう》」が芽生えていることなど、軍記物語の典型をひらいた作品である。

将門の乱から一世紀以上後の十一世紀に、陸奥守《むつのかみ》源頼義が辺境奥州の豪族安倍氏を追討する前九年の役が起こったが、その顚末《てんまつ》を記した『陸奥話記』も初期軍記物語のもうひとつの典型である。具体的な叙述は頼義だけでなく、「反逆者の」安倍氏の側にも及び、「衆口之話」（戦後のいくさ語り）を採りいれるなど物語にふくらみがあるが、作者は「国解之文」（公文書の記録）によって書いたこともいい、その視座は中央にあり、追討する側からのものである。軍記物語の系譜において『陸奥話記』と『将門記』を対比していえば、敗者の側からの語りを強くにじませるのが『将門記』であり、勝者の側からのいくさ語りと歴史を叙述したものが『陸奥話記』である。将門と時を同じくして中央に反乱を起こした藤原純友の乱を記した「純友追討記」（『扶桑略記《ふそうりやっき》』所引）も、国衙《こくが》や追討使が上申した文書類によってまとめられたものであろうが、純友は終始「賊」と呼ばれ、乱の経緯は勝者の側から記されている。

中世軍記

十二世紀半ばに起こった保元の乱（一一五六年）は、慈円《じえん》が「日本国ノ乱逆ト云コトハヲコリテ後ムサ（武者）ノ世ニナリニケル」（『愚管抄』）と語るように、歴史の表舞台に武士が現われる時代への画期となった。天皇家が皇位を争って天皇方と上皇方に分裂し、摂関家や武家も一家を割ってそれぞれに分かれて争ったが、その決着は武力によらなければならなかったところに新しい時代がのぞいていた。その乱の全体は『保元物語』が描く。合戦を主題とする中世的な対立や矛盾を描いた文学が成立したのである。事件の発端、夜討ちに始まる戦闘と上皇方の敗北、源為義《ためよし》や左府頼長などの敗者の末路を上・中・下巻に編成して物語る、軍記固有の形姿が形を整えてきた。その中でも注目されるのは、乱の発端部で熊野に詣でた鳥羽法皇に熊野権現の神意が下り、法皇の死と戦乱が予告される構想である。それは世界の秩序や制度の中心にいる法皇の死を契機に、秩序ある世界が混乱し、戦乱の世に移行することを示唆したものであり、古代的天皇制支配の論理を相対化する構想軸である。また、上皇の陰謀が露見して戦闘が開始される直前の緊迫した状況下で、彗星出現と将軍塚鳴動という不吉な出来事を描くが、それも王権的秩序の危機、すなわち、戦乱の勃発を予兆しながら位置づけていく軍記物語の構想となっている。冥界の差配や不思議なモノのさとし（お告げ）によって内乱の幕が切って落とされるというこの構想は、後の『平家物語』や『太平記』でも歴史叙述の方法となっている。

次に起こった平治の乱（一一五九年）は、院政という私的権力内部の私憤に発する抗争であったが、実際には院政下の傭兵《ようへい》であった源平両氏の相克という相貌《そうぼう》を呈したから、貴族的空間である都の域をこえて活動する武士たちの機転や勇気、集団的行動などが劇的に展開し、英雄的人物の形象も義平や重盛など、『保元物語』の為朝に比べて現実的にすすんでいる。注目すべきは、貴族よりも源義朝・義平・頼朝など、常盤《ときわ》と遺児たちの悲劇的な逃避行も含めて、源家の人々に視線が注がれていることであり、源氏が衰退の後に再興していくことが見通されて物語を終える構想がみられることである。

中世軍記の白眉『平家物語』

源平の抗争が展開した治承《じしょう》・寿永《じゅえい》の内乱は、古代から中世への時代の転換をうながした。『平家物語』はその源平の抗争の中で、清盛を中心とする平家一門の栄華と没落、そして滅亡を描いた平氏の物語である。前半は清盛の栄達とその行動（悪行）に収斂《しゅうれん》していく事件が展開する世界で、後半は反平家の戦線が拡大して平家滅亡にまでいたる歴史と人間のドラマがさまざまな主題において語り継がれる世界である。平維盛《これもり》は妻子との恩愛に、宗盛は父子の恩愛に沈み、建礼門院は一門の滅罪を祈る。また、風雅に生きた忠度《ただのり》や、名を惜しんだ実盛、主従愛を貫いた義仲と兼平の物語など、戦乱の中でそれぞれの死が人間的主題によって位置づけられ、描き分けられている。それは古代的貴族社会から中世への変革期の時代が求め、また供給しつづけた歴史語りや、仏教的世界観が横溢《おういつ》した時代主潮、それに、戦乱の果てに滅んだ人々への鎮魂の思いとその語りが合わさって達成しえたものであった。『平家物語』の最大の特徴は、物語の生成・発展の多様で豊かな過程がみせ

源氏（左側）を迎え撃つ平家（右側）『平家物語絵巻』巻六「洲股（須俣）合戦の事」部分

る姿のその全体にある。さまざまな資料を駆使して内乱の襞《ひだ》を捉え、さまざまな説話や伝承を採りいれて歴史の流れに翻弄《ほんろう》される人々の群像を物語化し、記録文体である漢文体、和歌を含む伝統的な和文脈、朗詠の方法などを自らの方法として独自の和漢混淆文体を創造し、平氏の物語を制作した。また、芸能集団としての盲僧がそれを語りつつ物語の生成にも参与した。しかし、『平家物語』は、滅亡した平家一門への鎮魂とともに、彼らを追放した頼朝の世を寿祝する思想をも内在させていた。

『平家物語』には当初から平氏滅亡の物語という構想と、源平両氏の抗争を描くという構想があったと考えられる。『平家』の生成過程には、語り物として盲僧集団の当道座《とうどうざ》で管理された「語り本」のほかに「読み本」という諸本群があるが、「語り本」が平氏の物語としての強い求心性をみせるのに対して、「読み本」は源氏の動静をも詳しく描くところに特色がある。「読み本」の中で記事の多様さが最も著しい『源平盛衰記《じょうすいき》』は、内乱を評論し、あれこれの伝承を参照して諸説を集成し、類話・先例なども採りいれつつ源平の盛衰を物語り、記していく。それも『平家物

語』を母胎として生まれた読み物であった。（第一部「『平家物語』の諸本」参照）

治承・寿永の内乱の結果、頼朝による武家幕府の創立をみたが、三代将軍実朝の死を契機に京都政権の後鳥羽院が幕府討滅の兵を挙げて失敗した。承久の乱である。承久の乱の顚末を記す『承久記』は、国王の反乱史の中にこの乱を位置づけるほどに武家の政治的地位に対する認識は高まりをみせ、軍記における武家を扱った文学の性格はいっそう深められたけれども、物語性は後退したとみなければならない。『源平盛衰記』にもみられるこの物語性後退の傾向は、次期の『太平記』にも引き継がれた。

『太平記』

承久の乱以後公武の力関係は逆転し、治世権は武家が握った。しかし蒙古襲来の影響や北条氏独裁（得宗《とくそう》専制）下で社会的矛盾が深まると、支配・領有関係の再編が求められ、鎌倉的体制から室町的体制へと移行した。その移行には元弘・建武・南北朝の内乱を必要とし、下剋上の風が蔓延《まんえん》する中で鎌倉幕府が滅ぼされ、つづく天皇政府も武家の反乱で倒されて室町幕府が発足した。しかし、それも容易には安定せず分裂・抗争をつづけ、義満の代に細川頼之《よりゆき》が登場して安定をみるまで、半世紀にわたる戦乱がつづいた。『太平記』は、「太平」希求の立場からその内乱と諸勢力の抗争・興亡を描いた作品である。そこに貫かれるのは、世の治・乱は為政者の徳の有・無によるとして、乱世に為政者の徳と正しい政道を求める思念である。『平家物語』が諸行無常という仏教思想によって滅びしものの哀れを語ったのとは対照的に、『太平記』は儒教的政道思想によって戦乱の世を捉え、時の政治を批判し、歴史を評論した。その歴史叙述と批評的言説の拠り所は、『平家物語』などの物語や歴史の伝承、『史記』をはじめとする中国の史書・思想書であり、それらを駆使しつつ「乱」において「太平」を願う思索をつづけ、『平家物語』とは異質の軍記文学を創出した。また、『平家物語』は盲目の琵琶法師によって語られ、語りとともに成長したが、『太平記』の語りは「読み」を基本とし、江戸時代の「太平記よみ」にいたる伝統がつくられた。

後期軍記

室町時代は足利政権をめぐる諸大名の勢力の角逐《かくちく》が展開し、軍記文学もその戦乱の状況を記録的に叙述する傾向が強くなる。『明徳記』『応永記』『永享記《えいきょうき》』『嘉吉《かきつ》物語』『応仁記』など年代を冠した作品名にそれが窺《うかが》われるが、『明徳記』には『平家』的な物語的構想や描写が継承されている。また、『応仁記』では、応仁の乱という未曾有《みぞう》の乱世を描くことが、物語的構想や表現の解体を代償にしてなされたと思われる。これらの「室町軍記」では、さらに『大塔物語』『結城戦場物語』など特定の地域や人物に集中する在地性の豊かな物語があり、そこには時宗の僧徒の管理や唱道による、『平家』の琵琶法師語りとは異なる展開がみられ、中世軍記の生成や流伝に口承性が広く介在したことがわかる。応仁・文明の騒乱が一応終息し、戦乱が全国に拡散した時期から元和偃武《げんなえんぶ》にいたる戦国時代の記録を「戦国軍記」と総称する。それらは特定の地域や個人・家の記述に特徴があり、在地性が強く、文学的価値の低いものが多い。

『曾我物語』『義経記』など　従来、軍記としては傍流とされてきた『曾我物語』『義経記』であるが、軍記物語の中では『平家物語』や『太平記』について広く愛好され影響が大きかった作品である。いずれも個人の伝記を題材としており、「準軍記物語」として分類されたりする。幸若《こうわか》舞曲や御伽草子《おとぎぞうし》の判官《ほうがん》物、あるいは『神道集』や御伽草子の本地物《ほんじもの》などに通底し、一方、室町時代の町衆の文化（「室町ごころ」）や、関東の在地的性格を担うなど、軍記物語文化圏の裾野の広がりに位置する作品である。

最後に、軍記は『平治物語絵巻』『前九年合戦絵巻』『後三年合戦絵巻』『蒙古襲来絵詞《えことば》』『結城合戦絵詞』などの絵詞としても伝承され、独自な表現を展開した。

武具と装束

戦場の風景——騎馬武者と徒武者《かち》

いくさの場では、騎馬武者は馬上から**弓矢**（遠）や**太刀**《たち》（近）で戦い、徒武者《かち》（歩卒）は騎馬武者の周囲を疾駆《しっく》し、**長刀**《なぎなた》で戦った。その役割に応じて、**鎧**《よろい》も分化した。騎馬武者の**大鎧**は、弓を射るために両脇を大きく開け（そこを防《ぼう》禦《ぎょ》するため左右に**大袖**《おおそで》を付け）、胸部は弓の弦《つる》が引っかからないように**絵韋**《えがわ》を貼った**弦走**《つるばしり》を設け、**草摺**《くさずり》は、大腿部を覆《おお》いつつも開脚の乗馬に適するよう、前後左右の四枚に分割されている。一方、徒武者用の**腹巻**は、弓の弦についての配慮が必要なく、走りやすさのために軽快に作られ、草摺も、徒歩で自由に動き回れるように八枚に分割された。このように、身分（大将クラスか歩卒か）と使用武器（弓矢か長刀か）と甲冑《かっちゅう》の形状（大鎧か腹巻か）は、連動している。

このことを知って『平家物語』を読むと、戦場の風景が生き生きと蘇る。大鎧を着た石田為久《ためひさ》が馬上から木曾義仲を弓矢で射た後、腹巻を着て長刀をもった歩卒である郎等《ろうどう》二人がそこに駆け寄った（巻九）というように、語られなかった行間をもイメージすることができる。真鍋四郎と連《れん》撃《けい》して河原兄弟を討った郎等（同）、平知章《ともあきら》を討った児玉党の童（同）、飛驒景経《ひだのかげつね》を討った堀弥太郎の郎等（巻十一）なども、俊敏な腹巻姿の歩卒だろう。騎馬武者がまず敵に傷を負わせ、歩卒の郎等が駆けつけてとどめを刺すという連繋のパターンは多い。また、信連《のぶつら》合戦（巻四）のスピード感や、橋合戦（同）の筒井浄妙明秀《じょうみょうみょうしゅう》・一来《いちらい》法師の曲芸的な動きも、腹巻姿ならではの敏捷さが生きている（物語中の「鎧」は大鎧・腹巻などを含む総称で、腹巻と解してよい場合がある）。威風堂々とした大鎧の騎馬武者同士が厳粛に対峙《たいじ》する風景、そして、腹巻の歩卒が醸《かも》し出すス

腹巻姿《はらまきすがた》
（春日権現験記絵）

大鎧姿《おおよろいすがた》

僧兵《そうへい》—下腹巻姿《したはらまきすがた》
（春日権現験記絵）

平胡籙《ひらやなぐい》

壺胡籙《つぼやなぐい》

弓

太刀《たち》

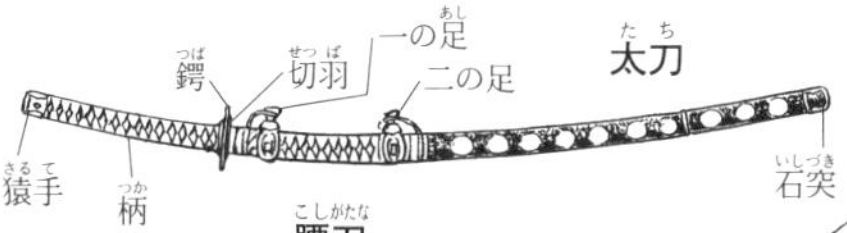

腰刀《こしがたな》

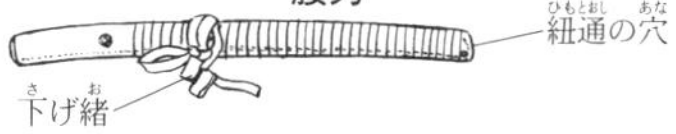

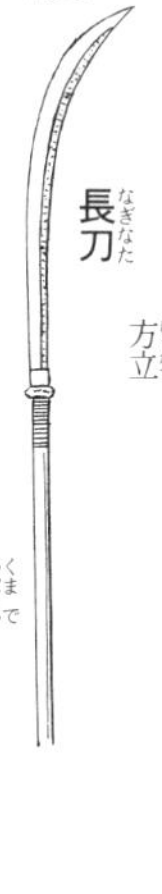

長刀《なぎなた》

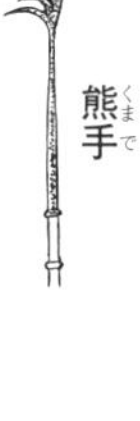

熊手《くまで》

箙《えびら》

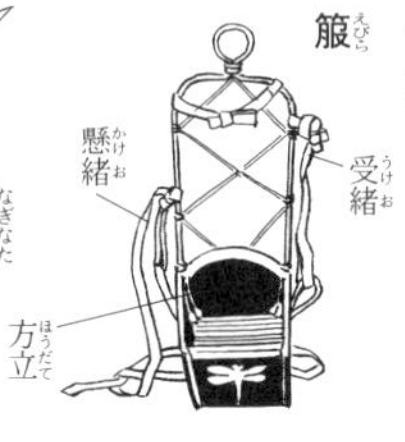

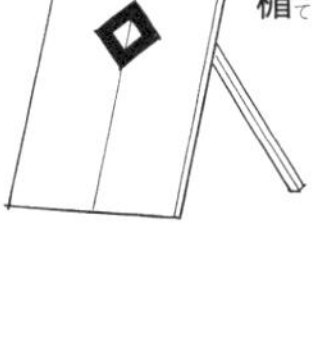

楯《たて》

ピード感・喧騒の風景、その織りなす模様が『平家物語』の合戦場面である。

武具甲冑と戦法――巴の心情を読む

野球評論の用語を借りて言えば、当時のいくさは投高打低、すなわち防禦のほうが手ごわく、相対的に攻撃力は非力であった（これは、戦国期の鉄砲伝来まで続く）。鎧を二、三領《りよう》重ねて射通すと斎藤実盛《さねもり》が語る坂東武者（巻五）や佐藤嗣信《つぐのぶ》の鎧を射ぬいた能登守教経《のとのかみのりつね》（巻十一）の例は、たぶんに伝説的・虚構的なものだろう。筒井明秀が橋合戦の後で鎧に刺さった矢目を数えると六十三か所、そのうち裏まで貫通していたものは五か所、それでも深い傷はなかったという（巻四）。三郎左衛門有国《ありくに》は「矢七つ八つ射立てられて」ようやく討ち死にする（巻七）。「鎧よければ裏かかず」としばしば表現されるように（岡部忠澄《ただずみ》、今井兼平《かねひら》などの鎧）、太刀も弓矢も文字どおり鎧には歯（刃）が立たなかった。すると、有効な攻撃といえば、せいぜい甲冑の隙を射たり刺したりすることであった。負傷の多くは、脇（河原太郎の例）、肘（熊谷直家の例）、膝（源頼政、河原次郎……覚一本《かくいちぼん》では「草摺のはづれ」、監物頼方《けんもつよりかた》の例）なのである。腕は**籠手**《こて》、脚は**臑当**《すねあて》で守られているのだが、鎧の**札**《さね》ほどの強度はない。敵を組み敷いた時でさえ、わざわざ草摺を上げて刺さねばならなかった（手塚太郎、猪俣《いのまた》則綱《のりつな》、堀弥太郎の郎等の戦い方）。また、**内兜**《うちかぶと》（兜の内側、額のあたり）や首も射られれば致命傷になるので、防禦側にとっては危険な、攻撃側にとっては狙いどころの部位であった。石田為久が木曾義仲の、堀弥太郎が飛騨景経の、それぞれ内兜を射ている（巻九・十一）し、また、那須与一が平家の老武者の首を射ている（巻十一）。ゆえに、そのような隙を作らないことが肝要とされた。熊谷直実《なおざね》は、初陣《ういじん》とおぼしき我が子直家に、「つねに鎧づきせよ。つねに錣《しころ》をかたぶけよ。内兜射さすな」（巻九）と、教えながらいくさをしている。「**鎧づきす**」とは鎧をゆすって札の重なりを整え、隙間を作らないようにする動作で、「**錣をかたぶく**」とは、内兜や首を射られないようにうつむき加減に進撃する様子である。とくに、「**錣をかたぶけ**」という表現は頻出《ひんしゅつ》する（五智院の但馬《たじま》、足利忠綱、藤戸徒渉《としょう》の源氏軍など）。

星兜《ほしかぶと》

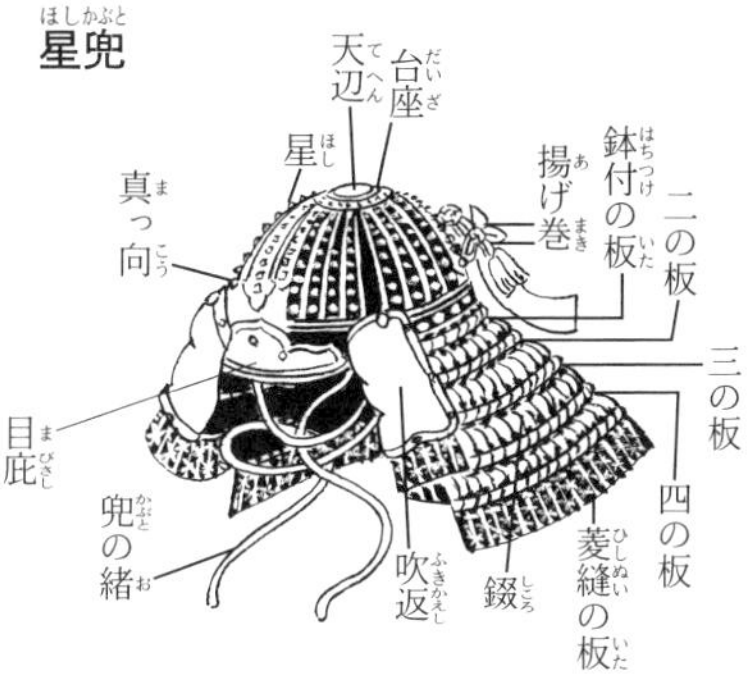

大鎧《おおよろい》
（前面）

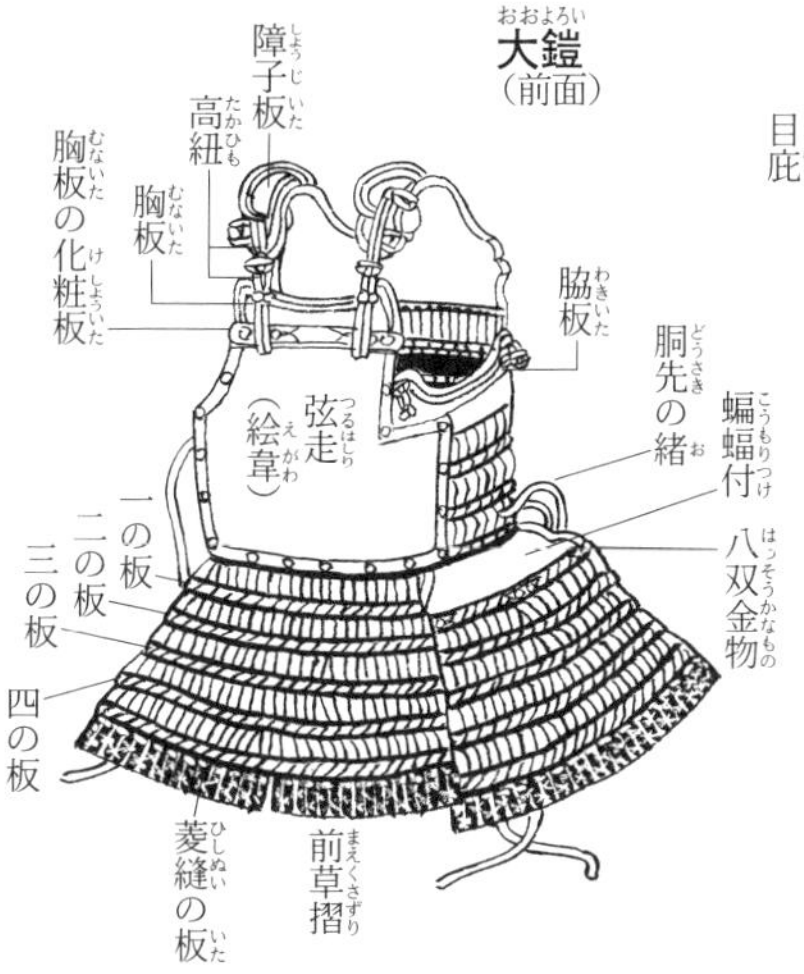

このように全般的に防禦が優勢なので、弓矢や太刀で決着がつかないことも多い。すると、結局は馬上の組み討ち、すなわち腕力の勝負をするしかない。馬上で組み合い、ともに崩れ落ちる際、力に勝るほうが相手を組み敷いて、勝敗は決する。馬乗りになったほうが**腰刀**《こしがたな》を抜き、敵の首を斬る（越中前司盛俊《えっちゅうのぜんじもりとし》や熊谷直実の戦い方）。このように、甲冑の頑丈さが戦法に影響を与えているのである。

当時の戦法の典型をこのように確認してみると、木曾義仲とともに死ぬことを許されなかった愛妾巴《ともえ》の奮戦は際立つ。自分は義仲のために楯《たて》となって死にたかったのだという歯がゆさをぶつけるように、彼女は最後のいくさに挑んだ。それは、「恩田《おんだ》に押し並べて、むずと取って引き落し、鞍《くら》の前輪《まえわ》に押しつけて、首ねぢ切って捨ててけり」（巻九）という壮絶なものだった。敵だけを突き落として自らが馬上にとどまれること自体、圧倒的な力の差を見せつけているが、さらに鞍の前輪に敵の首を引きつけ、ふつう使うべき腰刀を使わずに素手で敵の首をねじ切ったのである。腰刀を使う一般的な戦法と比べてみると、巴の超人的な力量とともに、やり場のない無念さをこの最後の戦いにぶつけようとする強い思いが、より深く伝わってくる。

装束描写の色彩感覚――那須与一の人間像を読む

『平家物語』の装束描写は、着用順と同じく、おおむね〈鎧直垂《よろいひたたれ》→鎧→（兜→太刀→矢→弓→）馬・鞍〉の順に語られる。ただし簡略化された場合は、右の（　）の中が省略され、たとえば、「越中の前司盛俊は、**木蘭地**《もくらんじ》の直垂に、**赤革縅**《あかがわおどし》の鎧着て、**白月毛**《しらつきげ》なる馬に乗り」（巻九）のようになる。むしろ略式のほうが一般的で、すべて揃《そろ》ったものは稀である。兜、太刀、矢、弓が省略されやすかったのは、それらに色がないからだろう。省略されずに残ったものには「木蘭地」（黄味のある赤色）、「赤革」、「白月毛」という色が含まれている。エキスとして残された部分は色だったのである。そのことは、『平家物語』（とくに語り本系）が視覚的・絵画的な描写を指向していたことを示唆する。装束の材質や色は、それを身につける人の身分、年齢、嗜好《しこう》を表わしている。たとえば、**赤地錦**《あかじにしき》の直垂や**唐綾縅**《からあやおどし》の鎧は、大将など身分の高い者が着るものである。また、**黒糸縅**《くろいとおどし》・**黒革縅**《くろかわおどし》は僧兵が着るものであったし、一般の武人が着用する場合には中高年とほぼ決まっていた。一方、**萌黄縅**《もえぎおどし》（薄緑）や**緋縅**《ひおどし》（鮮やかな朱）は、若武者や壮年期の武者が好んで着用した。このように、装束を見ればその人物の身分、年齢などがおおよそわかるようになっている。

那須与一は、「**褐**《かちん》に、**浅葱**《あさぎ》の錦をもってはた袖いろへたる直垂」を身につけて扇の的を射た（巻十一）が、これは、錦の直垂を着るのは身分上憚《はばか》られるため、端袖《はたそで》（袖の先）だけを錦にして、それ以外の部分は褐（濃紺）にした、つぎはぎの衣装である。そうまでして錦をちらりと見せたい、与一の自己顕示欲がほの見える。「**足白**《あしじろ》の太刀」という、帯取を通す金具の部分だけに銀を用いた太刀を帯《は》くところにも、分をわきまえながらも、飛ぶ鳥を射ても三分の二は命中するほどの腕前をもった若武者としてのプライドがほの見える。義経から射手として指名され、事の重大性を鑑《かんが》みていったんは辞退するものの、その動揺を乗り越えて扇の的を射抜くストーリーには、与一の芯《しん》の強さが必要なのだ。

装束描写のタイミング

──クローズアップの手法を知る

装束描写が着装の手順を反映したものだ（先述）としても、物語の中に武者が着装する場面──たとえば朝の仕度の様子──はない。装束描写がなされるタイミングは、その武者の晴れ舞台が訪れた時である。まず、格式の高さ、威儀の正しさという意味での晴れ舞台で、装束が描写される。三浦義澄《よしずみ》が頼朝の代理として征夷将軍の院宣《いんぜん》を受ける場面（巻八）、義経が木曾義仲勢を破って洛中に入り後白河院に参上した場面（巻九）などである。これは当時の公家日記における装束記録の意識と通じるものである。そして、『平家物語』にはより発展した機能をもつ装束描写がみられる。格式・威儀に関わりなく、いわゆる「絵になる場面」で装束を描写する。あるタイミングを捉えて、武具甲冑や装束を細かく描写する時、まさに、映画のカメラが人物に接近し、スクリーンいっぱいに大写しにするような機能をもつ。装束描写からしばらくは時間の進行も密度が濃くなり、人物への感情移入も深くなり、凝縮されたクライマックスへと向かってゆく。そのもっとも典型的な例が、木曾義仲の装束描写である（巻九）。相手が好敵手だと聞いて勇み、義仲が討ち死に覚悟で「まっ先」に進んだところで、「木曾は赤地の錦の直垂に、「薄金」とて唐綾縅の鎧着て……」と装束を描写する。つまり、絵画的な構図上、義仲が先頭に立ってその姿が露出した場面で、しかも物語の展開上も義仲の最後の見せ場で、この装束を描写した──彼を大写しにした──のである。同じように、鼓判官《つづみほうがんともやす》知康が法住寺殿の築垣《ついがき》の上で陣頭指揮をとる場面（巻八）、佐々木三郎盛綱《もりつな》が先頭をきって藤戸の瀬を渡る場面（巻十）、義経が先頭に立って屋島へ向けて進撃する場面（巻十一）など、人物が視覚的に露出する瞬間を捉えて、装束を描写するのである。そして、これを合図として、読ませどころへと入ってゆく。

このように装束描写は、我々をより深い物語世界に引き込む際の予鈴のような機能を果たしている。そのような仕組みに気づいてみると、『平家物語』を読み味わう楽しみはさらに深まる。

【コラム】

水軍と壇の浦

寿永《じゅえい》三年（一一八四）二月、源義経は夜討ちをかけて三草山の平家を破り、鵯《ひよどりごえ》越の一の谷を攻略した。義経軍に敗れた平家は屋島に落ち、かくて元暦《げんりゃく》二年（一一八五）三月二十四日卯《う》の刻、壇の浦合戦の火蓋《ひぶた》が切って落とされた。戦場が西国に移ってからは、瀬戸内海を拠点としていた水軍や制海権の掌握が合戦のゆくえを左右する重要な鍵となっていった。古代以来、瀬戸内海で活発な活動をしてきた水軍には、熊野の浦々を統《とう》括《かつ》する熊野水軍、平氏の制海権を支えていた阿波水軍、伊予の河野水軍などがあった。

河野氏と清和源氏とは、源頼義以来の血縁関係のある親しい間柄であったから、河野水軍は源氏方の水軍の主要な一角として戦った。熊野別当《べっとう》が統括する熊野水軍は、新宮を拠点とする新宮別当家と、田辺を拠点とする田辺別当家という二つの有力な家に分かれていた。新宮別当家は源氏と血縁関係があったが、一方の田辺別当家は平氏との関係が深く、清盛は平治の乱に際しては、田辺別当家の湛快《たんかい》の子湛増《たんぞう》らの支援を受けたほどであったが、後には平氏に背き、壇の浦の合戦で湛増は源氏に合流して戦う。

かくて瀬戸内海の水軍のうち、壇の浦合戦開戦の当初、源氏方に参加したのは伊予の河野水軍と熊野水軍であった。それに対し阿波水軍は、三百艘《そう》の船を率いて、平氏水軍として奮闘した。しかし戦闘途中に、阿波水軍を統括していた阿波《あわの》民部成能《みんぶしげよし》が源氏方に寝返ってしまう。そして、これを機に西国の兵たちが次々と源氏方に転じ、はじめは潮流も手伝って優勢であった平家が、たちまちに形勢逆転、源氏の大勝利となったのである。

正盛以来、瀬戸内海の海賊鎮圧に功績を挙げ、海の権力を掌握することに血道を上げてきた平氏を滅亡へと決定づけたのは、彼ら水軍の動向であったといっても過言ではない。くしくも壇の浦において水軍は、平家にとって仇《あだ》となったのであった。

第五部　『平家物語』の残したもの

『平家物語』と能

平曲の盛行と観阿弥《かんあみ》・世阿弥《ぜあみ》

応安《おうあん》四年（一三七一）、鬼夜叉《おにやしゃ》と呼ばれていた世阿弥は数えの九歳、父の観阿弥は四十歳になっていた。この父子は、翌年の醍醐寺《だいごじ》清滝宮《せんりゅうぐう》における七日間の猿楽《さるがく》の興行で芸名をあげることになるのだが、一年前のこの応安四年の三月頃、平家琵琶の語り手明石検校覚一《あかしけんぎょうかくいち》は、病床にありながら、当時行なわれていた「平家」語りの詞章のみだれを正そうと、師匠の如一《じょいち》から伝承された平曲の詞章を集成し、署名して弟子の定一《じょういち》に与えている。それが一方流《いちかたりゅう》の依拠すべき本文として後世に広範に長く行なわれることになるいわゆる覚一本である。書写山（円教寺）の僧として声明《しょうみょう》を修めた覚一が失明して平曲の語り手に転じたということは、それが十分に生業の手段になりえたという状況を考えてみる必要がある。世阿弥の少年～青年期はまさしく平曲の盛行期で、真慶《しんけい》や真性《しんしょう》のような名手が活躍し、覚一も北野の矢田地蔵堂や五条薬師堂などで勧進平家を催すなど、めざましい活躍を見せている。しかも、この平曲の人気は以降も引き続くのである。世阿弥がその影響を受けないはずはなかった。

応永《おうえい》二十年代後半（一四一八～二二）には、田楽、猿楽、松拍《まつばやし》、風流《ふりゅう》、放下《ほうか》、獅子舞などとともに、琵琶法師の「平家」の語りは、大いに世に迎えられ、庶民を相手に街頭で語られていただけでなく、上流階級の貴紳の間にも愛好者がひろがり、夜間のつれづれにその邸宅に招かれて語らされ、時には深更におよぶことも多かったという。室町幕府最盛期の様子をよく伝えている後崇光院《ごすこういん》の『看聞《かんもん》御記《ぎょき》』の応永年間の記事をたどってみると、当世の名人と言われた検校の相一《しょういち》や専一《せんいち》をはじめとして、安一、椿一《ちんいち》、妙一、調一、さらには千一《せんいち》、秀一《しゅういち》などという検校や勾当《こうとう》や座頭《ざとう》の名前が頻出《ひんしゅつ》する。

世阿弥の平曲体験

世阿弥の言う「平家の物語」とは、謡曲に採られている詞章との酷似ぶりから覚一本を含む「書写本の平家」を指していると見られるが、彼が父親の観阿弥と同様に検校たちの平家を聴いていて、その曲節についてある種の見識をもっていることから推して、「平曲の平家」の可能性も消すことはできない。たとえば、世阿弥から大事な後継者の一人と目されていた元能《もとよし》が、永享《えいきょう》二年（一四三〇）十一月の出家以前にまとめた聞書『世子《ぜし》六十以後申楽談儀《さるがくだんぎ》』の別本には、次のような記事がある。

平家ニ、心得ヌ節《ふし》ノ付ケヤウアリ。「コノ馬。主ノ別レヲ惜《お》シムト見エテ」ト云所《いうところ》ヲ三重《さんじゅう》ニ繰《くく》ル。カヤウノ所ヲバ言葉ニテ云テ、タトヘナドヲ三重ニ言フハヨシ。「頃ハ卯月《うづき》二十日余リノコトナレバ」ナド、三重ナル、悪シ。カヤウノコトハ、人ニ詰《つ》メラレテハ言葉ナシ、知リタル同志、ウナヅキ合フコト也。（後略）

この伝本を信用すれば、世阿弥は「平家」を相当に聞き込んでいたということになる。「コノ馬〜」の一節が『平家物語』の「浜軍《はまいくさ》」の詞章だとすると、一方流の曲節を伝える平家正節《まぶし》の譜本では三重ではなく中音《ちゅうおん》であり、「頃は〜」の句が「大原御幸《おはらごこう》」の該当詞章だとすれば、そこも平家正節では中音である。とすれば、世阿弥が聴いた「平家」は城方《じょうかた》流のものであったかと一応は推測してみる余地もあるが、「比《ころ》は睦月《むつき》廿日余りの事なれば〜」（「横笛」）、「比は二月十八日、酉《とり》の刻ばかんの事なれば〜」（「那須与一」）など、「頃は〜」の句が三重でうたわれるのは常套《じょうとう》的な傾向であって、世阿弥の記憶は間違いということにはならず、これはひとつの音楽的見識ということになろう。大切なのは、ここに平曲と世阿弥との疑いようのない具体的な接点があるということである。

修羅能《しゅらのう》の成立

『平家物語』を本説とする能は多い。「源氏物」が十数曲であるのに対して、「平家物」の現行曲は以下に見るように初番目物《しょばんめもの》（演能の最初に置かれ、神々の威光と天下泰平を祝賀する曲目。脇能《わきのう》・神能《かみのう》とも）を除く三十数曲でざっと三倍、廃曲・番外曲を合わせると実に約八十曲に及んでおり、能の作者たちがいかに好んで『平家物語』に素材を仰いだかは驚くべきものがある。それは『平家物語』が「平曲」として普及していたことと深く関係した結果であり、能は平曲（語り物）の舞台化とも言える関係にある。

応永三十年（一四二三）二月、次男の元能に相伝した『三道《さんどう》（能作書）』の中で、それまでに「薩摩守《さつまのかみ》（忠度《ただのり》）」「実《さね》盛《もり》」「頼政《よりまさ》」「清常《きよつね》（清経）」「敦盛《あつもり》」を書き上げ、それらが好評であったことで自

「**頼政**」（シテ＝田崎隆三）

「**清経**」（シテ＝三川淳雄）

信を強めていたらしい世阿弥は、「一、軍体《ぐんたい》の能姿《のうすがた》、仮令《たとえ》源平の名将の人体の本説ならば、ことにことに平家の物語のまゝに書くべし」と修羅能の書き方の大原則を教えている。

『風姿花伝』の「物学《ものまね》条々」には、修羅の風体《ふうてい》は「鬼のはたらき」と一線を画すべきだと説かれているように、修羅能の修羅は鬼ならぬ人間の面をつけた修羅たちであって、シテ（主人公）たちは曲の後場《のちば》で、「敦盛」「頼政」のようなその曲専用の面や、「十六」「中将」のような憂愁をたたえた面や穏やかな表情の尉《じょう》（老人面）をつけて登場し、『平家物語』の叙述さながらの、この世での命終時（最後の戦い）の果敢な戦闘の有様《ありさま》を再現して見せ、修羅道での苦しみを語り、成仏のための回向《えこう》を依願して去るという展開になっている（ただし、夫婦の哀別を主題とする「通盛《みちもり》」だけはやや例外的な趣きがある）。しかも彼らは、たとえば忠度には桜と和歌、実盛には出陣に際して白髪を黒髪に染めるたしなみ、頼政には和歌、敦盛や清経には笛、というように「花鳥風月」的な取り合わせの工夫が施されることによって、「修羅道の鬼」の恐ろしげな存在ではない、いかにも人間味あふれる美的武人として形象されている。上掲の曲は応永年間（一三九四〜一四二八）に世阿弥の新作した曲であるが、後掲の「八島《やしま》」「通盛」「経正《つねまさ》」「知《とも》章《あきら》」等々を含めて現行曲の主要な修羅能の大半が世阿弥の制作と思われることは注目に値する。さらに言えば、中入《なかいり》をはさむ前後二場構成の修羅能においては、『平家物語』に忠実に依拠して作詞されているのは決まって曲の後場であり、曲の前場は後場の状況を導くための創作的場面という組み合わせになっている。以下に『平家物語』の時系列に従って、修羅能の曲名とその典拠と考えられる章句名を挙げる。なお、章句名は、読者の検索の便宜を考慮して、覚一本によった。

二番目物（武人の勇姿や修羅道に堕《お》ちて戦い続けている苦しみを描く曲目。修羅物とも）

〈負《まけ》修羅物―主人公が敗死するもの〉

①「頼政」―「橋合戦」「宮御最期《みやのごさいご》」（巻四）

②「実盛」―「実盛」（巻七）

③「忠度」―「忠度都落《みやこおち》」（巻七）、「忠度最期」（巻九）

④「俊成《しゅんぜい》忠度」―右に同じ

⑤「経正」―「経正都落 付《つけたり》青山《せいざん》」（巻七）

⑥「清経」―「宇佐行幸《うさぎょうこう》 付緒環《おだまき》」「太宰府落」（巻八）

⑦「巴《ともえ》」―「木曾最期」（巻九）

⑧「兼平《かねひら》」―右に同じ

⑨「敦盛」―「敦盛最期」（巻九）

⑩「知章」―「知章最期」（巻九）

⑪「通盛」―「一の谷落足《おちあし》」「小宰相《こざいしょう》」（巻九）

⑫「碇潜《いかりかずき》」―「先帝身投《せんていみなげ》」「能登殿《のとどの》最期」「内侍所都入《ないしどころみやこいり》」（巻十一）

〈勝《かち》修羅物―主人公が勝利するもの〉

①「箙《えびら》」―「二度之懸《にどのかけ》」（巻九）

②「八島」―「大坂越《おおさかごえ》」「八島軍《いくさ》・嗣信《つぐのぶ》最期」「弓流《ゆみながし》」（巻十一）

女性たちの能

能の作者たちは『平家物語』の女性たちのなかから、白拍子《しらびょうし》の祇王《ぎおう》と仏御前、千手《せんじゅ》、熊野《ゆや》、建礼門院らをとりあげている。祇王は『三道』において、小町、百万《ひゃくまん》、静御前らとともに女体の能にふさわしい人物とされ、白拍子なのだから、和歌を朗詠し、一声の謡いをたっぷりと謡い、高い音程の歌を歌って、最後は急迫した拍子の舞いで締めくくる演じ方が似合うと説かれているが、「祇王」では祇王をシテとせずにツレとし、仏御前をシテとして、二人に相舞《あいまい》をさせるという扱いで、祇王を追放して自分を寵愛しようとする清盛の申し出をことわった仏御前を中心とした散文的な話になっていて、世阿弥の主張が生かされていない。

これに比べると「仏原《ほとけのはら》」は前シテを仏御前の霊、後シテを仏御前として、祇王の後を追って出家した仏御前が、故郷の加賀の仏が原の地に帰って没したという『平家物語』の異伝的後日譚《たん》を脚色した前後二場構成の複式夢幻能（物語の時間・空間が過去にさかのぼって展開される能）で、世阿弥の主張が生かされている。「千手」は、狩野介宗茂《かののすけむねもち》をワキ、重衡《しげひら》をツレ、千手をシテとして『平家物語』の筋にそって脚色された臨場感の濃い現在能（現在形で物語が進行する能）だが、昔物語風な扱いが叙情的な雰囲気をかもしだす効果をあげている。

「熊野」（喜多流は「湯谷」）は、宗盛がワキ、熊野がシテという取り合わせで、

「**千手**」（シテ＝大坪喜美雄）

「**大原御幸**」（シテ＝今井泰男）

「海道下《かいどうくだり》」（巻十）の中にみえる、池田の宿で重衡が耳にした若かりし日の宗盛と熊野との短い挿話をふくらませて、舞台を春爛漫《らんまん》の清水寺に設定して脚色したもので、『平家物語』の外縁に生まれた創作能とも呼ぶべき内容の曲である。道行きの叙景描写をはじめ美しい詞章が多く、世阿弥の『拾玉《しゅうぎょく》得花《とくか》』にも「幽玄、上花」の名曲として讃えられている。

「大原御幸」は、『平家物語』の詞章をたくみに綴り合わせたように舞台化されている代表的な能で、庵室の作り物が出て登場人物も多い、大がかりな舞台である。後白河法皇が大原の寂光院《じゃっこういん》に建礼門院（シテ）を訪ねて、都落ちから壇の浦での敗戦に至る国母としての辛苦、教経・知盛の活躍や安徳帝の最後の有様《ありさま》などの体験談にしみじみと耳を傾けるという展開で、『平家物語』の絵巻を舞台に見るような趣きがある。以下に三番目物の曲名とそれぞれに関係する章句名を挙げる。

三番目物（歌舞を中心とした女性や草木の精などをシテとする曲目。鬘《かずら》物とも）

①「祇王」―「祇王」（巻一）
②「仏原」―右に同じ
③「千手」―「千手前《せんじゅのまえ》」（巻十）
④「熊野」―「海道下」（巻十）
⑤「大原御幸」―「先帝身投」（巻十一）、「大原御幸」「六道之沙汰《ろくどうのさた》」（灌頂巻《かんじょうのまき》）

四番目物のさまざま

「俊寛《しゅんかん》」は、鬼界が島に流された三人の流刑者のうち、中宮御産の特赦《とくしゃ》にもれて、ひとり島に取り残されることになった俊寛僧都《そうず》の絶望的な失意の嘆きを、巻三「足摺《あしずり》」の内容に即して脚色した現在能で、語りの素直な舞台化と見ることができる。「小督《こごう》」も『平家物語』に忠実な舞台化で、清盛を恐れて失踪した高倉院の思い人である小督の局《つぼね》（ツレ）を、高倉院の命を受けた仲国《なかくに》（シテ）が仲秋の名月の夜に嵯峨野《さがの》に探し当てるという一場物の現在能。「木曾」もまた巻七「木曾願書《がんじょ》」に基づいた内容で、平家軍との合戦中、越中の埴生《はにゅう》八幡に太夫坊覚明《たゆうぼうかくめい》（シテ）の書いた戦勝祈願の願書を奉納すると、社の方角から納受の印の山鳩が飛来して喜ぶという現在能。

「藤戸《ふじと》」は、巻十「藤戸」の後日譚ともいうべき創作劇で、藤戸での先陣の功によって領主として国入りした佐々木盛綱に、水先案内をして口封じに刺殺された若い漁夫の母（前シテ）が我が子を返せと迫る。やがて供養をうけた漁夫の亡霊（後シテ）が現われて謀殺されたさまを語って成仏するという夢幻能。「景清《かげきよ》」も、巻十一「弓流」で行方をくらました景清の後日譚で、日向《ひゅうが》に戦《いくさ》語りの盲人として暮らしている往年の勇者景清をその娘が尋ねてくるという、在地の伝承を取り込んだ創作的現在能であるが、水尾《みお》谷《や》との錣《しころ》引きの一件が景清の往年の勇姿を再現する見せ場として描かれている。

「景清」（シテ＝今井泰男）

「正尊《しょうぞん》」は、頼朝の命で都の義経を討つために上京した正尊が義経の前で偽りの「起請文《きしょうもん》」を読むが、やがて夜討ちをかけ、逆に討たれてしまうという巻十二「土佐房被斬《とさぼうきられ》」の内容にそった舞台化で、この能の起請文は、「木曾」の願書、「安《あ》宅《たか》」の勧進帳と並んで三読み物と呼ばれる聞かせ所になっている。唐物の「咸陽《かんよう》宮《きゅう》」、狂女物の「蟬丸《せみまる》」は、挿入話をもとに脚色された現在能である。以下に曲名と関係する章句名を挙げる。

四番目物（初・二・三・五番目物以外のすべての曲目。内容から執心物、狂乱物、狂女物、唐物、斬合物なども）

①「俊寛」―「康頼祝言《やすよりのっと》」（巻二）、「足摺」（巻三）
②「咸陽宮」―「咸陽宮」（巻五）
③「鷺《さぎ》」―「朝敵揃《ちょうてきぞろえ》」（巻五）
④「小督」―「小督」（巻六）
⑤「木曾」―「木曾願書」（巻七）
⑥「蟬丸」―「海道下」（巻十）
⑦「藤戸」―「藤戸」（巻十）
⑧「景清」―「弓流」（巻十一）
⑨「正尊」―「土佐房被斬」（巻十二）

異形のものたち

「鵺《ぬえ》」は、熊野参詣の旅僧が、摂津の芦屋で漕《こ》ぎ寄せてきた異様な風体の舟人から、自分は近衛天皇を悩まして源頼政に射殺された鵺という怪鳥の亡魂だと打ち明けられ、回向《えこう》すると鵺が往年の姿で現われ、回向を喜び、頼政に射られた場面を再現して見せて去るというもので、修羅能と同じく後場が『平家物語』に即した描写になっている。「絃上《げんじょう》」の絃上とは中国伝来の琵琶の名器の名で「玄象」とも表記される。琵琶の奥義《おうぎ》を極めようと渡唐を志して須磨に来た藤原師長《もろなが》が海士《あま》の塩屋で老夫婦に会い、その琵琶の演奏の妙技に感服し、渡唐を断念しようとしているところへ、村上天皇の霊（後シテ）が竜宮にある琵琶の名器獅子《しし》丸《まる》を竜神に命じて取り寄せ、師長と共々に弾じ、それを師長に与えて去るというもので、やはり後場が『平家物語』に基づく内容になっている。「土蜘蛛《つちぐも》」は「剣」（巻十一）にみえる源頼光にまつわる膝丸《ひざまる》という名刀による土蜘蛛退治の挿話を脚色した小品で、「蜘蛛切丸」という刀名の由来譚でもあって、糸を放って攻めかかる土蜘蛛の精（後シテ）と頼光の家来の独り武者（後ワキ）との攻防が見せ場になっている。鵺・竜神・土蜘蛛といった異類の登場する目新しさはあるが、いずれも『平家物語』の本筋とは関わりの薄い能の一群である。左に曲名と関係章句名を挙げる。

五番目物（演能の最後に置かれる曲目で、シテは鬼や動物の精、亡霊など多彩。鬼畜物とも）

①「鵺」―「鵼《ぬえ》」（巻四）

②「絃上」―「経正都落　付青山」（巻七）

③「土蜘蛛」―「剣」（巻十一）

右に取り上げた能の中には、語り本の『平家物語』だけに依拠したとは認めがたい曲も含まれている。以上のほかに、「盛久《もりひさ》」「大仏供養」「七騎落《しちきおち》」「船弁慶」のような、『平家物語』の一異本ともいうべき『源平盛衰記《じょうすいき》』などに見える記事から作られた現行曲もあり、また戦前まで行なわれていた「現在巴《ともえ》」「現在鵺」「重盛」や番外曲の「文覚《もんがく》」（「六代」とも）などの能もあって、『平家物語』はやはり「能」の宝庫と言えるのである。

『平家物語』と浄瑠璃・歌舞伎

浄瑠璃・歌舞伎で源平合戦やそれに関わる人物を主人公とした作品は、たいへん多く、それらは「源平合戦物」と総称される。そして源義経をめぐる諸作を「義経記物《ぎけいきもの》」あるいは「判官物《ほうがんもの》」、伊豆配流時代の頼朝を描いた諸作を「伊豆日記《いずにっき》物《もの》」と称する。

そもそも、浄瑠璃という名称の由来になったといわれる古浄瑠璃「浄瑠璃物語」も、金売吉次《かねうりきちじ》に従い奥州へ下る牛若が矢作《やはぎ》の宿の長者の娘である浄瑠璃姫と結ばれるという、義経がらみの作品である。浄瑠璃の古体である古浄瑠璃には「よりまさ」「きそ物かたり」「こあつもり」「八島《やしま》」「景清《かげきよ》」などがあり、その筋立ては、『平家物語』『源平盛衰記《じょうすいき》』や、源平合戦を題材とした幸若舞《こうわかまい》などに準拠している。

しかし、近松門左衛門の出現により浄瑠璃が古体を脱却するとともに、源平合戦物の浄瑠璃も、本来の『平家物語』から大きく逸脱した独創的なストーリーの作品へと変わってゆく。今日でもよく知られている源平合戦物の代表作の多くは、享保《きょうほう》から宝暦年間（主に八代将軍吉宗と九代家重《いえしげ》の時代）にかけて、近松や近松以後の作者によって執筆された浄瑠璃作品と、それを歌舞伎化したものである。

古浄瑠璃では幸若舞の摂取が目立ったのに対し、この時期の作品は、平家物の謡曲を題材としたものが多い。作者でいえば、初期は浄瑠璃改革を成し遂げた近松門左衛門の独壇場である。中期に活躍した文耕堂《ぶんこうどう》は、ストーリーの奇抜さこそないものの人間の内面の微妙な心理描写に長《た》けていると評される作風。後期は並《なみ》木宗輔《きそうすけ》（千柳《せんりゅう》）や若竹笛躬《わかたけふえみ》が中心となるが、近松に次ぐ浄瑠璃作家といわれている並木宗輔は、人間の業《ごう》の深さを緻密な構成で写実的に描いた。この時期、歌舞伎は享保の改革による締めつけなどで沈滞していたが、浄瑠璃の方は後に名作と呼ばれる作品が次々と生み出され、大坂を中心に黄金時代的状況が現出していた。

浄瑠璃からの移行ではない歌舞伎作品としては、有名な「勧進帳」（三世並木五瓶《ごへい》作、天保十一年）のほかに、頼朝の石橋山挙兵と『曾我物語』の世界を組み合わせた「大商《おおあきない》蛭小島《ひるがこじま》」（初世桜田治助ら作、天明四年）など。また明治期の河竹黙阿弥《もくあみ》の歌舞伎舞踊「船弁慶《ふなべんけい》」（明治十八年）は新歌舞伎十八番の一つ。

以下に、初演年の順に源平合戦物の主な作品を紹介する。

近松門左衛門の作品

出世景清《しゅっせかげきよ》

近松門左衛門作。貞享二年（一六八五）初演。

【あらすじ】壇の浦の合戦の後も、執拗に源頼朝をつけねらう平家の侍大将平景清は、妻である熱田神宮の大宮司の娘小野姫に対する愛人の京の遊女阿古屋《あこや》の嫉妬心から捕縛される。その後、頼朝にゆるされた景清はみずからの目をえぐりとって頼朝への恨みを断ち、頼朝に与えられた領地のある日向《ひゅうが》へ下る。

【解説】本作が上演された貞享二年は、平家の滅亡した文治元年からちょうど五百年後に当たり、源平合戦の武将たちの五百年忌記念として「景清物」が企画された。竹本義太夫が初めて近松門左衛門に創作を依頼してできた曲で、景清、妻、愛人、それぞれの内面の苦悩と葛藤を掘り下げ、従来は豪壮な人気キャラクターであった景清を悲劇の主人公へと再構築したことにより、浄瑠璃史上のエポックメイキング的な作品となった。本作成立以前の浄瑠璃作品を古浄瑠璃と呼称し、以降の作品と区別する。

平家女護島《へいけにょごのしま》

近松門左衛門作。享保四年（一七一九）初演。通称「俊寛《しゅんかん》」。

【あらすじ】鬼界が島に流された俊寛の妻あずまやは、清盛に妾《めかけ》になるよう迫られて自害して果てる。島に赦免状が届くが、妻の非業の最期を知った俊寛は、流人の成経《なりつね》の妻となった島の娘千鳥を船に乗せるため、上使瀬尾太郎《せのおのたろう》を討ち、自らは島に残る。都では、清盛の愛妾《あいしょう》となった常盤御前《ときわごぜん》の住む朱雀《すざく》御所のあたりで、若い男の行方不明事件が連日発生し、捜査を行なう弥平兵衛宗清《やびょうえむねきよ》は、常盤と牛若丸が源氏再興のために武士を集めていることを突きとめる。しかし生き別れの娘が荷担していることを知った宗清は、あえて返り討ちになる。清盛は厳島《いつくしま》詣でに後白河法皇を誘い出し暗殺しようとするが、それを阻止した千鳥を踏み殺し、千鳥やあずまやの怨霊に祟《たた》られ、焦熱地獄の苦しみの中で断末魔を迎える。

【解説】二段目の俊寛の段が特に有名で、今日でもよく上演される。妻の無惨な死に衝撃を受けつつ、若い夫婦の幸せのためにあえて罪を犯して島にとどまる俊寛は、『平家物語』とは全く異なる悲劇的英雄となっている。三段目の常盤御前のエピソードは、寡婦《かふ》となっていた千姫が住居の吉田御殿へ次々と男を引き込み、楽しんだ後は口封じに殺害していた、という当時の巷説《こうせつ》に依《よ》っており、「女護島」という外題もこれに由来する。

文耕堂の作品

三浦大助紅梅靮《みうらのおおすけこうばいたづな》

文耕堂・長谷川千四《せんし》合作。享保十五年（一七三〇）初演。

【あらすじ】石橋山の合戦に敗れた頼朝は伊豆に流され、再起の機会を窺《うかが》っている。頼朝に味方する真田文蔵《さなだのぶんぞう》の軍資金をつくるため、許嫁《いいなずけ》の梢《こずえ》とその父六郎太《だ》夫《ゆう》は大庭景親《おおばかげちか》に刀を売ろうとするが、鑑定を依頼された梶原《かじわら》景時が、俣野《またの》五郎の提案から六郎太夫で試し斬りをすることになってしまう。梶原は六郎太夫を助けるためにわざと斬り損ね、石橋山で頼朝を救ったことを六郎太夫にひそかに告白した後、くだんの刀で石の手水鉢《ちょうずばち》を斬ってみせ、名刀であることを保証する。その後、六郎太夫は父の三浦大助の身代わりになって戦場で梶原に討たれる。そして再び頼朝が挙兵する。

【解説】梶原景時が善玉として描かれているのが特徴。三段目「梶原平三誉石《へいぞうほまれのいし》切《きり》」（通称「石切梶原」）が特に有名。

須磨都源平躑躅《すまのみやこげんぺいつつじ》

文耕堂・長谷川千四合作。享保十五年（一七三〇）初演。

【あらすじ】平家恩顧《おんこ》の扇屋若狭《わかさ》に匿《かくま》われ、女装して小萩と名乗っていた敦盛《あつもり》は、平家余類詮議《せんぎ》に執念を燃やす姉輪の平次に正体を知られそうになるが、偶然店を訪れた熊谷直実《くまがいなおざね》に救われる。しかし、敦盛を慕う若狭の娘桂子《かつらこ》は身代わりとして死んでしまう。敦盛は須磨の浦の戦場で直実の手で討たれることによってこの時の恩を返すが、直実は出家を決意する。これに、薩摩守忠度《ただのり》が恋人の裏菊の目の前でその兄岡部六弥太に討たれる話、頼朝が捕虜《ほりょ》となった重衡《しげひら》の命を助けて出家させる話などが絡む。

【解説】小萩と桂子の女同士の情愛を描く二段目「扇屋熊谷」は独創的な趣向であり、現在でも上演される。本作の影響下に、二十年後に「一谷嫩軍記《いちのたにふたばぐんき》」が作られている。

鬼一法眼三略巻《きいちほうげんさんりゃくのまき》

文耕堂・長谷川千四合作。享保十六年（一七三一）初演。

【あらすじ】鬼一法眼は牛若丸に以前天狗の姿で剣術を教えたことを話し、牛若を恋する息女皆鶴姫《みなづるひめ》の婿引出《むこひきで》として軍法の秘書三略の巻を牛若に与え、平家に仕えたことを悔んで切腹する。一方、常盤御前が再嫁した一条大蔵卿《いちじょうおおくらきょう》は舞の遊びにうつつを抜かす阿呆《あほう》男を装うことによって平家の目をあざむいてきたが、密かに平家調伏《ちょうぶく》のまじないをしている常盤を守るため、清盛に内通していた矢《や》剣《つるぎ》勘解由《かげゆ》を成敗した。やがて五条橋で牛若は弁慶と出会い、主従の縁を結ぶ。

【解説】場面構成の美しい三段目「菊畑」と、作り阿呆という設定の上に舞の所作もあって主役に高度な技量を要求する四段目「一条大蔵譚《ものがたり》」が特によく知られている。

壇浦兜軍記《だんのうらかぶとぐんき》

文耕堂・長谷川千四合作。享保十七年（一七三二）初演。通称「阿古屋《あこや》」「琴責《ことぜ》め」。

【あらすじ】平家滅亡後、鎌倉方に追われる平家の侍大将悪七兵衛《あくしちびょうえ》景清と、その愛人五条坂の遊女阿古屋の物語。景清の行方を知るために畠山重忠《はたけやましげただ》と岩永左《いわながさ》衛門《えもん》は阿古屋を訊問《じんもん》するが、阿古屋は答えない。拷問にかけようとする岩永を制して、重忠は阿古屋に琴、三味線、胡弓を演奏させる。阿古屋の奏でる調べにいささかも乱れのないことから、阿古屋がたしかに景清の居所を知らぬ事を悟った重忠は、阿古屋を釈放する。

【解説】近松門左衛門の「出世景清」を下敷きにした作品であるが、本作のオリジナルの部分である三段目の「阿古屋琴責め」がとりわけ有名である。阿古屋の奏でる琴・三味線・胡弓の曲が、浄瑠璃では三味線で演奏され、歌舞伎では女形が実際にこれらの楽器を演奏する。調べの内に阿古屋の心情を盛り込むには高度な演奏技術が要求される。

御所桜堀川夜討《ごしょざくらほりかわようち》

文耕堂・三好松洛《みよししょうらく》合作。元文二年（一七三七）初演。通称「弁慶上使《べんけいじょうし》」「御所《ごしょ》三《さん》」。

【あらすじ】頼朝は、平時忠の娘である卿《きょう》の君《きみ》を妻にしている義経を討つため、梶原景高を都に送り込むが、討手《うって》の一人である土佐坊昌俊《とさのぼうしょうしゅん》は義経に同情しており、梶原らの策謀を妨害する。卿の君を預かる侍従太郎《じじゅうたろう》のもとに、その首を討つことを命じる鎌倉の上使として弁慶がやってきたが、弁慶は自身の娘を身代わりに殺害し、卿の君は義経の住む堀川御所にかくまわれる。それを知った静御《しずかご》前《ぜん》の兄の藤弥太《とうやた》が鎌倉方に注進しようとするが、実の母親である磯の前司《ぜんじ》に斬られて改心した藤弥太は、鎌倉勢の夜討ちの計画を告げて息絶えた。土佐坊は伊勢三郎に親の敵として討たれ、梶原方は敗走した。

【解説】三段目「弁慶上使」では、侍従太郎の腰元となっていた娘の生まれる原因となった、十七年前の弁慶の生涯一度きりの恋が明かされるのが、眼目となっている。四段目「藤弥太物語」は、歌舞伎では、傷ついた藤弥太が最後に鎌倉勢相手に大立ち回りを演じる。

ひらかな盛衰記《せいすいき》

文耕堂・三好松洛・浅田可啓《あさだかけい》・竹田小出雲《こいずも》・千前軒合作。元文四年（一七三九）初演。通称「逆櫓《さかろ》」。

【あらすじ】宇治川の先陣争いに負けた梶原源太景季《げんたかげすえ》は、父の景時に勘当され、恋人の千鳥を遊女にするまでに落ちぶれるが、母の延寿《えんじゅ》の助けで一の谷参戦の準備を整え、功名を挙げ、勘当を解かれる。一方、主君木曾義仲の仇討ちの機会をねらう樋口次郎兼光《ひぐちのじろうかねみつ》は、逆櫓の技術を習得し、松右衛門という名で義経の乗船の船頭に取り立てられる。しかし、義仲の遺児駒若丸《こまわかまる》を助けるために舅《しゅうと》の権四郎が松右衛門の正体を畠山重忠に密告し、身分が露見した兼光は大立ち回りの末に潔く縛《ばく》に就き、義経には許されるが自害して果てる。

【解説】外題の「ひらかな」は仮名書きのことで、『源平盛衰記』を平俗にしたという意味。元文四年四月の大坂・竹本座での人形浄瑠璃初演からわずか一か月後の五月に歌舞伎になり、京都・布袋屋《ほてい》梅之丞《うめのじょう》座で上演されている。

並木宗輔《なみきそうすけ》及びその影響下の作品

義経千本桜《よしつねせんぼんざくら》

二世竹田出雲・三好松洛・並木宗輔合作。延享四年（一七四七）初演。

【あらすじ】義経は、後白河法皇より屋島の合戦の恩賞に千年の劫《こう》を経た夫婦狐の皮で作った初音《はつね》の鼓《つづみ》を賜《たまわ》ったが、頼朝とは不和になってしまい、正妻の卿《きょう》の君は自害、義経自身は逃亡する。初音の鼓とともに置き去りにされた静は追っ手に襲われたが、狐の化けた佐藤忠信《ただのぶ》に助けられる。義経主従がやって来た大物《だいもつ》の浦では、西海で入水《じゅすい》したと見せかけて実は生きていた平知盛《とももり》が船商売を営んでいた。知盛は、義経らを嵐の中へ船出させると、自らも沖へ出て義経を討とうとするが、失敗して碇《いかり》を担いで海に沈む。一方、維盛《これもり》・六代の親子に梶原景時の探索の手が伸びるが、鮓屋弥左衛門《すしやざえもん》の伜《せがれ》の権太郎《ごんたろう》は維盛一家をかばい、別人の首を維盛の首と偽り、自分の妻子を維盛の妻子と称して梶原に差し出し、本物の維盛は頼朝の暗示で出家を決意する。静と狐忠信が吉野で義経と合流すると、そこには本物の佐藤忠信もいた。吉野の衆徒《しゅと》たちは義経を討とうとするが、狐の活躍で返り討ちになる。吉野側で最後に現われた横川覚範《よかわかくはん》は、忠信の兄継信を射《い》殺した平教経《のりつね》の仮の姿であり、朝廷の奸臣藤原朝方《ともかた》を成敗すると、教経は忠信に討たれた。

【解説】「菅原伝授手習鑑」「仮名手本忠臣蔵」とともに、歌舞伎の三大名作と称されている。この三作品は、いずれも人形浄瑠璃全盛期に並木宗輔が竹田出雲父子・三好松洛とともに生み出したものである。本作は、知盛・権太・忠信という、それぞれに複雑な二面性を持つ人物を役者がいかに演じるかが大きな見所である。

源平布引滝《げんぺいぬのびきのたき》

並木宗輔・三好松洛合作。寛延二年（一七四九）初演。通称「実盛《さねもり》物語」。

【あらすじ】源義朝が討たれた後、平清盛は専横を極め、帝を鳥羽離宮へ押し込める。義朝の弟の義賢《よしかた》は、源氏再興の願いを多田蔵人行綱《ただのくろうどゆきつな》に言い置き、妊娠中の妻の葵御前を近江の百姓九郎助に、源家重代の白旗を九郎助の娘小万《こまん》に託し、平家を相手に討ち死にする。清盛は禍根を断つべく九郎助の元に瀬尾十郎《せのおじゅうろう》と斎藤実盛を遣わすが、源氏に心を寄せる斎藤別当実盛の情けで、葵御前は駒王丸《こまおうまる》（後の木曾義仲）を無事出産する。小万は命と引き換えに白旗を守るが、瀬尾は小万が自分が捨てた実の娘であったことを知り、小万の子の太郎吉にみずから討たれる。実盛は太郎吉（後の手塚太郎光盛）に、将来戦場で再会するときには白髪を染めて若い姿で勝負することを約束する。

【解説】浄瑠璃・歌舞伎では、実盛は思慮分別に富み度量のある武士として描かれる。手塚太郎光盛は、木曾義仲の家臣で、斎藤別当実盛を加賀篠原《しのはら》で討ち取った人物。布引の滝は神戸市中央区の名瀑で、古来より、西国街道に近く、海上からも眺められる名所として知られているが、本作との関連は不明。『源平盛衰記』第十一巻では、布引の滝の滝壺に竜宮城がある。

一谷嫩軍記《いちのたにふたばぐんき》

並木宗輔・浅田《あさだ》一鳥《いっちょう》・浪岡鯨児《なみおかげいじ》・並木正三《しょうぞう》らの合作。宝暦元年（一七五一）初演。通称「熊谷陣屋《くまがいじんや》」。

【あらすじ】実は後白河院の落胤《らくいん》である敦盛《あつもり》の救出を義経に暗に命じられた熊谷直実は、一の谷の戦いの際に一子小次郎を身代わりに殺し、ひそかに敦盛を救う。そして、敦盛を平宗清《むねきよ》に託すと、出家して蓮生と名乗るのだった。また、薩摩守忠度を討った岡部六弥太の屋敷には、忠度の許嫁であった菊の前が仇討ちに現われる。そこで菊の前は楽人斎《らくじんさい》という男を真の下手人として討ち取るが、実は楽人斎は戦場で忠度を救おうとして、誤って忠度の腕を斬ってしまった太吾平《たごへい》という男で、六弥太の方は致命傷の忠度をやむを得ず討った、というのが真相なのであった。忠度にとって六弥太は、自分の歌が『千載集』に入集《にっしゅう》したことを知らせてくれた恩人でもあった。

【解説】熊谷の悲劇を描く三段目「熊谷陣屋」が特に有名である。立作者（チーフライター）の並木宗輔は三段目までを書いて没し、残りを浅田らが完成させたと伝えられる。

義経腰越状《よしつねこしごえじょう》

千簬荘《せんろそう》主人、一説には並木永輔《えいすけ》作。宝暦四年（一七五四）初演。通称「五十三《ごとさん》番《ば》」。

【あらすじ】梶原の讒言《ざんげん》により頼朝の不興を買った義経は腰越から追われ、奸臣に惑わされて踊りにふけっている。憂慮した執権泉三郎の推挙で軍師として五斗《ごとう》兵衛《びょうえ》がよび出されるが、五斗は奸臣たちの企みで御前で大酔し、義経の怒りを買い、愛想をつかした女房の関女にも離縁されしまう。しかし泉三郎が撃った空砲に冷静に反応して、性根《しょうね》の腐っていないことを示した五斗は、義経の軍師となる。不明を悟った関女は夫に復縁を願うが、身勝手な母を諌《いさ》めるために娘の徳女が自害し、関女は夫のために頼朝を討つべく鉄砲を持って鎌倉へ向かう。

【解説】並木宗輔の『南蛮鉄後藤目貫《なんばんてつごとうのめぬき》』（享保二十年）及びその改作版「義経新含状《よしつねしんふくみじょう》」（延享元年）をさらに補筆改訂したのが本作。源平合戦物を装っているが、本当のテーマは大坂夏の陣で、頼朝は家康、義経は秀頼、五斗兵衛は後藤又兵衛を暗示している。もとは五段あったが、四段目の鶴岡で関女が頼朝を狙撃するくだりが幕府に禁じられて、三段目までとなった。

豊臣・徳川の戦いを源平合戦に仮託した作品は少なくなく、本作のほかにも代表的な作品として「近江源氏先陣館《おうみげんじせんじんやかた》」（通称「盛綱陣屋《もりつなじんや》」、近松半二ら作、明和六年）や、その続編の「鎌倉三代記《かまくらさんだいき》」（近松半二ら作、安永十年）などがある。

若竹笛躬の作品

祇園女御九重錦《ぎおんにょうごここのえにしき》

若竹笛躬・中邑阿契《なかむらあけい》合作。宝暦十年（一七六〇）年初演。通称「三十三間堂《さんじゅうさんげんどう》棟由来《むなぎのゆらい》」「柳」。

【あらすじ】白河法皇の病気の原因が、前生のしゃれこうべが古柳の梢に引っかかっているためと判明し、その柳を切って三十三間堂の棟木にする役を忠盛が命じられる。横曽根《よこそね》平太郎の妻お柳《りゅう》が実はその柳の精で、お柳は夫と一子緑丸《みどりまる》に別れを告げて去ってしまう。やがて柳は切り倒され、平太郎と緑丸は親鸞上人に仕えよという霊夢を見る。一方、忠盛は白河法皇の側室祇園女御を賜り、やがて男子が生まれる。

嬢景清八島日記《むすめかげきよやしまにっき》

若竹笛躬・黒蔵主《こくぞうす》・中邑阿契合作。明和元年（一七六四）初演。通称「日向島《ひゅうがじま》」「盲景清《めくらかげきよ》」。

【あらすじ】頼朝暗殺に失敗した悪七兵衛景清は、自らの目をえぐり盲目となって、日向の孤島に流された。景清の娘糸《いと》滝《たき》は、父を都に連れ戻し仕官させる資金を得るため、花菱屋《はなびしや》に身売りする。孝心に感じた花菱屋の主人とともに日向に来た糸滝を、乞食となった景清は、父は飢死したと言い張り、追い返す。糸滝は手紙と金子《きんす》を里人に託し帰って行き、それを手渡された景清は慟哭《どうこく》し、恩讐を捨てて鎌倉に発つ。

【解説】原拠は謡曲「景清」であり、同じ主題の先行浄瑠璃作品「大仏殿万代《だいぶつでんばんだいの》石礎《いしずえ》」(西沢一風・田中千柳作、享保十年)などを取り込んで成立した。

浄瑠璃からの移行でない歌舞伎作品

勧進帳《かんじんちょう》

三世並木五瓶《ごへい》作。天保十一年(一八四〇)初演。

【あらすじ】頼朝と不和になった義経と家臣五名は、奥州へ落ちる途中、義経詮議のために加賀国に新たに設けられた安《あ》宅《たか》の関に行き当たる。東大寺再建のための勧進山伏を装う義経主従に、関守《せきもり》の富《と》樫《がしの》左衛門《さえもん》は不審を抱き、勧進帳を読めと迫る。弁慶は白紙の巻物を勧進帳とみせかけて読み上げ、また山伏問答に難なく答えて通過を許されるが、強力《ごうりき》に扮した義経が番卒に見とがめられ、弁慶はあえて義経を容赦《ようしゃ》なく打擲《ちょうちゃく》する。弁慶の誠忠に感じ入った富樫は義経と知りつつ、関を通らせる。

【解説】能の「安宅」に基づく。歌舞伎十八番の一つ。歌舞伎十八番中の源平合戦物は、ほかに、鎌倉方に捕らえられた悪七兵衛景清が堅固な牢を破って飛び出し大立ち回りを演じる「菊重栄景清《きくがさねさかえのかげきよ》」(通称「景清」「牢破りの景清」「岩戸の景清」、作者未詳、享保十七年)、景清が張飛《ちょうひ》に、畠山重忠が関羽《かんう》に扮する「関羽」(作者未詳、元文二年)、景清の亡魂が振袖を着た娘の姿となり、最後には源氏への怨念から解放される「解脱《げだつ》」(金井三笑作、宝暦十年)がある。

平家落人伝説と史跡

全国にある平家落人《おちうど》伝説

『平家物語』が国民文学たり得ている背景として、作品自体の魅力とともに、平家の悲劇を過去の時間に封印せず現在に連続する出来事として人々に意識させている、全国各地の平家落人伝説が果たしている役割を看過することは出来ない。

　海上で戦われた壇の浦の戦いは、敵を包囲して一網打尽《だじん》にするという体《てい》の戦《いくさ》ではなかったので、戦場から脱出し遂《おお》せた平家の一門・眷属《けんぞく》は少なくなかった。それらの落武者やゆかりの者が各地に潜んだ史実から、全国の山奥や離島などに、平家の落人が隠れ住んでいたとの伝承を持つ村落（いわゆる「平家谷」）が多数出現するに至った。その数は百五十か所を超え、北は青森から南は南西諸島まで広範囲に及ぶが、東北・関東は比較的少なく、四国・中国・九州の山間部に特に集中している。

　しかし、その多くは、実際には平家とは関係のない隠田《おんでん》百姓村であったらしい。隠田百姓村とは、室町時代から江戸時代初期に僻地《へきち》に隠れ住み、検地を受けていない隠し田を耕作して暮らしていた人々の集落のことで、それらの集落の人々は、人目を忍んで生きてゆく中で、平家という貴種をその祖と仰ぐことによって、自尊心の拠《よ》り所を獲得しようとしたのである。

　以下に、全国の平家落人伝説地の中でも特に有名な場所をいくつか紹介する。

檜枝岐《ひのえまた》（福島県）

　南会津最南端に位置する山村で、駒ケ岳・燧《ひうち》ケ《が》岳《たけ》・帝釈山《たいしゃくさん》に囲まれており、有名な尾瀬沼を擁《よう》する。近世には、沼田街道の宿駅である檜枝岐宿があったが、「山路嶮難《けんなん》にして駄馬《だば》通せず」という難所であった。

　村民の姓は、九割が平野・星・橘《たちばな》のいずれかで、それぞれに貴種を始祖とする伝承がある。最も多いのは平野姓で、平家の落人の末裔《まつえい》。星は当地に土着した藤原金晴《かねはる》に始まり、「星の里」という地名から。また、橘は、織田信長に攻略された治田《はった》城主橘正具《まさとも》の次男、橘好正《よしまさ》が落ち延びて来たことに由来し、橘好正は楠《くすのきまさしげ》正成の九代目の孫であるとも言われている。

村内の中土合《なかどあい》公園内には尾瀬《おぜ》大納言像が建てられている。尾瀬大納言は尾瀬の地名由来譚《ゆらいたん》の主人公であり、その伝説とは以下のようなものである。

高倉の宮以仁王《もちひとおう》は、挙兵失敗後、源頼政《よりまさ》の弟である源頼之《よりゆき》を頼って越後を目指して落ち延びるが、上州沼田より中沼山に入ったところで、同行していた尾瀬中納言藤原頼実《よりざね》が急死した。一行は頼実を沼の麓《ふもと》の湿原に塚を築いて葬り、この時より中沼山を「尾瀬」と呼ぶようになり、同じく供奉《ぐぶ》していた兄の尾瀬大納言藤原頼国《よりくに》は尾瀬の麓にとどまった。

ただ、尾瀬の地名由来譚はいろいろな異伝があり、頼国自身が急病で置き去りにされたという話や、平清盛の恋敵《こいがたき》として都を追われて尾瀬に定住した尾瀬三郎（左大臣藤原経房《つねふさ》の次男、藤原房利《ふさとし》）に由来するという話もある。

湯西川《ゆにしがわ》（栃木県）

栃木県塩谷郡栗山村湯西川は、日光の北、鬼怒《きぬ》川の支流である湯西川の源流域に位置する温泉郷である。

壇の浦の戦いに敗れた平忠実《ただざね》（忠房《ただふさ》とも伝える。忠房は重盛の子）らがこの地に隠れ住み、耕作・狩猟の日々を送っていたという。忠実が愛馬の塚に埋めた「藤づるの鞍《くら》」を、天正元年（一五七三）、十一代目の子孫である伴対馬守《ばんつしまのかみ》が温泉とともに発見したという温泉郷としての起源を説く伝説があるが、湯西川では、伴姓は「平の人である」という意味の隠し文字の姓である。

また、「五月の節句に鯉のぼりをあげない」「時を告げる鶏は飼わない」といった風習が現在でも残っている。忠実らがこの地に落ち延びる途中、逃亡の中で生まれ落ちた公達《きんだち》のために鯉のぼりを立てたことと、荷の中の鶏の鳴き声によって源氏に見つかり、襲撃を受けたからであるという。

湯西川平家一門の守護神である高房《たかふさ》神社や、忠実らが金銀財宝などを埋めたという平家塚などが現存している。

輪島《わじま》・珠洲《すず》（石川県）

能登半島を輪島市街地から海岸沿いに二十キロ近く東に進んだ、町野《まちの》川と岩倉山に挟まれた地帯にある豪農時国《ときくに》家は、平時忠《ときただ》が配流中にもうけた時国の末裔であるとの由緒書を伝えている。寛永十一年（一六三四）十二代（十三代とも）時保が時国家を二家に分立し、本家の上時国家は幕府領の庄屋を代々務め、分家の下時国家は代々にわたり加賀藩の代官などの役職を務めた。現在、いずれの屋敷も江戸期の建築技術の粋が凝らされた大規模民家として、国の重要文化財に指定されている。
　時国家よりさらに十キロ東に位置する珠《す》洲《ず》市大谷町則貞《のりさだ》にある則貞家もまた、その祖を時忠の子息時康《ときやす》とする由緒書を所蔵している。則貞家の敷地はかつての時忠の邸宅のあった場所であるとも言われており、すぐそばには時忠と従者たちの墓とされている五輪塔群もある。
　壇の浦の合戦後、捕虜になっていた平家の大物中の大物、平時忠が能登に流されて赦免《しゃめん》の日を待つことなく没したのは紛《まご》う事なき史実であり、時国家・則貞家に伝わる時忠の後裔であるという家伝は、いわゆる「平家伝説」とは一線を画す、かなり信憑性《しんぴょうせい》の高いものであると考えられている。

五箇山《ごかやま》（富山県）
　五箇山とは富山県西南端、南砺《なんと》市の旧平《たいら》村、上平《かみたいら》村、利賀《とが》村一帯であり、隣接する岐阜県の白川郷とともに合掌《がっしょう》造り集落が一九九五年に世界遺産に登録されたことで、よく知られている。
　五箇山にやってきた平家の落人は、倶《く》利伽羅《りから》谷の戦いにおいて木曾義仲に敗れた落ち武者という説と、平維盛《これもり》の末裔とする説がある。五箇山は民謡の宝庫としてもよく知られており、この地に伝わる「麦や節」という麦刈り歌は、「浪の屋島を遠くのがれて来て、薪《たきぎ》こるてふ深山辺《みやまべ》に。烏帽子《えぼし》狩衣《かりぎぬ》脱ぎうちすてて、今は越路の杣刀《そまがたな》」という歌詞で、平家の悲哀が歌い込まれているとされている。
　白川郷にも、倶利伽羅谷の戦いの時の平家の落人がやってきて隠れ住んだ、という言い伝えがある。

秋山郷《あきやまごう》（長野県・新潟県）
　信濃川の支流である中津川上流の渓谷沿いに点在する十三の集落の総称であり、行政的には長野と新潟に分かれるが、文化的・社会的には一つの地域を形成している。
　江戸時代の紀行作家、鈴木牧之《ぼくし》の『秋山紀行』に、源頼朝に敗北した平勝秀《かつひで》が草津から落ちてきて隠れ住んだとあり、高倉山、小松原、矢櫃《やびつ》など、平家ゆかりの地名もみられる。ただ、平勝秀とその一党が住んだと言われている大秋山村は、天明の飢饉《ききん》の際に村民が死に絶えたという。平勝秀とは、清盛らとは系統の異なる、余五《よご》将軍平維茂《これもち》を祖とする維茂流平家であるという説もある。
　秋田マタギ（狩猟民集団）が毎年やってきて秋から春先まで狩りを行なう地でもあった。

色川《いろがわ》（和歌山県）
　和歌山県那智《なち》勝浦町の色川郷は熊野三山の一である那智大社の後背地である山間部に位置し、妙法鉱山のある所として知られる。
　郷内で大きな勢力をもつ土豪であった

色川氏が、平維盛の末裔であると伝えられている。

維盛は実は那智で入水《じゅすい》しておらず、三年間、藤綱《ふじつな》要害に隠棲《いんせい》した後、口色川《くちいろがわ》に移り、盛広・盛安の二人の男子をもうけた。盛広は清水権太郎、盛安は水口小次郎と名乗り、盛広の五代のちに色川姓を名乗るようになった、という。

色川家の家紋は、平家と同じ揚羽蝶紋である。

五家荘《ごかのしょう》（熊本県）

熊本県八代市泉町東部の山間地。久連《くれ》子《こ》・樅木《もみぎ》・葉木《はぎ》・仁田尾《にたお》・椎原《しいばる》の五つの集落からなる。すぐ東に、やはり平家伝説の地である宮崎県椎葉村《しいばそん》がある。

仁田尾と樅木は太宰府に流された菅原道真の子の左座《ぞうざ》太郎と次郎の子孫が、久連子・葉木・椎原は平清経《きよつね》（重盛の子）の曾孫である緒方盛行・近盛・実明《さねあき》の子孫が、それぞれ地頭として支配してきたというが、実際には木地師《きじし》（木工職人）の里であったらしい。久連子の平盛家《ひらもり》に伝わる『由来書』によると、この地に伝わる伝承は、次のようなものである。

壇の浦での敗北の後、平清経は家《いえ》長《なが》や盛嗣《もりつぐ》らの郎党を従えて阿波の祖谷《いや》に入り、先に身をひそめていた通《みち》盛《もり》（清盛の弟である教盛《のりもり》の子）を訪ね、そこから豊後《ぶんご》の竹田に入り、領主緒方三郎実国に迎えられたが、実国は病没してしまう。通盛は実国の遺言により、実国の娘を娶《めと》って緒方姓を名のり、さらに南へと落ち延びて行った。そして五家荘に入り、自らの居を定むべく山上より矢を射て、主従それぞれの住むべき地を占った。

この話は異伝が多く、『五家荘落人由来記』では、平清経一行が藤岡という所で盗賊に襲われるが、逆に生け捕りにして処刑しようとしたところ、盗賊の首領が命乞《ご》いに現われ、交換条件として案内したのが、峰々の頂に黒雲がたなびいている「黒延」という地、すなわち五家荘であったとする。

史実では、清経は、壇の浦の二年前、平家一門が緒方三郎に太宰府を追われた時に状況に絶望し、豊前柳が浦で入水自殺を遂げている。

椎葉村《しいばそん》（宮崎県）

九州山地中央部、西は熊本県に接する山村であり、宮崎県東臼杵《うすき》郡に属する。この地に残る平家伝説は、『椎葉山由来記』に次のように記されている。

源頼朝は椎葉村に平家の落人集落があることを知り、那須与一に討伐を命じるが、与一は病に伏せっており、弟の那須大八郎宗久《むねひさ》が兄に代わって平家残党掃討の任に就く。しかし、椎葉村にやって来て、この地で細々と生きる平家一門を見た大八郎は、深く同情し、任務を放棄して自らも椎葉に住み、農耕の法を指導するなどして日を過ごした。やがて平清盛の末裔である鶴富《つるとみ》姫が大八郎の子を身ごもったが、幕府から帰還命令が届き、大八郎は身重の鶴富姫に「生まれてくる子が男子ならば、本国の下野《しもつけ》に遣《つか》わせ。女子ならばその義に及ばず。」という旨の書状を残して村を去った。やがて姫は女の子を産み、その子に婿を迎えて那須氏を名乗らせた。

　椎葉村は、古くは「那須」「那須山」ともいった。那須大八郎の恩顧《おんこ》を忘れぬために那須の名字を地名に残したという。また椎葉の地名は、大八郎の陣小屋の風を防ぐのに椎の葉を用いたことによるという。

　当地の八村《やむら》大明神境内にある八村スギは大八郎の手植えといわれ、樹齢八百年、高さ約五十四・四メートルの日本屈指の巨大スギで、国の天然記念物。大八郎と鶴富姫の恋の舞台との伝承を持つ、寝殿造りの那須家住宅（鶴富屋敷）は椎葉型民家（平地の少ない椎葉特有の、部屋が横一列に配置された並列型民家）では最大のもので、国の重要文化財に指定されている。

　平家の美女鶴富姫と源氏方の那須大八郎宗久との悲恋物語は、椎葉村の民謡稗《ひえ》搗《つき》節に「那須の大八　鶴姫捨てて　椎葉立つときゃ　目に涙」と歌われている。

安徳帝潜幸伝説

安徳天皇は、壇の浦の合戦で二位《にい》の尼《あま》に抱かれたまま海底深く沈んだことになっているが、覚一《かくいち》本巻十一「先帝身投」の章段における安徳帝の髪型が前後で別人のように異なっていることや、『玉葉《ぎょくよう》』に「旧主御事、分明ならず」、『醍醐《だいご》雑記』に「先帝行方不明」と記されていることなどから、安徳帝入水に関しては様々な疑問点が指摘されている。そのため安徳帝生存説が根強く存在し、実は安徳帝は平家の武士たちに守られて壇の浦から脱出し、地方に隠れて余生を送った、という平家伝説の一つのパターンを形成することとなった。

　安徳帝潜幸伝説は、四国を中心に中国、九州、離島などに分布しており、明治以降に安徳天皇御陵参考地に指定されている場所もある。たとえば、対馬の支配者であった宗《そう》氏も初代重尚《しげひさ》の父を安徳天皇としており、対馬の久根田舎《くねいなか》古墳も陵墓参考地になっている。

　以下に有名な三か所の安徳帝潜幸伝説地を紹介する。

祖谷《いや》（徳島県）

　徳島県西部、四国のほぼ中央に位置する祖谷は、吉野川の支流祖谷川と松尾川の流域であり、山に囲まれた峡谷地帯である。西祖谷山村《そん》と東祖谷山村の二村から成り、さらに三野町、池田町、山城町、井川町を含む六町村が合併して平成十八年三月に誕生した三好市に属する。祖谷は平家伝説地の中でも特に著名な場所であり、その伝承は次のような内容である。

　屋島の戦いの最終局面である志度《しど》合戦において源義経を相手に奮戦した平国盛《くにもり》（清盛の弟である教盛の子）は、船に乗り遅れ、志度湾に置き去りにされてしまった。そこで国盛は安徳天皇を奉じ、百余騎を従えて、陸路、讃岐《さぬき》山脈を越えて祖谷に入った。途中、国盛らは井川の地福寺で傷を癒《いや》すとともに、戦死した国盛の父教盛らの法要を行ない、祖谷に到着したのは、文治《ぶんじ》元年（一一八五）の大晦日であった。しかし、元旦を迎える松がなかったので、檜の枝を門松の代わりとした。それで今でも祖谷では門松の代わりに檜を用いる。祖谷山中の栗枝渡《くりすど》に行宮《あんぐう》が設けられたが、安徳帝は翌年八月十五日に崩御し、火葬に付され、社が建てられた。それが栗枝渡八幡宮であると言われている。国盛の後裔には、長男氏盛を祖とする阿佐家と四男盛忠を祖とする久保家がある。

　平国盛とは、平家一の猛将平教経《のりつね》の元の名であることが指摘されている。熊本県五家荘に伝わる平家伝説では、祖谷に潜んでいるのは教経ではなく通盛《みちもり》であるが、どちらも門脇中納言《かどわきのちゅうなごん》教盛の子である点は共通している。

　井川町の地福寺と東祖谷山村の阿佐家には、それぞれ平家の赤旗が残されている。また西祖谷山村にある平家屋敷民俗資料館は、安徳帝の御典医であった堀川内記の子孫代々の屋敷を資料館としたもので、堀川内記は平家滅亡の折に入山し、薬草の豊富な祖谷の地で医業と神官を務めたという。山中には、日本三奇橋の一つ、シラクチカズラで作られているかずら橋が架けられており、国・県指定重要有形民俗文化財になっている。

　四国には、高知県の物部《ものべ》村赤牛《あかうし》と越知《おち》町横倉山にも安徳帝潜幸伝説がある。

岡益《おかます》・落折《おちおり》（鳥取県）

　鳥取市国府《こくふ》町岡益に伝わる安徳帝伝説は以下のような話である。

　安徳天皇は知盛《とももり》や二位の尼に守られ、壇の浦から日本海に回り賀露《かろ》の浜（鳥取市）より上陸し、岡益の光良院の住職宗源に迎えられて、仮の御所が私都谷《きさいちだに》に設けられた。文治三年（一一八七）のこと、帝の無聊《ぶりょう》を慰めるため荒舟山に山遊びに行ったが、帝はその帰途で急病に倒れ、そのまま崩御してしまった。享年十歳であった。遺体は宗源により葬られ、岡益の寺に石堂《いしんどう》が建てられた。

岡益から南東に二十五キロほどに位置する山中の集落、八頭《やず》郡若桜《わかさ》町《ちょう》落折は、十数世帯の住人全員が「平家」姓を名乗っている。

落武者となった平経盛《つねもり》（清盛の弟。敦《あつ》盛《もり》の父）が郎党二十名余とともにやってきて、奥山の洞窟の中に隠棲していたが、ある日、見張りの者が退屈のあまり敵の来襲を知らせる合図の笛を吹いたため、経盛らは洞窟の中で互いに刺し違えて死んでしまった、という伝承が落折には伝わっている。集落には、経盛の墓と言われている五輪塔があり、その傍らにはイチイの巨木がある。平家の七盛、すなわち「盛」の名を持つ平家一門の霊を慰めるために、この木は葉の色を七色に変化させるのだと言われている。

硫黄島《いおうじま》（鹿児島県）

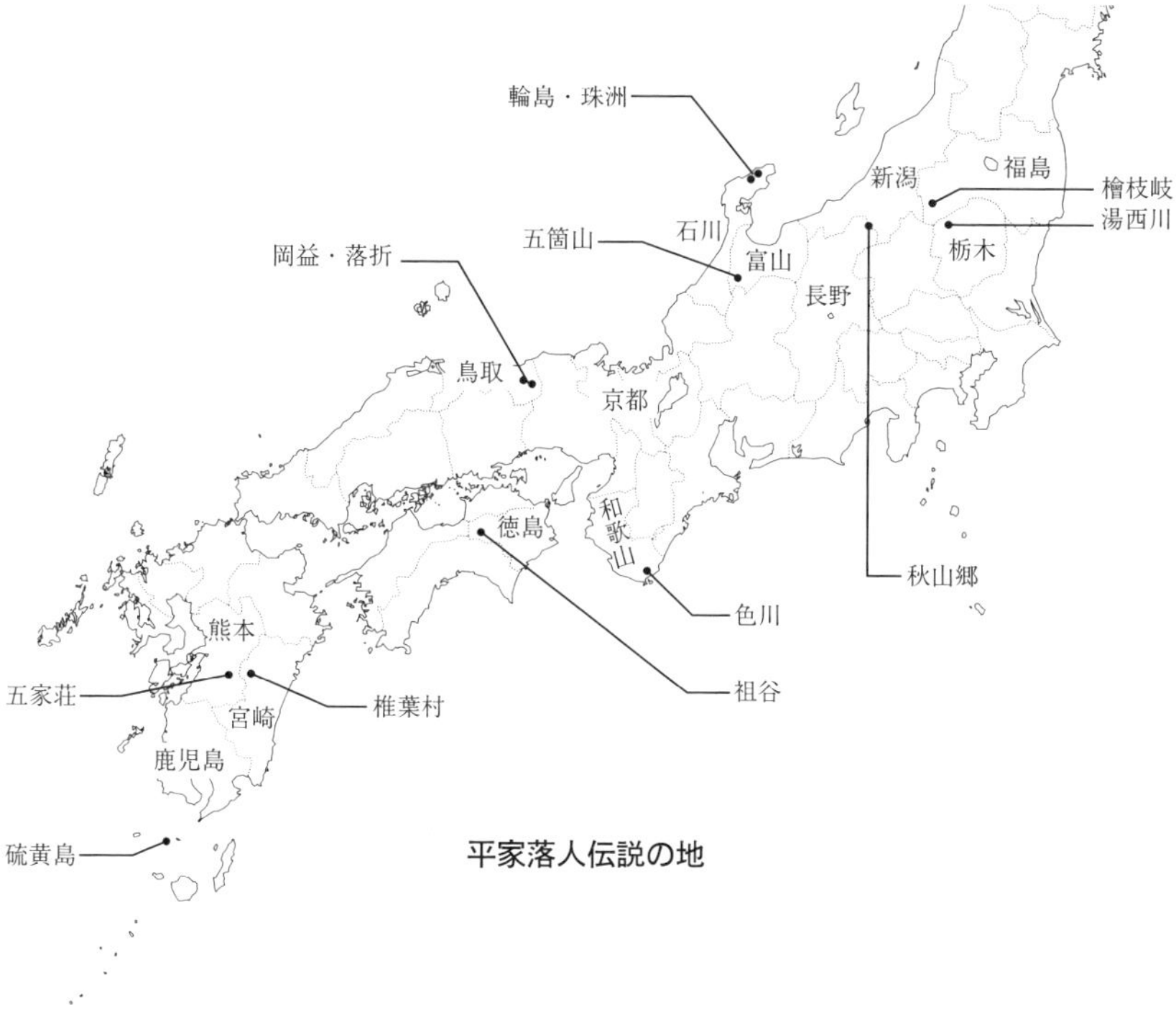

平家落人伝説の地

硫黄島は、薩摩半島南方の洋上約四十キロにある周囲十四・五キロの火山島であり、鹿児島県に属する。鹿《しし》の谷《たに》事件の首謀者である俊寛《しゅんかん》僧都《そうず》らの流されていた鬼界が島として『平家物語』にも見える。

伝承によれば、この島に安徳天皇が潜幸したのは、壇の浦の合戦後まもない寿《じゅ》永《えい》四年（元暦《げんりゃく》二、一一八五）五月一日であった。当初は一行二百名ほどであったが、平資盛《すけもり》（重盛の子）、藤原忠綱《ただつな》（侍大将忠清の子）らは奄美大島、屋久島、黒島などに分散し、食料や物資をそれらの島々から硫黄島に届けてくるようになった。天皇に直接伺候《しこう》したのは経正（経盛の子）、業盛《なりもり》（教盛の子）、資盛の子の吉資らであり、帝は長じて後は資盛の娘櫛笥局《くしげのつぼね》を后《きさき》とし、隆盛親王が誕生した。その子孫が安徳帝の黒木の御所跡に住む長浜氏であると言われている。また、この島に流されていた藤原成経《なりつね》と平康頼《やすより》が勧請《かんじょう》した熊野神社があり、こちらは安徳帝晩年の皇居跡と伝えられている。安徳帝は、寛元《かんげん》元年（一二四三）五月、六十六歳で崩御したという。

硫黄島からトカラ列島にかけての島々は、そのほとんどが平家伝説を伝えており、その中核にあるのが硫黄島の安徳帝伝説である。また、奄美大島にも平家伝説があり、南西諸島は、口承によるもう一つの「平家物語」の宝庫の観がある。

平曲相伝の系譜

根岸いさお作成

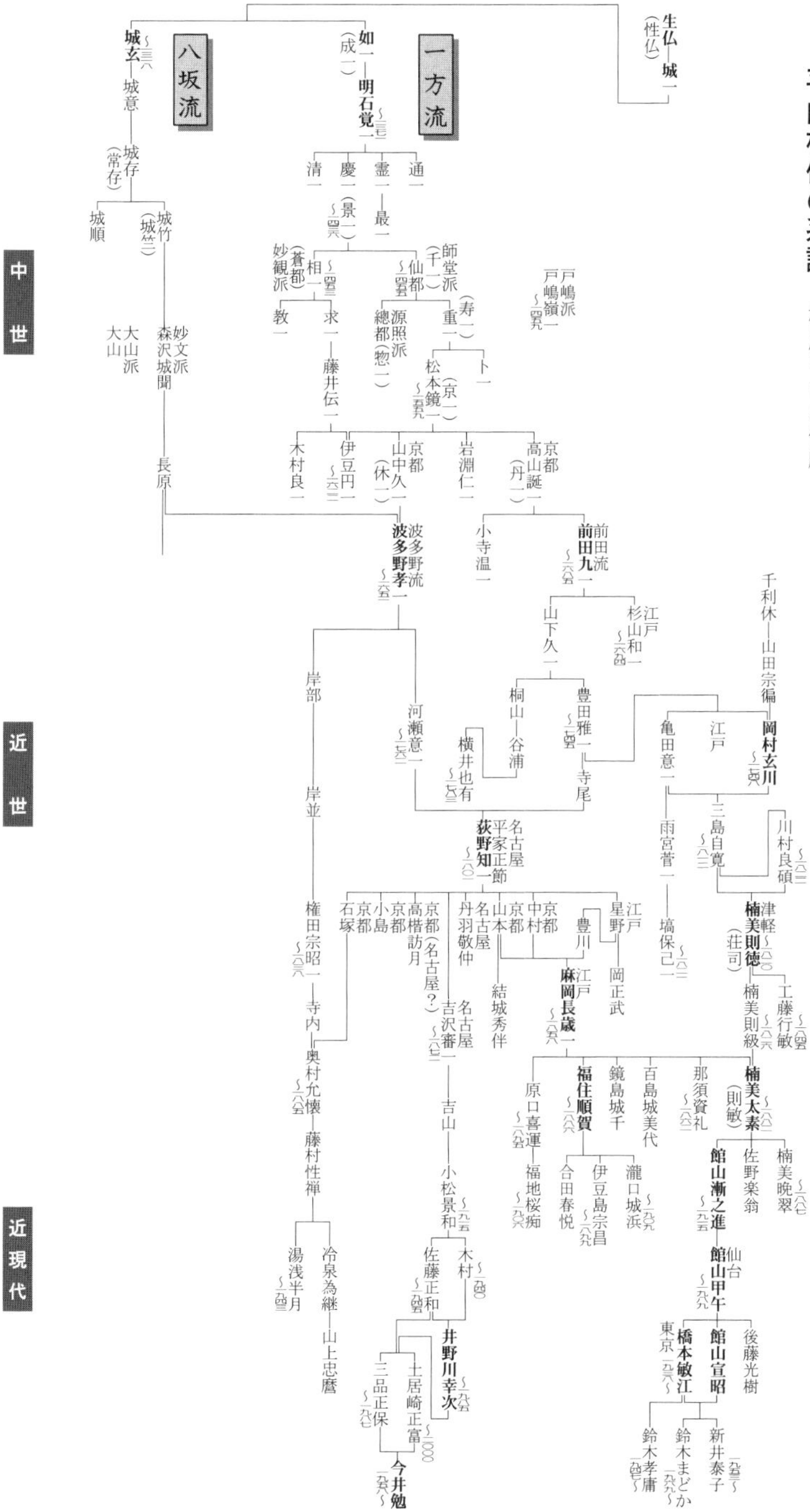

『平家物語』と絵画

絵巻物

絵巻物化された『平家物語』の存在を証する最初の記録は、『看聞御記《かんもんぎょき》』の永享十年（一四三八）六月十三日の条の記事で、それによれば、当時の内裏（後花園天皇）のもとには、室町幕府の将軍足利義教から献上された「平家絵十巻」（平家物語全巻の絵巻）が所蔵されていて、それを後崇光院《ごすこういん》が借覧、鑑賞していたことがわかる。下って内大臣三条西実隆の『実隆公記《さねたかこうき》』の永正六年（一五〇九）閏八月十二日の条には「平家物語八嶋絵」（「八嶋合戦絵巻三巻」）鑑賞のことが見え、さらに下って『時慶卿記《ときよしきょうき》』の寛永九年（一六三二）六月一〜十一日の条にも、「平家物語の絵」「平家物語絵詞」を後水尾天皇の中宮東福門院和子（徳川秀忠の娘）が鑑賞していた記事が見える。

本書に多用させていただいた岡山の林原美術館所蔵の「平家物語絵巻三十六巻」は、越前福井藩主松平家に相伝されたもので、絵は土佐左助、詞書は、公家・武家および石清水の滝本坊《たきのもとぼう》の三世乗淳または四世憲乗、三十六巻の外題と初巻の執筆は青蓮院《しょうれんいん》門跡尊純法親王（一五九一〜一六五三）であったという。

絵入り写本（奈良絵本）

信州の真田家に伝えられている「平家物語三十巻三十冊」は、平家物語全巻にあまねく二百五十図もの挿絵が施されている豪華な美本で、絵巻物に準ずる大作である。白描の明暦版本や明和版本の平家物語の絵を参照したかどうかはまだ明らかになっていないが、金泥を多用した色彩鮮やかな、いわゆる奈良絵本である。嫁入り本として真田家に持ち込まれたものかとされるが、絵師は不明で、詞書は覚一本系の本文である。大名家に伝わる絵入り写本としては、熊本大学北岡文庫本（三十六冊本、旧細川家本）も知られているが、ほかに神奈川県立美術館蔵本、明暦版本に近い構図の多いアメリカのプリンストン大学蔵本やアイルランドのチェスター・ビーティ図書館蔵本（巻一、十七のみの零本）などがある。

『前賢故実《ぜんけんこじつ》』の菊池容斎《ようさい》と小堀鞆音《こぼりともと》

幕末から明治にかけて活躍した菊池容斎（一七八八〜一八七八）は、父方の実家九州の菊池家が南朝の忠臣の家系であったためもあってか勤王思想に篤く、記紀などの古典籍や有職故実による時代考証を深めるとともに、高田円乗の門下として、狩野派、土佐派の技法や浮世絵、西洋画、中国画の技法をも広く学んだ。その成果は文政八年（一八二五）から天保七年（一八三六）にかけて世に問い続けられたが、明治元年（一八六八）、『前賢故実』全十巻として集大成された。古代から南北朝時代までの歴史上の人物（賢臣、忠臣、烈婦）五百七十余人の評伝と肖像画が収められ、模範とすべき歴史画として、「牛若」（一八七四）、「石橋山之図」（一九一七）などを描いた松本楓湖《ふうこ》、「宇治川の戦い」（一九一一）を描いた鈴木松年、そのほか多くの明治期歴史画の絵師の輩出を促した。「鵯越」（一八九二）を描いた梶田半古《はんこ》は『前賢故実』を手本として独学し、さらにはそれを彼の画塾の教科書としても使用したという。その門から次代の中心的な歴史画家で『平家物語』を題材にした「巴」（一九〇二）、「囚はれたる重衡」（一九〇八）、「洞窟の頼朝」（一九二九）、あるいは晩年に新傾向の「知盛幻生」（一九七一）といった名作を描いた前田青邨《せいそん》（一八八五〜一九七七）が出ていることは忘れてはならない。

小堀鞆音（一八六四〜一九三一）は、有職故実に長じていた土佐派の川崎千虎《ちとら》に師事して、自らも武具や甲冑を収集するなどして時代考証を進めつつ制作活動を続け、明治三十五年（一九〇二）には水野年方とともに歴史風俗画会を結成もした。「経正詣竹生島」（一八九六）、「頼政詣高倉宮図」（一九〇七）、「薩摩守平忠度桜下詠歌之図」（一九二二）、「頼盛截搭図」「那須宗隆（与一）射扇之図」などを残している。鞆音の門からも、青邨と並んで多く平家に取材した大作を長い間にわたって描き続けた安田靫彦《ゆきひこ》（一八八四〜一九七八）が出ていることは偶然ではない。靫彦には、「法住寺合戦図」（一九〇二頃）、「宇治合戦図」（一九〇五頃）、「静訣別之図」（一九〇七頃）、「黄瀬川陣」（一九四〇〜四一）、「源氏挙兵（頼朝）」（一九四一）、「鞍馬寺参籠の牛若」（一九七四）などがある。

下村観山と木村武山《ぶざん》

下村観山（一八七三〜一九三〇）は、狩野芳崖に入門、橋本雅邦に師事し、東京美術学校に学んだ。岡倉天心、横山大観らとともに日本美術院の創立に加わった。従来のような歴史伝承の単なる絵画化から抜け出して、人物の内面描写に意をもちいつつ描く手法によって、歴史画に美的性格を現出させたとされる。「熊野御前花見」（一八九四）、「嗣信最期」（一八九七）、「大原の露」（一九〇〇）、「大原御幸」（東京国立博物館蔵）などがある。

木村武山（一八七六〜一九四二）は、川端玉章《ぎょくしょう》に師事し、東京美術学校に学び、観山らとともに日本美術院の創立に参加した。花鳥画を得意としたが、『平家物語』に関しては女性像に秀作を多く残している。「高倉帝厳島行幸」（一八九六）、「熊野」（一九〇二）、「小督」（一九〇三〜四）、「堀河の静」（一九〇五頃）、

「祇王祇女」（一九〇八）などがある。

松岡映丘《えいきゅう》、植中直斎《うえなかちょくさい》、吉村忠夫

松岡映丘（一八八一～一九三八）は、橋本雅邦に師事した後、山名貫義《つらよし》について住吉派の大和絵を学び、東京美術学校の学生時代には歴史風俗画会に参加して鞆音の教えを受けている。新興大和絵会や国画院を結成して大和絵の画風を受け継ぐ者の育成に尽くした。映丘の平家画としては「屋島の義経」（一九二九）、「矢面」（一九三七）などがある。

植中直斎（一八八五～一九七七）は、初め四条派の深田直城に師事し、上京して橋本雅邦に入門したが、大阪へ移って山元春挙についた。直斎の平家画としては、戦時下に描かれた「祈誓（八幡の御前での義仲の旗揚げ）」（一九四二）、「堀川夜襲」（一九四四）が伝えられている。

吉村忠夫（一八九八～一九五二）には、東京美術学校付属文庫に勤務していて松岡映丘と出会い、画家を目指す気持になって同校の日本画科へ進んだという異色の経歴がある。映丘の創った国画院に参加し、映丘没後は川崎小虎らと日本画院を創立して拠点とするようになった。平家画の代表作は、大胆な構図と鮮やかな色彩、繊細な描筆で声価の高い「灯籠大臣」（一九三六）である。

羽石光志《はねいしこうじ》と守屋多々志《もりやただし》、児玉輝彦

羽石光志（一九〇三～一九八八）は、初め鞆音に師事し、川端画学校に学んだ。長く講談社の雑誌に挿絵を描き続けた。鞆音亡き後は安田靫彦につき、昭和三十一年（一九五六）の歴正服飾研究会の結成にも参画し、法隆寺金堂壁画模写事業などにも加わっている。平家画には「宇治川」（一九六四）、「ひよどりごえ」（一九六五）、「福原遷都」（一九六六）がある。

守屋多々志（一九一二～二〇〇三）は、前田青邨に師事し、東京美術学校に学んでいる。歴史画の形を借りつつ、現代人の思いを表現に重ねる新風といった趣きがある。「星と武者」（一九六八）、「聴聞（北条政子）」（一九八〇）、「大原寂光」（一九八二）などがある。

児玉輝彦は一八九八年生まれ。津端道彦について土佐派の絵を学び、昭和四十二年（一九六七）日本国画院を創設、「平忠度」（一九三四）、「維盛哀別」、「郷愁（維盛）」、「再会（兼平と義仲・巴）」、「無官大夫敦盛」「三位中将重衡白拍子千手」など、『平家物語』に材を採った数々の作品を残している。これらのほとんどは、新潟県川西町に所蔵されている。

平家物語画帳ほか

根津美術館（東京都）に所蔵される「平家物語画帳」は江戸中期の絵師土佐光成（一六四六～一七一〇）の手になるもので、「化け物らしき物を捕らえる忠盛」「船に入った鱸」「賀茂神社に祈願する成親」「医師問答」「紅葉をめでる高倉天皇」「築地の上ではやしたてる鼓判官知康」「義仲の最期」など百二十枚の扇面の絵が、三冊の折り本に収められている。このほか注目すべき平家画として、伝狩野元信「源平合戦屏風」（下関市赤間神宮蔵）、伝海北友松《かいほうゆうしょう》「源平合戦図屏風」（下関市赤間神宮蔵。現在は掛け軸十巻）、狩野惟信（一七五三生）「石橋山図」（東京国立博物館蔵）、竹内栖鳳《せいほう》（一八六四生）「富士川大勝図」（東京国立博物館蔵）、森安石象（一八七九生）「藤戸合戦図」（倉敷市藤戸寺蔵）、小林古径《こけい》（一八八三生）「小督」（山種美術館蔵）、今村紫紅《しこう》（一八八〇生）「忠度訪俊成」「維盛最期」「大原の奥」（山種美術館蔵）、中村岳陵《がくりょう》（一八九〇生）「輪廻物語・没落」（一九二一、六枚組。個人蔵）、「倶利伽羅落し」（石川県倶利伽羅神社蔵）、永田錦心（一八八五生）「仏敵（重衡）」（早稲田大学図書館蔵）、中村正義（一九二四生）「源平海戦絵巻」（一九六四、組み絵。東京国立近代美術館蔵）などがある。

安野光雅『絵本平家物語』と瀬川泰男ほか『絵巻平家物語』

安野光雅の『絵本平家物語』は、講談社の広報誌『本』の表紙絵として、平成元年（一九八九）から七年にかけて連載されたものを一書にまとめたもの。原画はすべて三十六センチ×五十二・五センチのサイズの水彩画、点数は巻一＝六、巻二＝六、巻三＝六、巻四＝五、巻五＝六、巻七＝六、巻八＝五、巻九＝十、巻十＝五、巻十一＝十一、巻十二＝四、灌頂巻＝三で、合計七十九画面である。風景の近景・遠景、人物の個人・集団がそれぞれに見事に描き上げられて澄明な「安野平家」の世界が現出している。

木下順二の文と瀬川泰男の絵が織りなす『絵巻平家物語』は、忠盛、祇王、俊寛、文覚、清盛、義仲、義経、忠盛、それに知盛という「全力をつくして生きた」九人の人々の物語にそれぞれ一巻ずつを宛てて、「人物論で『平家物語』を概観しよう」とした企画である。

一冊ずつが独立した絵本の体裁をとっていて、手にとって読みやすい上に、瀬川の絵がまた一場面ごとに綿密に描き込まれ、人物の表情までもがこまかく描き分けられて平家物語の醍醐味を伝えている。

本項の執筆に際して、『平家物語絵巻』巻十二（中央公論社）、『歴史浪漫―源平の時代展』（茨城県近代美術館）、『現代語訳・日本の古典10　平家物語』水上勉訳（学研）から多大のご教示を頂きました。

『平家物語』関係書一覧

入門書・概説書・図説

高木市之助・佐々木八郎・冨倉徳次郎『平家物語講座』全三巻、創元社、一九五七年

石母田正『平家物語』〈岩波新書〉一九五七年

冨倉徳次郎『平家物語』〈鑑賞日本古典文学〉角川書店、一九七五年

永井路子『平家物語の女性たち』〈文春文庫〉一九七八年

木下順二『平家物語』〈古典を読む〉岩波書店、一九八五年

五味文彦『平家物語、史と説話』〈平凡社選書〉一九八七年

牧野和夫・小川国夫『平家物語』〈新潮古典文学アルバム〉新潮社、一九九〇年

梶原正昭『平家物語』〈岩波セミナーブックス〉岩波書店、一九九二年

川合康『源平合戦の虚構を剝ぐ』〈講談社選書メチエ〉一九九六年

兵藤裕己『平家物語―〈語り〉のテクスト』〈ちくま新書〉一九九八年

野口実『武家の棟梁はなぜ滅んだか』新人物往来社、一九九八年

日下力『平家物語を歩く』〈講談社カルチャーブックス〉一九九九年

『平家物語　太平記　将門記…』〈週刊朝日百科「世界の文学」〉二〇〇〇年

日下力『平家物語の誕生』岩波書店、二〇〇一年

元木泰雄『平清盛の闘い　幻の中世国家』〈角川叢書〉二〇〇一年

上横手雅敬『源平争乱と平家物語』角川書店、二〇〇一年

角田文衛『平家物語後抄』上・下〈講談社学術文庫〉二〇〇二年

杉本秀太郎『平家物語―無常を聴く』〈講談社学術文庫〉二〇〇二年

『源氏と平氏』『平家物語と愚管抄』〈週刊朝日百科「新訂増補　日本の歴史」〉二〇〇二・〇三年

佐藤和彦ほか『図説　平家物語』河出書房新社、二〇〇四年

板坂耀子『あらすじで読む源平の戦い』中央公論社、二〇〇五年

五味文彦・櫻井陽子編『平家物語図典』小学館、二〇〇五年

日下力・鈴木彰・出口久徳『平家物語を知る事典』（CD付）東京堂出版、二〇〇五年

日下力『平家物語転読―何を語り継ごうとしたのか』笠間書院、二〇〇六年

雑誌の特集

『国文学解釈と鑑賞　特集 平家物語の史実と文学』一九六六年二月

『国文学解釈と鑑賞　特集 平家物語の世界』一九七一年二月

『国文学解釈と教材の研究　特集　平家物語とその時代』一九七二年二月
市古貞次編『国文学解釈と鑑賞別冊　平家物語』上・下、至文堂、一九七八年
梶原正昭編『別冊国文学15　平家物語必携』学燈社、一九八二年
『国文学解釈と鑑賞　特集　平家物語・豊饒の世界』至文堂、一九八二年六月
『国文学解釈と教材の研究　特集　叙事詩として、物語として』一九八六年六月
『国文学解釈と教材の研究　特集　語りのテキスト』一九九五年四月
『軍記と語り物38　特集　平氏と平家物語』二〇〇二年三月
『文学　特集　歴史の語り方―平家物語』二〇〇二年七・八月
『国文学　特集　平家物語―生まれかわりつづける物語』二〇〇二年一〇月
『湘南文学16　特集　平家物語』二〇〇三年春
『古代文化57　特集　平家と福原』二〇〇五年四月
『歴史読本　特集　源義経をめぐる女人たち』二〇〇五年六月

絵画その他

小松茂美編『平家物語絵巻』全十二巻、中央公論社、一九九〇～九二年
『絵画に見る平家物語―秋季特別展』馬の博物館編、一九九一年
木下順二・文、瀬川康男・絵『絵巻平家物語』全九巻、ほるぷ出版、一九九一年
『平家物語―美への旅』日本放送出版協会、一九九二年
安野光雅『絵本平家物語』講談社、一九九六年
梶原正昭編『平家物語』〈絵で読む古典シリーズ〉学研、一九九八年
『源平の美学―平家物語の時代』サントリー美術館編、二〇〇二年
大野俊明『平家物語素描集』東方出版、二〇〇四年
『歴史浪漫―源平の時代展』茨城県近代美術館編、二〇〇六年

研究書

市古貞治編『平家物語研究事典』明治書院、一九七八年
水原一『延慶本平家物語論考』加藤中道館、一九七九年
上横手雅敬『平家物語の虚構と真実』上・下〈塙新書〉一九八五年
武久堅『平家物語成立過程考』おうふう、一九八六年
『あなたが読む平家物語』全五巻、有精堂、一九九三・九四年
田中文英『平氏政権の研究』思文閣出版、一九九四年
武久堅『平家物語の全体像』和泉書院、一九九六年
松尾葦江『軍記物語論究』若草書房、一九九六年

佐伯真一『平家物語遡源』若草書房、一九九六年
山下宏明編『平家物語 研究と批評』有精堂出版、一九九六年
『軍記文学研究叢書』全十二巻、汲古書院、一九九六～二〇〇〇年
梶原正昭『鹿谷事件』『頼政挙兵』〈平家物語鑑賞〉武蔵野書院、一九九七・九八年
近藤好和『弓矢と刀剣 中世合戦の実像』〈歴史文化ライブラリー〉吉川弘文館、一九九七年
細川涼一『平家物語の女たち―大力・尼・白拍子』〈講談社現代新書〉一九九八年
横井清『源氏から平家へ』新典社、一九九八年
榊原千鶴『平家物語 創造と享受』三弥井書店、一九九八年
武久堅『平家物語発生考』おうふう、一九九九年
兵藤裕己『平家物語の歴史と芸能』吉川弘文館、二〇〇〇年
櫻井陽子『平家物語の形成と受容』汲古書院、二〇〇一年
高木信『平家物語―想像する語り』森話社、二〇〇一年
小峯和明編『平家物語の転生と再生』笠間書院、二〇〇三年
早川厚一『平家物語を読む 成立の謎をさぐる』〈和泉選書〉和泉書院、二〇〇三年
山下宏明『いくさ物語と源氏将軍』三弥井書店、二〇〇三年
志立正知『「平家物語」語り本の方法と位相』汲古書院、二〇〇四年
高橋昌明『清盛以前 伊勢平氏の隆盛』増補改訂、文理閣、二〇〇四年
深澤邦弘『平家物語における「生」』新典社、二〇〇五年
牧野和夫『延慶本平家物語の説話と学問』思文閣、二〇〇五年
松尾葦江編『海王宮―壇之浦と平家物語』三弥井書店、二〇〇五年
鈴木彰『平家物語の展開と中世社会』汲古書院、二〇〇六年

平家琵琶・能

秦恒平『能の平家物語』朝日ソノラマ、一九九九年
砂川博『平家物語の形成と琵琶法師』おうふう、二〇〇一年
佐々木眞人『平家物語から浄瑠璃へ―敦盛説話の変容』慶應大学出版会、二〇〇二年
薦田治子『平家の音楽 当道の伝統』（CD付）第一書房、二〇〇三年
山下宏明『琵琶法師の「平家物語」と能』塙書房、二〇〇六年

CD

館山甲午・今井勉ほか『平家物語の音楽』日本コロムビア、一九九一年

橋本敏江『六道』メディアリング、一九九五年
佐藤正和・三品正保ほか『当道の平家―名古屋三代の系譜』コジマ録音、二〇〇一年
文学と表現研究会編『読む。平家物語』朗読・嵐圭史、武蔵野書院、二〇〇三年
鈴木まどか『声で楽しむ「平家物語」名場面』講談社、二〇〇四年

小説など

井伏鱒二『さざなみ軍記』河出書房、一九三八年
壇一雄『木曾義仲』上・下、筑摩書房、一九五五年
石川淳『おとしばなし清盛』筑摩書房、一九六一年
花田清輝『小説平家』講談社、一九六七年
司馬遼太郎『義経』文藝春秋社、一九六八年
瀬戸内晴海『祇園女御』講談社、一九六八年
秦恒平『清経入水』角川書店、一九六九年
村上元三『平清盛』学習研究社、一九七〇年
吉屋信子『女人平家』上・下、朝日新聞社、一九七一年
井上靖『御白河院』筑摩書房、一九七二年
吉川英治『新平家物語』全二十三巻、朝日新聞社、一九五一～七五年
井上靖『兵鼓』文藝春秋社、一九七七年
富田常雄『武蔵坊弁慶』全十巻、講談社、一九八五・八六年
小泉八雲『怪談・奇談』〈講談社学術文庫〉一九九〇年
森村誠一『平家物語』全六巻、小学館、一九九四～九六年
橋本治『双調平家物語』既刊十三巻、中央公論社、一九九八年～
木下順二『子午線の祀り・沖縄 他一篇』〈岩波文庫〉一九九九年
山田智彦『木曾義仲』上・下、日本放送出版協会、一九九九年
三田誠広『清盛』集英社、二〇〇〇年
宮尾登美子『宮尾本平家物語』全四巻、朝日新聞社、二〇〇一～〇四年
池宮彰一郎『平家』上・中・下、角川書店、二〇〇二・〇三年

た行

さ行

索　引

太数字は，見出し語などで解説しているページを示す。

あ行

か行

平家物語ハンドブック

2007 年 2 月 25 日　第 1 刷発行
2020 年 4 月 10 日　第 3 刷発行

編　者—小林保治（こばやし・やすはる）

発行者—株式会社 三省堂 代表者—北口克彦

発行所—株式会社 三省堂
〒101-8371 東京都千代田区神田三崎町 2-22-14
電話 編集（03）3230-9411　営業（03）3230-9412
https://www.sanseido.co.jp/

印刷所—三省堂印刷株式会社

装　幀—菊地信義

落丁本・乱丁本はお取替えいたします

Printed in Japan
〈平家物語ハンド・280pp.〉
ISBN978-4-385-41052-4